四川历史名人丛书 小说系列

知行互发

理学名家张栻

郑 勇······著

四川文艺出版社

图书在版编目（CIP）数据

知行互发：理学名家张栻/郑勇著. —成都：四
川文艺出版社，2022.11
（四川历史名人丛书小说系列）
ISBN 978-7-5411-6491-0

Ⅰ. ①知… Ⅱ. ①郑… Ⅲ. ①长篇历史小说-中国-
当代 Ⅳ. ①I247.5

中国版本图书馆 CIP 数据核字（2022）第 198947 号

ZHIXING HU FA：LIXUE MINGJIA ZHANGSHI

知行互发：理学名家张栻

郑 勇 著

出 品 人 张庆宁
编辑统筹 罗月婷
责任编辑 谢雨环 孙晓萍
内文设计 史小燕
封面设计 魏晓舸
责任校对 蓝 海
责任印制 桑 蓉

出版发行 四川文艺出版社（成都市锦江区三色路238号）
网 址 www. scwys. com
电 话 028-86361802（发行部） 028-86361781（编辑部）
传 真 028-86259306

邮购地址 成都市锦江区三色路238号四川文艺出版社邮购部 610023
排 版 四川胜翔数码印务设计有限公司
印 刷 成都紫星印务有限公司
成品尺寸 168mm×238mm 开 本 16 开
印 张 21 字 数 340 千
版 次 2022 年 11 月第一版 印 次 2022 年 11 月第一次印刷
书 号 ISBN 978-7-5411-6491-0
定 价 78.00 元

四川历史名人（第二批）丛书
编委会名单

主　任：罗　勇

副主任：李　强　　陈大利　　王华光　　马晓峰

委　员：谭继和　　何一民　　段　渝　　高大伦　　霍　巍

　　　　张志烈　　祁和晖　　林　建　　杨　政　　黄立新

　　　　唐海涛　　常　青　　泽仁扎西　　侯安国

　　　　张庆宁　　李　云　　蒋咏宁　　张纪亮

四川历史名人（第二批）丛书总序

——传承巴蜀文脉，让历史名人"活"起来

文化是民族的血脉。文化兴国运兴，文化强民族强。

党的十八大以来，习近平总书记以政治家的战略眼光，以唯物主义的科学态度，从中华文化的思想内涵、道德精髓、现代价值和传承理念等方面多维度、系统化地阐述了对待中华文化的根本态度和思想观点。他将中华优秀传统文化提升到"中华民族的基因""中华民族的根和魂"的崭新高度，指出"一个国家、一个民族不能没有灵魂"，要"加强对中华优秀传统文化的挖掘和阐发"，努力实现传统文化的"创造性转化、创新性发展"。

中华文化源远流长，积淀着中华民族最深沉的精神追求，是中华民族独特的精神标识，为中华民族生生不息、发展壮大提供了丰厚滋养。与古印度、古埃及、古巴比伦文明相较中华文明至今仍然喷涌和焕发着蓬勃的生机。四川作为中华文明的重要发源地之一，历史文化源通流畅、悠久深厚。旧石器时代，巴蜀大地便

有了巫山人和资阳人的活动，2021年公布的全国十大考古发现之一的稻城皮洛遗址，为研究早期人类迁徙提供了丰富材料。新石器时代，巴蜀创造了独特的灰陶文化、玉器文化和青铜文明。以宝墩文化为代表的古城遗址，昭示着城市文明的诞生；三星堆和金沙遗址，展示了古蜀文明的不同凡响；秦并巴蜀，开启了与中原文化的融通。汉文翁守蜀，兴学成都，蜀地人才济济，文风大盛。此后，四川具有影响力的文人学者，代不乏人。文学方面，汉司马相如、王褒、扬雄，唐陈子昂、李白、薛涛，宋苏洵、苏轼、苏辙、元虞集，明杨慎，清李调元、张问陶，现当代巴金、郭沫若等，堪称巨擘；史学方面，晋陈寿、常璩，宋范祖禹、张唐英、李焘、李心传等，名史俱传；蜀学传承，汉严遵，宋三苏、张栻、魏了翁，晚清民国刘沅、廖平、宋育仁等，统序不断，各领风骚。此外，经过一代代巴蜀人的筚路蓝缕、薪火相传，还创造了道教文化、三国文化、武术文化、川酒文化、川菜文化、川剧文化、蜀锦文化、藏羌彝民族文化等，都玄妙神奇、浩博精深。瑰丽多姿的巴蜀文化，是中华文化的重要组成部分，是四川人的根脉，是推动四川文化走向辉煌未来的重要基础。记得来路，不忘初心，我们要以"为往圣继绝学"的使命担当，担负起传承历史的使命和继往开来的重任，大力推动巴蜀文化的传承、接续与转化，让巴蜀文化的优秀基因代代相传。

"四川历史名人文化传承创新工程"是深入贯彻习近平新时代中国特色社会主义思想，践行"两个结合"，推动中华优秀传统文化创造性转化、创新性发展的生动实践。自2016年10月提出方案，2017年启动实施，推出首批十位四川历史名人，彰显了历史名人的当代价值，推动了中华优秀传统文化传承发展。2020年6月，经多个领域权威专家学者的多次评议，又推出文翁、司马相如、陈寿、常璩、陈子昂、薛涛、格萨尔王、张栻、秦九韶、李调元等十位第二批四川历史名人。这十位名人,从汉代到清代,来自政治、文学、思想、教育、科学、史学等领域,和首批历史名人一样,他们是四川历史上名人巨匠的杰出代表,在各自领域造诣很高,贡献突出:文翁化蜀兴公学,千秋播德馨;相如雄才书大赋,《汉书》称"辞宗"。陈寿会通古今写三国,并迁双固创史体;张栻融合儒道办书院,超熹迈谦新理学。薛涛通音律、善辩慧、工诗赋,女中豪杰;格萨尔王征南北、开疆土、安民生,旷世英雄。陈子昂提倡兴寄风骨,横制颓波,天下质文翕然一变;李调元钟情乡邦文献,复兴蜀学,有清学术旗鼓重振。常璩失意不愤,潜心历史、地理、人物,撰《华阳国志》,成就中国方志鼻祖;秦九韶在官偷闲,精研天文、历律、算术,著《数书九章》,站上世界数学顶峰。

"四川历史名人丛书"的编纂出版,是深入贯彻落实中央《关于加强和改进出版工作的意见》和中办、国办《关于推进新时代古籍工作的意见》精神,推动四川出版高质量发展的重大举措,是传承巴蜀文明、建设文化强省、振兴四川出版的品牌工程。其目的是深入挖掘历史名人的思想精髓,凝练时代所需的精神价值,增强川人的历史记忆,延续中华文化的巴蜀脉络,推动中华文化传承创新,为实现中华民族伟大复兴提供精神力量。

"四川历史名人丛书"的编纂出版,始终坚持正确的政治方向、出版导向、价值取向,深入挖掘名人的精神品质、道德风范,正面阐释名人著述的核心思想,借以增强川人的文化自信,激发川人了解家乡、热爱家乡、建设家乡的澎湃力量;始终坚守中华文化立场,着力传承中华文化的经典元素和优秀因子,促进人民在理想信念、价值理念、道德观念上团结一致;始终秉承辩证唯物主义和历史唯物主义观点，用客观、公正、多维的眼光去观察历史名人，还原全面、真实、立体的历史人物，塑造历史名人的优秀形象，展示四川文化的独特魅力，让历史名人文化为今天的社会发展提供精神动能。

"四川历史名人丛书"的编纂出版，注重在创新上下功夫，遵循出版规律，把握时代脉搏，用国际视野、百姓视角、现代意识、文化思维，将思想性、知识性、艺术性、可读性有机结合，找到与读者的共振点，打造有文化高度、历史厚度、现代热度的文化精品，经得起读者检验，经得起学者检验，经得起社会检验，经得起历史检验；注重在质量和水平上下功夫，立足原创、新创、精创，努力打造史实精准、思想精深、内容精彩、语言精妙、制作精美的文化精品，全面提升四川出版的知名度和美誉度，为建设文化强省、助推治蜀兴川再上新台阶提供思想引领、舆论推动、精神鼓励和文化支撑，为增强中华文化影响力贡献四川力量。

"四川历史名人丛书"编委会

2022 年 4 月 5 日

目录

第一章　名门之后

一

宋孝宗淳熙六年（1179）冬天，江陵府。

北风如刀，削得满山黄叶尽落，地上只剩断筋枯草。江陵府衙大院里，两个年轻人眉头紧锁面如霜结，显然是遇到了一件极其为难的事。

年纪较轻，个头却要高上一截的年轻人说："要不，先瞒着先生吧？"

另一个年轻人叹了一口气，说："你我都不善说谎，先生又那么精明，我们怎么瞒得过他？再说了，就算侥幸瞒过初一，十五怎么办？"

说话的两人是师兄弟，师兄叫陆岭，师弟叫陈齐——两人正准备去见老师张杕。

陆岭说完，把手里握着的一封信收入宽袖，又仔细掖了掖，确定已经把信藏好，这才迈步向张杕的房间走去。

陈齐对陆岭的自作主张有些不满，待在原地没动。等陆岭走到了十步开外，才举步向他追去。他人高腿长，走得又急，很快后来居上，反而走到了陆岭前面。

北风更急了，天空也越来越阴沉，两个年轻人的手冻得通红却浑然不知，远远望去，像是四朵红梅，摇曳于朔风之中，有些凄艳，有些落寞，更有些不知所归。

卧房内，张栻正用左手撑着桌子，给弟弟张构写信。手中的兔毫仿佛重若千钧，每写完一个字，他都要停下休息一番。等拖完最后一笔，张栻再也承受不住身体的沉重，又摸回床上重新躺下。

自从夫人宇文绍娟死后，张栻的身体便每况愈下；此后领镇静江，日夜忙于政务，身体更是一天不如一天。他曾多次上书皇帝，希望能准许他告老还乡。皇帝不仅不许，还在今年派他知江陵。

张栻的性格使他无法尸位素餐，明知身体不佳，到任后还是马不停蹄地缉强盗，去贪官，抚百姓，兴庠学……事事亲为，劳心劳形。

让人忧愁的是，尽管他全力治贪，曾一口气参掉十四名贪官；官场的贪腐之风，却没能得到根本的遏制。他重视教化，经常亲自给学子们讲学，勉励他们以后不管是高居庙堂，还是远涉江湖，都要以忠君报国为念；可学子们却一心向往着功名。

百姓疾苦，官员们却耽于享乐；金虏未灭，学子们渴望的却只是拜相封侯的实惠和风光……整个江陵，乃至整个大宋，就像一艘破船，船上之人不仅不去堵塞漏洞，反而盼着樯倾楫摧的那天，好抽去几块船板！

外劳内忧，张栻病倒了。他自知大限将至，凝思数日后，于一个深夜提起兔毫，用最后一腔热血化开浓墨，写下一道奏表，劝诫皇帝不忘靖康之耻，肃清内政，为北伐复国打下基础——张栻尤其提醒皇帝，用人要合乎天理，不能只顾自己好恶，以致小人得志，贤人去国。

奏表送入京城，却像将一块石子，扔进深不可测的峡谷，至今仍未听到那落地之声。

张栻感到自己也像是站在万丈峡谷之侧，随时可能坠入无尽的黑暗和虚空之中……

将近张栻卧房，陈齐拦住了陆岭："再考虑一下吧，先生肯定受不了这个刺激。"

陆岭仍坚持己见。两人陷入争辩，声音不觉大了起来。

浅睡的张栻被二人惊醒，说："是陆岭和陈齐吗？都进来吧。"

陆岭和陈齐大声应了一声"是"，轻轻推开了房门。两人看见张栻半靠在床上，胸脯起伏，嘴唇翕动，苍白的双颊含着一抹病态的晕红。

陈齐心中一紧：先生的病，看来是更重了。

"你们在外面嚷嚷什么？"

虽在病中，张栻仍有一股威严。陆岭和陈齐不敢看他，都垂下了头。

张栻无暇教育弟子，他心中最为挂念的，还是那件大事："有消息吗？"

陆岭、陈齐互看一眼，都没有回答。

"说话呀！"张栻又急又怒。

"有！"回答的却是陈齐。

听了这肯定的回答，张栻胸口突突狂跳，一口气不顺，竟无力说话，只好用目光示意陈齐说下去。

陈齐却不知如何开口。

陆岭见状，赶紧上前一步，说："子寿兄来信说，奏折没能送到圣上手里……"

子寿指的是张栻弟子彭龟年，他做了一任地方官，回朝廷述职，目前正在临安。

"啊？为……为什么？"

这一下，就连陆岭也语塞了。

张栻知道其中必有重大缘故，反而镇定下来："放心吧，为师承受得了。"

"奏折被李公公拦住了，没能送到圣上手里……"

李公公指的是内侍李珂，他是当朝皇帝赵昚最宠幸的一位太监。

陆岭一边说，一边从袖中取出信件递给张栻。张栻只看了几行字，便感到有人朝他堆满火药的胸腔，扔下了一束火苗，接着便是一阵摧肝裂肺的爆炸……张栻只感到喉头又热又甜，终于"哇"的一声，狂喷一口鲜血，雪白的蚊帐顿时被血雨冲得一片狼藉。

"先生！"陈齐、陆岭拥到床前，又是抚背，又是用衣袖擦拭他胸前、唇边的血迹。

想到可能再也等不来皇帝的朱批，张栻万念俱灰，一把推开了两位学生。

陆岭赶紧劝说："先生，您一定要保重身体，莫中了小人的奸计！只要您贵体安康，圣上迟早会明白您的忠心与苦心。若能提拔您执掌中枢，到时候就能和圣上一道，起贤斥奸，修内政、攘外敌，建千古不灭之功业，立万世不朽之英名！"

陆岭这番话，如果是以前，张栻一定很乐意听；现在却觉得虚假中夹着讥讽，听来字字刺心。

过度兴奋后的疲倦，希望落空后的幻灭，让张栻疲累已极，再也不愿说话。等弟子伺候他换过带血的被褥衣服，才再度开口："你们忙去吧，晚上不用来伺候了。"

陈齐着急说："先生，还是让我陪着您吧！"

"不用了，有什么事我会叫你们的。"

"那，我让冯叔把饭送到您房间？"

张栻此时哪还有心饮食？但如果驳弟子之意，又怕他们继续"纠缠"——于是，点了点头。

二

陈齐口中的"冯叔"，张栻叫他"老冯"。

老冯是张家一名老仆，比张栻大十多岁，从张栻出生之日起，就一直跟着他。两人名分上是主仆，张栻内心却视他为半个兄长。

弟子走后，张栻想睡一会儿，内心却思潮如涌，不但不能入眠，脑子反而越来越清晰。张栻感到心里有好多话——和平常说的话很不一样的话，想找一个人倾诉；却又担心这些话说出来，不仅会吓到别人，更会吓到自己。

老冯端着食盒进入房间，张栻见他披了一身雪，吃了一惊："下雪了？"

老冯一边拂掉肩头的落雪，一边回答："是的主子，下得好大。"

张栻莫名有些兴奋，撩被就要下床。老冯赶紧上前给他披上外衣，扶他走到窗前，并卷起了窗帘。张栻隔窗一看，只见漫天飞琼乱舞，就像千树万树的梨花，卷落于癫狂的北风之中。

张栻一脸兴奋地吩咐："老冯，麻烦你再去烫一壶酒。"

"主子，你的身体……"

张栻摆摆手，说："不碍事。"

不一会儿，老冯烫来了酒，又拿出食盒里的菜一一摆好。屋内烧着炭火，温度不低，饭菜依然温热。

张栻说："难得大雪，陪我喝一杯吧。"

几十年来，只要是私己之地，张栻和老冯，就没有严守主仆名分。

老冯依言坐下，替张栻和自己斟酒，有意都没斟满。

张栻喝了一口酒，问："老冯，你是哪年到的我们家？"

"建炎三年（1129）。"老冯看了一眼张栻，见他没有接话，继续说，"靖康二年（1127），金兵破了开封城，我随父母南逃。路上，父亲被金人杀死。我和母亲逃到寿春，被知寿春府事邓绍密收留。建炎三年，母亲和邓府君一家，惨死于范琼之手，只有我逃出生天，去临安找到了老主子……"

老冯口中的"老主子"，指的是张栻父亲张浚。

虽然已经过去五十年，老冯想起当年范琼屠杀寿春官民时的惨绝，仍心有余悸，端着酒杯的手也抖了两抖；好在酒未斟满，这才没有抛洒出来。

"后来，我父亲杀了范琼，替你母亲报了仇。"说到这里，张栻嘴角闪过一丝苦笑，"记得小时候，我见你祭奠父母，哭得很伤心，于是安慰你说：'我父亲杀了范琼，替你母亲报了仇；以后我要杀光金虏，给你父亲报仇，给我大宋报仇！'唉，年幼不知天高地厚，何其狂妄可笑！"

老冯忙劝说："主子莫要灰心，你正当壮年，等病一好，就有机会实现当年的抱负……"

张栻一声长叹："满朝文恬武嬉，士子心中又只有功名，哪还有什么机会？"

张栻最担心的还是皇帝。

其时在位的是宋孝宗赵眘。登基不久，赵眘就起用张栻父亲张浚，发动了一次北伐。开始用兵顺利，宋军接连收复灵璧、虹县等地。后来遭遇金兵优势兵力反扑，加上主将李显忠和邵宏渊不和，以致大败于符离。

主和派大臣汤思退，联合太上皇赵构，不断给赵眘施加压力；赵眘本就性格犹豫，重重压力之下，很快便派人赴金营议和。

经此一败，赵眘雄心大挫，虽然后来多次声称要再度起兵北伐，内心其实极为摇摆；加之官吏腐败导致民变蜂起，赵眘自顾不暇，哪还有余力北伐？

近些年，因为用人不当，天下更加糜烂；别说北伐复国，能否图存，都已成问题！

张栻又想起那被宵小挡住的奏折，心中悲苦，仰头喝光了杯中酒，同时转换了话题："复之还没有消息？"

复之，指的是老冯的儿子冯志。

老冯摆了摆头，没有说话；那干瘦又发量稀疏的头颅，就像一棵只剩枯枝残叶的老树。

冯志是老冯唯一的儿子，比张栻儿子张焞大五岁。张栻教张焞读书时，常常也会喊上冯志。因此，冯志虽是仆人之子，却也满腹诗书。

五年前，冯志州试落第；更让人奇怪和伤心的是：他竟然从此失去了踪影！

老冯之妻李氏，思念儿子成疾，不到两年就撒手人寰。

五年来，老冯一直没有放弃寻找儿子，张栻也让下属和弟子四处打探。传回来的消息很多：有说冯志受不了落第的刺激，投了长江；有说冯志被山贼掳掠，不得已做了山大王的军师——甚至还有消息说，冯志流落到了金国……

这些消息真假难辨，老冯心里也忧喜并杂。然而，随着年深月久，老冯心底那丝希望之火，不可避免的越来越微弱。

老冯本想劝张栻少饮几杯，听他提起冯志，心中悲苦，不禁和他一杯杯对饮起来。北风一阵阵叩击着门窗，似乎也是心有块垒，无处宣泄，只能拿这坚硬的门窗出气。

张栻酒量本不错，但因久病之故，几杯下肚，已经微有醉意。蒙眬的醉眼里，已经六十岁的老冯皱纹密集，目光空洞，看起来更显苍老。

张栻鼻子一酸，感慨说："如果以前，我不严苛地要求昭然和复之读书做人，他们或许就不会一个不到三十就长辞于世，一个一去五年了无音讯。你我主仆，也不至于如此老境凄惶……"

张焞字昭然。

老冯从没见过张栻如此颓唐，更是第一次听他否定读书明理，吃惊地看着他，说："主子……"声音暗哑，如同含着一口沙。

天色已经完全暗了下来，北风更加愤怒地拍打着门窗，似乎里面的人和它有血海深仇，它又偏偏不得其门而入。冤屈和狂暴，让它一遍又一遍地退回、蓄力、出击、冲撞……却始终劳而无功。

张栻突然想到，小时候想杀尽金虏，替老冯报家仇。几十年后，非但没有替他报仇，反而因为自己，逼走他的儿子，气死他的老妻——这，岂不是给他制造了新的家仇？

苍天可鉴，他张栻从没想过要害老冯一家。

既然不是存心加害，问题又出在哪里呢？

莫非，他一生上下求索、笃定不疑的大道天理，竟然——有问题?!

北风愤怒的呜咽声里，张栻仿佛听到了张焯、冯志的哀叹，千百弟子的苦吟，万千百姓的悲泣，山河将碎的哭号；也听到了王公大臣苟安的祷告，百官宴前的笙箫，小人志得意满的狂笑……

张栻感到胸中憋闷无比，直想用利刃剖开胸腔以释重压！他倏然起立，径直扑向了卧房门。

"主子，外面风大！"老冯赶紧起身相劝。

张栻却不顾老冯劝阻，一把扯开了大门。

暴雪挡住了视线，暴风吹迷了眼睛，张栻心里却有一种莫名的快意：这不堪的世界，圣贤的教诲指引不了，君子的努力挽救不得，百姓的血泪洗涤不尽——那么，就让这狂风暴雪，将它彻底掩埋吧！

然而，真的掩埋得了吗？

不说其他，光是那几十年的旧事，就像一股股激流，冲破满地的积雪，从四面八方汹涌而来……

三

"将军，前面就是寿春城。"

听了裨将李文渊的汇报，御营平寇前将军范琼，抬头望了一眼浓雾下影影绰绰的寿春城，眸子就像残灯续上了油，瞬间又明亮起来。

宋高宗建炎二年（1128）底，金国再次发兵攻宋。赵构一方面积极准备南逃，一方面命令范琼、韩世忠、张俊等将迎击金军。

靖康年参与开封保卫战，范琼见识过金军万马并驰的虎狼之势，知道与之对战，无异于投身虎口。然而皇命难违，范琼心里再不情愿，也只得出兵。

一路上，范琼小心翼翼避开金军主力——美其名曰"避其锋芒"，终于如愿屯兵于他认为相对安全的东平府。没想到，金人大军突然进攻东平。范琼连夜南逃，别说与敌交锋，就是听见金人的鼓声，也能吓得他面如灰土、双股打颤。

整整半个月，范琼没睡过一个整觉，没吃过一口热饭，逃到此地，已是满面尘霜、神疲身倦。主帅如此，手下的将士就更不用说了。

范琼知道，李文渊是想让他带军入寿春城，好好休整一下，顺便弄一点补给。

然而，他有自己的考量：如今兵荒马乱，寿春守臣一定不会同意他们入城休整。如果硬来，寿春又城坚墙厚，一时难以拿下。倘若为此耽误时日，被南下的金人赶上，那就成了偷鸡不成反蚀一把米。

"不入。"范琼下令。

"将军，弟兄们这半个月……"李文渊犹有不甘。

"晚上来。"范琼低声说。

李文渊明白范琼是想晚上搞偷袭，顿时眉开眼笑，兴奋地说了声"遵命"。

天还没亮，知寿春府事邓绍密便起了床；来到书房，见儿子已在端坐读书，心里略感欣慰。

几个月来，金兵将到寿春的消息不断，城内人心惶惶，富家大户纷纷南逃。为了让寿春军民相信他们一家绝不会弃城而走，邓绍密每天用过早饭后，都会带着家人到城内走上一圈。多出了这件事，儿子每天就只能起得更早，才不会耽误功课。

夫人对于邓绍密每天仍要求儿子早起读书很是不解，问："老爷，金人随时可能列兵城下，此时读书，更有何益？"

"时势越是艰危，越要读书!"邓绍密顿了顿，又说，"就算读书一时不能解国家于倒悬，也能让人明白，在面对金人刀剑的时候，应该怎样做大宋的忠臣!"

听了这话，夫人脸色一片惨白。

邓绍密确实做好了和寿春共存亡的打算，但他并没想过要让儿子和他一同殉城。他要给邓家留下血脉，也要给朝廷多留一点卷土重来的希望——这也是时至今日，他仍要求儿子苦读不辍的原因。

不过，这个打算连夫人也不能告诉。不是担心夫人口不紧，而是怕她不善隐藏，被外人看出端倪。一旦寿春军民知道他也有安排家人南逃避险的打算，寿春城势必人心大乱；人心一乱，不用金人动手，寿春城也会毁于一旦。

冯康沏了一盏茶，端来给邓公子。

冯康是开封人，靖康二年（1127）开封城破后，他和父母侥幸逃出了城。然而，没走多远，他们就遇到了交战的宋金军队，父亲被流矢射中，断断续续对他们母子留下两句遗言，便伤重而亡。

冯康母子跟随其他流民，一路南逃到寿春城下，再也走不动了。其时因为难民太多，寿春城不能尽纳，加之担心难民入城后聚众作乱，邓绍密下令紧闭城门，同时给城头守军下了一道严令：没有本官允许，擅自出入城者，格杀勿论!

除夕夜，凛冽的北风撕破了低沉的天空，很快便漏下密密匝匝的冻雨冷雪，砸得一城居民，只能龟缩回屋内。

邓绍密想到城下的难民无米可食，无衣御寒，命下属熬了几大锅热粥，又募捐了一批衣物，发送到城外慰劳。

邓绍密全家出动，他亲自掌勺施粥，夫人和儿子则分发御寒之衣。

过了约莫半个时辰，夫人领着一个三十来岁，一脸泪痕的中年妇人来到他面前："老爷，快看看这个孩子，他病得好重。"

邓绍密这才看见，妇人手中抱着一个瘦小的孩子。他伸手触其额头，果觉异常烫手。

妇人突然下跪，含泪哀求："邓府君，求求您救救我儿子! 再不寻医用药，他，他只怕活不过今晚……"

邓绍密虽然同情她，但想到此例一开，一定会有其他难民恳请入城，一时沉默不语。

"他父亲临死前，我向他发过誓，会把孩子抚养成人。邓府君，我知道你们全家都是大善人，求求您一定要救救我的孩子！"见邓绍密仍未点头，她的语气突然变得坚定，"放心，我不会令您为难……"

说完，妇人突然将孩子交到邓夫人手里，一头向城墙上撞去。幸得两名士兵眼明手快，及时拉住；妇人又饿了几天力气有限，才没有酿成惨祸。

邓绍密叹息说："好不容易逃过金人的刀剑，你这又是何苦？待会儿你和孩子一起，都随我入城吧。"

说完，亲手端了一碗热粥，送到了妇人手里。

这对母子，正是冯康和他母亲。

见了邓绍密，冯康低头喊了一声"邓府君"。

邓绍密点了点头，打量了一下这个年仅九岁的孩子：因为逃避兵祸时担惊受怕、受冻挨饿，加之后来又大病一场，冯康的面相、动作，看起来竟比他十五岁的儿子还要老成。

邓绍密一声长叹：金人再度南下，不知道有多少人，又将惨死于刀剑马蹄；又有多少人，将抛家别院，凄惶南逃，每天食不果腹，唯有痛喝腥风血雨！

感慨之际，守将瞿胜慌慌张张跑了进来，大声禀报："邓府君，大事不好了！"

邓绍密吃了一惊："金人来了？"

"不是金人，是范琼范将军的军队！"

邓绍密知道范琼。

靖康二年初，开封城一破，范琼就投靠了金国，并受金人委托，将太上皇赵佶、皇室宗亲，以及后宫妃嫔共计三千余人，押送至金营。这些天潢贵胄，好的能乘轿，次的能坐牛车，最次的只能步行。

开封百姓见了太上皇和龙子凤孙的惨状，沿路伏地痛哭。这个范琼，居然拔出佩刀，接连砍死了好几个百姓！

同年三月，金国册封张邦昌为伪楚皇帝。殿前都指挥使、宣赞舍人吴革忠于大宋，不肯屈节异姓，举义兵反抗张邦昌。

范琼与吴革有旧，诈与吴革合谋起兵，却在背后偷袭他，杀死其手下数百人，吴革及其子也被范琼所擒。吴革痛骂范琼不忠不孝、不仁不义，范琼恼羞成怒，将吴革及其子残忍杀死。

张邦昌其实并不想当皇帝，金军一撤，他立即还政给当时还是康王的赵构。范琼担心赵构会找他算账，愁眉不展，惶恐度日。

赵构本看不惯范琼的所作所为，无奈他手握重兵，不敢逼之过甚，于是下了一个特诏，表示"不问前事，只观后效"，范琼这才安心效忠新皇。

听了瞿胜所言，邓绍密心想：本次金虏南下，圣上命范琼联合韩世忠等人往北迎战金军，他却南逃至寿春，莫非金人已经……

"范将军可带有前方军情？"

瞿胜听出邓绍密声音发抖，知道他误会是金人将至。不过，眼下的这个麻烦，却并不亚于金人的攻击："不是军情，是我们的人和范将军的人，闹起来了！"

四

范琼率领军队经过寿春城下时，见其城门紧闭，城墙上更是排满士兵，知道自己夜间偷袭的谋划乃正确之选，当下不动声色，带着手下慢慢绕城而过。

见范军没有入城的打算，城头的寿春守军也放松了警惕。一个叫丁守正的人，看见了"御营平寇前将军范"的旗帜，讥笑说："范将军的兵不会杀金人，对怎么逃命却很在行！"

站在丁守正旁边的，是他的堂哥丁守仁。他知道堂弟这话会惹祸，无奈话出如泼水，只能静观其变。

范琼的士兵因为不能入城休整，已经窝了一肚子火，听了这讥讽的话，个个按捺不住，用污言秽语痛骂丁守正；有的士兵还高扬着手中的刀枪，说是要杀上城头，将丁守正活剐！

丁守仁本还觉得堂弟多嘴，听了范军的咒骂，也来了气："你们当缩头乌龟，还不准别人说，真是岂有此理！"

于是，丁守仁和其他寿春守军一起，和范军对骂起来。

已经走过寿春城的范琼，听到手下的汇报，赶紧拍马回到寿春城下。

见主帅折回，范军停止了咒骂。墙头的寿春守军，除了少数几人继续骂着，大多数人都知趣地闭上了嘴。他们知道这次捅了马蜂窝，只是不知这群马蜂，有没有毒，会不会飞上城墙蜇人。

瞿胜见有几个士兵还不知收敛，走过去一阵狂踢，骂道："都给我住嘴！"

城墙上安静了，城墙下却喧闹起来：兵将们围在范琼四周，七嘴八舌地诉说，寿春守军方才是怎样藐视和侮辱了范将军。

范琼脸色越来越阴，眉毛越绞越紧，突然大声下令："停止行军，就地驻扎！"

范琼命人取来纸笔，给邓绍密写了一封亲笔信，提出了两点要求：一、将第一个多嘴的人交出来，任本将军处置。二、本将军避开金军锋芒，沿路后撤，是为将来反攻保存实力。无奈临行仓促，所带粮草不足，本将军又不愿扰民，特恳请邓府君馈赠粮草两万石。

似乎是担心话说得太客气起不了作用，信末又加上了一句：若是不同意，本将军只好带着上万兵将，进寿春城暂住几个月。

"无耻！无耻！"看完范琼的信，邓绍密一巴掌拍在桌面上，震得茶水四溅，如同飞珠。

瞿胜小心进言："邓府君，范琼手下有兵将万员，且久经战阵；寿春城的守军，满打满算不过三千，并且老弱充陈，器甲不足。如果不同意范将军的要求，只怕，只怕寿春难保……"

他一开始称"范琼"，后来又改口叫"范将军"，足见其对范琼的忌惮。

邓绍密忍不住斥责瞿胜："身为守将，却管不住自己的兵，惹下如此大祸，带累一城百姓！"

瞿胜自知理亏，不敢接腔。

邓绍密又说："人可以给，那两万石粮食若是给了范琼，不出一月，你我都会饿死！"

"是，是。为今之计，只有恳请范将军少要一点……"

邓绍密长叹一声，提笔开始写信。邓绍密告诉范琼，他愿意交出丁守正，以治其失礼之罪；至于那两万石粮食，寿春目前存粮尚不足一万石，只能拿出五千石劳军。

范琼看了信，表示不信偌大一个寿春府，只有那么一点存粮。

几番回合后，双方总算达成一致：邓绍密交出丁守正，范琼派三十名不带武器的士兵，入府库查看存粮；若真如邓绍密所说，他就只要粮五千石。

丁守仁眼睁睁看着堂弟被拖到范琼跟前，求饶的话还没说完，就被范琼的手下，一刀砍掉了脑袋。

"不敢杀金人，杀自己人倒是挺在行。"一个士兵小声嘀咕。

"别说啦，小心惹祸。"另一个士兵赶紧制止。

两人都忍不住看了一眼丁守仁。

丁守仁没有说话，只是目不转睛地盯着城下振臂欢呼的范军。他的双眼通红，好像丁守正脖颈中喷出的血液，全部倒灌进他的眼睛；又好像满身的怒火，全聚于双眼，直欲喷洒而出，将城下的仇人焚烧成一堆细灰！

"快开门，爷们要进城搬粮食！"三十个没带武器的范军，由李文渊率领五名带甲士兵，护卫着来到城门下，一边拍门一边大喊。

"爷们不仅要粮食，还要女人——听说寿春的女人，都他妈的皮滑肉嫩！"

"哈哈哈！"

寿春守军将城门翕开了一条缝，放那三十名范军入城。

等最后一名范军进了城，寿春军准备关上大门，李文渊突然将身体卡在了门口，说："我的兄弟进了城，你们又关上了门，要是有人对他们不利，他们岂不是只有死路一条？"

寿春守军见李文渊只带了五个人，其余范军均驻扎在离城门约百步之外，同意了他的要求。未免不测，他们有的手按刀柄，有的紧挨大门，只要李文渊稍有异动，他们可以马上出击并抢关城门。

三十名范军在几名寿春守军的带领下，大摇大摆进入寿春府库进行查点。

邓绍密已经做了安排，他们看到的是存粮不足万石的仓库，免不了又是一顿恶毒咒骂。

领路的几名寿春守军早已心生不满，一想到城门外尚有万余范军，只好按压愤怒。

离开粮仓，来到大街，范军瞪着街上的男人，放肆地对女人吹着口哨。寿春城里的男女见了，纷纷躲避。很快，在他们出城的街道上，已经逃得不见一个行人。

"寿春城的男人真他妈的尿！"

"寿春城的女子真他妈的美！"

"美也没有你的份儿！"

"爷要不是赶着回去交差，一定找个年轻娘们儿泻泻火！"

"哈哈哈！"

正闲谈浪笑着，忽见前面几条街道的交叉口立着一彪人马，为首之人手握一把大刀，刀口被阳光洗得雪亮；他的目光，则比当头的阳光还要毒辣。

"杀我们的人，还想吃我们的粮！"

"这是你们邓府君答应下的！"

"邓府君答应，我手里的刀不答应！"

"你敢违抗官命？"

"圣上派你们杀金人，你们却到寿春杀自己人——比起你们违抗皇命，我违抗官命算个球！"

"你们不要乱来，我们有上万人在外面；每人踏一脚，就能将你们寿春城踏成齑粉！"

"爷们现在，就把你们踏成齑粉！"

握刀与答话之人，正是丁守正的堂兄丁守仁。眼见堂弟被杀，他原以为没有机会为他报仇，毕竟对方有上万人马。哪知道范琼竟然派这三十人入城查点粮食，那不是自己把脑袋往他刀口上送吗？

他当然也担心，杀了这三十人，范琼会率领大军入城报仇。转念一想，如果他们迅速解决掉这三十人，再悄悄返回城门，突然将门关闭，坚守不出——

范琼一路南逃，有兵无粮，要想拿下寿春，只怕没那么容易。至于邓绍密，一来他也恨范琼，二来需要他们替他守城，应该不会对他们下狠手。

丁守仁突然一声怒喝，挥动大刀率先杀入范军。领范军入城的几名寿春守军见了，也回头向范军杀去。

这三十名范军没带兵器，顿时便有七八人被砍翻在地，喷出的鲜血汇成几条小溪，伴随着一声声惨叫，沿着幽深的街道渐次铺开。

毕竟是久经战阵之兵，度过最初的慌乱，范军渐渐镇定下来。有几个武艺高超的士兵，抢过了寿春守军的兵器，聚合到一处，向着城门的方向且战且退。

"别让驴日的跑了！"丁守仁急吼道。

寿春军在丁守仁的激励之下，又将几名范军搠翻在地，己军也有十多人被砍死或刺伤。

范军拿起尸体做盾牌，一步步退向城门。

"范将军，快救我们！"

守卫城门的寿春守军听到声音，都回头看去。李文渊见状，趁机一声大喝："兄弟们上！"

他带人守在门口，本就是想伺机夺城。如今天赐良机，当然不肯放过。瞬息之间，便有十多名寿春军被砍翻搠倒，城门落入了李文渊之手。

范琼见城门已开，马鞭一甩，边冲边喊："弟兄们冲！城里有酒，有肉，还有——女人！"

邓绍密听说丁守仁带人伏击范军，追出来制止，正好看见成千上万的范军，潮水似地涌进了寿春城。他们看见男人就砍，看见女人就拉入屋内；能拿的东西就搬走，不能拿的就放火焚烧……

邓绍密浑身颤抖，喃喃说："这到底是宋兵还是金兵……"

"邓府君，快回府吧！"瞿胜不等邓绍密回答，拍马转身而走。

邓绍密一声长叹，只得退回府衙。府衙内除了夫人、儿子、冯康母子，以及两名老仆，其他人都走光了。

"老爷，你终于回来了。"夫人知道邓绍密安全，松了一口气；听见杀喊声、惨叫声越来越近，又忍不住忧惧，"这可如何是好？"

"我们卧房床下，有前任府君挖的一条密道，可以直通城外，你们快由此出城。"

"父亲大人您呢？"只有邓公子听出了邓绍密说的，是"你们"，而不是"我们"。

"我是一城父母官，不能走。"

"那我留下来陪父亲大人。"

"我也留下陪邓府君。若是没有邓府君救助，我早就死了。"冯康紧跟其后。

邓绍密看着儿子，厉声说："你陪我死，不过是小孝；为我报仇，为我邓家留下血脉，才是大孝！"又面向冯康说，"你也要好好长大，杀光金人，给你父亲报仇！"

邓夫人和冯康母亲，上前拉起各自的儿子，均呜咽不绝。

邓公子拭干眼泪，说："父亲大人，我不想十年后再给您报仇。您告诉我，找什么人，可以尽快要范琼的命？"

邓绍密想了想，说："找张浚张公！走，快走！"

两名仆人拉着邓公子和夫人，和冯康母子一起奔后厅而去。

范琼带着亲兵冲进府衙，里面除了从容端坐的邓绍密，再无他人。亲兵找不到人，就四处搜寻财物。

邓绍密冷笑说："这就是你带的好兵。"

"你带的兵好，可惜都做了刀下之鬼。"范琼针锋相对。

邓绍密正色说："范将军，就算我邓绍密有罪，寿春百姓何辜？身为朝廷命官，你可还记得太宗的《戒石铭》：尔俸尔禄，民膏民脂，下民易虐，上天难欺！"

范琼一脸不屑："上天？上天在哪里？"

邓绍密说："就算天眼一时难开，还有圣上呢。有道是'君为臣纲，父为子纲'——身为臣子，不遵号令，不守规矩，就是乱纲。乱纲逆贼，人人得而诛之！"

这话彻底激怒了范琼，他霍地拔出佩剑，直指邓绍密面门："我倒要看看，是你诛我，还是我诛你！"

剑光闪过，邓绍密的官帽在地上滚了两圈，终于一动不动。

五

宋高宗绍兴五年（1135）九月的一天，临安城外的官道上驶来了一乘官轿。轿中的张浚听见人声渐多，知道即将入城，伸手拨开轿帘向外眺望。

金兵没过江之前，临安物产丰饶，商业发达，人口稠密，是闻名天下的富贵繁华地。建炎三年（1129）十二月金兵攻破临安，烧杀抢掠，无恶不作，人间天堂遂成人间地狱。

如今，经过五年的休养生息，临安的街市慢慢恢复了热闹，民居却未能尽复，城内处处可见仅能栖身的草棚。但时局总算安定下来，百姓虽还穷困，脸上朝不保夕的恓惶之色，已经大为减少。

路过西湖的时候，张浚把目光投向了苏堤。已是秋天，苏堤黄绿并杂，横卧波心，宛如一条绸带，将西湖南北两岸挽在了一起。两边的湖水被突起的秋风吹动了心事，泛成道道涟漪；行至远处，涟漪又化成了薄雾轻烟，湖岸群山顿时笼罩在一片氤氲之中……

看着秀美绝伦的西湖秋景，张浚不禁豪气填胸，一个念头涌上心间：只要有我张浚一天，绝不让胡虏再糟蹋这如画江山！

过去一年，不管对大宋还是对张浚，都是非常重要的一年。

去年年底，金和伪齐组成联军，分两路南下。在老朋友——当朝宰相赵鼎的建议下，赵构起用张浚为知枢密院事。张浚接到任命，马不停蹄赶到建康布置迎敌。

经过精密部署，一路金军被韩世忠挡在了承州境内，另一路则被岳飞击败于庐州城外。将近年关，老天爷也来帮忙：连续多日雨雪齐下，阻绝了饷道，金军只能杀马为粮。主帅完颜宗弼（兀术）见军无斗志，宋军又防守严密，只得下令撤军。

打了这么大的胜仗，赵构当然很满意，授予张浚右仆射，同平章事，兼枢密院事，以右相之名，都督各地军马。

外患暂平，朝廷把目光投向了洞庭湖。南渡以来，洞庭湖一直不太平，钟相、杨幺先后自立为王，内反朝廷，外连伪齐，有如抵在朝廷后背的一把尖刀。朝廷多次派兵清剿，都是损兵折将、无功而返。

这次，赵构下定决心，命张浚联手岳飞，务必要擒获杨幺。张、岳二人精密谋划，剿抚并用，最终生擒杨幺，彻底平息了洞庭之患。杨幺手下的五六万精壮之士，也被纳入岳飞麾下。

现在的大宋，内有贤相，外有良将，又免除了后顾之忧，张浚开始构想一个宏伟计划——这个计划如果成功，大宋将得以中兴；而他张浚，也将名垂青史！

"德远犁平洞庭，又建奇功！"见张浚进入都堂，左相赵鼎赶紧起身迎接。

张浚字德远。

"元镇过誉了。"张浚微笑说。

赵鼎字元镇。

张浚知道，这次自己能先败金兵，后平洞庭，离不开赵鼎的起用建言。对于赵鼎，他是真心感激。

饮过一口杂役奉上的茶，张浚看着赵鼎说："元镇看起来清减了不少，莫不是朝中有何烦难之事？"

赵鼎叹息一声，道出了原委：今年，国内很多州县遭遇了旱灾或洪灾，导致收成大幅下降。同时，因为连年战争，不少地方人口锐减；朝廷不知当地情况，依旧委派官吏——更可恨的是，个别贪官不仅白领俸禄，还要去搜刮已经很穷困的百姓，逼得百姓只好啸聚山林，甚至北逃伪齐。

在赵鼎的主持下，朝廷开始着手解决冗官问题；对于受灾之地，则积极安排赈灾。

张浚一边听，一边点头。对于赵鼎所言，他有的知道，有的不知道，但总体来说，他认为赵鼎处置得当，不负左相之名。

"德远，最大的开销，还不在赈灾和官员俸禄，而在——用兵。"赵鼎突然说。听了这话，张浚心里咯噔了一下。

赵鼎看了张浚一眼，又说："三年前，全国不过二十余万兵；到今年，全国至少有三十万兵——岳飞一军，扩充得尤为厉害，目前已达十万之众。每年的赋税，养兵都不够啊……"

"依元镇之见，该如何处置为好？"张浚听出赵鼎似有裁军之意，脸上有些挂不住了。

"德远是右相，主管军事，这事该你拿主意。"赵鼎反把皮球，踢给了张浚。

"我只知道'皮之不存，毛将焉附'！没有这些兵将，只怕临安处处是金人——你我哪还有机会，坐在这里饮茶论政！"

这话明显说重了，但赵鼎脾性温和，也不怎么生气，依旧和颜说："德远，你要理解我的难处啊……"

"张浚身为朝廷命官，只知国家之难，不知左相之难！"张浚霍然起立，又扔下一句话，"既然你我意见不合，那就明日朝堂之上，请圣上定夺吧！"

说罢，拂袖而去。桌上的茶杯被带动，摇晃了几番，方才艰难停稳，茶水、茶叶却已抛洒一桌，如暴风雨后的庭院一般狼藉。

赵鼎说什么也想不到，一场老友重聚，竟会闹得如此不快！

看着张浚决然而去的背影，赵鼎喃喃说："德远，你可知道，嫌兵多、怕武将坐大，正是圣上日夜忧心之事啊……"

六

第二天朝会，张浚并未将和赵鼎的争辩奏明皇帝。

不是他不想说，而是在他准备说之前，皇帝先就他平息洞庭之功进行了赏赐：白银、锦缎自不必说，还封他的母亲计氏为秦国夫人；就连两个儿子张栻、张构，也有封赏。

张浚感动得流下了热泪，连忙磕头谢恩："陛下如此恩遇微臣一家，微臣，唯有死报！"

昨天离开都堂，张浚也曾怀疑，裁军之说，是否是皇帝借赵鼎之口，向他探口风？如果是这样，他就该向皇帝言明，只要金虏未灭，便万万不能裁军。

今天朝会，皇帝不但不提裁军之事，还厚赏主管军事的自己。如此看来，皇帝应该没有裁军的打算。只要皇帝无此打算，他就没什么可担心。

另外，在听到宦官宣布，封母亲计氏为秦国夫人时，张浚就对赵鼎消了气。

张浚出生于汉州绵竹，其一世祖是唐宰相张九龄之弟张九皋，曾任岭南节度使。八世祖张璘，曾任国子祭酒，随唐僖宗入蜀，徙家成都。十世祖张文矩，封沂国公，早逝，其夫人携子迁居绵竹。

张浚父亲名张咸，曾任佥书剑南西川节度判官。张浚四岁时，张咸去世，家道由此中落。母亲计氏也生于蜀地官宦之家，为把张浚培养成人，她白天辛苦劳作，夜晚就在油灯下教张浚识字读书……

赵鼎和张浚一样，也是四岁丧父，由母亲含辛茹苦抚养成人。

有很多次，两人说起母亲的慈爱与辛劳，说起母亲督促他们读书时的严厉与祈盼，觉得和对方就像一同长大的亲兄弟。

既然是兄弟，就不该小肚鸡肠，因一两次口舌之争而不能释怀。

张浚的家人，目前都在都督府所在地——平江。

建炎三年，大将苗傅和刘正彦发动兵变，逼迫赵构退位于只有三岁的儿子赵旉。张浚联合吕颐浩、刘光世、韩世忠等人起兵勤王，从此获得赵构信任。当时誓师讨逆的地方，就是平江。

今年年初，为了统一指挥全国军马，赵构成立了都督府，以张浚为都督。朝堂讨论都督府所在地时，张浚毫不犹豫提出了平江。赵构、赵鼎一来知道他顾念旧地，二来将都督府设在平江，既便于指挥作战，又能拱卫临安，于是都未反对。

“老爷回来了。”见张浚进门，夫人宇文氏笑眯眯地打招呼。张浚是孝子，计老夫人受册封，宇文氏知道他会开心，于是也跟着开心。

张浚点了点头，向坐在一旁的母亲问安，又逗弄了一下赖在母亲怀里的小儿子张杓，转头问夫人：“栻儿呢？”

“在书房呢。”

张栻、张构都很聪慧，尤其是张栻，小小年纪就显得天资不凡。某天，张浚带张栻出门散步，手朝上指了指，说："这是天。"又朝下指了指，说，"这是地。"

张栻立即问："父亲大人，地之下是土，天之上是什么呢？"

张浚听了，竟不知如何作答。

其时，张栻还不到两岁。

张浚来到书房，正欲推门，听见张栻正和仆人冯康在谈论什么，于是停了下来，想听听大儿子又有什么奇论。

寿春被屠当天，冯康和邓公子一行从密道逃出，不幸被范琼的军队发现。母亲、邓夫人、邓公子，以及邓家两位仆人，全部惨死于范军之手。冯康被木棍击昏，范军以为他已死，继续去追杀其他寿春居民。

冯康苏醒后，想起邓府君曾说，要给他报仇，须得找到张浚张公。问了无数人，跋涉了数百里路，冯康终于在平江找到了张浚。

张浚听了寿春城的惨状，暴怒不已。其时正遇苗、刘兵变，国家风雨飘摇，无力惩治范琼这样的骄兵悍将。张浚只好按压愤怒，另寻良机。

苗、刘既平，朝廷派监察御史陈戬至范琼军中召其回朝。范琼不仅不愿跟随陈戬回朝复命，还肆无忌惮地宣称自己在淮南等地，招揽了十多万盗贼，以充实军队……

赵构听其言、观其行，认为范琼拥兵自重，目无朝廷，似已生反叛之心。

张浚趁机上表，历数范琼胁迫太上皇及宗室至金营、依附张邦昌、临阵脱逃、血洗寿春、拥兵自重等诸般罪状。

赵构于是命张浚收捕范琼，处以国法。

张浚和下属兼密友刘子羽商量后，定下一计：以"商谈如何平定各地民变"为名，同时召集范琼、刘光世、杜充等将入临安，以免范琼疑心；又命大将张俊埋伏好五千兵马，范琼一出现就立即解除其武装。

范琼果然中计，当场被抓并很快被杀。

冯康听到消息，再度来到张府，流泪叩谢张浚，直到把头磕破，鲜血流满脸颊，仍不肯停止。张浚见冯康双亲已失，年纪虽小却老成持重、忠心耿耿，就把他留在了张府。

入张府不久，冯康向张浚提出了一个请求——习武。

书房内，张栻正在请冯康讲国朝旧事。

张栻虽然聪慧，但毕竟年幼，于宋朝开国以来的历史所知不多。冯康年长十多岁，加之南逃途中，听了不少太祖太宗如何开国，真宗仁宗如何强国，到英宗神宗哲宗又急转直下，再被宋徽宗一通胡搞，终有开封破城、二帝为奴的奇耻大辱。

"我朝由强转弱，到底是谁之过呢？"张栻好奇地问。

"好多人都说，王相公难辞其咎。"

王相公，指的是王安石。王安石进行变法，本是想革除旧弊、富国强兵。无奈反对者太多，王安石又急于求成，正直的大臣不支持，他就重用吕惠卿等小人，宋朝由此党争不断，国力由强转弱。

冯康给张栻讲了一个"郑侠献流民图"的故事。

神宗熙宁七年（1074），王安石变法的第五个年头，时任安上门监的郑侠，冒着被流放和坐牢的危险，给神宗上了一幅《流民图》。

上一幅图，何至于坐牢？

因为郑侠职位低微，根本没资格给皇帝上奏表；无奈之下，他只好谎称是绝密急情，这才将《流民图》送到神宗御前。

显然，这样做有违法度；即便神宗不追究，王安石也绝不会放过他——此前反对变法的司马光、苏轼等大臣，不是被闲置，就是被贬出京城，何况小小的安上门监？然而，因为不忍天下苍生再辗转哀号，郑侠还是决定冒死进谏。

神宗摊开《流民图》，只见开封城外的大道上，流亡的难民扶老携幼，绵绵不绝。他们个个面黄肌瘦身无完衣，随时随地都可能冻饿而死……

看完此图，神宗潸然泪下，连续几夜不能成眠，这才下定决心废除变法。

张栻听得又是感慨又是愤然，问："既然变法已废，后来又怎么会失国呢？"

冯康想了想，说："主要还是因为徽宗吧。"

宋徽宗是北宋最糟糕的一个皇帝，他迷恋丹青，一任蔡京等"六贼"胡作非为，搞得国穷民怨，被趁势而起的金国，轻而易举占据了半壁江山。

冯康又给张杙讲了一个徽宗是怎么投胎皇家的故事：相传神宗某天到秘书省，见到一幅南唐后主李煜的画像。神宗见李煜风流文雅，忍不住再三叹讶。没多久，后宫有妃怀孕，十月后生下赵佶，也就是后来的徽宗。

这个故事显然是想说：太祖灭了李煜之国，李煜便投胎为徽宗，搞乱大宋，报当年南唐被灭之仇。

张浚听冯康所说，一开始还不算出格，后来却越说越不像话，忍不住推门大喝道："哪里听来的佛家因果轮回之说，简直一派胡言！"

张杙和冯康见张浚突然出现，先是一怔，随即长跪于地。

张浚瞪着冯康，说："你一介微民，又是孩子，怎敢指摘天子，妄言朝政得失？去，到书房外跪两个时辰！"

冯康出去后，张浚盯着张杙，厉声说："想知道兴衰大势和做人之道，应当用功读书，怎能求问于下人？"

张杙一脸认真地说："是，父亲大人。不过，我认为方才冯大哥所讲，并非全是不经之事。比如那个郑侠，就颇多可取之处。"

"哦？说说看。"张浚的语气，不由变得温和。

"在儿子看来，为人臣子，只有像郑侠那样，进言时不计自身得失乃至生死；国家有难时，才能像父亲大人一样，成为朝廷柱石——就算不能，也不至于变节求生、辱没先祖！"

张浚想不到儿子小小年纪，竟有如此见识节操，心中大为喜慰。他伸手扶起张杙，说："我军务繁忙，此前又见你年幼，一直没有好好教导你。我决定从今天起，只要有空，就亲自教你识字读书。"

张杙闻言大喜："谢谢父亲大人！"

晚上，张浚失眠了。他一会儿因儿子是可造之材而兴奋，一会儿又由"李煜投胎为徽宗"的谬说想到了皇帝。

自从独子赵雱死后，赵构一直没有生育。为免江山后继无人，三年前，虽然极度不愿，赵构还是在群臣的建议下，将太祖赵匡胤的七世孙赵伯琮，收入宫中养育。如果赵构命中无子，赵伯琮很可能就是未来的天下之主。

当年太祖死得不明不白，甚至有传他是死于其弟赵光义之手。赵光义不仅夺了哥哥的江山，做皇帝后还逼死了哥哥的两个儿子：赵德昭、赵德芳。

如今这花花江山，将从太宗后裔之手，交还到太祖后裔的手上——难道冥冥之中，真有天意？

如果是这样，属于他张浚的天意，又是什么？

张浚不禁又想起那个构思已久的宏伟计划……

七

张浚的宏伟计划是——灭伪齐！

金天会八年（即高宗建炎四年，1130），为了方便统治中原百姓，同时在金宋之间建立一个缓冲地带，金国册封北宋旧臣刘豫为帝，建立了伪齐政权。

和张邦昌不一样，刘豫很乐意做金人的走狗。为了讨好金国贵族，他广增赋税，大肆搜刮，甚至不惜开掘大宋皇陵盗取宝物，好给金国皇帝贵族上贡。同时，为了向金国证明自己的存在价值，他多次派兵配合金人攻打大宋。

在张浚看来，刘豫的伪齐，就好比一把悬在大宋眉头的刀子，此刀不除，国无宁日；而一旦伪齐被剪灭，不仅能尽复中原故土，甚至还有机会迎回二圣，一血靖康之耻！

绍兴六年（1136）正月，赵构下诏，命张浚到鄂州巡阅岳飞的行营后护军；一回临安，张浚就正式向赵构提出了灭齐构想。

这是大事，赵构马上让太监去传赵鼎。

"微臣恭祝陛下圣安！"赵鼎一路行来，已在默默揣测皇帝突然召见，为的何事？如今意外见到张浚，疑惑更深，甚至还生出些微不满——本次回京，张浚没有依照惯例，先与他相见。

"元镇起来说话。"

"是！"赵鼎一边答应，一边缓慢起身，站在了垂手恭立的张浚旁边。

"德远，把你的谋划，向元镇讲讲。"

张浚于是将自己的灭齐构想，又讲了一遍。话刚说完，赵鼎马上质疑："德远认为伪齐可灭？"

"当然！"

"理由呢？"

"中原军民屈身事齐，乃是迫不得已，他们仍心归大宋，此其一。刘豫倒行逆施，助纣为虐，掘皇陵盗宝物，视百姓如刍狗，上天震怒，频降灾祸，中原义士，群起反抗，此其二。岳飞收复襄阳六郡，韩世忠、吴玠近来与敌交战，亦有大胜，我朝良将如云，士气如虹，此其三……"

见赵鼎大摇其头，张浚心里微微冷笑，面向赵构说："陛下，微臣巡视后护军时，曾和岳飞有过一次深聊。岳飞说，他与中原反齐义士早有联系，朝廷一旦出兵，中原义士将即刻举事，以作内应……"

"哦？"一直没有说话的赵构，突然有了兴趣，"德远继续说。"

张浚还没来得及开口，赵鼎插话说："德远仍未说到关键点——国朝攻打伪齐，金人岂会坐视不管？"

"元镇身为左相临阵太少，才会如此惧怕金人！"见赵鼎不仅和自己意见相左，还多次打断自己，张浚再也不能克制，忍不住出言讥嘲。

赵鼎被刺得脸一阵红一阵白，半天才说："赵鼎是为国家存亡计，为陛下安危计，哪里，哪里是怕金人！"

发泄一通后，张浚又有些后悔方才的失礼：当着陛下的面，如此出言不逊，岂是为臣之道？

张浚曾熟读周敦颐、张载、二程等理学名家的著作，一贯注重修身养性；无奈个性过于耿直，加之灭伪齐又是心中极为看重的事，才会一时忍耐不住，当着皇帝的面讥嘲赵鼎。

张浚告诫自己不必理会赵鼎，只要能说服皇帝，就大事可成："陛下，臣今日提议灭伪齐，还有一个重要原因：金虏内部，出了大变故！"

去年正月，金国第二任皇帝完颜吴乞买病故，继任者是十六岁的小皇帝完颜亶。完颜吴乞买在世时，军权主要掌握在完颜宗翰手里。

提起完颜宗翰，宋朝从皇亲国戚到平民百姓，都是既恨又怕——是他，攻破开封，俘虏了徽钦二帝；是他，逼得陛下赵构，从建康到临安，从临安到越州，从越州到明州……直到逃至茫茫大海，才侥幸保住性命。

金国建国之初，实行的是勃极烈制，权力主要集中在都勃极烈（皇帝）、谙班勃极烈（皇储）、国论勃极烈（国相）、阿买勃极烈（国相助手）等人手里，实行的是集体领导，皇帝的权力受到很大制约。

完颜亶继位后，在养父完颜宗干协助下，效仿汉制，进行了一系列改革：以中书省、门下省、尚书省为最高权力机构，以太师、太傅、太保三师，以及太尉、司徒、司空三公为最高官衔，管理吏、户、礼、兵、刑、工六部。

紧接着，小皇帝将完颜宗翰召回上京会宁府，委任其为太保、尚书令，和完颜宗干、完颜宗磐一同主持国政；其实是用相权，换掉了他的军权。完颜宗翰离开军队，接替他的，就应该是完颜昌；而完颜昌，是金国主和派的代表，素来主张与大宋"和平相处"。

"此消息可确切？"听完张浚的汇报，赵构双眼放光。

"臣不敢欺君。"

张浚去年九月面见赵构，没有即刻提出灭齐建议，就是因为尚未核实金国变故真假。

这个消息实在太好了！只要金国不出兵，灭伪齐将大有希望。到时候宋金国土相连，战，可以和金国兵戎相见；和，可以派使臣直达金人朝廷，面见金国皇帝。赵构虽然兴奋，脸上却不露声色，而是把目光投向了赵鼎，问："元镇怎么看？"

赵鼎不主张攻伐伪齐，并不是因为怯敌，而是担心国家财赋不足，百姓又生活困窘，若无一定把握，万不能再起刀兵。眼下形势大利，他还有什么阻扰的理由？

"臣认为，伪齐可灭。"

"好！"赵构拍了一下身下的椅子，说，"我就将此事，全权委托德远！此功若成，德远就是我中兴第一功臣！"

张浚全身热血沸腾，赶紧伏地谢恩："臣必尽全力！"

八

"张公回来了。"见张浚阔步迈入都督府，正在弈棋的刘子羽和吕祉放下棋子，起身迎接。

"圣上同意了北伐大计。"张浚不及落座，先告诉了两位下属兼好友这个天大的好消息。

刘、吕二人从张浚入门时的满面春色，已经猜出了几分端倪；等亲耳听到这个消息，还是忍不住兴奋欢呼："太好了！此功若成，张公一定垂名青史！"

张浚摆了摆手，说："灭伪齐，绝不仅为我张浚的个人功名。金人破我东京，掳我二帝，用铁蹄摧残我大好河山，乃我大宋仇人；刘豫僭立为帝，无法无天，无君无父，乃我大宋的罪人。张浚身为右相，灭仇伐罪，上报圣上，下抚百姓，乃是职责所在。"

"不仅是职责，还是天命。"刘子羽说。

"没错，这是天降大任于张公。"吕祉也附和说。

这话张浚爱听，他微笑着捋了捋长须。这几年，因为过于操劳，他的须发已经白了一半，这让他看起来比实际年龄要苍老好几岁。

"彦修、安老，我们再来议议如何用兵。"

刘子羽字彦修，吕祉字安老。

此前，按照张浚的建议，朝廷对军队进行了一次整编。全国军队分为"三衙军"和"五护军"。三衙军是禁卫军，由殿前司、马军司、步军司组成。这支军队，除了杨沂中统领的殿前司实力较强外，其他两司，已形同虚设。

五护军由刘光世、张俊、韩世忠、岳飞、吴玠五员大将统领。

目前，刘光世统领的左护军，驻扎在太平州；韩世忠统领的前护军，驻扎在承、楚二州；张俊统领的中护军，驻扎在建康；岳飞统领的后护军，驻扎在鄂州；吴玠统领的右护军，扼守川陕。

按照张浚的计划，本次北伐以岳飞、韩世忠主攻，张俊、刘光世主守，杨沂中主援。至于吴玠，因为远离战地，只需守紧川陕要冲，不让金虏有机可乘即可。

计划既成，三人都是雄心勃勃。

吕祉笑着说："张公，何不请彦修算上一卦？"

刘子羽也不推辞，很快便有了结果：是师卦。师卦的卦辞是：贞，丈人吉，无咎（意思是，只要由贤明的长者执掌军旅，就吉利无灾祸）。

"张公，大吉啊。"吕祉感叹着说，"有你这个'丈人'指挥伐齐，一定攻无不克、战无不胜！"

北伐第一波攻击，由韩世忠的前护军发起。他率军渡过淮河，沿符离北上，直抵淮阳城下。

刘豫早已探得消息，在淮阳城外集结了数万军队，铁桶似的将韩世忠围了一圈儿。

韩世忠打仗，向来不畏箭矢、身先士卒。危急关头，他横戈跃马，第一个冲向敌人的包围圈，不仅率军成功突围，部将呼延通还生擒了金将牙合孛堇。

杀出重围后，韩世忠没有继续后撤，而是返身又杀回淮阳城下。伪齐军料不到韩世忠会去而复回，顿时被冲得溃不成军，人马相互践踏，死伤不计其数。

城下的敌人被冲散，韩世忠便按照原定计划，继续围攻淮阳城。城内的伪齐军领教了韩世忠的厉害，紧闭城门，不管宋军如何叫骂，也绝不出战。

韩世忠不怕敌人，但敌人当缩头乌龟，他就没辙了。

六天后，刘豫的侄儿刘猊和兀术合兵杀到淮阳城下，又把韩世忠围在了垓心。

别人怕兀术，韩世忠却一点儿也不怕。

建炎三年（1129）冬，兀术率军南下攻宋。金军从马家渡渡过长江，破建康，袭临安，后因孤军深入，难以久据，只得撤军向北，来到了镇江。

兀术不知道，韩世忠已在此候他多时。

建炎四年（1130）三月，韩世忠率军和金人激战于金山一带的长江水域。当时兀术带着十万大军，韩世忠手下不过八千人，却选择了主动出击。梁红玉击鼓助战，韩世忠率领战舰冲向金军战船，硬生生将兀术逼回长江南岸；就连兀术的女婿龙虎大王，也被韩世忠生擒。兀术无计可施，表示愿意献出所有战利品和军中战马，只求韩世忠能放他回长江以北，却被韩世忠断然拒绝。

过不了江，兀术就溯江而上，希望能找到宋军防线的空隙，渡江北归。

金兵朝上游走，正中韩世忠下怀，他率军对兀术紧咬不放，直到将金兵逼进黄天荡。

黄天荡是长江分流出来的一条水道，河道狭窄，越往前行，淤泥杂草越多，好比一条死胡同。等金人发现此乃绝地，意欲回头时，只见后方的水面上，已经横满了韩世忠的战船……

后来，兀术找到了当地一老农，在他的指点下，金兵在一条名为老鹳河的故道，开渠三十里，连通了长江口，这才没在黄天荡里活活饿死。

然而，这次和黄天荡之战并不一样：第一，这是陆战不是水战；第二，没有地利之便；第三，孤军深入的，不是兀术，而是韩世忠。

韩世忠审时度势，决定向后方求援。当时离韩世忠最近的，是张俊的中护军。韩世忠于是给张俊写了一封求援信，张俊却惧怕敌军势大，以"另有军情"为由，拒绝出兵救援。

友军见死不救，韩世忠暴怒之余，不怕死的犟性又犯了。他列阵迎敌，并派手下明明白白告诉金军和伪齐军：身着锦衣、脚踏骢马立于阵前的，正是韩将军本人！

金军和伪齐军听了，顿时朝韩世忠蜂拥而来。

韩世忠见状，回头对手下大吼："狭路相逢勇者胜，想不死，只有自己不怕死！"说完，又是第一个冲向敌军。

韩世忠手下将士，怒吼着跟随主帅直冲敌阵，接连杀掉几名金军和伪齐军大将。金齐联军又被杀得大败，连续几天不敢再进攻。

消息传到都督府，张浚担心韩世忠孤军深入会有闪失，下令其回军楚州。

韩世忠大摇大摆撤军，随军而回的，还有上万名自愿回归大宋的淮阳百姓。

前护军的这次北伐，给张浚带来了一好一坏两个消息：坏消息是，金国确实不会对伪齐坐视不管；好消息是，来的是兀术，不是完颜宗翰。

看来，那个令宋人生畏的粘罕（完颜宗翰女真名），果已失去了军中实权。

第二波北伐的主角，是岳飞的后护军。

五护军里，不管是士兵数量还是战斗力，岳飞的后护军都是最强的。岳家军有十余万人，共分为十二统制军。战将方面，张宪、徐庆、王贵、牛皋、杨再兴……都是威震八方的名将。

当然，最值得信任的，还是主帅岳飞。他抗金之志坚硬如铁，用兵又大开大合，如有神助。本次北伐能否顺利剪灭伪齐，主要就看岳飞和他的后护军。

按照张浚的计划，岳飞由鄂州过江，进驻襄阳，然后挺进中原，剑指开封。

岳飞却并未依照张浚的计划出兵，而是先派牛皋向东攻击汝州鲁山县附近的镇汝军。牛皋不负众望，生擒素有骁勇之名的镇汝军守将薛亨。牛皋继续进攻，接连收复颍昌府的大部，以及蔡州周边区域，逼得伪齐军向他集结。

一个月后，岳飞率主力出征，主攻方向是西边的虢州。岳家军迅速攻下虢略、朱阳等地，获得十五万石粮草，开始筹划夺取商州。很快，商州也被岳家军拿下。

拿下商州后，岳家军突然转向，兵锋直指顺州。

与韩世忠勇者无惧似的死磕不同，岳飞用兵，大开大合，灵动变幻，往往出常人之所料。就好比这次北伐，他先是派牛皋向东进军，牵制住伪齐军主力；然后亲率大军，西向横扫，获取粮草等战略物资；最后再掉转兵锋，剑逼本次北伐的主要目的地——中原大地！

岳飞得胜的消息传到都督府，刘子羽忍不住感慨："鹏举用兵，真是神鬼莫测啊……"

岳飞字鹏举。

张浚心中却是另一番想法：岳飞不听他的号令，擅改作战计划，这习惯可不能纵容。然而，岳飞毕竟取得了大胜，不宜去信斥责。

九

西天还留着昨晚的残月，太阳已经迫不及待地出现在东方的天空里，把一丝丝明亮却不燥热的光线，洒在了都督府内。后院的书房里，突然传来了洪亮的念书声，几只小鸟被这声音惊动，警惕地左右打量了一番，确定并无危险，又叽叽喳喳欢快地叫了起来，像是对那念书声的回应。

念书之人，是张浚——他正在教张杙读《孟子》。

念完"富贵不能淫，贫贱不能移，威武不能屈"三句，张浚感慨说："先贤之道，尧传之舜，舜传之禹，禹传之汤，汤传之文、武、周公，文、武、周公传之孔子，孔子传之孟子。"

张栻不知尧舜禹汤、文武周公为何人，张浚就将几位先贤略作介绍，继续说："孟子之后，圣学失传。千年以来，学者不是拘泥于传注，就是沉溺于文辞，更有自以为高明者，陷于异端邪说而不自知。昌黎先生说'学所以为道'，栻儿，你要读书，更要明白读书，乃是为了承续圣人之道。"

张栻恭恭敬敬回答了一声"是"，问："父亲大人，我朝可有人能传继圣学？"

"当然有！"张浚看了一下儿子，说，"就是我以前和你提过的，濂溪、明道、伊川诸先生。"

濂溪先生、明道先生、伊川先生，是当时学者对周敦颐、程颢、程颐三位理学家的尊称。张浚曾师从程颐的弟子谯定，对二程，尤其是程颐的学说，极为信服。

"传继圣学，不仅要探求圣人文章言语之真义，更要依循圣学，正心诚意，修身养性，而后方能齐家、治国、平天下。"

"谨遵父亲大人教诲。"

张浚顿了顿，又说："可惜啊，虽有伊川、明道诸先生，不遗余力传播圣学，世人或冥顽无知，或自以为是，仍不得沐浴圣学光华。而以圣学之道修养自身者，更是寥寥无几。靖康年金虏南下，文官武将屈身从寇者，有如过江之鲫。伊川先生说，饿死事小，失节事大；需遵从此话者，岂独女子——男子汉大丈夫，更要以此为志，哪怕刀剑加身，亦不能失节！"

理学不能广泛传播，其实还有一个原因：朝廷不重视，甚至故意压制。

以程颐为例，宋哲宗绍圣三年（1096），因陷入新旧党争，他被贬到涪州，交由地方官管制。此后继位的宋徽宗，甚至下令毁灭程颐所有著作。好在程颐同道、学生众多，一方面偷偷保存他的书籍；另一方面，积极为他在朝廷言说奔走。程颐死前一年，终于得到了朝廷的赦免。

对于这一点，张浚觉得张栻还年幼，不宜对他言及。

张栻见张浚久未说话，问："靖康年，可有我大宋子民，不惧于金人的刀剑相逼，不屑于金人的富贵诱惑？"

"有，还不少！"张浚肯定地回答，"否则我朝，怎能在开封城破后，又立足于江南？又怎能在今天挥师北伐，有望收复中原故土？"

接着，张浚给张栻讲了李若水的故事。

靖康二年（1127），金兵大举南侵，徽、钦二帝被俘至金营。时任吏部侍郎的李若水，见徽、钦二帝被金人侮辱，怒斥金国统帅完颜宗翰不遵照此前的承诺，善待二帝。

完颜宗翰见李若水忠勇可嘉，想收买留用，许之以高官厚禄，却被李若水严词拒绝。完颜宗翰探得李若水是一个孝子，又以"你父母年事已高，只要愿意投降，就有机会南归侍奉双亲"为由，劝降李若水。

李若水回复完颜宗翰的，只有一句话：忠臣事君，不复顾家！

利诱不成，完颜宗翰开始对李若水用刑。李若水不惧拷打，仍痛骂不绝。完颜宗翰大怒，命人割下李若水舌头。李若水不能用口骂，便以手相指，怒目而视。完颜宗翰又命人对他挖目断手，然后一刀刀割下他的肉，将他凌迟处死。

张栻听得血脉偾张，说："孔子说，志士仁人无求生以害仁，有杀身以成仁，李大人就是杀身成仁的典范！"

一直侍立在侧的冯康，也是激动不已。

张栻学习，冯康常常伺立一侧，书中所讲，不免也要听入一些。无奈天资有限，冯康对于圣贤讲的大道理，始终不甚了了。不过，从开封一路南下，对于金人的暴虐残忍、滥杀无辜，却是深有体会。同时，冯康也忘不了父亲被杀之仇——他向张浚要求习武，也是希望他日能有机会找金人报仇。

张浚知其心意，欣赏其骨气，选了几个武艺高强的手下做他的师父。经过几年学习，冯康的武艺已经颇有根基。这次张浚督军北伐，冯康本想作为普通士兵上阵杀敌。想到张栻年幼，需要他照顾陪伴，这才打消了念头。

听张浚讲起金虏如此对待李若水，冯康的刻骨仇恨又被激起。只是张浚家教甚严，仆人没得主人允许，不得擅自发言，否则就是违礼。

"张公，前线有喜报！"人还在门外，刘子羽和吕祉，先将好消息送了进来。

后护军的战果还在继续扩大：岳飞手下第一勇将杨再兴，一月前拿下了顺州，开始冲击洛阳下辖的长水县。在长水边界处的张洪涧、杨再兴击败了伪齐在顺州的最高长官张宣赞——更重要的是，岳家军还获得了张宣赞留下的上万匹战马！

宋朝开国以来，北有大辽，西有西夏，加上失去了燕云十六州，购马通道全部掌握在别人手里。靖康之变和南渡以来多次大战，宋军之所以敌不过金军，缺乏一支可以和金军匹敌的精锐骑兵是重要原因。

现在，有了这一万匹战马，岳家军这头猛虎，将插上双翼，振翅高飞，凌空怒吼，威震中原大地！

张浚看完报捷信，忍不住以掌击桌："鹏举不愧我朝第一良将！"又抖着信件，转头对张栻说，"李若水大人有一个兄弟叫李若虚，目前正在岳太尉手下效力——此信，正是出自他手。"

张栻见父亲有军情谈，赶紧理好书本，和冯康退出了书房。

"张公，何不趁此良机，让韩世忠、张俊、刘光世、杨沂中诸将集体过江，犁平伪齐，尽复中原故地？"吕祉兴奋地建议。

张浚也有此打算，但他对张俊和刘光世不放心：张、刘二将，从皇帝任兵马大元帅时起就跟了他；有皇帝撑腰，他们经常恃宠而骄，不把他这个都督放在眼里——否则，张俊上次也不敢不救韩世忠。

刘子羽看出了张浚心思，说："可请圣上将行在移往建康，尽显决战之心。"

这是个好建议。有皇帝在前线督战，张、刘二将就不敢不听令。然而，行在移往建康的建议，又遭到了赵鼎的反对，理由是建康离长江太近，一旦兵事不利，可能危及皇帝安全。

最后，赵构折中张浚和赵鼎的建议，将行在移到了都督府所在地平江。

接着传来的，却都是不好的消息：一是岳飞的后护军，虽然屡战屡胜，但因孤军深入、粮草不继，只得回撤襄阳。二是刘光世和张俊，纷纷向赵构报告，在淮水以北发现了大量金兵。

赵构大急，赶紧召回在前线督师的张浚。

等张浚行完臣礼，赵构立即皱眉询问："张俊和刘光世都说，淮北到处都是金虏，这是怎么回事？"

张浚从赵构的话里，听出了责备之意——当初是他对皇帝说，完颜宗翰失去了军权，我朝北伐伪齐，金虏很可能坐视不管。

"韩世忠一出兵，就遇到了兀术；如今刘光世和张俊，又遭遇了大量金兵。

德远对于金虏的判断……"话说到一半，赵鼎硬生生忍住了，小心地抬头看了一眼张浚。

张浚心中恼火，脸色却还算正常；上次在皇帝面前失态，让他更加注重修身养性。

"启禀陛下，张俊和刘光世遭遇金虏，岳飞却没有遇到；更重要的是，我军也不怕金虏。韩世忠能从数倍于己的金齐联军中，带着上万百姓全身而退，就是明证。"

听了张浚的话，赵构仍很忧心，说："这次有点不一样，据张俊和刘光世所报，淮河以北，金虏人数极多……"

"这正是问题关键所在：张俊军和刘光世军，相距数百里，金虏有多少兵马，可以如此撒网进攻？如果真是这样，以我军之兵力，加上伪齐境内的义军，足以将他们分围而歼之！"

"这确实不是用兵之道。"赵构明显被说服了，"莫非，情报有假？"

"情报是真是假，只需张、刘二将军，和'金人'打上一战，就能知悉。"

听了张浚的话，赵鼎马上表示反对："这么做太冒失了。臣认为应令诸军迅速撤回江南，确保长江防线万无一失，同时将行在移回临安！"

"万万不可！"张浚再也顾不得修养，大声争辩说，"尚未与敌决战就主动撤退，将两淮良民美土拱手相让——此乃卖国行径！"

赵鼎脾气再好，被张浚当着陛下的面扣上"卖国贼"的帽子，也不得不大声辩驳："德远何出此言？我这么做，正是为了国家，为了陛下！"

赵构见两人争得面红耳赤，赶紧出言安抚："德远锐意进取，元镇老成持重，都是朕之股肱。是进是退，咱们慢慢商议。"

张浚上前一步，继续进言："本次岳飞、韩世忠深入伪齐，灭敌无数，全军士气正旺。兵法有云：士气可鼓，不可泻。如若不战而退，士气一衰，伪齐乘胜追击，能否守住长江防线，犹未可知！"

听了这话，赵构心中大动：撤防长江，等于宣告本次北伐彻底失败，就算伪齐不乘胜追击，以后要重振士气，也极为困难。

继续进攻，胜，可助他成中兴之主；败，也还有机会退守长江防线。

"打！我与德远共进退！"赵构终于下定决心，恶狠狠地说。

赵构又令太监取过佩剑，起座下阶，亲自递到张浚手里，说："德远以此剑督诸将全力向前，与贼决战——如有违抗，军法从事！"

十

　　回到都督府，张浚立即派人飞报刘光世、张俊、杨沂中，命他们主动出击、不得怯敌。张俊和杨沂中接到命令，向"金兵"发动进攻，才发现所谓的金兵，不过是伪齐军伪装而成。

　　见自己判断无误，张浚长舒了一口气。此时已是半夜，张浚和刘子羽正准备睡觉，一名亲兵冲了进来："张都督，有紧急军情！"

　　"快说！"

　　"刘光世将军，率领左护军正撤往太平州……"

　　按照计划，刘光世应率军前往庐州。在他快抵达庐州之时，传来了寿春被刘豫儿子刘麟拿下的消息。刘光世一刻也没耽搁，率领大军火速后退。

　　刘光世一后撤，刘麟和刘猊就可以合军，共同对付前往泗州的杨沂中。

　　听得这话，张浚先是感到头皮发麻；缓过神来，又觉得一股烈火直冲脑门，顿时一声大吼："备马！"

　　刘子羽建议说："张公，多带点人。"

　　张浚明白刘子羽的意思，火速集结了数百亲兵。等手下牵来坐骑，张浚一跃上马，连甩了几鞭，率先冲进漫无边际的夜幕之中。

　　"刘光世将军何在?!"

　　队形全乱的左护军，突然发现后退的大路上，一彪人马当道而立，挡住了他们的回撤之路。一个中年男人左手持剑，右手按辔，一脸威严加愤怒地瞪着他们。

　　很快，衣甲不整的刘光世，策马来到军前，看清来者是张浚，忙从坐骑上滚落下来："末将，参见张都督……"

　　"刘将军，本都督命你向前，你为何撤退?"张浚大声叱问。

"回张都督，敌军势大，为保存实力……"

张浚冷笑着打断了刘光世："保存实力？朝廷用你领军，是为了让你保存实力？你保存了实力，朝廷的安危，谁来保存?！百姓的生死，谁来保存?！这如画江山，谁来保存?！"

刘光世身旁，站立着两位将军，一位叫王德，一位叫郦琼。他们跟随刘光世多年，谁也不认，只认眼前这位刘太尉。见张浚对主将如主人呵斥家狗一般，他们很是不满，看向张浚的目光颇为不善。

照张浚以往的脾气，对于这种不遵号令的悍将，轻，撤其军职；重，治以军法。但自从当年杀了不听号令的威武大将军曲端，被朝中大臣纷纷指责后，张浚再不敢太过专断。

再说了，此刻还用得着刘光世。

张浚左手高扬，问："刘太尉，你可识得此剑?"

刘光世看了一眼，赶紧下跪，说："臣……识得！"

"刘光世率左护军立即北上，汇合张俊、杨沂中，决战伪齐！任何人若是敢违抗……"张浚"嚯"一声抽出宝剑，剑身震动，嗡嗡之声不绝，犹如龙吟虎啸，"此剑，就是国法！"

张浚身后的几百亲兵，也纷纷亮出兵器；刘光世只见眼前一片刀光剑影，就像一片险峻森严的密林横档身前，再也不能跨越。

"臣一定全力向前，有死无退！"自从见到皇帝的佩剑，刘光世的心就凉了半截；再见到这片刀剑丛林，更是汗如雨下——为今之计，只有戴罪立功，努力杀敌，力求保住脖子上的吃饭家伙。

张浚一走，刘光世就命令王德、郦琼各领一军，分两路直扑寿春。

出发之前，刘光世拉住王、郦两人的手，说："哥哥的脑袋能否保住，全看两位贤弟了……"

王、郦忙说："哥哥放心，要死也是我们死在哥哥之前！"

王德、郦琼素来不睦，为了争功，也为了让刘光世能戴罪立功，两人马不停蹄冲往寿春，一路上遇到了几批伪齐军，都被他们三下五除二干掉。坐镇寿春的刘麟听到消息，赶紧弃城而逃。

这样一来，刘猊就只好独自迎战杨沂中。

杨沂中是杨业的玄孙，原是张俊的部下。有段时间，为了保护赵构，他整夜执戈立于赵构卧房外，由此获得宠爱。

和韩世忠一样，杨沂中作战也以勇猛著称。两宋之交，天下大乱，盗贼横出，某次赵构的行在被盗贼围攻，杨沂中只带几名亲兵，纵马挺枪杀入贼群，力斩数百人。贼人大惧，四散而逃，行在重获安全。

赵构见状大喜，传令让杨沂中即刻来见自己。杨沂中不及更衣，浑身浴血而来。赵构见了，很是后悔，让他立即检查是否受伤。杨沂中遵命检视全身，却不见一处伤口。

赵构又是感动，又是惊叹，命太监端来一碗酒，亲手奉上"酌此血汉"。

杨沂中和刘猊，相遇于藕塘。

刘猊先行到达，占据了有利地形将军山。杨沂中到达将军山下，已是三日之后。见兵将疲乏，杨沂中下令先安营扎寨，休整一夜，明日与刘猊决战。

刘猊见宋军远来疲乏，决定趁夜偷袭。他本想亲率大军下山，大将刘修为人稳重，恳请由他率军夜袭宋军，由刘猊守营。刘猊准允其请，命刘修率一半军马下山。

当晚丑时，刘修率军冲入宋营；却见营帐空空，哪里有宋军影子？回头一看，只见将军山上火把处处，一阵阵喊杀惨叫之声，更是随风飘来，如在耳边。刘修大叫一声"中计"，赶紧领军回撤。

原来，杨沂中早料到刘猊会趁夜偷袭，一到子时便倾巢而出，伏兵于将军山下一密林中。估摸着刘修率领的伪齐军已入宋营，便率军向刘猊发动攻击。伪齐军到将军山不过三日，壁垒修得并不坚固，加之守军减少了一半，宋军没费多少工夫，便将其突破，朝着山顶刘猊的帅营攻去。

杨沂中手下将领吴锡，率领五千军马展开正面强攻。刘猊亲临战前，下令放箭，顿时箭如雨下，将上百宋军射落马下。宋军则以神臂弓还射。神臂弓弓身长三尺三，弦长二尺五，射程远，准头高，宋军虽然地形不利，竟依靠此利器，暂时抵挡住了伪齐军。

杨沂中见时机成熟，左手持盾，右手挺枪，亲率一支轻骑，向伪齐军的侧面发起攻击。刘猊借着火把之光，认出了领头的杨沂中，命手下集中射他。杨沂中用盾牌抵挡乱箭，战马被射死，就跳上另一匹战马，渐渐逼近伪齐军。

刘猊大怒，抢过亲兵手中的弓箭，对准了杨沂中不被盾牌保护的空当，尚未射击，先听到身后一片嘈杂声——原来，杨沂中以自己和吴锡吸引伪齐军主力，却另派一军绕到伪齐军背后，发动突然袭击，如同在刘猊背后插了一刀。

"王八蛋！"刘猊一声暴喝，右手一松，弓箭因他的激动失去准头，正好射在杨沂中的盾牌上。

刘猊双眼血红，又抢过一支箭，哆哆嗦嗦举起弓，对准了就要冲到面前的杨沂中。左右见势不妙，赶紧抢下他手里的弓箭，推他上马，由上百兵将护卫着仓皇而逃……

十一

藕塘大捷的消息传到行在，赵构大为高兴，得意地对张浚和赵鼎说："现在你们相信，朕身边有人了吧？"

张浚比赵构还要高兴："陛下，杨将军立此大功，应予奖赏。"

"升杨沂中为保成军节度使、殿前都虞候。"

"立功者当奖，误国者当罚。本次北伐伪齐，刘光世不听号令，怯敌后退，几误大事，应当夺其军职……"想起刘光世不顾大局地后撤，张浚仍恨得牙痒痒。

赵构心里却很矛盾。

一方面，他和张浚一样，也对刘光世不满。赵构心里清楚，除了张浚列的这条罪，刘光世的罪还不少：迷酒色、吃空饷、变卖军粮……这些罪加在一起，别说夺其军职，就算治他死罪，也不算冤枉他。另一方面，赵构却忘不了刘光世的好。从成立"兵马大元帅府"开始，刘光世就跟着他。刘光世或许有这样那样的不是，但他有一样好，让赵构非常满意，那就是——忠诚。

另外，撤掉刘光世之后，他手下五万左护军由谁统领，也是一棘手问题。

一旁的赵鼎一直没有接话。本次北伐，他次次判断失误；提出的每一条建议，都被证明不合形势，如果被执行，就是误国之策。

皇帝表扬和晋升杨沂中，他心里颇不是滋味，因为杨沂中的背后是张浚。杨沂中的成功，就是张浚的成功；而张浚的成功，是对他失误最大的讽刺。

不管他感受如何，奖励杨沂中，他无话可说；但张浚要求严惩刘光世，他心里就不认同了。刘光世虽然怯敌畏战，但他善于收买人心，手下的王德、郦琼等将，除了他谁也不认。罢免刘光世容易，罢刘后如何让左护军不出乱子，却是一个难题，必须谨慎而为。

犹豫再三后，赵鼎还是决定说出心中所想："陛下，臣以为，刘光世还不能罢免……"

赵构没有说话，张浚却变了脸色：以前胜负未明，赵鼎与他意见相左，或可解释为"政见不合"；此后事态的发展，一次次证明他的正确与赵鼎的错误，赵鼎却还要与他作对——赵鼎心里，到底打的什么算盘？

张浚看向赵鼎的眼神变得复杂，语气也充满不善："左相认为，这样的庸将不该罢免？"

"德远误会了，我不是说刘光世不该罢免，而是事关重大，应该从长计议。"

张浚冷冷地说："从长计议？如果当初听左相的'从长计议'，只怕长江以北的国土，全部拱手让给了刘豫！"

"德远你……"赵鼎气得说不出话，又见皇帝始终不出言支持自己，心里如同霜冻，一个主意随之冒上心头。

三天后，赵鼎辞相，张浚被赵构任命为左相；与此同时，秦桧被提拔为枢密使，成为宰执重臣。

经过一番考量，赵构还是决定罢免刘光世。不过他对刘光世颇为优待，不仅没继续追究其责任，还授予他少师、万寿观使的虚职。刘光世凭借在军中捞取的千万资产，足以优游余生。至于刘光世的左护军，赵构决定让岳飞收归。

对于这样的结果，张浚还算满意。刘光世虽未得到严惩，但只要他离开军队，不影响复国大计，张浚就没必要对他赶尽杀绝；另外，由岳飞收归左护军，张浚也认为处置妥帖——就眼下而言，确实没有比岳飞更合适的人选。

"主子，秦桧秦枢密求见。"

张浚正在教张栻写字，听到仆人汇报，忙放下毛笔："快请。"

张栻听冯康说过秦桧，知道他曾在金营待过几年，归国后向皇帝献计："如欲天下无事，南自南，北自北"。所谓"南自南，北自北"，是指大宋和金，以长江为界划江而治。这等于承认了刘豫伪齐国的正当性，以及金人对中原的占领。

"父亲大人，秦枢密可是那个提出'南自南，北自北'的人？"

"正是。"张浚一边回答，一边拿起桌上的布巾，擦拭手上的墨汁。

"儿子认为，能提出这种建议的人，绝非良善正直之辈……"

张浚不等张栻说完，将布巾扔到桌上，瞪眼斥道："你才读了几本书，识得几个字，就敢如此妄评朝中大臣？"

张栻吓得大气不敢出，忙说："儿子知错了。"

张浚冷哼一声，甩袖出了书房。

见到秦桧，张浚已然平复了情绪，拱手说："秦枢密久等了。"

"不碍事，不碍事。"秦桧忙起身迎接，"秦桧早有拜访之心，想到张公为国操劳、政务繁重，怕影响您休息，这才久未登门。"

张浚摆摆手，说："同朝为官，秦枢密这么说就客气了。"

秦桧知道张浚不好虚饰，赶紧切入正题："秦桧深夜来访，是有一事求助张公。"

听说有正事，张浚直了直身子，说："请讲。"

"秦桧认为，不应由岳飞接管左护军。"

张浚看了秦桧一眼，暗想：人人都说秦桧善于逢迎圣上，本次圣上钦定岳飞接管左护军，他为何要反对？

秦桧看出了张浚心思，说："虽然岳飞是圣上选定之人，但身为大臣，如果此举对国家不利，理应据理力争，让圣上收回成命。"

张浚心想，此话倒是有理，问："秦枢密认为岳飞接管左护军，会对国家不利？"

"岳飞手中已有十万军马，如果再让他接收五万左护军，全国半数军队，就在他一人之手……"

听了这话，张浚心里"咯噔"一下，颇为复杂地看了秦桧一眼，说："据我所知，岳飞不是那种拥兵自重的人。"

"张公难道忘了苗、刘、曲端、范琼？"

听了这话，张浚变了脸色。

秦桧却不理，继续道："苗、刘犯上作乱，范琼目无君上，理当被诛。至于曲端，庸人认为张公不该杀他；但秦桧认为，这等不听号令的悍将，除得越早，越是国家之福！"

建炎四年（1130），张浚任川陕宣抚处置使，率军与金人作战。威武大将军曲端刚愎自用，不听号令，张浚将其贬官下狱；不久之后，曲端死于狱中。

消息传到朝廷，大臣纷纷指责张浚擅杀大将；直到今天，这事仍被张浚的政敌时常提起，令他颇为头疼。

听秦桧支持自己处理曲端，张浚颇有知音之感；但把岳飞比作造反的苗傅和刘正彦，张浚还是觉得言过其实。

见张浚没被说动，秦桧又说："古人云'身怀利器，杀心自起'，何况，秦桧还听说，在岳飞帐下，很多人不称'后护军'，而称'岳家军'。如果他再接管了左护军，只怕到时候连张公您，也指挥不动他……"

张浚霍然而起："秦枢密，这等话，可不能乱说啊！"

话虽这么说，张浚却不免想起，上次北伐，岳飞并未遵照他定下的计划用兵，而是自行其是。如果再让他壮大实力……

"秦桧不敢！"秦桧赶紧跟随张浚站起，说，"岳飞是当世良将，屡建奇功，我也不希望他沦为唐末的藩镇之流。秦桧之所以不立即找圣上，而是先来找张公，就是希望商量一个万全之策，可以化解此恶境……"

"谈何容易！"张浚一声长叹，"正所谓君无戏言，圣上已经找过岳飞……"

秦桧少有地打断张浚说："圣上这方面不难，我朝自太祖开国，重文抑武，就是国策。我愿和张公一同面圣，备陈此理，让圣上改弦易辙。"

张浚知道，还有一个更重要的原因，秦桧没有说出来：苗刘兵变，让圣上从此对武将充满戒心。只要让圣上认识到，让岳飞统领全国半数军马的危险，他一定会收回成命。

见张浚被说动，秦桧脸上露出一丝不易觉察的微笑——来见张浚之前，他已经面过圣，劝说皇帝莫让岳飞接管左护军。秦桧料定，皇帝虽然口口声声说，希望有人能打败金虏，替他迎回父亲和哥哥，其内心，却并不希望徽、钦二帝南归。因为，徽、钦二帝若回归，他皇位的正统性将受到质疑；而那个击败金虏、收复河山的英雄，则会让他的皇位变得不安全——如果这英雄，再和徽、钦二帝中的任何一位联合，他马上便会面临灭顶之灾。

如今看来，这个"英雄"，最可能就是岳飞。

岳飞本已是一头猛虎，若是再接管左护军，就等于给猛虎安上了双翼，金人制约不了，皇帝同样制约不了……

秦桧将这番话，委婉地说给了赵构。赵构虽被说动，却没有当场表示同意，而是命秦桧去找张浚"商量"。

秦桧会意，离开皇宫后，便直奔张府。

第二天早朝后，张浚和秦桧要求单独面圣。秦桧将由岳飞接管左护军的弊端，又讲了一遍。

赵构故作吃惊，问张浚："德远以为如何？"

"臣认为秦枢密虑事深远，所言甚当。"

赵构点了点头，以示对两位大臣的同意。因此前已颁旨岳飞，今又收回成命，必须重新拟旨。张浚和秦桧商量了半天，总算拟好了诏书。

"还要劳烦德远，找岳飞好好谈谈。"

张浚好生为难，但平心而论，这件事也只能由他去做。

回到都堂后，张浚立即派人叫来岳飞。寒暄几句后，张浚拿出御札，递了过去。

岳飞摊开一看，顿时脸色大变，颤声说："张都督，这是何故？"

张浚知道这种出尔反尔的做法不光彩，但他不能将皇帝和宰执对武将拥兵过多的担忧明以告之，只好避开岳飞所问，说："王德在左护军中素有威望，我想由他任都统制，并让兵部尚书吕祉总领左护军，鹏举以为怎样？"

岳飞心里一阵冷笑：谁不知道吕祉既是兵部尚书，又在都督府参赞军事，是你的铁杆心腹！

"吕尚书虽然有才，但他是书生，带不了军队。另外，王德和郦琼素来不睦，让郦琼居王德之下，只怕军心难稳。"

岳飞的判断，和赵鼎极其相似，这让张浚很不舒服。他强忍不快，又问："那就张俊吧。"

"张将军性格粗暴，与郦琼矛盾很大，不合适。"

"那就杨沂中吧，他是禁军统领，很得圣上信任，最近又打了大胜仗，风头正劲……"

"杨将军的资历，还不如王德呢。"

张浚再也不能忍耐，大声说："莫非除了岳太尉，谁也不行?!"

岳飞也怒了："张都督以国家大事问我，我当然要据实而答!"

说罢，竟不理张浚，起身而去。

岳飞原想合并刘光世的左护军后，立即兴师北伐；为此，他专门上了一道奏表，向赵构详细讲述自己的北伐规划。如今合军无望，岳飞万念俱灰，迅速写了一则奏表，辞去所有职务；不等赵构批准，就一人前往庐山替母守孝。

岳飞不会想到，他这一举动，会在赵构心头投下多大阴影。

十二

吕祉已经三天三夜没睡过觉。

前往庐州之前，张浚留下他深谈，告诫他一定要慎重处理左护军将领的内部矛盾。在此之前，都督府和御史台，都接到了王德和郦琼状告对方的文书，足见两人矛盾的不可调和。

为此，张浚奏明朝廷，将王德调往建康，让其军直接隶属于都督府。但左护军将领之间的矛盾，乃至他们对于朝廷的不满，仍暗流涌动。

"张公放心，我不仅要左护军将领对我诚心悦服，还要将左护军训练成不亚于后护军的劲旅，收复二京，饮马黄河!"吕祉慨然而答。

提到后护军，张浚又想起了岳飞。

岳飞未经朝廷允许，撂挑子前往庐山为母守孝，皇帝退还其要求致仕的奏表，让他速回朝廷，岳飞却以"眼疾"为由拒绝。接下来，皇帝又是劝又是抚，岳飞仍无动于衷。迫不得已，皇帝只好下诏，命岳飞的下属李若虚、王贵上庐山，劝说岳飞下山。在诏书中，皇帝严厉地对李、王二人说：如果岳飞仍不奉诏，李、王二人将被军法处置！

这显然不近情理，但也足见皇帝对岳飞屡劝不听的恼怒。

李若虚和王贵，以各种理由，在庐山苦劝了岳飞数天，岳飞总算被说动，并给皇帝写了一封请罪的奏表。

皇帝则在对岳飞的回复里，罕见地提到了太祖皇帝的一句话：犯吾法者，唯有剑耳。

张浚知道，皇帝这次是真动了怒；岳飞的未来，只怕堪忧。

张浚收回幽思，再次告诫吕祉："安老有志有才，这个我很清楚，所以才向圣上推荐，由你前往庐州节制左护军。但是，形势复杂，安老务必慎重行事。"

"张公放心，王德已经离开，目前军中只剩郦琼。只要恩威并施，我不信搞不定这个军头！"

然而，到了庐州，吕祉才真正理解张浚说的那句话——"形势很复杂"。

左护军不仅派系林立，军纪还极为松弛；对于朝廷派吕祉这个文臣来领导自己，他们也心下不服。

找准机会，吕祉重罚了靳赛、王师晟等几位将领，军纪才稍有改善。但这只是表面的——吕祉的重罚，让左护军将领之间的矛盾得以弥合；他们对吕祉的不满，却也由此达到顶峰。

很快，吕祉听到一个消息：靳赛、王师晟纠结了左护军大部分将领，经常于夜间到郦琼家开会，有时甚至通宵不散。

吕祉惊怒不已，一开始想乘郦琼等人开会时，派兵将其一并擒拿；转念一想，自己在军中毫无根基，贸然行动，只怕会逼得郦琼等人狗急跳墙。

为今之计，只有明里佯装不知，暗中向朝廷和张浚求助，让他们速派大军前往庐州，捉拿郦琼等将。

事不宜迟，吕祉拿过毛笔，给朝廷和都督府各写了一封信，交给一旁的书吏朱照："八百里加急快送！"

张浚的回复先于朝廷到达：朝廷和都督府，已派驻扎在建康的大将刘锜火速领军前往庐州。

吕祉将信交给朱照收藏，一脸轻松地说："终于可以睡个好觉了。"

吕祉真的太累了，回到内堂就呼呼大睡。

一觉醒来，刘锜也领兵到了庐州。两人分派人马，将郦琼、靳赛、王师晟捆了，召齐兵将，将三人当场正法。内患既除，吕祉和刘锜挥师北伐，一路势如破竹，很快杀到开封城下。

壮志将酬，吕祉大为得意，用马鞭指着巍峨高大的城墙，激励手下将士说："尔等速破此城，替我大宋一雪前耻！"

将士们挥舞着兵器，跟着他齐声高呼："一雪前耻！一雪前耻！"

突然，刘豫出现在了城头，冷笑一声，对城下宋军说："打下开封，功劳都归吕祉这个秀才；你们流血卖命，能得到什么好处？不如杀了吕祉，投降大齐。我们大齐，最看重的是能征惯战的武将，最厌恶的是只会嚼舌的酸儒！"

宋军被刘豫鼓动，开始小声议论，吕祉只听得耳边一片嘈杂之声，犹如蜂鸣犬吠般闹心。他想说点什么，却因心中烦乱，竟然一个字也吐不出来。

刘锜从远处骑马向他奔来，吕祉如遇救星，大声说："刘将军，快制止你的手下，莫让他们受刘豫蛊惑……"

话音刚落，刘锜已经冲到他面前，突然抽出佩剑，直指他胸口。

吕祉惊问："刘将军，你这是为何?!"

刘锜一阵冷笑，说："你好好看看本将军是谁！"

吕祉仔细一看：站在面前的，哪里是刘锜，分明是——郦琼！

"你，你不是被杀头了吗？"

"本将军不仅没被杀头，还要杀你的头！"话音刚落，郦琼挥刀向吕祉砍来……

一名仆人狂喊着"不好"，冲进了内堂。

吕祉刚从噩梦中惊醒，见他如此莽撞，很是不满，呵斥说："大呼小叫，成何体统！"

仆人丝毫没有收敛，仍然大声叫道："不好了，郦琼将军带着人杀进来了！"

"什……么？"

吕祉还没缓过神，郦琼已经带着人冲到他床前；随行而来的，还有靳赛、王师晟等左护军将领。

吕祉起身拿过外衣披上，故作平静说："众位将军不请自来，可是有什么紧急军情？"

郦琼冷笑说："没错，是有紧急军情。"

说完，将一封信扔给吕祉。吕祉捡起一看，顿时一片眩晕——这是张浚写给他的亲笔信！

郦琼上前一步，瞪着吕祉说："不知我等犯了什么弥天大罪，吕尚书要让都督府派刘锜镇压我们？"

吕祉已经无暇去管郦琼，他的眼睛搜索了一遍，终于发现了躲在靳赛身后的朱照，大吼道："朱照，你也是读书人，怎能做出如此卑鄙下作、大逆不道之事！"

吕祉朝朱照扑去，却有一股巨力将他拉扯而回；吕祉回头一看，郦琼正拉着他的衣领，脸上的表情狰狞可怕："吕尚书，你就跟我们一起'大逆不道'吧！"

郦琼拉着吕祉往外便走，顺手将前来营救的仆人一刀砍翻。

吕祉闭上眼睛，双泪长流。

郦琼挟持吕祉，将庐州城血洗一空，然后带着四万多名左护军，六万多名家属，出城北行。

他们的目的地只有一个——大齐。

听刘子羽讲完郦琼杀死吕祉，带着十万余众投降伪齐的消息，张浚的身体如同瘫了一般，好半天说不出一句话。

刘子羽小声道："当初若不阻止岳飞接管左护军，应该不至于有今日之祸……"

张浚马上想起秦桧——如果没有他的鼓动，他怎会对岳飞起疑？又怎会和他一起面圣，让皇帝改弦易辙，收回对岳飞的许诺？

张浚跌足长叹："秦桧，你不仅误了我张浚，还误了我大宋啊！"

"秦桧如此挑拨，背后一定另有所图。"

张浚又想起，他将王德部收归都督府后不久，秦桧就向皇帝进言，说军队只能归朝廷；而能代表朝廷的，是枢密院而不是都督府。因为都督府，只是临时的军事机构。

皇帝听了，当场准奏，将王德部划归给秦桧主管的枢密院。

"不管怎样，秦桧，绝不能更进一步！"刘子羽见张浚始终不发一言，又加上一句。

张浚明白刘子羽的意思：犯下如此大错，他唯有辞去相位。他一走，皇帝很可能会让秦桧接替他成为左相。刘子羽是想让他竭力阻止此事的发生。

"我很累，想一个人待一下。"

刘子羽依言离开。张浚痛苦地闭上了眼睛，脑子里空茫一片，就连自己仿佛也不复存在。

良久之后，张浚才从椅子上站起，进入了书房。张栻端坐于椅，正在读书；张杓陪在他旁边，睁着好奇的大眼睛，盯着哥哥翕动的嘴唇。

张栻见到父亲，赶紧放下书请安。

张浚微一点头，不禁想起张栻评价秦桧的那番话：能提出"南自南，北自北"建议的人，绝不是忠厚良善之辈！

张浚心头一阵懊悔：为什么一个孩子能看懂的事，自己却弄不明白？

张栻见父亲心情不佳，忙问："父亲大人因何事不开心？"

张浚叹息一声，将自己误听秦桧之言，导致左护军投敌一事，完完整整告诉了张栻。

张栻说："父亲大人常教诲我说，人非圣贤，孰能无过；知错能改，善莫大焉……"

张浚苦笑说："这个过错太大了，根本就没有改正的机会。"

想到自己必须去相，北伐大业化为乌有，不禁又是一阵心痛。

"那么，还有没有机会补救呢？正所谓亡羊补牢未为迟也……"

"亡羊补牢？亡羊补牢？对，亡羊补牢！"张浚一声大喝，不顾惊愕的张栻兄弟，快步奔出了书房。

第二章　狼狈天涯

一

晨曦初露，湘江也像从沉睡中醒来，奔流得更加欢畅。一叶小舟靠岸停泊，从舟中走下来一老一少。老者看起来五十多岁，身材瘦削，精神不振，似乎患有隐疾；青年人二十来岁，浓眉大眼，目光炯炯，满脸的意气风发。

这一老一少，老的是张浚的好友刘子羽，少的是其子刘珙。

郦琼率领左护军投敌（史称"淮西兵变"），身为左相兼都督的张浚难辞其咎，只有去相。

刘子羽作为张浚的下属兼好友，加之个性耿介，不愿依附如日中天的秦桧，也被一贬再贬，目前已只剩虚衔在身。好在儿子刘珙高中进士前途光明，刘子羽也算老怀堪慰。

张浚是去年到的潭州，因住处甚为狭小，老早就想觅地新修一居所，让一家人住得舒适一些。

暮春一个傍晚，张浚带张栻、张构出潭州南门散步。斜阳未落，残香犹浓，父子三人不免走得远了些。绕过一山丘，远远看见一小溪蜿蜒而走。小溪之前，是一块芳草地，草中立着十余株桃树。晚风袭来，桃花片片坠落。几只鸟儿许是不忍桃花之飘零，啾唧着从草中飞出；很快又和朵朵桃花一同飘落到树下的深绿之中。

张浚忍不住停步对两儿子说："真是块好地方。若能安家于此，每日读书累了，出门听听流水，逗逗鸟雀，也是人生一大乐事！"

听了这话，张栻心中一痛：父亲经常以"天行健，君子当自强不息"等圣人之语，勉励他们兄弟；每日读书行事、待人接物，也是一副振作之相。然而此刻的一番感喟，无意之中还是暴露了心中的颓唐。

张构却很兴奋："这地方好，祖母一定也会喜欢！"

为了安慰父亲，张栻也接话说："地方是不错，不过得把桃花换成桂花才行。"计老夫人喜欢桂花，不管安家何处，都会在院子里种上桂树。

兄弟俩的话让张浚更为高兴："没错，我才满四岁，你们祖父就死了。你们祖母为了抚育我，劳作了一天，晚上还要挑灯教我识字读书。等我长大，功名有成，准备好好孝敬她老人家时，国家又遭逢大难，我不得不献身戎马。如今我又……"说到这里，张浚猛然警觉：怎能在儿子面前如此消沉！赶紧转换话题："问问这地的主人是谁，买下它，建一栋宽宽敞敞的大房子，让你们祖母也高兴高兴！"

几个月后，新居落成，起名"尽心堂"。

张浚拟在母亲六十五岁大寿之日，全家搬入尽心堂居住；又想到母亲喜欢热闹，于是写信给几个老友亲戚，请他们于母亲寿辰之日，前来潭州一聚——第一个受邀之人，就是刘子羽。

尽心堂宽敞的堂屋里，计老夫人坐在雕花太师椅上，一脸微笑地看着来去忙碌的家人。

一位三十多岁的中年妇人，坐在下首陪老夫人聊天。她是张栻的舅母。

张浚的夫人宇文氏，是前左中大夫宇文时中之女。宇文时中还有两个儿子，一个叫宇文师申，一个叫宇文师说。这妇人，便是宇文师申的夫人。

宇文夫人左侧的凳子上，坐着一个七八岁的小女孩，肌肤如雪，容貌秀美，灵动的双目不时看向屋外。宇文夫人见女孩坐不住，伸手拍了拍她的膝盖。女孩再不敢动，嘴巴翘得老高，一副欲语还休的模样。

计老夫人看在眼里，温言对女孩说："娟儿，去把表哥表弟叫出来——就说祖母说的：书是要读，可不急于这一时。"

"哎！"娟儿清脆地答了一声，也不等母亲许肯，燕子似地飞出了屋外。宇文夫人急得在她身后连声叮嘱："慢着点儿，小心门槛！"

目送女儿出屋，宇文夫人不好意思地说："都怪她父亲太过娇惯，没个女孩儿家的样子。"

宇文夫人头三胎生的全是儿子，第四胎才生下宇文绍娟，宇文师申不免视之为掌上明珠，宠爱有加。

计老夫人说："孩子活泼一点才好，不像我家两个小子，孝顺是孝顺，就是过于老成。"

宇文夫人忙说："栻儿和构儿读书勤勉，为人方正，将来的功业，定不亚于他们父亲。"

提起张栻，老夫人和宇文夫人的目光在空中相遇，会心地笑了。

宇文绍娟未近书房，已听到琅琅读书声：

"古之欲明明德于天下者，先治其国；欲治其国者，先齐其家；欲齐其家者，先修其身；欲修其身者，先正其心；欲正其心者，先诚其意；欲诚其意者，先致其知；致知在格物……"

读完了原文，又听见张栻在给张构解释文意。只听得哥哥侃侃而谈，弟弟却一言不发，想是心思不在读书上，而在外面的热闹中。

宇文绍娟快步闯进书房，笑着说："你们天天待在书房读书，怎么'格物'？不'格物'，怎么'致知'？"

"表妹。"

"表姐！"

张栻张构同时喊了出来，不同的是，张栻依然坐着，张构却站了起来。张构见哥哥一片端肃，脸上一红，慢慢坐回了椅子，把目光又收回到书上；书上的字却闪动起来，竟比胸腔里那颗小心脏还要不安分。

宇文绍娟见了两兄弟的样子，颇为不满，讥讽说："宾客就要进门了，你们却不去迎接，不知哪本圣贤书上写着这等待客之道？"

张栻说："表妹说得是，只是每天上午读书已成习惯，一时难以更改。此外，我也告诉过冯大哥，如有宾客到来，就马上通知我，我和弟弟会即刻前往迎接。"

宇文绍娟眼睛一番扑闪，说："现在就有宾客来了，你们还不跟我走？"

张栻知道表妹的脾性，笑了笑，不再接腔。宇文绍娟只好把目光投向张构。张构想跟表姐走，却又惧怕哥哥，目光在表姐、哥哥、书本上来回游移，脸上的表情又是着急，又是为难。

宇文绍娟无奈，只好拿出杀手锏："计祖母让我对你们说：书是要读，但不急于这一时……"

"是！"张栻回答，"等读完这一章，我们立即跟表妹走。"

宇文绍娟正要说话，却见冯康急匆匆走了过来，告诉两兄弟：刘先生到了。

"我们这就去拜见。"

张栻一边说，一边收拾书本，却见宇文绍娟已转身朝外走去，边走边得意地回头瞅张栻，那目光分明在说：你还不是得跟我走！

张栻兄弟赶到会客厅，只见父亲正和一中年男人交谈。男人头戴方巾，身材瘦削，脸上颇有威严之色。

"栻儿，构儿，快来拜见刘芮先生。"

张栻早听父亲谈过刘芮：他是神宗、哲宗朝名臣刘挚的曾孙，南渡后徙居长沙，曾师从孙伟、胡安国等理学大家。刘芮不仅学问渊博，人品更令人钦佩。

张浚去相后，秦桧无人制约，权势日大，天下阿谀之风盛行。

一次，知潭州事余简邀请当地名流游览一名为"秦城"的驿站。余简为了拍秦桧马屁，提议大家各赋一首《秦城王气诗》。他人纷纷应允，很快写就一首或数首谄媚之作；唯有刘芮坚决不从，令在场诸人既愤怒又惭愧。

"见过刘先生。"张栻、张构躬身行礼。

刘芮见张栻模样方正，举止有礼，心中已有几分喜爱，问："你平时都读什么书？"

张栻将自己所读之书一一相告。刘芮又问了他几个问题，张栻不仅对答如流，而且语言不疾不徐，神态雍容自若，年纪虽小，却俨然有士君子之相，刘芮不禁更为赞赏。

刚才，张浚请求刘芮收张杙为徒，刘芮一向挑徒甚严，没有马上应允。现在测试了张杙的学问气度，心中也就打定了主意。

张浚察其神色，已知刘芮对张杙印象不差，说："刘先生祖孙三代，守其家学，不求闻达，值得你们兄弟好好学习。"

刘芮却不认可，说："比起天下危亡，学问只是小节。张公只是暂时龙卧浅水，切不可生皓首穷经之意。如今奸臣当朝，蒙蔽圣聪；胡虏未灭，百姓引颈悬望王师——去除奸邪，恢复故土，将来都还要倚靠张公！"

张浚叹息着说："子驹所言不差，但张某已是去职之人，国家大事已是有心无力；再说了，圣上受秦桧蛊惑，已经铁定了苟安江左之心……"

刘芮字子驹。

刘芮摆手打断张浚："张公切不可如此消沉。圣人知其不可为尚要为之，何况今日之事，远没到'不可为'的境地！"

张浚尚未回答，突见冯康出现在了跟前，禀告说："主子，刘子羽刘公到了……"

"彦修，彦修到了……"张浚如同久旱无收的农民，突然听到一阵惊雷，先是惊惧，接着便是满心狂喜。他激动地回头看着刘芮和两个儿子，说："子驹请稍坐，杙儿，构儿，快随我出去迎接刘世伯！"

张杙、张构赶紧跟随张浚出门。冯康也跟了上去，他非常感激刘子羽：当年，正是刘子羽和张浚合谋，将范琼骗至临安处以国法，替他报了母亲和恩人邓绍密一家被杀的血仇。

屈指一算，张刘二位恩公，已有五年未见。

在门外见到刘子羽，张浚只感到热血上涌，一半化成了脸上的燥热，一半化作了眶中的热泪。

刘子羽也是激动不已，喊了一声"张公"，就再也不能说话。

张浚见老友比五年前衰老甚多，心中又是一阵伤感，上前携了刘子羽的手，说："走，到家里说。"

刘珙见状，也上前搀扶父亲。张浚这才注意到这个浓眉大眼、意气风发的青年，问："这是刘珙世侄吧？"

"刘珙拜见张世叔。"

张浚这才绽开笑颜，说："好，好。年纪轻轻就中了进士乙科，前途不可限量！栻儿，枸儿，快来拜见刘世伯和刘世兄！"

二

寿宴结束，宾客散去，已是子时。张浚和刘子羽虽然疲倦，却无睡意，携了一壶酒，在卧房边饮边谈。

首先谈及的，是国事。

前年，赵构和秦桧，以十二道金牌，召回挥师北伐且连连得胜的岳飞，很快解除他的兵权。

去年，宋金达成和议：宋向金称臣，金册封赵构为"宋皇帝"；东以淮河中流，西以大散关为两国国界，以北属金，以南属宋；宋每年向金纳银二十五万两、绢二十五万匹（史称"绍兴和议"）。

今年年初，赵构和秦桧，以"莫须有"的罪名诛杀了岳飞。

这些事对张浚的打击异常沉重。

"彦修，当日我若不听信秦桧谗言，左护军就不会兵变投敌，国家也不会像今日这般屈膝胡虏。"

还有一句话张浚不愿说出来：皇帝对岳飞产生猜忌，始于朝廷不让岳飞接管左护军。这个建议，正是他误听秦桧之言，向皇帝进言的。换句话说，岳飞被冤杀，他张浚也有一份责任。当然，张浚也清楚，岳飞被杀的根本原因，在于皇帝对武将坐大的担忧和恐惧。

宋之前的五代，短短五十多年，一个个朝代垮塌，一顶顶皇冠坠地，始作俑者全是武将。

于是，太祖赵匡胤建国不久，就来了一出"杯酒释兵权"，又制定"重文抑武"的祖宗之法，避免武将坐大，威胁皇权。

太宗即位，不仅沿袭太祖之策，话更是说得直露：外忧不过边事，皆可预防。唯奸邪无状，若为内患，深可惧也。帝王用心，常须谨此！

当今天子乃太宗之后，当然明白"帝王用心，常须谨此"的"此"，指的是什么。

要抵抗金虏，在江南站稳脚跟，少不了武将的扶持。可一旦立国稳固，金人又减弱了南下之心，他就会削武将的兵权；甚至不惜借用某位武将的脑袋，以警示那些想拥兵自重的"悍将"。

见张浚一脸愧相，刘子羽劝道："张公切勿自责，秦桧善于伪饰，被他蒙蔽者，可不只你一人。"

张浚知道，刘子羽说的是赵鼎。赵鼎一度也被秦桧蒙蔽，后来发现其为人狠毒狡诈，可惜为时已晚。

提到赵鼎，张浚心情更为复杂。

去相之前，赵构最后一次召见张浚，明确表示想以秦桧为左相。张浚听取刘子羽的建议，以一句"与之（秦桧）共事，始知其暗"坚决予以反对。赵构采纳了张浚的建议，召回身在绍兴的赵鼎，以他为左相。秦桧则继续任右相兼枢密使。

秦桧深恨张浚阻扰他前程，等张浚一离朝，就向赵构进谗言。赵构果被激怒，准备将张浚贬往岭南。

赵鼎听说此事，赶紧面见赵构，历陈张浚当年的"勤王"之功，赵构仍不为所动。赵鼎继续劝说："陛下，张浚没其他罪，只是失策而已。凡人计虑，无不欲万全；如果因为一次失误，便欲置之死地，后来者即便有奇谋秘计，又怎敢说出？此事关系国家兴亡，望陛下三思。"

赵构听后，这才怒意渐消，最后把张浚贬到了永州。

张浚明白，他和赵鼎后来虽不和，但那是政见不同。赵鼎绝非小人，这正是赵鼎甘冒政治风险为他开脱的原因。然而，经过种种变故，他和赵鼎是不可能恢复到当初的患难与共、推心置腹了。

张浚叹息一声，说："秦桧善于伪饰只是其一，我和元镇没有识人之明，乃是其二。"

刘子羽知道，左护军投敌对张浚打击极大。近年通信，他已隐约觉察到张浚的消沉；这次见面，更是印证了他的判断。

一念及此，刘子羽忙说："当年左护军投敌，成因错杂，张公切不可将其责一揽于身，至今不能释怀。再说了，事后你也及时做了补救。”

左护军投敌后不久，张浚被张栻一句“亡羊补牢未为迟也”所启发，让宋军在伪齐布下的密探散布谣言，刘豫因此对左护军生疑。郦琼等将，在伪齐一直未被重用。

听了刘子羽的话，张浚想起了被郦琼杀死的吕祉。刘、吕二人，不仅是他的下属，更是他志同道合的好友。如今，吕祉已死去五年，刘子羽也形容枯槁，怕不是长寿之相。遥想当年，三人壮志满怀、意气风发，一心只想驱逐胡虏，收复中原；如今不仅大业未成，三人还阴阳相隔，老境颓唐，怎不令人唏嘘感叹！

张浚又想起北伐之初，吕祉让刘子羽算了一卦，所得是师卦：贞，丈人吉，无疚。“丈人”，指的是“有德的高人”。

吕、刘二人均认为，张浚正是那“有德的高人”。所以他们才会说，本次北伐，在张浚的率领下，一定所向披靡、功业圆满。

哪知最后的结果，却是吕祉被杀，张浚离职，主战派从此江河日下……

张浚无限感慨，既是对刘子羽，更是对自己说：“看来我张浚，真不是什么有德之人啊！”

隔壁房间里，刘珙和张栻，也是谈兴正浓。父亲虽是多年老友，他们却是第一次见面，颇有一见如故之感。

知道刘珙即将入京做官，张栻说：“如今朝廷秦桧主政，岳飞又刚被屈杀，人人噤若寒蝉。刘世兄此时入京，不怕宦途风波险恶？”

刘珙慨然说：“越是小人当道，君子越该迎难而上；否则，小人只会更加肆无忌惮，国家就彻底没希望了！”

这番话令张栻很是折服，说：“刘世兄所言甚是。朝廷暗弱，不仅不思靖康之辱，还甘愿俯首金虏。满朝士大夫，慑于秦桧淫威，笔不敢写，口不敢言；长此以往，我大宋难免亡国灭种。望刘世兄入京之后，联结正义有为之士，抗击秦贼，鞭策圣上早日兴兵北伐，好重振我大宋雄风！吾，也当以刘世兄为楷模！”

刘珙想不到张栻年仅十岁，不仅见识不凡，还志向高远，忙说：“敬夫放心，刘珙入朝之后，定与秦贼誓不两立。敬夫兄弟也要用心读书，早入科场，他日咱们兄弟联手，必能做一番利国利民的大事业——就像我父亲和张世叔一样！对了，不止咱们三人，还有一人……"

张栻字敬夫。

张栻被勾起了好奇心，问："还有谁?"

"他叫朱熹，是我的义弟……"

朱熹的父亲朱松，本在朝中为官，因和同僚上书反对议和，得罪秦桧，不得不自请赋闲。

朱松和刘子羽是多年老友，两家过从甚密。刘子羽很喜欢笃实敦厚的朱熹，待他如半个儿子。刘珙则敬佩朱熹的好学善思，认为他日后在学问上的成就，可直追程颢、程颐两位大儒。

听了刘珙所讲朱熹的种种事迹，张栻也很神往，说："如能与这等人为友，对于学问修养之提升，将大有助益。"

"求学之年，朋友重要，老师更重要。濂溪先生有云'士希贤，贤希圣，圣希天'，敬夫若能问学于当世贤圣，学问品行，将进步更快。"

张栻深以为然，说："今天，刘芮先生已答应收我们兄弟为徒，张栻一定好好向刘先生请教。"

"刘芮先生曾师从武夷先生，学问确实精纯。但要说尽得武夷先生真传的，还得数五峰先生。"

武夷先生，指的是胡安国，曾师从二程的弟子杨时。五峰先生，指的是胡安国的儿子胡宏。父子俩开创了"湖湘学派"，是名满天下的理学大儒。其时，胡安国已去世，胡宏则隐居衡山，安心钻研理学、传道授徒。

张栻听过胡宏的学名，还听父亲讲过胡宏给陛下上的万言书，知道他不仅学问精博，还是一位关心百姓疾苦，不忘复国大业的硕儒。现在听刘珙对他如此推崇，更是向往之心油然而生。

张栻激动地说："衡山离潭州不远，等张栻学问稍成，一定前往衡山，当面请教胡先生。胡先生若是不许，我就效仿杨时先生，立雪程门!"

三

接下来几天，张浚父子每日陪伴刘子羽、刘珙，一边游历山水，一边纵论时事、探讨学问。

张浚和刘子羽都知道，以后极难再有这样的相聚，均倍加珍惜；又见刘珙、张栻相交甚契，两人的友谊能靠子辈延续下去，内心都感欣慰。

"敬夫年龄虽小，却志向远大，为学勤奋，他日定能襄助张公，再建一番功业。"刘子羽夸奖张栻之余，仍不忘激励张浚。

张浚去相，赵鼎复出又很快被贬，特别是今年年初岳飞被杀，忠义之士大受打击。如此黑暗之时，尤其需要有人点燃灯烛，照亮暗夜，聚集有为之士，救国家于危难。在刘子羽看来，这个人，非张浚莫属。因而一有机会，便劝说张浚脱离消沉，重聚雄心。

张浚听了刘子羽的话，却只微微一笑，没有回答。

五人一路热聊，信步而行，又走数十步，突然看见面前横着一条宽约丈余的小河，均倍感惊奇。

张构忍不住好奇心，跑近河床看了一阵，叫道："哥哥，你快过来！"

张栻见弟弟大呼小叫，微微皱了皱眉，不疾不徐走到弟弟身旁。张构也不管哥哥的不快，指着河水说："你看这河水，好像没有流动。"

张浚等人也来到了兄弟俩身边，听了这话，都去观察河水。果见那河水如湖水一般平静，只有非常仔细去看，才能发现水面上的微澜和小漩涡。

刘珙叹道："怪不得离它这么近，也听不见水流声。"

张浚指着河水，小声对刘子羽说："彦修，我已年老，别无他求，能像眼前这河水般平平静静度日，已心满意足！"

刘子羽还想再劝，忽而一想：秦桧心狠手辣，睚眦必报，张浚若向他发难，势必凶多吉少。贪恋生之欢乐，惧怕死之永暗，乃人之常情。眼见岳飞被杀，宋金议和，自己又何曾上表反对过？圣人有言：己所不欲，勿施于人，自己未能做到，有何资格去要求张浚？难道就因为以往的他，比自己更勇敢，声望也更高？

想到这里，刘子羽也闭口不言了。

五人看了一番河水，准备离河继续散步。张构见河水太安静，趁父兄不备，拾起地上一块颇大的石头，扔向了河心；石水相激，发出了一声惊雷似的脆响。

张浚四人吓了一跳。张浚正欲呵斥儿子，却见河旁芦苇丛中一群白鹭被惊动，一只又一只钻出，一边呱呱大叫，一边振动双翅，直冲青天。很快，几十只白鹭在空中结成了队列，双翅齐展，鸣声相应，真是气势如虹。

刘子羽刚才的一番思量早消失得无影无踪，激动地指着白鹭对张浚说："张公，这才应该是你我的志向呵！"

张浚目送白鹭飞远，心道：彦修啊，我也想再有一番作为；可我，有苦衷啊……

半个月后，刘子羽、刘珙离开潭州，张浚父子相送到渡口，两家人洒泪而别。

筹办寿宴和相陪老友，耗散了张浚精力，回家后正想小休一下。老夫人却差丫鬟来叫，说是有话与他谈，还让他带上张栻和张构。

张浚依言来到母亲卧房。老夫人正在翻看一本书，那书明显有些年头，纸张如秋叶般黄脆，只是因为主人精心保存，才令页面几乎没有残缺。

"母亲大人找儿子有什么事？"张浚进门便问。

老夫人指了指一旁的凳子，说："你先坐。"

张浚见母亲一脸严肃，不知发生了什么事，心里颇为忐忑，说："儿子站着就好。"

"那也行。"老夫人看了张浚一眼，声音突然变得严厉，"我问你，从绍兴七年到现在，你为什么一直萎靡不振？"

绍兴七年（1137），正是张浚被罢相的年头。

张浚心里"咯噔"一下，说："这些年，儿子一直忙着读书和教育两个孩子……"

"我说的不是这些！"老夫人打断张浚，"这几年，国家发生了多少大事？赵鼎被逐、秦桧上位、岳飞被杀、含辱求和……每有大事发生，我都见你茶饭不思、忧心忡忡，为什么就不见你上表朝廷，力陈其弊，尽一份臣子应尽的责任？我的儿子，什么时候成了贪生怕死之人？"

张浚见母亲越说越激动，怕她身体有恙，"扑通"一声跪在地上，说："母亲大人息怒，儿子不是贪生怕死，而是，而是另有苦衷……"

张栻、张构还是第一次见祖母如此严厉，不禁都呆住了。一瞬之后，张栻在父亲身后跪了下去，张构见了，也赶紧跟随哥哥跪下。一阵衣服的窸窣声后，整个屋子又变得落针可闻。

"好，你今天就给我说说，你到底有什么苦衷！"

"儿子这么做，只是想好好尽孝……"

绍兴七年罢相之前，张浚心里是没有"怕"字的。

靖康之变时，他滞留开封，不少同僚投降金人，卖主苟活；没有投降的，也担心随时可能死于金人刀剑之下，每天魂不守舍，犹如丧家之犬。

张浚却一点也不担心。他四岁丧父，母亲晚上点着油灯教他读书，一字一字教他"忠孝仁义"——忠孝仁义，忠字当头；国家有难，臣子舍身尽忠，乃天经地义之事。

更何况，张浚心里很清楚：如果死于金人之手，朝廷会表彰他为烈士，青史会留下他的名字，那是"死得其所"，母亲也会以他为荣。

后来投身军旅，更是时常有生命之虞。最危险的是建炎三年（1129），张浚率军驻扎嘉兴，准备讨伐叛乱的苗傅和刘正彦。

一日深夜，随从都已入睡，张浚独自一人展开地图，思考进军之策。忽然间，他瞥见烛架之后，一大汉持剑而立。

张浚猜到大汉是刺客，心中虽有点紧张，脸上却毫无惧色，从容问道："是苗傅和刘正彦，派你来杀我吧？"

"没错。"

"现在我身边没人，你为何还不动手？"

大汉淡淡一笑，说："我虽草莽，却也读过几天书，岂肯为贼人效力？况且张公你率军平乱，有功于天下苍生，我又怎忍心对你下手？"

听了这番话，张浚倒有几分不解，问："那你为何还来？"

"我若不来，苗、刘一定会继续派人行刺。我担心你防卫不严，被贼所害，特地前来提醒一声。"

这么一来，张浚连刚才那点儿紧张也没有了，笑着说："你如此帮我，是想得到金银绢帛吧？"

大汉冷哼一声，说："杀了你，何愁没有金银绢帛？"

张浚赶紧正色说："请恕我方才唐突——既然你不爱财，那就留下来帮我吧，我身边很需要你这样的忠义之士。"

大汉顿了顿，说："我还有老母在河北，不能留此。等老母百年之后，若张公还有用得着我的地方，我一定不惜贱躯，效力麾下。"

说完，拱了拱手，然后撩起衣摆，一跃上房，瞬间没了踪影。

次日，张浚从狱中提出一名死囚，公开将其斩首，并对众人说："这人昨晚意图行刺我，不料行迹败露，被我帐下士兵抓获。经过审讯，得知此人乃河北人氏，受苗、刘之托来取我首级；即便不能成功，也可恐吓我，让我知难而退。苗、刘用心，何其歹毒……"

张浚这么说，一是想激励手下将士奋勇向前，决战苗、刘；二是感慨大汉不仅是个明大义的义士，还是一个孝子。张浚当众将他"杀"死，苗、刘知道后，就不会因他未完成使命而派人前去杀他灭口。

不过，这都是以前的张浚——现在的张浚，不怕死，却怕事。

说理很简单：以前，张浚的敌人，不是苗、刘这样的反贼，就是金人这样的异族，死于他们之手，朝廷会给他盛誉，还会善待他母亲和妻儿。

现在，张浚的敌人，却是秦桧这样的国内奸贼。秦桧早已恨他入骨，多次欲置他于死地，几番在皇帝面前进谗言；只因皇帝尚顾念他讨伐苗、刘的救驾之功，才没用秦桧罗织的罪名治他死罪。

如果他再激怒秦桧，甚至不小心激怒了皇帝，以秦桧的狠毒卑鄙，不仅会治他之罪，还会对付他的家人——这正是他最担忧的地方。

他不怕自己有牢狱之灾、生命之虞，只怕儿子不能顺利成才，母亲不能安享晚年。

听完张浚的一番泣诉，老夫人说："你顾念老母和妻儿，我很高兴。但我从小教你读书，不是只想让你做一个顾家的孝子！"拍了拍桌上的书，又说，"父亲的文章，你还能背吗？"

张栻抬头看了一眼祖母手下的书籍，心道：原来这是祖父的书。

张栻的祖父张咸，曾任金书剑南西川节度判官，为人贤良方正，做官则以敢于直言著称。

张浚忙说："父亲大人的文章，儿子幼时就能记诵；最近几年，只要无事，都会在心中回忆默诵，因而都还会背。"

老夫人满意地点点头，说："那你背背《绍圣初举制科策》吧。"又吩咐张栻兄弟，"扶你们父亲起来。"

《绍圣初举制科策》，是张咸写给宋哲宗的一封奏表，在当时士大夫中流传颇广。

张栻、张构听从祖母之言，扶起了张浚。张栻还想扶父亲坐下，却被张浚拒绝。

张浚上前一步，开始了背诵。当背到"臣宁言而死于斧钺，不能忍不言而负陛下"一句时，老夫人正色说："我绵竹张家，历代忠君报国，不会因为一家祸福，不顾天下苍生。你父亲做官，知无不言，言无不尽，只要对国家社稷有利，就不会顾虑其他！"

"父亲大人的风骨与学问，值得儿子一生学习……"

"你要真学你父亲，就不会是现在这般模样！如今大宋只剩半壁江山，圣上却受奸臣蒙蔽，只知贪图苟安；天下士人，惧怕秦桧权势淫威，明知国家危如累卵，也不敢挺身一言。就连你张德远，世人皆夸你抗金之志坚硬如铁，眼见秦桧撺掇圣上和金虏议和，却不敢进谏反对。你母亲虽已老朽，但雄心还在——若你真有什么不测，我必能像小时候拉扯你一样，将你两个儿子教育成才。若你明知国家有难，却不敢发一言，我百年之后才无颜去见你父亲！"

张浚不及听完，已汗湿重衣，遂重新跪下，叩首说："儿子知错了！"

老夫人又将张栻、张构叫到面前，将张咸的文集交到张栻手里，说："这是祖父的文集，你们拿去好好研读。你们兄弟要记住：读书非为读书，而是为了做人。我绵竹张家，个个都是'宁肯站而死，不肯跪而生'，你们以后要是做了半点辱没家风的事，祖母第一个就饶不了你们！"

张栻兄弟忙躬身回答："是！"

四

六月的临安闷热异常，虽已近午夜，热浪仍如钱塘大潮，一波接着一波，涌向汗湿全身的临安人。已无行人的官道上，一乘官轿被热浪快速推向秦桧的府邸。轿中的万俟卨擦了擦脸上的汗水，撩起轿帘，不耐烦地催促轿夫"再快点"，同时把手里的折扇，挥得更勤了。

万俟卨是开封人，因一件小事被岳飞处分，从此对岳飞怀恨在心。

绍兴十一年（1141）十月，岳飞以"谋反罪"下狱。负责审理此案的，是御史中丞何铸、大理寺卿周三畏。何铸本是秦桧亲信，之前受秦桧委托，还弹劾过岳飞，导致其被撤职。

然而，随着案件审理的深入，何铸却被岳飞的大义凛然所折服；尤其当岳飞撕开衣襟，露出后背深入肌理的"精忠报国"四个大字时，何铸更是被深深震撼——他说什么也不信，这样一个人会"谋反"！

何铸连夜找到秦桧，将岳飞在审讯过程中的表现一一相告，同时指出那些七拼八凑的"谋反证据"的漏洞，想以此告诫秦桧：不要错杀忠臣。

秦桧大为恼火，明白告诉何铸：收拾岳飞，乃是圣上之意。

皇帝也没能吓住何铸，他反驳秦桧说："强敌未灭，无故杀一主将，恐失天下将士之心。我替岳飞喊冤，并非怜惜区区一岳飞，而是为了江山社稷的长治久安！"

听了这话，秦桧对何铸彻底失望，很快安排他出使金国。至于岳飞案的主审官，秦桧经过精心思量，选择了万俟卨。

万俟卨一来深恨岳飞，二来想借此讨好秦桧和赵构，不仅全部采纳秦桧构陷岳飞的所谓证据，还无中生有地搞出了许多新证据。比如，岳飞在升任节度使时，曾颇为自得地对手下说了一句"三十岁建节，古今少有"。

万俟卨由此"断定"，岳飞早就有谋反之心；因为本朝三十岁建节的，除岳飞外只有一人——太祖赵匡胤。

岳飞最终以"莫须有"的罪名被杀，万俟卨可谓"功不可没"。

万俟卨的官轿，终于停在了秦桧宅邸前。

临安城依山傍湖，城东是西湖，城西是吴山。吴山下有一山门，名朝天门。门前小溪之上，横架一桥；站在桥上，可仰眺云遮雾罩、仙境一般的吴山，故此桥被人称为"望仙桥"。

秦桧的宅邸，就位于望仙桥之东。其得地之佳，建筑之宏，仅次于皇宫。

"万公来了，主子在书房等您。"一位老仆见了万俟卨，一边打招呼，一边带路。

万俟卨"嗯"了一声，在老仆的带领下前往书房。或许是晚上之故，万俟卨觉得秦府七曲八弯，感觉比白日所见还要大上数倍。

老仆打开书房门，迎面扑来一股冰凉之风，满身暑热顿时尽去。万俟卨抬眼一看，只见书房四角放着四个大盆子，盆子里堆满了大如鹅卵的冰块，都是去冬存在府邸地窖里，专用来今夏消暑的。

万俟卨心里暗骂：老贼真会享受，脸上却堆满了笑，恭恭敬敬地行礼问安。

秦桧挥手让老仆出去，又指了指一旁的凳子，示意万俟卨坐。

万俟卨一边在凳子上坐下，一边偷眼打量秦桧：秦桧本就长得尖嘴猴腮，最近不知为何事烦恼，双颊更是深陷下去；被灯光一映，显得异常骇人。

"秦公这么晚召见下官，不知有何事？"万俟卨见秦桧久未开腔，忍不住问。

秦桧拿起桌上一份文书，递给了万俟卨。

万俟卨接过一看，原来是张浚给皇帝上的一道奏表。在奏表中，张浚列出了十条朝政弊端，条条都指向秦桧。

万俟卨虽讨厌张浚，但见他如此针对秦桧，心里还是感到几分快意。

"这几年朝中风波不断，张老贼虽有奏表，言辞尚算平和，我以为他老实了，哪知竟包藏祸心！"

自从知道当日张浚阻扰皇帝升自己为左相，秦桧就以"张老贼"称呼张浚。其实，他比张浚还要大七岁。

绍兴七年（1137）张浚被罢相后不久，赵鼎也被赵构赶出朝廷。此时金国主掌军权的，是完颜昌和兀术。完颜昌主张对宋议和，表示愿意把河南的土地、宋徽宗的棺材和赵构生母韦氏，一并归还；前提是：宋必须向金称臣。

这种天上掉馅饼儿的事，立即打动了赵构和秦桧。然而，两人想议和的消息一出，立即遭到了朝廷内外的反对。

在一次单独召对时，岳飞直言不讳：夷狄不可信，和好不可恃，相臣谋国不藏，恐贻后世讥议。

言辞之刀锋，直指秦桧。

不仅武将反对，文臣也反对。监察御史方庭上书赵构，一字一句，掷地有声：天下者，中国之天下，祖宗之天下，群臣、万姓、三军之天下，非陛下之天下！

这是明摆着将国家置于君主之上，赵构读了，又惧又怒。

与此同时，在临安的大街上，还出现了大量榜贴；文字虽有不同，意思却很一致：秦桧是金国细作。

赵构和秦桧恼羞成怒，将一批反对议和的官员，贬官、撤职、流放……一番杀鸡儆猴，朝臣终于有所收敛。

不过，赵构、秦桧议和的美梦，很快被一只雄鸡好斗的鸣叫惊醒：兀术反对与宋交好，血腥屠杀了完颜昌等主和派，尔后兵分四路，南下攻宋。

战争持续了一年。最后，赵构和秦桧，以十二道金牌召回岳飞，并于次年再度和金和谈。为了避免议和再像上次一样遭受广泛反对，赵构和秦桧杀掉了岳飞。

有了岳飞鲜血的震慑，反对的声浪果然小了许多，议和得以顺利完成。此后几年，秦桧权势愈大，几乎没人敢公开反对他。

这次张浚突然上书，不仅出乎秦桧意料，更令他想起往事，新仇旧恨齐上心头，一连几日都在思谋如何将他除去。

万俟卨已经猜到秦桧找他的目的，小声说："张……老贼虽然可恶，但仅凭这么一封奏表，怕是治不了他的罪。"

秦桧冷哼一声，说："要不是圣上还记挂着当年讨伐苗刘之功，他就是有十个脑袋，也不够砍！"

万俟卨附和说："秦公所见深远，下官佩服。"

秦桧摆了摆手，说："张老贼、赵老贼虽已离开朝廷，但他俩曾居高位，又信奉理学，徒子徒孙和拥趸极多。如果这次不给张老贼点教训，天下宵小要是联合起来，你我的日子……哼哼！"

万俟卨说："秦公有什么高见？"

秦桧瞟了万俟卨一眼，幽幽地说："听说张老贼为了孝顺他老娘，在潭州修了一座'尽心堂'，高楼华屋，极尽奢靡……"说罢，把目光停留在了万俟卨的脸上。

万俟卨只得回应："秦公是想让下官，弹劾张老贼？"

秦桧点了点头。

万俟卨心里暗骂"又指使你爹当打手"，脸上做出一副为难相，说："秦公，不是下官不愿出手——去年杀岳飞，下官已经被一些不明事理的人，视为'眼中钉、肉中刺'；张浚为相多年，声望高，门生故吏遍天下，如果稍有不慎，只怕……"

秦桧心里不断冷笑：现在想和我切割，迟了！他走到万俟卨身边，附耳小声说："一旦事成，我立即向圣上建议，任命你为参知政事……"

万俟卨不再说话，只把身体向秦桧弓了一弓。

五

岭南崎岖的山道上，逶迤行来两驾无棚马车。车夫看了看天空突然飘来的几块乌云，嘴里连骂了几句粗话。

两驾马车，前一辆坐的是张浚、张栻、张构，后一辆则是冯康守着行李——说是"行李"，其实主要是数百册书籍。

绍兴十二年（1142），万俟卨在秦桧授意下，弹劾张浚修建尽心堂，逾越了规制。秦、万为置张浚于死地，甚至造谣说尽心堂是仿造皇家五凤楼而建，暗示张浚有"不臣之心"；此罪若成，张浚的下场就会和岳飞一样。

恰逢礼部侍郎吴秉信，从潭州公干回临安；接受召见时，赵构便就此事问询他。

吴秉信告诉赵构，他在潭州参加了计老夫人的寿宴，可以确定张浚新修的宅邸并未逾矩。吴秉信还大赞张浚孝顺之名播于湖湘大地，两个儿子也是少年英才，他日必为国家栋梁。

赵构听后，没再理万俟卨的诬告。

张浚侥幸逃脱一劫。

接下来的几年，张浚年年上书赵构，就朝政大事发表意见，其实都是针对秦桧。绍兴十六年（1146）五月，有彗星出于西天，张浚上书朝廷，备言权臣当朝，祸国殃民，若不及时清除，必将给国家带来更大灾难。

秦桧闻言大怒，加紧在赵构面前进谗言。赵构也不满张浚否定自己政绩，下旨将他贬往偏远的连州，并只准他带儿子前往，不准妻母同行。

张浚因不能孝顺老母，很是自责。老夫人反安慰他说："你无愧于天地，有什么好自责的？在外保重身体，勤读圣贤书，不必忧心家里。"

张浚父子已在前往连州的路上，秦桧犹有不甘，入宫觐见赵构，诬告张浚随身携带着和蜀地旧部策划谋反的书信。

赵构立即派人追上张浚，将其行李翻了个遍，只发现几百册书籍和少许银两。来人大感震惊，一边道歉，一边向张浚表示，会将所查如实禀告圣上。

张浚听了，却并不怎么高兴：离家万里，不能孝顺老母不说，两个儿子的前程，更是被他所误！

听了车夫的咒骂，张浚抬头看了一眼乌云飘浮的天空，不禁眉头微皱；见张栻仍肃容端坐，又不免惊叹：这孩子不过十四岁，遇事竟沉着若此！

又赶了一两里路，天空乌云越积越多，周围却又不见一户人家，张浚心里愈加着急。张栻也有些坐不住了：淋了人无所谓，那数百册书籍要是毁了，可是莫大的损失。冯康看出主人心思，拿出两把雨伞，撑开护住了书册，又催促车夫再快些。

车夫不满地说："我们已经尽力了，想快，多出几两银子选两匹好马呀！"

冯康闻言大怒，正欲斥骂，见张栻朝他摆手，于是收敛了怒气，点头表示听命。

马车行过一小山坡，忽见前方有一五十余岁的老者，带着一个二十七八岁的后生，立于道路左侧，像是在等待什么。

老者见马车逼近，忙拱手问："来者可是张浚张公？"

张浚令车夫勒住马，拱手回道："正是在下。"

听了这话，老者和那后生扑地便拜，泣不成声。

张浚父子大惊，连忙跳下马车，张浚亲手扶起老者；张栻、张构则扶起他身后的后生。

张浚忙问："老伯可是遇到了什么难事？"

老者一边擦拭腮边眼泪，一边说："老朽姓连，临安人士，在本地做一小官，这是下官的儿子。连某父子，素来仰慕张公……"

张浚忙说："不敢当。"

连老说："连某父子前来，是想告诉张公一个消息：朝廷，朝廷改变主意了……"

张浚心头一喜：莫非圣上见我并无贪腐，不准备将我贬往连州了？现在我已无他想，只望能回到潭州，阖家团聚，侍奉老母以尽孝道。

转念一想，若是这样的好消息，连老父子何必大哭？

张浚心头一凉，隐隐有了不祥的预感。

恰在此时，天际劈开一个惊雷，震得满山皆响，骇人至极。

连老指天怒骂："奸臣当道，朝廷无义，残害忠良，你不去劈杀恶人，反在这里逞威风！你，你可还讲什么道理……"

这样一来，就连张栻兄弟和冯康，也听出了朝廷要赐死张浚，顿时跪地痛哭。响雷一个接一个，与这哭声呼应，显得更为悲切惨绝。

张浚长叹数声，对两儿子说："罢，罢，若能像你们赵世伯一样，以为父之死，换你们兄弟平安，为父，为父……"

喉头哽咽，再也说不下去。

赵鼎去相之后，秦桧一直不肯放过他，赵鼎先后被贬至泉州、漳州、潮州，乃至极度蛮荒的吉阳军。不仅如此，秦桧还对赵鼎的儿子下手。

一天晚上，赵鼎召齐家人，说："秦桧小人，不将我们一家逼于绝地，必不肯罢休。他恨的人是我，只要我一死，他就会放过你们……"

儿子赵汾听出赵鼎有自杀之意，连忙苦劝；然赵鼎死意已决，自此粒米不进。数日之后，便含恨而亡。

张浚忆及老友，更增伤感，忽然大声背诵起赵鼎临死之前，写的一阕《行香子》：

举头见日，不见长安。谩凝眸、老泪凄然。山禽飞去，榕叶生寒。到黄昏也，独自个，尚凭阑。

念罢，张浚老泪横流，心中已然拿定主意：我张浚一生光明磊落，绝不愿死于宵小之手！

"元镇，等着我，老友很快就来会你！"

张栻从父亲目光中看出了端倪，心中又痛又急，忙起身擦干眼泪，转头问连老："敢问连老伯，前来宣旨的使者是谁？"

"听说是殿帅杨沂中的儿子杨偰……"

"杨沂中？杨沂中？"张栻喃喃念了几遍，心中已是一片雪亮，大声对张浚说，"父亲大人冷静！杨沂中是您的老部下，如果圣上真想杀您，怎会派他儿子前来宣旨？"

张浚愣了一愣，随即大笑："没错！我和正甫相交多年，当年他取得藕塘大捷，扬名四海，也多赖我坐镇指挥。圣上很清楚我和正甫的关系，如果真想杀我，必然另派他人！"

杨沂中字正甫。

张构、冯康、连老父子，听了二人的对话，全部喜笑颜开。

又一个惊雷响过，雨珠就像禁锢已久的孩童突得释放，从天空纷纷扬扬狂洒而下；落地之后，仍乘着余兴，跳跃不止。

冯康、张栻、张构忙去保护那几百册书籍。

连老说："老朽知前面不远处有一客栈，可以歇身避雨，愿为张公引路。"

张浚听罢，忙邀请连老父子上车。于是，张浚和连老父子坐前车，张栻、张构和冯康护着书籍坐后车，在连老的指引下，朝一片密林行去。

雷声更密了，雨也更大了，张家主仆因为刚才逃过一劫，不仅不觉得天气恶劣，反而心情畅快，看着雨幕中朦胧如烟的山川，直欲以手击节、引吭高歌！

六

行了约三里路，雨停了，客栈也到了。

客栈藏于一片树林中，门前点着两个红灯笼；酒菜之香和猜拳行令之声，透窗飞出，让又累又饿的张栻一行更觉饥渴。

连老带着众人进了门。张栻一看，屋内仅有五张桌子，已被占了三张，其中有一桌坐着五名大汉，正在大块吃肉、大碗拼酒。

店家见又来了好几名客人，喜得眉开眼笑，忙上前招呼。连老做主要了三间客房，又让店家备两桌菜。店家一边答应，一边告诫众人：吃过饭早点休息，莫要去客栈旁的密林，那里时常有野狼出没。

张浚和连老去客房更换湿衣，冯康和张栻兄弟则将行李送入客房。连公子见了，也来相助。张栻见他力气颇大，提几十斤重的书籍如拎小鸡一般，颇觉惊奇。

众人收拾好回到前厅，两张空桌上已经摆好了饭菜。张浚请两位车夫和冯康坐一桌，自己一家和连老父子，则以年齿为序坐了另一桌。

连老从行囊中拿出两坛酒，说："方才淋了一场大雨，正好用这'思春堂'驱寒！"

说着，先给张浚斟酒。

"思春堂"是临安名酒，张浚任宰相时，曾多次饮用。闻到那熟悉的酒香，昔年当宰相的种种往事飞至目前，与当下的境况一比，无异天上地下。张浚但觉愁绪满怀，等连老斟好酒，便举杯邀大家同饮。众人依言举杯，一饮而尽。

连老又拿着酒坛，去给一旁的冯康和车夫斟酒，一连招呼三人喝了三杯，这才回到自己桌上，又给张浚斟满了。

旁桌的五名大汉，仍喝得逸兴遄飞。或许是被他们的豪情所感染，或许是想起了往事，张浚一连饮了好几杯酒，顿觉身体沉重，昏昏欲睡。

张栻发现了父亲的异样，忙提议散席，和冯康一起扶张浚回客房。那两名车夫也觉头昏，自去找地歇宿。

张栻跟在张构后面，说："哥哥，我才饮了两杯酒，怎么觉得这般头昏？"

方才的酒，张浚和连老饮得多，张栻兄弟和冯康饮得少，连公子则饮得更少——他说自己不好此物，只饮了第一杯，便没有再饮。

张栻也觉得头昏，说："可能是酒太烈吧。"

侧脸去看父亲，只见他双眼紧闭，将头歪靠在冯康肩上，早已醉得不省人事。

好不容易将张浚扶到床上躺下，张栻觉得眼皮如闸门般沉重，对冯康和张构说："我也要睡一会儿……"

话没说完，无边的黑暗就将他彻底掩埋。

蒙蒙眬眬中，张栻听到有人在小声说话。他努力睁开眼睛，看见眼前有数人身着黑衣，正在捆绑冯康和弟弟。他大吃一惊，顿时清醒，正欲起身，却发现自己的双手和双脚也被捆住！

张栻扫了一下四周，发现父亲被捆倒在一棵大松树下，兀自沉睡不醒。冯康和弟弟因被黑衣人弄疼，也从宿醉中醒来，正在反抗咒骂。两位黑衣人见了，赶紧往他们嘴里塞了两个布团。

这几人虽然身着黑衣，但张栻看其身形，已认出是方才店中喝酒的五名大汉。

张栻知道若大声喊叫，也会被封住嘴巴，遂小声说："几位壮士，张栻父子已知今日难逃一死，可否让我们死得明明白白？"

几名大汉说什么也想不到，一个十多岁的孩子会如此镇定，都围了过来，说："好啊。"

有名大汉还加了一句："就算是死囚，处斩之前，也要满足他的要求嘛。"

张栻说："何不将你们领头之人叫出来，让我们见见？"

五人互看一眼，问："你怎知我们还有领头人？"

张栻不理他们，提高声音说："连老和连公子，为何还不出来相见？"

自从发现被绑的只有自己一家，加之想起连氏父子故意领他们来这家客栈，饮的酒又那么易醉，张栻便猜到连老父子才是这帮人的首领。

听了张栻的话，树林中传来几声冷笑；接着便有一人分开乱草，走了出来。

张杙三人一看——却不是连公子是谁?!

连公子盯着张杙,说:"你这么聪明,可惜却是个短命鬼。"

张杙猜得没错,连公子正是这伙人的首领。他和连老预先将蒙汗药放入酒内,等张浚父子被麻翻,便趁着夜色,和那五名装作客人的手下一起,将张浚父子和冯康移到客栈外的这片树林里,好杀掉掩埋。至于醉酒的连老,则已被他送到了安全之处。

连公子说完,冷冷盯着五名黑衣人:"还愣着干嘛?"

五人得令,埋头从一个黑包袱中取出了刀剑,狞笑着走向张浚父子和冯康。

走向张浚的共有两人,步伐也更快。

张杙顾不得自身安危,恳求道:"别伤我父亲!"

连公子又是一阵冷笑,说:"你不知道,你父亲的脑袋有多值钱!还不动手?!"已经靠近张浚的两名大汉,都把手中之刀朝张浚砍去。

张杙急得大喊:"不要!"

七

两刺客的刀离张浚身体不到一尺,突然一声惨叫,抛刀往背后乱抓。

张杙惊魂稍定,定睛一看,只见他们背部插着一把飞镖,镖尾的红丝带正迎风乱舞,犹如火焰。

与此同时,跟前多了一个身穿灰衣的蒙面大汉,身材魁梧却剑法灵动,长剑或刺,或挑,或削,每一个黑衣人,与他战不了三回合,便会身上挂彩。还好大汉手下留情,只往他们手足上招呼,否则早有人横尸当场。

连公子见状,转身便跑。大汉飞起一脚,将他踢翻在地。收拾完六名贼人,大汉又用剑割断了张浚几人身上的绳索。

冯康见连公子又蠕动着往前爬,似有逃跑之意,拾起一把剑快步朝他奔去。连公子听到背后声响,翻转身体,一个鲤鱼打挺跳了起来,摸出怀中一把短剑,迎战如猛虎般扑来的冯康。

自从进入张府,冯康便开始练武,武功已颇具根基。他深恨连公子骗了自己和主子一家，尤其是刚才还差点杀死了老主子，出剑极其狠辣，招招都想取连公子性命。

连公子的武功本不差，可惜一来手中之剑较短，二来又想到还有武功更强的灰衣大汉在旁观战，心中慌乱，很快便占了下风。十多招下来，冯康只左臂被刺伤，连公子却手、脚、腰多处受伤。

冯康越战越顺，忽然发出一声快意的长啸，连公子一惊，手中短剑被他震落。冯康趁此良机，一剑朝他胸口刺去。

剑尖离连公子不足一尺之时，只听"当"一声脆响，冯康的剑被一只飞镖弹飞。冯康知道这镖是灰衣人所发，顾不得手臂酸麻，疑惑地看着他，目光似乎在问：你到底是友是敌？

大汉不理冯康，快步上前，朝连公子屁股上踢了一脚，说："快给老子滚！"

连公子忙和五个挂彩的手下一起，一边惨叫呻吟，一边互相搀扶着想要离开。

"站住！"大汉突又大喝一声。

六人以为大汉改变主意，想要取他们性命，吓得呻吟也停止了。他们直愣愣地看着大汉，既想逃又不敢逃；有一个受伤最重胆子又小的，竟吓得当场尿了裤子。

大汉鄙夷道："胆子这么小，还敢干坏事！你们给老子好好听着：下次再为害张公，就是你们自己把脑袋往老子剑上送，怪不得别人！"

连公子一行连称"遵命"，顾不得伤痛，也不再互相搀扶，连滚带爬钻进树林，很快逃得影儿不见。

"不要弄出人命，否则，张公会有麻烦。再说了，我们放过他们，派他们来的人也饶不了他们。叮嘱他们几句，是怕万一他们不死，又来伤害张公。"见敌人走远，大汉才回头对张栻、张构、冯康说，带着浓郁的北地口音。

"谢谢恩公相救！"张栻、张构、冯康同时跪下。

大汉伸手扶起张栻三人，和他们一起去看横卧一旁的张浚。

刚才逃过一劫，本该庆幸；但想到如此打斗厮杀，父亲仍沉睡不醒，张栻的心情不免又沉重起来。

大汉用手摸了摸张浚额头，从怀中取出两粒药丸，用随身携带的清水喂张浚服下。

张栻见了，急问："恩公，我父亲不碍事吧？"

"不碍事。张公饮了不少酒，吃了不少蒙汗药，才会如此沉睡。服了我的药丸，不出一个时辰定能醒来。"

张栻心中大慰，张构却好奇地问："恩公，你给我父亲服的什么药？"

张栻担心弟弟的话，会让恩公误会，忙斥道："弟弟，不要无礼！"

大汉笑道："小公子天真烂漫，口无遮拦，老子喜欢！我们行走江湖，免不了会被人下药。我刚才给张公服的，正是蒙汗药的解药。那是我恩师留给我的，老子以前有几次被别人劝酒，入口后知道不对，忙吃下几颗药丸，很快便清醒过来，没有被贼人所害。"

张构没料到大汉如此爽朗，进一步问："恩公是哪里人？听你口音，是北方人；但你又言必称'老子'，又像是来自我们故乡蜀地。还有，你为什么要救我们？你是我父亲的旧交吗？"

这话显然更为犯忌：大汉若愿表露身份，就不会至今仍不摘下脸上黑布。但话出如泼水，此时再去责备弟弟，为时已晚。

张栻颇为不安地看了一眼大汉——果然，他沉默了。

良久之后，大汉才说："我是河朔人，年轻时曾拜一四川高人为师，因而学了不少四川话。"

大汉一边说，一边将装有清水的竹筒递给张栻。张栻正口渴难忍，喝了一口，递给了张构。张构喝了，又递给冯康。

冯康对大汉的武功极为佩服，拿着竹筒却没急着喝水，说："这位高人的武功，一定深不可测。"

大汉说："恩师不仅武艺超群，还博览群书，贯通古今。只可惜老子是个粗人，只能学他的剑术，还只学了点皮毛。"

张栻听了大汉的话，问："这位高人姓谁名谁，现居何方？"

大汉听出张栻似乎不信世间有这等文武双全之人，说："恩师飘游不定，老子也说不清他现在在哪里。他如果回四川，一般会在青城山隐居，当地人都称他'青城道翁'。张公子若是有缘，前往青城山，或许能见他一面。"

张栻从语气中听出了大汉的不悦，忙躬身说："是。"

三人一时无话，张浚发出的一声呻吟就格外清晰。张栻、张构、冯康大喜，忙起身去看，果见张浚已睁开了双眼。

"父亲大人！"

"老主子！"

张浚听了三人的呼喊，却没有回答，很快，睁开的双眼，又闭上了。

"父亲大人……"张构又喊了一声，声音拖得老长。

张栻忙转向大汉说："请恩公再看看我父亲。"

大汉拨开张浚眼帘，看了看他的眼睛，说："不碍事，药已经起作用，估计再过一刻钟，张公便能醒来。"

张栻三人这才放心。

为免父亲睡中受凉，张栻忙带着弟弟和冯康捡了一些木材，想点一个火堆供父亲取暖。因为才下过雨，木材比较湿润，三人试了好几次，才用打火石将木材点燃。

果不其然，没过多久，张浚悠然醒转，但神智仍很迷糊，连眼前多了一个蒙面大汉也没有发现；他呆呆地看着张栻、张构，似乎是在思考，他们和自己是什么关系？

"父亲大人，你感觉怎样？"张栻凑过身体，小声问。

张浚点了点头，却不回答。冯康拿过竹筒里的清水，喂张浚喝了两口。张浚见他手上有伤，吃了一惊，问："怎么回事？遇到野兽了？还有，我们怎会在树林里？"

张栻将刚才之事缓缓相告，当说到大汉相救之事时，张栻的目光投向了大汉。张浚也随着他的目光看去，意识到刚才自己一家所遇的凶险，顿时惊出一身冷汗。

"快，快扶我起来！"张浚无力起身，于是命令儿子。

张栻、张构扶起张浚，张浚把身体朝着大汉一躬，说："壮士相救之恩，张浚一家没齿难忘！"

大汉伸手扶住张浚，说："张公难道忘记了故人？"

说完，一把拉下遮脸的黑布。众人一看，只见大汉脸上从左外眼角，到右嘴角，有一块又大又长的刀疤；被火光一映，显得极为骇人。

张构吓得捂住了嘴巴，张杙、冯康虽还镇定，心脏也吓得怦怦直跳。

张杙心想：怪不得他一直用黑布遮脸！

虽然大汉被毁容，且因岁月流逝而容颜苍老，张浚还是认出他来，说："你，难道是当年那个河北义士?!"

八

救下张杙一家的壮汉，正是当年受苗、刘所雇，却非但没有刺杀张浚，反而告诫他小心提防其他刺客的河北义士。

那晚和张浚分别后，他昼伏夜行，火速赶往河北老家，一是想早点儿见到老娘；二是担心苗、刘知道他未能完成任务，派人追杀。

赶了两晚路，没有遇到丝毫危险。第三天，大汉在一饭馆歇脚吃饭，无意中听到两个酒客闲聊，说三天前的晚上，张浚张公夜遭刺客，幸亏左右及时发现，将刺客擒拿斩首。

大汉初以为，是苗、刘另派刺客刺杀张浚。转念一想，三天前的晚上，前往刺杀张浚的人，明明是自己啊。

又过了几天，大汉见苗、刘始终未派人追杀自己，这才恍然大悟：张浚是找人作为他的替身杀掉，好保他平安。大汉不禁大为感慨：张德远，果然是大义之人！

大汉由此放下心来，缓缓北归。

回到河北后，大汉一边侍奉母亲，一边根据恩师所赠剑谱勤练剑术。村中不少村民参加了河朔反抗金人的义军，他们见大汉武艺卓绝，力邀其加入。大汉以母亲年老为由拒绝。

某天，金人一支骑兵被义军伏击，一位千夫长中箭身亡。

金军俘虏了一名义军，一番严刑拷打，问出其家所在地后，便将其五马分尸，然后驱兵前往大汉所在村庄报复。

金兵来到村庄，见人就杀、见屋就烧。大汉和少量村中男丁奋起反抗，然而众寡实在太过悬殊，其他人一一被金兵杀死；大汉脸上也被砍了一刀，惨叫一声，满脸血污昏倒于地。

金人以为他已死，回头继续追杀其他人。

大汉醒来时，金兵已退，整个村庄除了火烧的噼啪之声，再无其他声响。大汉将脸上的血污随便抹了抹，冲回自家门前，只见老娘横卧于烧了大半的屋前，身体冰冷，显已死去多时。

大汉双泪长流，大叫一声，又一次昏倒于地……

再度醒来，大汉不再流泪。他掩埋好老娘的尸体，找了一个可以躲藏的山洞，待脸上的伤好了大半，就加入了义军。

打仗之时，大汉每次都冲锋在前，砍杀金人最狠。金兵几次围剿偷袭，都被他逃脱。

金人对他异常恐惧，称他为"脸上带疤的恶煞"。其他义军见其名头如此之响，纷纷找脸上有疤的人冒充他；有人为了假扮他，甚至不惜自伤己脸。

绍兴十年（1140），岳飞在朝廷的授意下，开始第四次，也是最后一次北伐。岳家军纵横中原大地，打得兀术满地找牙，就连金军最精锐的骑兵——拐子马，也被岳家军斩杀殆尽。

与此同时，岳飞还派梁兴、董荣率领一军渡过黄河，到达黄河北岸，和当地的抗金义军会合。这项计划名曰"联结河朔"，岳飞在五六年前便开始谋划，目的自然是想里应外合，更好地绞杀金人，收复失地。

大汉所在义军，和梁兴、董荣率领的岳家军会合，很快扫荡了周边的小股金军，然后朝绛州的垣曲县进发。垣曲虽只是一县城，却是当时金国的军事重镇，驻扎着一万五千多名金军。

来到城下，大汉大喝一声，领头向城墙爬去。城墙上的金军万箭齐发，大汉左肩、右胸先后中箭，仍不避不退，继续攀爬。

大汉领着众人爬上城墙，亮出宝剑，朝金兵砍刺。金兵见大汉刀疤狰狞，半身血污，剑法如雷似电，直怀疑他是天神下凡……

义军和岳家军同心协力，很快攻下了垣曲县，之后又攻下了好几座州县。大汉不顾伤势，每战必冲锋在前，令梁兴和董荣大为惊叹，认为其之勇武，足可比拟岳家军第一猛将杨再兴杨将军！

不久之后，岳家军收到赵构的诏书，不得不撤军。

梁兴和董荣一退，金军便开始反扑。大汉所在义军寡不敌众，不仅丢掉所占县城，义军队伍也损折过半。

绍兴和议后，宋金战火稍停，金国把主要精力用于清缴河朔地区的"反贼"。大汉所在义军连遭攻击，人数越来越少。

今年年初，因为出了两个叛徒，大汉所在义军被金军铁骑追杀了三天三夜，几乎全军覆没。大汉侥幸逃得一命，知道不能在河朔地区久待，于是先渡黄河，再渡长江，来到大宋境内，准备投靠张浚。

通过梁兴和董荣，大汉已知张浚被罢相。来到大宋，又听到一个消息：张浚不仅被赶出朝廷，还被秦桧视为死敌，欲杀之而后快。

大汉担心张浚安危，听说他被贬往连州，就沿着驿站一路追赶。走到这处密林，正好遇到连公子一行将张浚一家绑出，准备秘密杀掉。

张栻和连公子等人的对话，全被大汉听入耳中，不由想起当年他"刺杀"张浚时，张浚也是如此镇定。

大汉感慨一句"有其父必有其子"，暗扣飞镖于掌心，随时准备营救。

张栻听大汉赞扬自己，忙谦虚了几句；有感于大汉的遭遇，又慨然说道："金虏毁我家国，杀我亲友，吾辈誓当牢记此仇，不报不休！"

大汉大赞道："若宋人都有你的血性和大志，金虏岂能嚣张到今日！"

休息一阵，众人轻手轻脚回到客栈，锁紧房门。大汉拿出一些酒食，和张浚、张栻一边吃东西，一边分析过去一天所经历的两场凶险，猜测背后的主谋，乃是秦桧：

秦桧先派"连氏父子"伪装成张浚的仰慕者，告诉他朝廷改变了主意并大哭，让张浚误会皇帝想杀他。秦桧清楚，作为理学家的张浚爱惜名节，知道了"皇帝之意"，多半会选择自尽。

结果，因为张栻的提醒，张浚没有自杀。

然而，秦桧还有第二个计划——让连公子带人将他刺杀；到时候毁尸灭迹，只说张浚因为入山避雨，被高山密林里的野狼所食，便可掩盖一切。而大汉对于连公子六人，只伤不杀，也是担心张浚一家惹上人命官司，会被秦桧反诬，惹来更大的祸端。

知悉了事情来由，张浚又出了一身冷汗，对大汉的及时相救和虑事周全，再度表示感谢。

"当日张公也曾助我免被苗、刘追杀，让我能回归老家，奉养老娘。只可惜……"想起惨死的母亲，大汉心头升起一股刻骨仇恨，说，"我救张公，并非仅为私人之谊。而今岳公被冤杀，皇帝老儿不敢打仗，奸臣胡作非为，朝廷不知何年何月，才愿出兵收复河朔故土。如今大宋境内，有望在未来带兵收复河朔，杀光金人的，唯张公一人——救张公，就是救我大宋！就是救我万千苦命百姓！"

张浚感激大汉的救命之恩，忙承诺说："张浚虽被贬谪，仍心怀复国之志。他日若有机会再掌兵事，一定血洗胡虏，为令慈报仇雪恨！"

九

天色微亮，张栻让冯康叫醒两名车夫，说是要趁早赶路。两位车夫觉得头昏脚重，以为是没有睡好，又是一阵抱怨。张栻命冯康赏了他们每人一贯钱，两人这才没说什么，打着呵欠去马厩牵马套车。

张浚、张栻和大汉坐一辆车，张枸和冯康护着行李坐另一辆车。车夫见多了一个头戴草帽的大汉，虽然觉得奇怪，可因为雇主刚赏了钱，便没有多说什么。

走了半个时辰，见人烟越来越稠密，大汉喝停了马车，起身拱手对张浚说："张公此后行程，务必小心，免得又被小人暗算。送君千里，终须一别，在下这就告辞了。"

张浚、张栻没料到大汉走得如此之急，都大感惊异和不舍。

张浚忙说："多年未见，这次又蒙壮士相救，张浚一家未有滴水之报。何不再走几步，寻一小店，让张浚父子陪壮士痛饮几杯，以表谢意？"

大汉说："张公，在下虽是粗人，却自认为是个君子。君子之交，何必拘泥于小节？山高水长，将来自有相见之日。纵然不能相见，你我声气相投，神交千里，也胜过凡尘俗子，日日相处！"

说罢一拱手，跳下马车。张栻赶紧扶着张浚下了马车，张构和冯康也从另一辆车上跳下，四人言辞一致，恳求大汉再多留几日。

　　大汉再次表示拒绝，转头对冯康说："我看你剑术已颇有根底，可惜招式杂而不纯。我这里有一本剑谱，你照此练习，三五年之后必有大成，足以保护张公一家不被小人所害。"

　　冯康赶紧跪地，一口气磕了三个头；然后伸出双手，郑重接过大汉手中之书。

　　张浚说："壮士既然去意已决，张浚也不强求。还请壮士告知名姓，让张浚一家能永记大德。"

　　大汉哈哈一笑，说："在下不过河朔一微民，留什么名姓！"

　　说罢，转头便行。

　　张栻问："恩公准备去哪里？"

　　大汉头也不回说："临安！"接着，又吟起了诗，"此地别燕丹，壮士发冲冠。昔时人已没，今日水犹寒！"

　　声音慷慨悲壮，回荡群山，使人激奋，却又催人泪下。

　　见大汉人影彻底消失，张浚才在张栻的搀扶下，重新回到马车。或许是吃多了蒙汗药，或许是受了惊吓，张浚仍觉身体虚软。

　　张栻小声说："父亲大人，恩公此去临安，怕是想刺杀秦桧……"

　　张浚大吃一惊，细思大汉刚才言行，又觉得张栻所料不差。张浚忍不住又朝大汉离去方向看了一眼，说："秦桧身边护卫众多，高手如云，壮士此去只怕凶多吉少……"

　　张栻心道：恩公刚才吟诵骆宾王那首《易水送别》，显然也料到此行不易。"知其不可为而为之"，恩公虽不是读书人，却深得圣人之道！

　　此后，张浚一家白天赶路，晚上则宿于驿站。

　　三日后，杨倓在驿站追上了张浚。

　　半月前，派来追查张浚的官员回京，禀告赵构，他们不但没有查到张浚和蜀中旧部联系的书信，还发现张浚极为清廉，所带行李除了几百册书，只有少许银两。

赵构听了，很是感慨，命杨偰持圣旨火速追赶张浚——不是赐死他，而是赐予他三百金，以奖励他的廉洁。

宣读完圣旨，杨偰关切地问："张公看起来精神欠佳，莫非身体抱恙？"

张浚掩饰说："前几天染了风寒，目前已无大碍。"

"张公务必保重身体，圣上对您仍很器重。此去连州，张公宽心静等，相信不用多久，就能等来圣上召您回朝的圣旨。"

张浚以为杨偰是宽慰自己，淡淡一笑，说："张某暮年将至，别无他想，只盼有生之年能重返潭州，孝敬老母，以尽孝道。"

杨偰看了看左右，小声说："张公，可否找一安静之地，咱们好好聊几句？"

张浚忙说："当然，当然！"

离驿站不远处有一市集，店铺林立，往来行人络绎不绝，看起来甚是繁华。张浚、张杖带着杨偰来到一饭店前。张浚抬头一看，只见店门之上横着一匾，匾上有两字——思园。

张浚把"思园"二字默念了好几遍，心头突然涌起一阵悲凉：一路南来，他不仅离母亲和夫人远了，离家乡蜀地更是远上加远。不知有生之年，还有无机会再回一次故乡，稍减随年岁日增的思乡之苦？

无意中瞥见张杖也面色凝重，猜想他此刻也被这两字搅动了思乡之情。张浚忙收回遐思，提振精神，跨入店内，大声问店家可还有包厢？

店家一边说有，一边在前面给三人引路。

等店家上好酒菜，张浚请他关好门，并吩咐说："没有召唤，不要进来。"

店家诺诺而退。

饮过一杯酒，杨偰说："张公莫以为我方才所说，只是虚言安慰——圣上将你贬至连州，实有不得已处；那人现有金国撑腰，圣上也要忌惮几分……"

说着，以手蘸酒，在桌上写了一个"秦"字。

张浚点头叹息说："此人现在权倾天下，就连他老婆王氏一家，也跟着鸡犬升天。"

杨偰对此也深有感触，随口讲了一事：王氏有一兄弟叫王唤，王唤有个儿子叫王子溶，曾任知吴县事。

某夜，王子溶喝多了酒，派仆人连夜敲开了顶头上司——知平江府事李志山官邸的大门。李志山问王家仆人："夜间上门，可是有要事？"

仆人说："我家主人喝多了难受，听说你家有咸齑汁可以醒酒，特派我来取一瓶。"

李志山虽不快，还是只有乖乖叫人取来咸齑汁，让仆人带去给王子溶。

张栻忍不住说："王子溶虽不是好东西，但这李志山为了顶上乌纱，甘受小人折辱，毫无骨气，简直枉读了一肚子圣贤书！"

杨倓说："正所谓'人在官场，身不由己'，他也是无奈。"

张栻还想再说什么，却见父亲朝他递眼色，于是住口不语。

张浚叹息一声，说："秦氏一家如此胡作非为，天下却无人能制，真是令人沮丧。"

杨倓小声说："张公切莫悲观，那人将近六旬，近年身体已大不如前。他归天之日，便是张公重回朝廷之时。"

张浚叹息一声，说："只要圣上无收复中原之意，哪怕秦桧不在，我也难有东山再起之时。"

杨倓忽然一脸意味深长地说："圣上或许没这样的打算，但如果金虏主动出击，情况就不一样了……"

听了这话，张浚、张栻大吃一惊。

张浚忙问："金虏有意南下，此消息可确切？"

十

见张浚父子如此关切，杨倓便给他们讲了一下金国内部的情况。

金国目前的皇帝叫完颜亶，是金太祖完颜阿骨打的嫡长孙。他有个堂弟叫完颜亮。这完颜亮长得相貌英武，为人又多谋善断，在金国贵族内部名望颇高，令完颜亶深为忌惮。

这两年，完颜亶和完颜亮互相猜忌，明争暗斗，已渐成水火不容之势。据大宋在金国的密探说，完颜亮很可能会发动政变，自立为帝。

张浚父子知道，金国贵族之间，为了争夺权力经常互相残杀。十多年前，主战的兀术，杀死主和的堂兄完颜昌一家，其行事之毒辣，手段之残忍，令人发指。所以，对于杨倓所言，父子俩都没有丝毫怀疑。

杨倓继续说金国的事：

完颜亮很仰慕汉文化，府中养着一群汉人名士，自己也经常吟诗作赋。

某次，完颜亮大宴宾客，半醉之际，听到歌女咏唱了一首柳永的《望海潮》：

> 东南形胜，三吴都会，钱塘自古繁华，烟柳画桥，风帘翠幕，参差十万人家。云树绕堤沙，怒涛卷霜雪，天堑无涯。市列珠玑，户盈罗绮，竞豪奢。　　重湖叠巘清嘉。有三秋桂子，十里荷花。羌管弄晴，菱歌泛夜，嬉嬉钓叟莲娃。千骑拥高牙。乘醉听箫鼓，吟赏烟霞。异日图将好景，归去凤池夸。

完颜亮早就觊觎江南的风流繁华，听了柳永的词，江南胜景一一浮现眼前，如同好色之徒，骤然见到一绝色佳人，将其占为己有之念顿时大炽。

完颜亮大喝一声，命人拿来纸笔，笔走龙蛇，立成一诗：

> 万里车书一混同，江南岂有别疆封？
> 提兵百万西湖侧，立马吴山第一峰！

这首诗，将完颜亮妄图吞并大宋的狼子野心暴露无遗。

听完杨倓的讲述，张浚、张栻均大为忧急。

张浚说："若有好时机，杨将军可将此事奏明圣上，让朝廷早作准备，免我大宋再遭一次靖康之辱。"

杨倓说："不是我不想上奏圣上，此前有人言及此，立即被秦……被那人斥为'无稽之谈'，并连降三级。"

说罢，叹息不止。张浚也跟着摇头叹息。

第二天，杨倓启程回临安，张浚、张栻送别他回驿站。

张栻不屑地说："杨将军堂堂男儿，竟惧怕秦桧至此，连名都不敢直呼！"

张浚说："这也不能全怪他。秦桧当政后，岳飞死，韩世忠被撤职，刘锜转文职……境况如此恶劣，哪个武将敢不要自己的功名性命，舍身直言？"

张栻听了，默然不语。

张浚又说："栻儿，一个人要想成就大功业，对他人的要求，就不能过于严苛。但凡这人有可取之处，能为我所用，对其不足之处便可网开一面。"

对于父亲的话，张栻虽不甚认同，还是恭恭敬敬地答了一声："是！"

几日之后，张浚父子到了连州。

连州地处南岭之中的萌渚岭南麓，气候湿热，瘴气极重。张浚一路奔波，又被连州恶劣的环境刺激，很快便病倒了。

张栻和冯康出门给张浚找大夫，却又因此地是汉、瑶、壮、畲、回等多族杂居之地，语言与临安、潭州等地大为不同，沟通极为困难。几经辗转，张栻终于找到一位可勉强沟通的大夫，带他回家给张浚开了药。

这天，冯康出门购买日需之物。张栻将药端进父亲卧房，伺候他喝完，掩好房门，正欲去厨房洗碗，只见张构一脸慌急跑了进来，大叫了一声"哥哥"。

张栻示意他小声，张构于是放缓脚步，走近他后，方才低声说："门口来了几个人，说是要找父亲。冯大哥又不在，我们，我们……"

张栻心想自己一家在连州并无亲友，又见弟弟神色慌张，心跳不禁也加速了。转念一想：青天白日，此地又居民众多，断不至于再遇到行刺之事；再说了，人家已经找上门来，若真是来者不善，那也无从躲避。

这么一想，张栻心里便镇定了许多，将碗放在窗台上，迈步朝门外走去。张构自从那晚遭遇刺客，颇有点儿草木皆兵，犹疑好久后，还是跟着哥哥的步伐出了门。

张栻来到门前，只见门口停着一辆马车，另有三个壮汉，全部面色黝黑。中间那位大汉，年纪约三十岁，身过七尺，面容严肃，双目炯炯，极具威严。

大汉见了张栻，问："张浚张公可在家？"

张栻不慌不忙说："在。敢问阁下高姓大名，我好通报父亲。"

"你是张公的儿子？"大汉一边问，一边将张栻上上下下扫了一遍，说，"你就说'故人前来拜见'就行了。"

一番交谈，张栻已知来者无恶意，说："既是故人，就不必通报了，各位里面请。"

说着将身体一侧，做了一个"请"的手势。

大汉见张栻年纪不大，待人接物却镇定自若，不卑不亢，暗暗赞了一句：名门之后，果然不同凡响。

大汉随张栻进入屋内，其他两人却没有一同进入。

张浚听到门外交谈声，已挣扎着下床，来到了院子里。大汉见了，赶紧上前拜见。

张浚见眼前人似熟悉似陌生，思索半天，仍想不起是谁。

大汉微微一笑，说："张公难道已忘了王大宝？"

张浚恍然大悟："原来是元龟！栻儿、枸儿，快来拜见王先生！"

王大宝字元龟，潮州海阳县人，建炎二年（1128）中进士，目前任知连州事。他是赵鼎门人，当初张浚在临安时曾见过一两次，故而有印象却未能熟记。

王大宝伸手扶住行礼的张栻兄弟，说："两位公子相貌堂堂，谈吐不俗，年纪虽小却已深得张公之传。"

听王大宝夸奖两个儿子，张浚颇为高兴；更高兴的，是王大宝能来看望自己。

当初他和赵鼎因为北伐等问题交恶，天下尽知。王大宝作为赵鼎门人，不记旧仇，亲往探视，足见其心胸之磊落宽广。

王大宝见张浚父子租住的房子颇为狭窄简陋，说："此屋只能暂供栖身，我让人另寻一屋，打扫干净后，再请张公一家搬入……"

张浚忙打断王大宝说："元龟美意，张浚心领了。京城有人视张浚为眼中钉、肉中刺，元龟若待我太好，传入京城只怕会于你不利。"

王大宝慨然道："王大宝行事，只管仁与不仁，义与不义，哪管利与不利？更何况，那奸贼逼死我恩师，与我有不共戴天之仇，他不找我麻烦，我还想给他搞点事呢！"

张浚忙劝他不要动怒，王大宝这才慢慢气顺，朝门外吆喝了两声。门外那两名大汉，立即从马车上搬下一个个盒子送入院子。张浚父子一看：全是柴米油盐、祛瘴药物等日常必需之品。

张浚大为感动，说："当初元镇谪居潮州，故交门人避之唯恐不及，唯有元龟，时常从游；而今元龟，又如此厚待我张浚……"

张浚念及王大宝之仁义，又想起老友之惨死，一时竟哽咽难语。

王大宝忙说："张公切莫悲观。正所谓'得道多助，失道寡助'，奸贼多行不义，必难善终！京城传来消息……"王大宝突然压低声音，"奸贼半月前被一义士刺杀……"

"结局如何？"张浚、张杕、张构同时发问，表情均极为焦急。

"义士武功极高，一度逼近奸贼轿子，还砍断一根轿杆。可惜奸贼身边护卫众多，一哄而上，义士最终不敌被俘。奸贼门人对他严刑拷打，他始终不肯吐露姓名来历；门人又问他为何要行刺，义士慨然而答'举天下皆欲杀虏人，只有你不肯，所以老子要杀你！'奸贼恼羞成怒，下令将义士于闹市处斩。因义士脸上有一块长刀疤，临安居民因此称他为'疤脸侠士'……"

王大宝话没说完，见张浚父子全部热泪盈眶，吃了一惊，问："张公何故如此？莫非……你认识这义士？"

张浚点了点头。张构年纪尚幼，又素来感情丰富，此时更是忍不住大放悲声；直到张杕多番劝说呵斥，方才停止哭泣，用衣袖抹去了脸上泪水。

张杕担心父亲病体未复，受不了刺激，扶他到一旁凳子上坐下；又请王大宝在旁边坐下，并让张构去厨房给王大宝端来一盏茶。

做完这一切，张杕方把义士当年如何受苗、刘所雇，却不杀父亲；一个月前，又是如何在危急之时出手，救了自己一家详细相告。

王大宝听完，也是无限感慨："'虽千万人吾往矣'，要能多几个这样的义士，我大宋怎会有今日之羸弱！"

十一

半个月后，张浚的病儿已痊愈。王大宝租好房子，选定一黄道吉日，派人来协助他们搬了新家。

张浚父子在连州的生活，这才算安定下来。

这天早上，张栻、张构去卧房给父亲请安，却见张浚已然起床，正坐于窗下看《周易》。

"栻儿，构儿快过来，今天教你们怎么卜卦。"大病初愈，又美美睡了一觉，张浚精神正好。

张构早想学算卦，拍手叫道："太好了！不过，我们没有蓍草啊。"

张浚笑着说："没有蓍草，这个也行。"

张栻兄弟一看，只见张浚手心已多了三枚"建炎通宝"。

张浚双手合十，掌心微曲，一面口中念着什么词句，一面摇晃掌心的钱币；念毕，将其抛于桌面。父子三人一看，三枚钱都是有字一面。张浚于是提笔，在纸上画了一条连续的横线。

第二次，却是三面无字，张浚又画了一条横线。

接着又抛了四次，次次都是全有字或全无字，纸上也就出现了六条横线。

张浚呆看了两秒，说："这是'乾卦'。"接着背诵"乾卦"的卦辞和爻辞，当背到"君子终日乾乾，夕惕若厉，无咎"时，张浚停下问张栻兄弟："你们可知，这话是什么意思？"

张栻、张构摇头表示不知。

"这话的意思是说：君子整天勤勉努力，晚上还要像遇到危险一样保持警惕，如此方能免于灾难——这是上苍，对我们父子三人的警示啊。"

张栻说："父亲大人，这不过巧合而已，何须当真？"

张浚摆摆手，正色说："你们切不可小瞧《周易》，更不能简单地视它为'命相之书'。栻儿，你可还记得，《论语》一书里，孔圣人是如何评价《周易》的？"

"孔圣人说：'加我数年，五十以学《易》，可以无大过矣。'"

张浚点点头，说："圣人作《易》，乃是为了传道。至妙之道，言辞难以穷尽，所以圣人才揲数以起象，因象以成卦。圣人之道，通过卦象得以呈现。今之学人，若能居则观其象而玩其辞，动则观其变而玩其占，就能了解圣人之道。"

张栻说："儿子明白了。"

张浚又说："在连州，也有一人深通《易》理，他就是王大宝。栻儿，构儿，我想让你们拜王大宝为师……"

张栻犹豫了一下，说："父亲大人，不知王先生和刘芮先生，学问谁高谁低？"

张浚看了一眼张栻，说："我知道，你心里在想：王大宝的学问，可能还赶不上刘芮；我既已师从刘芮，何必还要问学于王大宝？没错，王大宝的学问，或许赶不上刘芮。但拜人为师，不仅要学其学问，更要学其人品。王大宝不畏权贵、心胸开阔、仁义兼具，这就很值得你们兄弟学习。再说了，求学问道，只有博采众家，方能日益精进。"

张栻听得频频点头，说："父亲大人所言甚是，儿子谨遵教诲。"

张浚说："栻儿，我知道，你很想拜衡山胡宏为师。胡宏学问之精纯博奥，我也极为佩服。只是，咱们现在远在岭南……"

张栻被说中心事，脸上微微一红。师从胡宏的愿望，随着年岁的增长，在他心里变得越来越浓烈。可惜，现在他已在千里之外的连州，踏衡山、拜名师的愿望，不知何日才能成真。

想到这里，张栻脸上一片怅惘。

张浚看在眼里，赶紧打住了话题："说了半天，我也饿了，咱们出去吃早饭吧。"

说着，率先出了房门。

张栻替张浚收拾书桌，却发现《周易》之下，还压着一本书。张栻拿起来一看，竟然是一本《金刚经》。

第三章　蜀地之行

一

　　转眼间到了绍兴二十五年（1155）秋天，正是金桂飘香的季节。湖南永州城一座宅院内，天刚蒙蒙亮，一少妇从卧房出来，嗅到满园清香，一脸欣喜走到桂花树下，拉低一枝桂花，凑上脸去细细嗅玩。

　　一名二十二三岁的男子从书房出来，见了少妇，忙迎了上去，说："天气一天比一天凉，你干吗起得这么早？"

　　少妇说："你刚起床，我就醒了；在床上横竖睡不着，不如起来逛逛。"

　　男子笑道："你以前那么贪睡，最近怎么睡眠这么浅？"

　　少妇脸上一红，指了指微微隆起的肚子，说："还不是因为他！"

　　男子说："为了他，你更该多休息。"

　　说着，就要扶少妇回房。

　　少妇小嘴一撇："屋子里闷得很，我就待在外面……"用手指了指面前的桂花树，"院子里全是桂花，多香！"

　　男子不知如何相劝，一脸为难之色；少妇见了，顿时心软："我进屋也可以，不过，你得给我摘一束桂花，插在瓶中，放到我床边上！"

男子这才开怀一笑，折下几枝桂花在手里，和少妇一同回了卧房。

这男子正是张栻，少妇则是他的夫人宇文绍娟。

宇文绍娟和张栻是表兄妹，张栻母亲，是她姑妈；张栻祖母计老夫人，又是自小看她长大的。宇文绍娟嫁入张家，不像是出嫁，反倒有回家之感。

安抚好夫人，张栻又来到书房，和张构一起晨读。

不一会儿，张浚也来到书房，见两兄弟如此用功，很是欣慰。他一直担心张栻婚后会沉溺于儿女之情，荒废学业；哪知他竟能如此自持，晨诵夜读，一如婚前。

"父亲大人来了。"见了张浚，张栻兄弟赶紧起身迎接。

张浚点了点头，对张栻说："你弟弟的书房快要建好了，我想以'悫斋'名之，你以为如何？"

张栻大婚之后，张浚认为宇文绍娟虽是张构表姐，但毕竟已成其嫂嫂，同一屋檐下相处，颇为不便；于是着手另修两间房，作为张构的卧房和书房。

张栻说："子曰'士必悫而后求智能者焉'，为人能做到一'悫'字，方称得上大用之才。父亲大人以此命名弟弟的书房，正是对他最大的勉励。"

张浚微笑着说："名字我倒是起好了，你这个当哥哥的，是不是该给弟弟的书房写一篇文章？"

张浚此举，显有考校张栻学问的意思。最近几年，张栻一方面刻苦攻读，一方面求教于刘芮、王大宝等名家。张浚很想看看，儿子的学问，已到什么程度。

晚饭的餐桌上，张栻就将一篇《悫斋铭》，交到了父亲手上：

天下之理，惟实为贵。实不在外，当悫乎己。不震不摇，物孰加之。以此操行，谁曰不宜？古之君子，惟斯之守。不可小知，而可大受。故以此事亲，斯为孝；以此事君，斯为忠；以此事兄，斯为悌；交于朋友，斯为信。子其深思而不忒，维师乎悫以令子之德。

"'天下之理，惟实为贵。实不在外，当悫乎己。'好！好！"张浚连声赞叹。

老夫人、张栻母亲宇文氏，见张浚夸奖张栻，都大为高兴。

宇文绍娟也一脸灿烂，抬眼去看张栻，张栻却浑然不理她的目光。宇文绍娟暗骂一句"呆子"，瞥见婆婆正看向自己，俏脸一红，赶紧收回目光。

张浚把文章交到张构手里，说："明天让冯康找个工匠，将哥哥的文章刻在书房照壁……"接着把脸一板，"接下来，就该好好用功读书了！"

张构忙答了声"是"。

张浚吃完饭，离桌回房休息。这个家里，宇文绍娟怕的人唯有公公，见他离开，顿时活泛起来，盯着张构问："刚才公公对你说什么？"

张构不解其意，说："父亲刚才说了很多话呀。"

宇文绍娟提醒说："最后一句。"

张构想了想，说："哦，父亲说'接下来你要好好用功读书'……"

宇文绍娟学公公板起脸，说："嗯，再接下来，就该娶个媳妇儿了。"

"夫人！"

"表姐！"

张栻、张构同时叫道。

虽然已做了他的嫂嫂，张构一时改不了口，仍叫宇文绍娟"表姐"。

见兄弟俩又气又急，张构还满脸通红，宇文绍娟万难才忍住笑，埋头假意吃饭；偷眼见祖母和婆婆也笑得合不拢嘴，宇文绍娟这才将满满一口笑，彻彻底底释放出来。

吃过晚饭，张栻仍去书房读书写作；到了辰时，因担心宇文绍娟孤独无聊，又带着书回到卧房，就着灯光继续读写。

宇文绍娟将几朵桂花扔向张栻，见他仍是不理，嗔道："公公都夸你文章写得好了，干吗还这么用功？"

"还早得很呢！我的学问，别说胡宏先生，就是和父亲比，也还差着老大一截。"

"我看你是想进京考状元……"

张栻愣了愣，方说："读书如果只为功名，格局可就太小了。"

张栻曾参加过一次州试，可惜却落了榜。他少有文名，文章言之有物，说理透彻，却入不了考官的眼；而那些夸夸其谈、辞藻华美的文章，却备受考官青睐，这令他大为愤慨。

同时，他看到许多进士甚至状元出生的人，恬不知耻地依附秦桧，毫无骨气与节操，这让他对举业更为失望，发誓再不参加科考，而把全副身心都投入到对理学的追寻之中。

宇文绍娟听了张栻的话，仍不依不饶，说："我看你就是想考状元，然后再娶个京城大官的女儿……"

"夫人，不要胡说！"张栻眉头紧皱。

宇文绍娟见他生气，不敢再戏耍他，说："好啦，我不说了，你好好读你的圣贤书，我也要去见圣人了。"

张栻不解地问："你去见哪个圣人？"

宇文绍娟小嘴一撇，说："去见周公啊。这都不知道，读书读成傻子了！"

宇文绍娟入睡极快，不一会儿，便传来微微鼾声。张栻担心她受凉，起身帮她理好被子，正想回座继续看书，突然听到一阵轻轻的敲门声。

张栻开门一看，来者是冯康。张栻示意冯康先不说话，将门掩上后才问他有什么事。

冯康告诉他，家里来客了。

张栻不禁奇怪：这么晚了，谁会来拜访？

张栻随着冯康来到客堂，见张浚和张构已在；来客则背对着他，正埋头看着什么。听到脚步声，客人回过头来——原来竟是刘珙！

"刘世兄什么时候到的？为什么不先寄一封信来，让兄弟能提前迎接！"再见故人，张栻喜不自胜。

"你我兄弟，何必拘泥于常礼？"刘珙抖了抖手中的《悫斋铭》，又说，"敬夫此文，兴发义理，启迪人心，必能流传后世。"

张栻谦虚几句，四人又闲谈了一番。张浚见刘珙远来疲惫，建议他早点休息，明日再长聊。

张栻说："没错，刘世兄早点休息。明天一早，我们去西山宴游！"

张构听说要出去游玩，心中大喜；只是碍于父亲和哥哥在旁，才不敢形于颜色。他站起身，引着刘珙去自己卧房，一路上百般按捺激动的心情，生怕被刘琪看出什么。

刘琪却有些心不在焉，似乎怀有心事。

二

第二天早上，吃过早饭，张栻兄弟、刘琪、冯康便启程前往西山。冯康带足了酒食，供三人游玩时食用。

永州乃潇水和湘水的汇合处，沿湘江北上，可通长江，南下，可达珠江，自古以来便是重要的交通要塞。

西山位于永州城西约两里处，山虽不高，却绵延数里，既与奔腾不息的湘江结伴而行，又藕连袁家渴、石涧、小石潭、小石城山等胜景，素来为文人士大夫所钟爱。张栻父子三人，也前来游玩过数次。

来到西山脚下，张构自告奋勇，在前领路。开始还好，道路虽狭窄，却足够行走。渐渐地，高过人身的茅草便覆盖了道路，令人举步维艰。

张构一边用手拨开茅草，一边嘟囔："怎么回事？上次来还不是这样……"

张栻说："上次来游，是初春，草木经过一冬的凋零，已所剩无几；现在是秋天，草木经过春夏的疯长，枝繁叶茂，自不免阻挡道路。"

冯康建议由他来开路。于是，张构提着食盒在后，冯康则走到了最前面。他拔出佩剑，削砍乱草断枝，引着三人继续前行。

一个多时辰后，一行人爬上了西山之巅。太阳早已出来，只见头上白云缭绕，林间霞光点点，左右青山萦回，脚下湘水奔腾……壮阔丽景，美不胜收。

刘琪不由得背诵起柳宗元《始得西山宴游记》中的句子："悠悠乎与颢气俱，而莫得其涯；洋洋乎与造物者游，而不知其所穷……"

张栻也跟着背诵："心凝形释，与万化冥合。然后知吾向之未始游，游于是乎始……"

《始得西山宴游记》是《永州八记》的第一篇，当年柳宗元被贬为永州司马，借山水游记抒写心中孤愤；两百多年后，同样宦途失意的刘琪，亲临其境，背诵其文，心中感慨莫名："敬夫，我今日遭遇，连柳宗元当年也不如啊。"

一个月前，刘珙因得罪秦桧，被贬官去职。

刘珙是去年入的京城，秦桧想拉拢他，以追谥刘珙父亲刘子羽为名，召集礼官议论谥号。刘珙既是刘子羽长子，又任着礼部郎官之职，自然在受邀之列。

然而，刘珙想到秦桧丧权辱国，冤杀忠良——就连自己父亲，也是因为受其迫害打压，正当盛年却被罢官回乡，十多年后便郁郁而终。如今秦桧想追谥父亲，岂不是猫哭耗子？

刘珙越想越怒，不顾同僚的利害分析与殷殷规劝，愤而拒绝参会。

秦桧由此大怒，指使手下谏官，弹劾刘珙，将其贬官。

张栻早上已从张构口中得知刘珙遭遇，忙劝道："如今奸臣当道，在朝也难有作为，还可能反受其害；不如隐而不发，另待良时。"

刘珙却不以为然，说："敬夫淡薄功名，刘珙极为佩服。但男子汉大丈夫，生不能出将入相、建功立业，岂不浪费堂堂七尺之躯？再说了，你以为隐而不发，奸贼就会放过你？"

说完，将张栻拉到一旁，向他透露了一事：秦桧意图构陷张浚"叛国罪"！

事情还得从宋太祖五世孙赵令衿说起。

赵令衿曾任知泉州事，某天在参观秦桧家庙时，随口说了句"君子之泽，五世而斩"。秦桧听后很不满，找了个借口，将他贬至偏远的汀州。

赵鼎儿子赵汾和赵令衿是多年好友，赵令衿赴任汀州之前，赵汾为他饯行。酒酣耳热之际，两个同受秦桧迫害之人，忍不住发了几句牢骚。

赵令衿帐下一幕僚，见主人失势，便将这番话偷偷报告秦桧，以邀功请赏。

秦桧听后大喜，急忙召集党羽，先将赵汾、赵令衿的话添油加醋，广为传扬，大造舆论；接着又让人上表，诬陷两人"共商奸计""图谋大逆"。赵构果然震怒，命秦桧将两人抓捕，严加审问。

秦桧将赵汾、赵令衿投入监狱，严刑拷打，逼迫他们说出"大逆同党"。两人很有骨气，宁死不愿诬陷他人。

秦桧又指使御史台捏造供状，欲将张浚、李光、胡铨等政敌及其子孙，一网打尽……

听了刘珙的话，张栻惊出一身冷汗：五年前，朝廷将父亲从连州移往永州，还准许祖母和母亲前来永州团聚。他们一家的境况，比之以往好了不少。

这五年来，父亲甚少过问政事，每天只是研究《周易》，偶尔读读佛经；他和弟弟则读书著述——他还在父母主持下，和宇文绍娟结为连理。

原以为自己一家，远离朝堂，倾心学问，寄情山水，应该不至于被奸人嫉恨——哪知道千里之外的朝廷里，秦桧仍然记挂着他们一家，还要置他们于死地！

刘琪见张栻脸色大变，忙安慰说："敬夫不必过于忧惧，老贼已病入膏肓，没多少时日可活；朝廷内仁人志士，也在默默反对此举。"

张栻心中稍慰，却仍是愤愤不平："父亲早已不问政事，秦贼何必定要赶尽杀绝?!"

刘琪冷笑连声，说："老贼所为，无非是想给他儿子秦熺当宰相，扫清障碍！"

张栻不由大怒："老贼把持朝政十多年，儿子还想继续把持，这天下到底是姓赵，还是姓秦?!"

张构和冯康被张栻惊动，侧头看向他们。张栻意识到自己的失态，忙唤张构过来，兄弟俩和刘琪席地而坐。冯康见状，拿出了酒食，摆在三人面前的草地上。

张栻说："老冯，此处不是家里，你也坐下，同饮一杯吧。"

冯康犹豫片刻，也就坐下了。

张栻心中激愤，一口气痛饮了三杯。张构和冯康从未见他如此，都脸露惊异。张栻于是把刚才刘琪所讲，告诉了两人，只是特别告诫：不得告诉父母和祖母，以免他们担忧。

张构和冯康听了，也是又惊又怒。

张栻喝酒太急，几杯入肚已然微醺，他霍然站起，将杯中酒一饮而尽后，突然掷杯于地，大声道："奸贼不死，天下难宁！"

刘琪也随之站起，说："放心吧，老贼再横暴，终抗不过老天！等老贼一死，便是吾辈大有作为之时！"

三

用过晚膳，赵构准备去御花园走走。宋金息戈多年，国内又升平无事，赵构少了不少忧心事，近年发福不少。太医王继先对他说，饭后适当活动，避免肥胖，对治疗他的隐疾大有助益。

建炎三年（1129），赵构在扬州，夜间正与宫女淫乐，突听屋外有人大喊："金兵来了！"赵构遽然受惊，种下病根，从此不能尽人伦。赵构本有一子，名叫赵旉，也于同年不幸夭折。

此后，子嗣问题便成为赵构最为忧心之事。二十多年来，他广召名医，尝遍药方，身体却依然如故。

"陛下，普安郡王求见。"

听到太监的禀报，赵构吃了一惊：赵瑗此时求见，所为何事？

"臣赵瑗叩见陛下。"见到赵构，赵瑗赶紧下跪行礼。

赵构淡淡说："起来吧。"

赵瑗原名赵伯琮，是宋太祖赵匡胤的七世孙。因赵构一直没有生育，张浚、岳飞等大臣多次建议，从赵氏后裔中选择贤者，以"养子"身份养于宫中。若赵构生子，可赐养子一官，遣送出宫；若赵构确实命中无子，就让养子继承大统，免得江山后继无人。

赵构不想这么做，但拗不过大臣反复上书，同时担心不确定储君人选，会危及自己的皇位，遂于绍兴二年（1132），令负责宗族事务的赵令畤，访求赵氏宗族子弟。

赵令畤访得宗族子弟一千六百多人，选定七岁以下儿童十人，再经过一番严格筛淘，剩下两人供赵构定夺。

这两人一胖一瘦，胖的叫赵伯浩，瘦的就是赵伯琮。

赵构将赵伯浩和赵伯琮上上下下看了好几遍，心想：胖者有福，却不免痴笨；瘦者机敏，却又往往暗藏奸诈……心中百般犹豫，不知该如何取舍。

这时，一只猫从两个孩子脚下走过。赵伯浩童心大发，飞起一脚，向猫踢去。那猫却颇为矫捷，身体一闪，躲过了这一击，接着快走两步，来到了赵伯琮跟前。赵伯琮见小猫受惊，不急不忙地蹲下，将猫抱在怀里，轻捋它柔滑的毛抚慰它。

小猫受到赵伯琮爱护，十分开心，竟在他怀里撒起娇来。

赵构皱紧眉头，对赵伯浩说："此猫不过偶然经过这里，又没招你惹你，你为何踢它？你如此轻狂，将来怎能担当社稷重任？"

赵构当即决定：赐给赵伯浩三百金，让太监领他出宫。

到了宫门口，赵伯浩回望了一眼金碧辉煌的宫宇，眼泪汪汪，满脸不舍。

太监叹息一声，说："那猫是陛下所养，没事你踢它干吗？"

赵伯浩听了，顿时号啕大哭。太监劝慰几句，拉着他上了专为送他走的马车。

赵伯琮由此被赵构留下，并改名为赵瑗。

然而，赵瑗的地位并不稳固。赵构对自己生子尚未绝望，始终不愿立他为皇子。两年后，赵构又将一位名叫赵伯玖的宗室子弟，赐名赵璩，同样养于宫中——这是摆明告诉赵瑗：你，并不是唯一的储君候选人。

"这么晚求见，可有甚要事？"赵构看了一眼越来越英武的赵瑗，语气仍然不冷不热。

"是的。"赵瑗恭恭敬敬说，"臣听到消息，秦公这次病得极重，恐将不久于人世。然而，他们父子却令人封锁消息，故外人尚不得知。"

这个消息，是赵瑗老师史浩告诉他的。

"竟有这等事？！"赵构心头一惊，脸上却不动声色。

赵瑗和秦桧素来不睦，近年赵瑗告过秦桧两次状：一次是秦桧的孙女丢了一只狮猫，秦桧令临安府派遣大批人马，全城搜捕"盗猫之人"。另一次更为严重：浙江衢州发生民变，秦桧未奏明赵构，私自派遣禁卫军前往镇压。这是很严重的越权之举。

至于秦桧，更是明里暗里，多次攻击赵瑗。

对于两人的互告，赵构的原则是"高高举起，轻轻放下"。他需要赵瑗和秦桧互相为敌，如此他才能搞平衡、收渔利。

"我知道了，你回去吧。"

见赵构仍是一副不咸不淡的样子，赵瑷还想说点什么，迫于臣礼，还是忍住了。

赵瑷一走，赵构马上命令太监："备轿，朕要去秦府！"

赵构的銮驾，从凤凰山南麓的皇城出宫，沿着御街一路向北。

很快，轿子在一座华丽的府邸前停住。赵构下了轿，抬头看了看门顶的匾额，上面"一德格天"四字，是他的亲笔。

和其父徽宗一样，赵构也很喜欢书画，尤精于行、草二书。那"一德格天"四字，洒脱流畅，自然婉丽，赵构现在看了，也颇为得意。

半个时辰前，太监已通知秦桧，皇帝将亲临秦府，看望生病的他。听到这消息时，秦熺正好也在父亲卧房，父子两人对看了一眼，目光里都露出一丝惶恐。

秦熺是秦桧的养子，他的亲生父亲是秦桧夫人王氏的哥哥王唤。王氏不能生育，又生性霸道，不准秦桧纳妾。为免秦家无后，同时也为了让秦桧无借口再娶，王氏将哥哥之子留在家中，并让其改为秦姓。

"圣上此来不知有何目的？"秦熺问。

"不管那么多了，先准备接驾吧……"才说了一句话，秦桧便气喘吁吁。

秦熺看着父亲，眼珠一转，拿定了一个主意。

秦熺叫来父亲的贴身老仆，两人一左一右，扶着秦桧来到了院子。全家人都已知道皇帝即将驾临，早已在院中等候；人人脸上的表情，都显得惶恐而凝重。

很快，赵构在秦家仆人和太监的引领下，来到了院子。秦桧支撑着病体，带领全家下跪："臣秦桧，恭请陛下圣安！"

说罢，连连咳嗽。

赵构伸手扶起秦桧，在为他准备的椅子上坐下后，又赐秦桧坐。秦桧一面感谢圣恩，一面颤巍巍地坐下。

一时间，君臣二人都没说话，只是默默地互相注视。

赵构的心情很复杂。

一方面，他感谢秦桧。若没有秦桧倡导和主持议和，他就没有机会过这十多年安生日子。

另一方面，他又忌惮秦桧。秦桧曾在金国待过数年，后来又代表大宋和金议和，和金人关系极好；说秦桧是大宋和金国之间的"中间人"，也不为过。

这十多年，秦桧利用这"中间人"身份，培植党羽、左右朝政，成为赵构在权力上的最大敌人。为了应对随时可能发生的危险，赵构就连睡觉，也会在枕头下放一把匕首。

最近，秦桧以生病为由，已多日未上朝。赵构曾怀疑，他是否是在装病？听了方才赵瑗那番话，赵构又怀疑，他是否在府内密谋什么？

现在，赵构明白，秦桧真的病了，而且病得很重——就像赵瑗说的，他活不了多久了。

赵构心里升起一丝快意，但很快被更大的悲伤覆盖。此情此景之下，秦桧的坏渐渐淡隐，好却加倍凸显：如果没有秦桧，很多他想办的事办不成；因为有了秦桧，无数本该射向他的箭，也全被秦桧揽在了身上。

也许是觉察到陛下目光中的柔情，秦桧也感动了，很快老泪纵横、泣不成声。赵构也跟着流了几滴眼泪，摸出一张手帕，却没有擦向自己腮边，而是递给了秦桧。秦桧哆嗦着双手接过，嘴里一遍遍感谢着"圣恩"；激动和虚弱，使他的声音如同呓语般模糊。

所有人都松了一口气，尤其是秦熺。

此前，为了试探，秦桧曾多次上书，说自己年老多病，已不能胜任宰相之职，请求致仕。不仅自己致仕，还帮儿子秦熺、孙子秦埙请求致仕。结果，赵构却将奏表留中不发。秦桧、秦熺百般揣测，仍得不出任何结论。今天，皇帝突临府邸，秦熺以为他是来治秦家的罪。毕竟，自从知道父亲病重，朝中不少政敌就蠢蠢欲动，想一举搞垮秦家。若是如此，这将是秦家十多年来，遭遇的最大危机。

没想到，这非但不是危机，还是转机——让他秦家，可以世代为相，永保富贵的转机！

秦熺一念至此，也不顾父亲在前，大剌剌问道："陛下，我父亲已然病重，恐不能再替陛下做事。不知陛下心中，可有下一任宰相人选？"

秦桧的脸色变了，一片死灰。

赵构的脸色也变了,乌云遮面。他站起来,冷冷地说:"这不是你该考虑的事!"说罢拂袖而去,就连道别的话,也没留下一句。

秦桧发出一声哀号,秦熺则一脸茫然,不知自己哪里开罪了陛下。很快,他似乎明白了什么,置咳喘不止的老父于不顾,飞一般冲出了门。

秦熺出门,不是去追赵构的銮驾,而是去找父亲的死党和下属——他要他们给圣上上奏章,推荐他秦熺为宰相。秦家的富贵与权势,不能随着秦桧的亡故而消亡!

可惜,这些他父亲曾经的死党,不是断然拒绝他的要求,就是阳奉阴违,甚至背后插刀。

赵构顺水推舟,很快给秦家下了一道诏书:秦桧、秦熺、秦埙,祖孙三代,全部致仕。

接到诏书的第二天,秦桧咽下了最后一口气。

消息很快传遍大江南北,整个大宋都陷入一片欢腾之中。

四

秦桧去世、秦家失势,对于张浚一家来说,本是天大的好消息。然而,张家阖府上下,却听不到一丝欢笑之声——因为,老夫人病了。

十二月初,绵竹老家一个亲戚,公干路过永州,顺道来探望老夫人。亲戚给老夫人带来了剑南烧春、赵坡茶等绵竹特产。

老夫人晚饭饮了两杯剑南烧春,饭后又让宇文绍娟沏了一盏赵坡茶。这赵坡茶在唐朝时就是贡品,茶圣陆羽把它和峨眉白芽、雅安蒙顶并称。老夫人在老家时,每日必饮一壶。

老夫人一边饮茶,一边和亲戚聊天。听到一些亲戚的孩子娶妻生子,甚至考取功名,她像孩子一般大笑;获知一些年龄大的亲友,已经长辞于世,她又伤心得直掉眼泪……

张浚和张栻担心她的身体,劝她早点休息。

老夫人很是不满,说:"这辈子我已无机会回家乡,让我多了解一点家乡之事，也不成？"

张浚、张栻互看一眼，均觉得此话非吉祥之兆。

果然，亲戚走后没多久，老夫人就病倒了，先是头痛厌食，接着便是上吐下泻、浑身乏力；三日之后，连说话喝水，也变得困难。

永州城内的名医，都被请来给老夫人看病，所给的答复很一致："老夫人年过八旬，喜忧过度又染风寒，怕是熬不过这个冬天了……"

听几位大夫都这么说，宇文绍娟再也忍不住，哇一声哭了出来。

这个家里，公公很严肃，小叔子像个孩子，相公对她心存爱护却不喜表达；至于婆婆，因是她的姑妈，有时反而要故作严厉，怕有人说她袒护侄女。

只有祖母，有好吃的给她留着，有好看的布料就送她做衣服，有心事的时候就陪她聊天……虽是孙媳妇，却待她如亲孙女。

如今知道这不是亲祖母，却胜似亲祖母的人，即将不久于人世，怎不令她伤心断肠？

见嫂嫂哭，张构也跟着哭，急得宇文氏一会儿劝宇文绍娟"不要太过伤心，免得动了胎气"，一会儿又斥责张构"不懂事，带着嫂嫂哭"。

张浚和张栻没有相劝，他们心中也悲伤无比，只是不像张构和宇文绍娟形于颜色而已。

冯康之妻李氏，恰于此时来传话，说老夫人想见张栻。宇文绍娟和张构，这才渐渐止住哭泣。

李氏是老夫人从四川带出来的丫头。五年前，张浚父子从连州回到永州，老夫人也带着李氏赶来团聚。

张浚见冯康、李氏年龄都不小了，就让二人结为夫妻。一年之后，他们生了个儿子。

冯康请张栻给孩子起名。

张栻想了想，说："就叫冯志吧，字复之，希望他永存收复之志。"

张栻进入祖母卧房，见祖母正闭眼休息，于是轻步走到床边，屈膝跪地，一动不动地看着祖母瘦得不成人形的脸。

计老夫人睁开眼，见了张栻，温言说："你进来，怎么不叫醒我？"

"我想让祖母多睡一会儿。"

"祖母就怕一睡，就再也醒不来了……"老夫人说完，喘了几口气。

张栻强忍悲痛，说："您别这么想，大夫们都说，您只是染了风寒，吃几服药休养几天，很快就能好……"

"祖母知道你孝顺……祖母活了八十多岁，老天已待我不薄……刚才，你祖父还托梦给我，说他在那边很孤单，让我早点过去陪他……"

张栻再也忍不住，哭喊道："祖母……"

计老夫人伸出枯瘦如柴的手，哆嗦了半天，却没能摸到孙儿的手。张栻赶紧一把握住了她。

"我有两个遗憾，一是没能看到你弟弟成婚，二是没有亲眼看到我的重孙子出生……"计老夫人歇了一口气，又说，"但我最担心的，还是你父亲。秦桧已死，朝廷很可能会重新起用他。但我观他近来行事，已不复当年的果决干脆，如果再获重任，只怕会为此所误……"

说着又是一阵急喘，张栻赶紧抚其心口，助她顺气；一阵之后，老夫人才又说："你父亲若有机会率军光复中原，你一定要长随左右，多加劝解，免得他误了大事。若能如此，我就可以安安心心去见你祖父了……"

说罢，用急切、期待的目光看着张栻。

张栻知道这是祖母最大的心愿，含泪忍痛，点了点头。

老夫人说了不少话，疲累至极，闭眼继续休息。

这一睡，便没能再醒来。

五

隆冬的长江上，一条船逆流而上。虽是枯水季，水位大减，长江依旧波浪重叠，浩荡往东，真有气吞万里之象。

每到一处，张浚都会问张栻兄弟："可还记得此地？"

年幼时，张栻兄弟曾随祖母和母亲多次出入四川，或去父亲任所，或回绵竹老家。每到景色壮美之处，或是大的市镇，祖母就会给他们讲这个地方叫什么名字、出过什么人物、有什么逸事。祖母出生于蜀中官宦人家，读书不少又经历丰富，讲起各地逸事，绘声绘色，听得张栻兄弟如痴如醉。

如今，风物依旧，慈音却已难再闻。张栻兄弟心中都很伤感，只是怕父亲因他们难过而更难过，才强打精神，认真回答父亲的问话。

行了几日，气温陡然直下，这天竟纷纷扬扬下起一场冷雨。张浚父子撑着油伞，立于船头看了一会儿雨景，终究是耐不住寒冷，又回到了船舱。船家已燃起一盆柴火，冯康还烫了一坛酒，供父子三人饮用取暖。

饮了两杯酒，谈了一会儿闲话，张栻发现船好像停了；一问船家，才知道船搁浅了。

张浚说："不必担心，这是常有之事。船已入蜀，相信你们祖母，也不会急于回家……"

张浚父子本次回蜀，专为护送老夫人灵柩回故乡安葬。老夫人于三年前去世，张浚多次上表，恳请圣上准允他护送母亲尸骨回绵竹，却不得允准。三年守孝期满，张浚再度上表，血泪俱下地请求，这才被赵构同意。

临行之前，宇文氏却突染重病；经过一番医治，病情有所好转，只是身体仍虚弱，无法远行。为了照顾她，宇文绍娟也留在了永州。

张浚父子继续向火饮酒。约半个时辰后，张栻发现船只开始缓慢移动，又听到一阵整齐的吆喝声，从江岸附近传来。

张浚说："这是纤夫的号子。"

张构忍不住好奇，走出船舱观看，很快回头对张栻说："哥哥，你来看。"

张栻走到船头，顺着张构的目光看去：只见岸边有十多位纤夫，正倾身弓腰，用肩膀勒着绳子，努力将他们的小船拉出浅滩。

如此寒天，他们大多只穿单衣。有一两人，甚至还赤裸着上身，露出被太阳晒得黝黑的皮肤。雨越下越大，很快将纤夫们淋得通体全湿。他们非但没有寻地避雨，反而继续冒着大雨，吆喝着号子，一步一步艰难而行。

张栻问船家："他们这样干一天，可够一家温饱？"

"如果可以，那几人就不会无衣可穿了。"

"他们为何要拉纤，难道家中没有土地？"

"有是有，不过一年收成纳完各种税赋，可就所剩无几啰。"船夫说罢，重重一叹。

张栻忍不住愤然："秦桧为相十七年，贪索无度，大肆搜刮，竟连素来丰饶的蜀地之民，也身无暖身之衣，腹无充饥之食！这样的国贼，居然得到善终，真是苍天无眼！"

张浚恰于此时来到他们身后，接话说："除了秦贼等人的搜刮，大宋每年需向金虏缴纳贡银二十五万两，绢二十五万匹，也是一笔不小的开销。金虏不灭，我大宋子民，就休想过上富足平安的日子！"

说到这里，父子三人均想起当下朝廷的境况，顿时沉默无语。

秦桧虽已死，赵构还剥夺了秦熺、秦埙的权力，但赵构对于秦桧所做一切，却是认可的，以下两件事，就是最好的证明：第一，秦桧被授予"忠献"的谥号，和大宋开国宰相赵普死后的待遇一样。第二，万俟卨从地方回到了朝廷，并担任宰相之职。

万俟卨本为秦桧死党，后因争权和秦桧交恶，被贬至地方。万俟卨和秦桧都是主和派，他主政朝廷，不仅不会设法收复失地，还会继续打压主战之士。

张栻抬头看了一眼漫天雨丝，心想：大宋的将来，就像这天气，是晴是雨，是热是冷，实在难以预测。

张栻呼唤冯康，让他取来了十贯钱。张栻将钱交到船家手里，命他待会儿分发给纤夫，并特意告诫说："这些钱全部分给纤夫，至于你，船到绵竹之后，自然会多付船钱。"

船家感恩戴德，连连称谢；又保证会将钱全数发放，绝不敢私吞一文。

几日后，张浚父子回到了绵竹。

绵竹地势，西北高、东南低。西北为山地，群山连绵，林壑秀美；东南为平原，水网密布，土地肥沃，出产极丰。

张家老宅，位于东南方离县城约十里处。

再踏故土，又闻乡音，张浚父子极为高兴；一想到老夫人未能终老故乡，又不免心下黯然。

张浚家的老屋，目前由堂弟张裕代为看管。自从接到张浚家信，他就带领子侄，对老宅进行了修葺和打扫。收拾好房屋，张裕又派人到街市购买香烛纸钱等丧礼所用之物。等张浚父子回家，一应丧礼所需，都已齐备。

张浚在张裕陪同下，进入了母亲卧房。看见屋内熟悉的摆设，儿时母亲在油灯下教他读书识字的往事，顿时飞至目前。张浚眼眶一潮，又流下来几滴热泪；因过于悲戚，竟没想到用手擦拭。

张裕劝道："姊姊享年八十有一，已算高寿；再说了，你若过于悲伤，姊姊走得也不安心。"

张栻兄弟和一众子侄也过来相劝，张浚这才悲戚稍减。

张家是当地大族，亲友极多；张浚当宰相时，又提携过不少蜀中子弟，他们听说张浚护送老夫人灵柩归乡，纷纷前来吊唁。

前来找张栻的人也不少。

绵竹虽属汉州，却与涪州接壤。宋哲宗绍圣三年（1096），程颐被贬到涪州。涪州、汉州读书人，纷纷前往求教，二地自此播下理学之火种，并波及蜀中各地。张浚之师谯定就是涪州人，且是程颐弟子，两人还曾在涪州一起联袂讲学。

张栻虽年轻，其所著的《悫斋铭》等文章，传继圣学，兴发义理，早已传遍蜀中学界。附近州县的学子知其归乡，每日总有三五人前来结交问学。

张家门前，由此车马不绝。

张栻能和蜀中才俊探讨学问，也颇为高兴。

六

老夫人丧礼当日，来了不少亲朋故友。一年近七旬的老者见了张浚，忙拱手道："德远，吊唁来迟，还请恕罪。"

张浚觉得此人面生，虽极力思索，仍想不起他是谁，忙说："张浚离乡已久，加之年老记忆衰减，已遗忘许多故旧之名，不知兄台可否赐告姓名？"

"德远，我是何……"

张浚兴奋地打断他说："我想起来了，你是德明！"

这老者名何有，字德明，是张浚儿时最好的朋友。小时候，两人都好读书，也好游览，经常带着书和干粮，到绵竹西北诸山之中，一边游玩，一边读书。

因何有的字德明和张浚的字德远相近，张、何两家见两人如此要好，开玩笑说："你们何不结为异姓兄弟？"

张浚、何有也有此意，于是禀告过双方家长，互换庚帖，择一良日，结为金兰之交。张浚比何有大五岁，何有便拜张浚为兄。

后来张浚科场得意，何有则在一次州试失败之后，断绝功名之念，在家耕读为乐。

建炎四年（1130），张浚出任川陕宣抚处置使，主持川陕军务，遂写信给何有，邀他前来军中一会。信中还说，若何有愿意，可留在军中参赞军务，这样两人便可长聚。何有却以父母年迈，自己又才不堪大用为由婉拒。张浚知道何有是家中独子，又素来淡泊，也就不再勉强。

此后，张浚宦海浮沉，风波不断，两人联系减少。

乍然见到挚友，又见他明明比自己年轻，看起来却反要大上十岁，张浚大吃一惊，问："德明，你怎么衰老至此？"

何有叹息一声，说："前段时间吃了官司，被关进了县牢……"

张浚闻言更惊，问："所为何事？"

何有说："今日是令慈大葬之日，等德远忙完，我们再聊不迟。"

张浚忙说："好！等忙完今天，咱们哥儿俩好好谈谈！"

三日后，何有派人送来帖子，请张浚父子到何家做客。何家是绵竹世家大族，拥有良田百顷，在绵竹城东，还有一座大宅院。

张浚依照记忆，带着儿子来到何府门前，正要吩咐张构前去敲门，却见何有从右侧小跑而来，气喘吁吁阻止说："德远，切莫叩门！"

张浚奇道："我记得这正是你家啊。"

何有尚未回答，却听"吱呀"一声，大门开了，一个二十多岁，衣着华丽却流里流气的年轻人走了出来，见了张浚父子，恶狠狠地说："什么狗东西，竟敢赖在马少爷门前，还不快滚！"转眼见了何有，又换上一副下流模样，"想要回你家房子？可以啊，只要答应马公子的条件就行，哈哈哈！"

张浚父子勃然大怒，正欲上前理论。何有赶紧拉住张浚衣袖，说："德远，这里不是说话处……"

好说歹说，总算把父子三人劝走了。

何有带着三人，朝西走了约三里路，来到一屋前。这屋和一般民居比，尚算轩敞；和刚才那屋一比，就矮小逼仄甚多。

何有一边招呼三人坐，一边说："鄙室简陋，让德远和两位公子见笑了。"

张浚父子忙说："哪里，哪里。"

何有夫人沈氏，领着一妙龄小姐出来献茶。那小姐十七八岁，长得眉目如画，身材娇小；见了张浚父子，连头也不敢抬。

张栻心想，这应该是何世叔的千金，脑海里突然浮现出宇文绍娟的影子。大婚之后，他和夫人还没这般长时间分离过，一时竟有几分惆怅，目光落在何小姐身上，也没想着收回。何小姐被他这么看着，俏脸一红，别转了身子。张栻这才意识到自己的失态，忙收摄心神，认真听父亲和何世叔谈话。

何有向张浚父子介绍妻女，张浚也向她们介绍两个儿子。张栻这才知道，何小姐芳名何钰。

见过张浚父子，沈氏忙带着何钰，去厨房张罗午饭。

张浚说："德明，我记得刚才所经之屋，明明是你的祖宅，为何临门不入？"

何有哀叹一声，说："那已经不是我的房子了——不瞒德远，我上次吃官司，正是因为它……"

知绵竹县事马井，近年巴结上了秦桧之子秦熺；本想在绵竹历练两年，捞捞资历，再走走秦熺的后门，便谋求升官。哪知秦桧病故，秦家彻底失势。马井眼见升官无望，每日苦恼不已。

马井的儿子马思，看懂了他的心思，说："父亲大人，我听说汉州龙居寺，有一个孔老和尚，道行很高，尤其擅长算人前程，何不把他招来问问？"

马井听了这话，斥道："这样的得道高僧，应该全礼去请才对，怎能叫'招来'？"

马思忙说："是，是，父亲大人，我这就亲自去龙居寺，把孔和尚，不，是孔高僧……请来！"

几天后，孔和尚来到了绵竹县衙。马井见他慈眉善目，雍容大度，确像一得道高僧，很是高兴。寒暄几句后，便请他算算自己何时能升官？

孔和尚掐指算了一阵，说："马县宰当下正遇一劫，若不小心应对，不仅高升无望，还有罢官之祸。"

马井大惊，赶紧请教应对之策。

孔和尚告诉马井，城东有一大宅，已有百年之久，乃是绵竹第一风水宝地。若能据此为屋，不仅能逢凶化吉，还能青云直上。

马井听了大喜，命仆人端出一百两银子，厚赏孔和尚；又命儿子马思，去打探孔和尚说的大宅为何人所有。

马思很快回报马井：屋主叫何有，虽世居绵竹，也读过几天书，却很少出门交往，不像是背景深厚之人。

马井听了，立即将何有召到县衙，明确表示要买他的房子，让何有尽管开价。

何有斟酌了一番，说："不是小人不愿将屋卖给马县宰——它是小人祖上所建，小人一家，在此居住已逾百年，对它感情极厚。我父亲临终前曾反复告诫，让小人务必守好祖业……"

马井不耐烦地打断何有："给你一大笔钱，什么豪门大宅不能买？为何如此不知变通？"

何有仍然婉拒。

马井大怒："不要敬酒不吃吃罚酒，你卖也好，不卖也好，反正这屋本官是要定了！"

何有也生气了，大声说："我若不卖，马县宰难不成要罔顾律法、强抢民宅？"

见何有不吃恐吓，马井虽心中不甘，也只好先放他回去——如今秦家失势，靠山已倒，他确实不敢做得太过分。

马井回到后堂，茶饭不思，闷闷不乐。

马思见了，说："父亲大人何必着急，我有一计，可让何有一文不要，乖乖献上祖屋……"

马井不信每天只知走鸡斗狗、寻花问柳的儿子，能想出什么妙计，冷冷说："你能有什么好办法？还不是强抢！"

马思笑道："不是强抢，而是巧夺。"

说罢，附耳对马井说了一计。

马井一听，顿时喜笑颜开，忙让马思依计去办。

七

何有回家约半月，马井、马思突然带着一班手下闯入他家，说是有人举报，何家藏有禁书。

何有猜到这是马井故意找茬儿，但想到家中并无违禁之物，并不十分惧怕，任由马井父子入书房搜查。

马井父子找了半天，未找到违禁之书，悻悻然正欲出门。马思见书房门口有一花盆，对马井说："父亲大人，这地方还未搜过。"

马井忙示意手下抬起花盆，却见其下压着一书。马思赶忙拿起，递给马井。

马井瞟了一眼书名，将书扔给何有，冷冷地问："这是什么？"

何有一看，这是一本名为《南渡纪要》的禁书，顿时目瞪口呆。

秦桧当政之时，对出版控制极严，要求所有书籍均用黄纸印刷副本，送往临安的藏书阁收藏。同时，因担心文人，尤其是理学家们，批评他的对金政策，秦桧严禁民间修史。

因张浚是蜀人，秦桧恨屋及乌，蜀地士子多不得重用，令蜀人大为不满。成都府一才子，匿名写了一本《南渡纪要》，讽刺高宗和秦桧对金和议之策；恰巧四川书市繁荣，这本书很快面世并传遍蜀中各地，影响极大。

秦桧知道此书后，大为震怒，下令彻查作者和出版人。出版人很有骨气，宁愿自己受牢狱之灾，也不肯透露作者是谁。秦桧就指使知成都府事，将出版人害死于牢中，又下令各地官府收缴、销毁此书。

何有实在不明白，家里怎么会有这本书？更不明白，是谁将它压在花盆之下？若说是马井构陷，自己进书房尚在马井之前，他哪有机会做手脚？

马井见何有如遭雷击，心中微微冷笑：谁让你敬酒不吃吃罚酒！

马井大喝道："大胆何有，竟然不顾朝廷禁令，私藏禁书。来人啊，将何有带回县衙，由本官细细审问！"

两个捕役一拥而上，不顾何有的大呼冤枉，拉着他便朝外走。

马井冷笑不止："众目睽睽，人赃并获，你哪来的'冤枉'?!"

沈氏和何钰听到何有的喊叫，带着一个丫鬟一个男仆，前来查看究竟。见何有被衙役扭送出门，母女俩顿时大哭，一个喊"父亲"一个喊"老爷"，均不知发生了何事，更不知该如何应对。

马思一见何钰，顿时眼睛都直了：绵竹竟有这么标致的娘们儿，以前怎么不知道？直到出门，马思仍在频频回顾。

何钰感觉马思色眯眯的目光，就像千万根细刺，扎得她浑身难受。她心中又羞又怕，想着慈父被抓，又不敢退缩，和母亲一同追出门去；却见捕役将何有推上马车，马鞭一响，车轮滚滚，冲破闻声而来的人流，早已去得远了……

沈氏和何钰，哭倒在马车激起的尘烟之中。周围邻居见了，赶紧上前搀扶她们。尘烟仍未消散，被人搀扶着才能勉强站立的何钰母女，只感到周遭一片混沌，仿佛瞬息之间，已是天地尽换。

打过两次交道，马井已知何有胆小。回县衙后，马井先将何有关入了大牢，准备晾他几天，期间也不禁家人探监。

沈氏和何钰知道可以探监，这才止住哭泣，在丫鬟老仆的陪同下，前往县牢探望。一家人见了，免不了又是一顿好哭。

三人均知，这是马井为了得到何家祖宅故意陷害，然而何有家无叔伯兄弟，又生性淡泊，不喜结交权贵官宦，祸从天降之时，竟不知可向何人求助。

又过了三日，马井突然携带丰盛酒食，来到了牢房，喝退看守后，马井邀何有共饮。

何有不知马井打的什么算盘，不敢落座。

马井也不强求，自顾自地倒了一杯酒，一饮而尽；又夹起一块腊肉，咀嚼得有滋有味。何有听到他上下牙撞击之声，颇感恐惧，似乎他吃的不是腊肉，而是自己的肉。

半晌之后，马井才说："你也是读书人，应该知道私藏禁书，违反律法，其罪不小……"

何有赶紧争辩："马县宰，那书并非小人所藏。这，这分明是有人陷害小人……"

马井盯着何有，慢吞吞说："那你给本官说说，陷害你的人是谁？有何凭据？"

何有顿时语塞：他怎敢说，陷害我的人正是马县宰你？再说了，这只是他的猜测——无凭无据之事，对方又是本地父母官，贸然出口，只会引来更大的祸端。

见何有沉默，马井说："其实吧，不准私修史书和收藏禁书，乃是秦桧秦公定下的规矩。如今秦公已死，绵竹又山高皇帝远，判不判，如何判，全在本官一念之间……"

说完，又用目光瞅着何有。

何有当然知道他在等待什么，但那屋是何家祖产，怎能轻易出让？

马井见何有又沉默，拿过酒坛酒杯，继续自斟自饮；连饮了两杯，才装作若无其事问："令爱今年多大了？"

何有心头一惊，不知马井问这话有何图谋，却又不敢不回答："小女今年十七岁。"

说罢，忍住怦怦心跳，目不转睛盯着马井；似乎女儿现在就在牢中，只要不盯紧马井，她马上便会被其所害。

马井悠然说："你若是坐牢，家中便没了男丁。你女儿正当妙龄，又长得如花似玉，难道就不怕那些浪荡子弟，前去家中骚扰？"

"你……"何有没料到马井身为父母官，竟然如此无耻，气得满脸涨红，浑身颤抖。

马井不理他，仍慢吞吞说："祖屋和女儿，哪一个才是心头之爱，相信你应该掂量得清楚吧？"

何有知道，若不同意出卖祖产，以马井之无耻，说不定真会找人骚扰女儿。再说了，马井既然一心想得到房子，此计不成，一定还会再生一计，到时候人财两空，岂不更加凄惨？

"马县宰，小人愿意出让房屋……"何有忍着心痛，低腰拱手说。

马井倒好一杯酒，说："这才对嘛，正所谓识时务者为俊杰。来，咱们同饮一杯!"

何有接过马井递来的酒,仰头灌下,如同喝下一杯毒药。

八

第二天,何有被马井释放回家。沈氏和何钰见他突然归来,均欣喜异常;知他已答应将祖屋卖给马井,又忍不住哀叹落泪。

何有忍痛劝说:"钱财本身外之物,我们阖家平安,才是头等大事。"

看了一眼玉容带泪的女儿,何有打定主意:等此事一了,马上给女儿寻一门好亲事,免得夜长梦多。

其实何钰已到出嫁之年,但一来何有只有这一个女儿,舍不得其出嫁;二来何钰又心性颇高,有几个条件不错的男青年,托人前来提亲,都被她婉拒,其中还包括沈氏的亲外甥、何钰的表哥沈全声。

几天后,马井派人来到何家,商量买房的价格。马井想用不到市价五分之一的钱,买下何有之屋;何有争辩了一番,他总算同意将价格提高到了三分之一。

何有又添了一些钱,这才勉强在离祖宅约三里地之处,另购一屋以供栖身;同时把仆人也辞退了,只留下陪伴女儿长大的丫鬟小岚。

此事一了,何有和沈氏便放出话去,表达嫁女之意。一开始尚有媒人上门,怎奈男方条件实在太差,别说何钰了,就连何有夫妻也看不上。过了十余天,竟门庭寥落起来,仿佛全绵竹的媒婆,一夜之间全被劫走了。

何有大惑不解,对沈氏说:"难道绵竹人,看我何有财产锐减,竟不再青睐我们家女儿?何家再穷,给独生女准备一份像样的嫁妆,还是绰绰有余嘛。"

沈氏听了,没有做声,回答他的也是一脸疑惑。

何有又说:"怎么连何钰的舅妈,也不上门了?"

沈氏说:"上门又怎样?女儿不喜欢她表哥,难道我们还能强迫她不成?"

何有突然急于嫁女,沈氏很是不解,说话的语气颇为不善。

何有一听,也就不再言语。

过了两日,一姓朱的媒婆,突然上门拜访。何有松了一口气,忙让沈氏沏茶迎客。

朱媒婆走得太急，正口渴难耐，端起茶咕噜咕噜吃了个饱；放下茶盏，脸已笑成了一朵菊花："何老爷，何夫人，恭喜你们了！有一大户人家的公子，看上了你们家小姐……这公子的条件，啧啧，整个绵竹，绝对数一数二……"

何有夫妻又是惊喜又是疑惑，问："不知是谁家的公子？"

朱媒婆的声音越提越高："还能有谁？当然是马县宰的公子马思啦！人家都说，媒婆的嘴，骗人的鬼，我这次可是一点也没骗你们呵！你们自己说，整个绵竹，有几家的公子，能比马县宰公子的条件更好？"

最担心的事情还是发生了！何有如同给人打了一闷棒，顿时脸如死灰。

朱媒婆发现他变了脸色，语调却没有放低："没错，马公子是有了娘子，但男子汉大丈夫，三妻四妾很正常嘛。马县宰这样的家世，何小姐要是嫁了过去，吃则山珍，穿则绫罗，享不尽的荣华富贵，这是多少人家求也求不来的福分……"

何有不等她说完，突然一拍桌子，喝道："住嘴！"

他何有只有一个女儿，怎能让她给人做小？更何况，是给马思这样的无赖做小！

朱媒婆一脸惊愕，回过神来，又快速搜罗了一箩筐话，说："何老爷……"

何有霍然起身，吼道："滚！你给我滚！"

朱媒婆不甘心地起身，扭着身子朝门外走去，一路仍在嘀嘀咕咕："这么好的条件你不答应，你以为你女儿是皇帝家的公主？哼，得罪了马县宰，我看你能有什么好果子吃……"

何有气得浑身发抖，直欲冲上前去，狠狠给朱媒婆两巴掌。沈氏见状，赶紧拉住了他。

何钰在小岚的陪同下，来到了父母跟前，决然说："父亲大人，我就是去青城山做女道，也绝不嫁给那个，那个……马思！"

见女儿哭得梨花带雨，何有心痛不已，忙宽慰说："放心，只要有我在一天，马井父子就休想得逞！"

何钰听了，这才渐渐止住哭泣。

朱媒婆上门后第二天，马思竟带着礼盒，亲自上了门。

马家父子原想不花一文，讹掉何家的祖宅；后来马思见何钰温柔貌美，生了纳她为妾之心。

马井一来希望儿子能讨个像样的媳妇，二来也担心把事情做得太绝，会令何有急兔反噬，于是同意用市价的三分之一，买下何家祖屋。

马思意图占有其女儿，已经突破了何有的底线，却也令他不再恐惧。他扫了马思一眼，冷冷地说："马公子请回吧，小女已许下婆家。"

马思却不请自坐，悠然自得地跷起二郎腿，问："你倒是说说，把她许给了谁？"

何有不善说谎，一时语塞，良久才说："这与你无关！"

马思恶狠狠地说："我告诉你，这事偏与本公子有关。本公子看上的女人，别人就休想染指！"又换上一副嬉皮笑脸的表情，"你们父女，不是舍不得那祖屋吗？你女儿嫁给了我，就可以和我继续住在祖屋里；你这个老丈人，隔三岔五回来住两天，本姑爷也不会不同意嘛。哈哈哈！"

何有从未见过如此厚颜无耻之人，强压胸中怒气，说："何某绝不会将女儿嫁给你，何某还有事，恕不能相陪，马公子请便！"

说着，做了一个请的手势。

马思勃然变色，说："难道你想让你女儿一辈子嫁不出去？敢问你们家这几天，可还有媒婆上门？"

何有这才明白，这几天无人上门提亲，竟是马思恐吓所致。但他已做了最坏打算，也就无所畏惧，昂然说："大不了何某养女儿一辈子！"

马思冷哼一声，愤然起立，快步出了门。

接下来几天，何家还算平静。何有以为马思碰了个钉子，已打消娶何钰的念头。

一天深夜，何家人都已就寝，忽听见有人敲门。

何有披衣起床，来到院子，隔门问道："谁？"

门外无人回答。

何有以为是猫狗不小心碰到了门，正准备回房继续休息，却听到门外有人说："老何，我是你们家未来的姑爷啊。你不知道，我可喜欢你们家何小姐啦……"

"岂止你喜欢，我也很喜欢啊！何小姐人长得漂亮，性格又温柔，我每天想她想得都睡不着觉啊……"

外面两人，你一言，我一语，越说越下流。

何有气得浑身发抖，正欲开门和他们理论，却被前来的沈氏一把拉住："忍一忍吧老爷，你要是再有什么事，可让我们娘儿俩怎么活啊……"

沈氏话没说完，又从闺房传来何钰和小岚的哭声。何有想到自己身为七尺男儿，却不能保护妻女，不禁羞愤难当。

沈氏强拉着何有回到房间。一家人点着灯，一宿未睡。

此后，马思隔三岔五，就会派流氓来骚扰何有一家。何家人每夜都过得胆战心惊，以致萌生了寻死之心。

九

听完何有讲述，张浚勃然大怒，叫嚷着要去县衙找马井父子理论。

张栻赶紧劝说："当务之急是找到实据，让马井父子无话可说。如果贸然硬闯，反倒会打草惊蛇，于事不利。"

张构、何有也前来相劝，张浚这才怒火渐消。

午饭过后，张栻、张构送父亲回家休息。到了门口，张浚说："敬夫，马井父子如此欺辱你何世叔，我们一定要替他讨还公道。"

张栻说："只要父亲大人亮出名号，马井一定不敢再贪占何世叔祖屋。不过，要想查查他们父子还有没有其他罪状，为绵竹除一大害，这样做却还不够。儿子想先私下调查一番……"

张浚知道儿子心性高傲，不愿借自己之名令马井屈服，当即点头应允。

张栻让弟弟送父亲回去。张构知道哥哥要查案，早已心痒难耐，忙说："把父亲送到家，我马上来协助哥哥！"

张栻微微一笑，算是同意，目送父亲离开后，便回到了何家，等流氓上门。

乘着喝茶之际，张栻详细询问何有，最近一段时间，有何人上门，尤其是进过书房。

何有一一相告。

张栻一番思量，已略知其中原委。

将近傍晚，突然听见有人敲门，何有颇感奇怪，说："平时都是夜间来，今天怎么这么早？"

张栻示意他不动，轻步走到门后，用力拉开大门——立于门口的，却是冯康。

张栻奇道："你怎么来了？"

"老主子担心你一人对付不了那些流氓，让我前来相助。"

"定叟呢？"

张构字定叟。

"家中来了一个远客，老主子让他留下相陪。"

张栻听了，这才没话，伸手关上大门，带着冯康拜见何有。何有邀其同坐饮茶，冯康推辞不过，也就坐下了。

闲谈一阵，很快到了晚饭时间。沈氏领着何钰和小岚摆好饭菜，出来招呼客人吃饭。

何有拉着张栻、冯康上桌，拿起酒坛便要给二人倒酒。

张栻忙伸手拦住，说："何世叔，今晚有正事要办，就不喝酒了。"

又邀请何钰母女入席。

何有依言唤妻女吃饭，过了一阵，沈氏上了桌，却不见何钰。沈氏不好意思说："小女说她和小岚在房间吃。"

何有接话说："小户人家的姑娘，没见过大世面，让张公子见笑了。"

张栻忙说："哪里，哪里！何小姐知书达礼、温婉贤淑，远胜许多大家闺秀。"

闺房内，小岚隔窗听到二人的对话，对何钰说："小姐，张公子在夸你呢。"

何钰俏脸一红，斥道："好好吃饭！"

凝神继续去听窗外的对话，他们却已将话题，转到学问和蜀地的风物上去，不禁颇为失望。

不过，即便与己无关，何钰仍饶有兴致地听着；一边听，一边想：张公子学问博雅又热心仗义，真是人中龙凤。随即又意识到，不该这样去想一个男子，便想将思绪从他身上抽离。可那思绪却有如千丝万线，丝丝缕缕全与他相连，竟是怎样也剥离不尽……一时不由得芳心大乱。

无意中抬眉，看见小岚正笑眯眯地望着她，何钰只道心思被她识破，又羞又急，连呵斥的话也不敢说了。

晚饭后，何有、张栻继续饮茶闲聊，静候门外动静；沈氏和何钰，则早早熄灯休息。

三人等到了亥时，仍不见有人前来。

何有说："今晚怕是不会来了，张公子早点休息吧。"

张栻心想屋子不大，在房内也能听到门外动静，免得何世叔在此久陪，于是点头同意。何有带着张栻和冯康到客房休息，两人和衣而睡，却一宿没有听到敲门声。

一连三天，均是如此。张栻略加思索，已知其原委，并想出一计。

次日早晨，张栻和冯康拜别何有。何有将二人送到大门口，说："张公子真要走？"

张栻说："一连几日，都不见有人上门，看来他们不会来了。小侄一家离家已久，也该收拾一下，回永州看望母亲了。"

何有苦劝相留，张栻还是拜别而去。

张栻离开后的第二天，何有一家刚熄灯睡觉，门外忽传来"砰砰砰"的敲门声，下流的对话与笑声也随之而起。或许是因为积压了几天，敲门声、对话声和笑声，都比以往要张狂好几倍。

何有按照张栻走时的嘱咐，一动不动，任其自为。

几个流氓折腾了老半天，里面一点声响也没有，气愤异常，把门拍得更响，话也说得更为下流。

突然，一个流氓发现不同方向上，各有人提着灯笼，朝他们围了过来。附近的邻居，也走出家门围着他们指指点点。

"龙哥，有点不对劲。"这流氓赶紧提醒领头人。

"龙哥"名叫龙满楼，听了手下的提醒，赶紧回头看去：只见一群人已走到离他约十步之地。领头之人，竟然是张栻。

龙满楼大惊："你……不是走了吗？"

张栻冷哼一声，说："我若不假意离开，你们怎会露面？"借着灯笼之光，张栻已认出，这就是那天在何家祖宅门前所见的流氓，于是厉声说，"马思派你们半夜三更骚扰民宅，到底意欲何为？"

龙满楼见眼前虽有十几个人，却多是读书人打扮，心中不再惧怕，说："老子可不认识什么马思、牛思，老子也不是在骚扰民宅——老子，老子只是多饮了两杯，想去找相好，结果不小心敲错了门……"

"哈哈哈！"几个流氓闻言，又大笑起来。

"我认识你，你是马思的跟班龙满楼！"张栻身边，一人忽然说。

张栻知道，出来指证马思罪行的人越多，将马思父子治罪的可能性就越大；而何家周围的邻居惧怕马思父子权势，都不敢出头。

回乡之后，张栻结识了不少本地的读书人，便邀他们相助。这些读书人对马井父子的胡作非为，早已不满；只是无能人带头，他们怎敢反抗一县长官？如今张栻登门求助，他们立马答应下来，并听从张栻的安排，由张栻、张构、冯康三人率领，埋伏于何有家前、左、右三面，等流氓再出现，便将其围堵。

龙满楼见有人认出自己，准备溜之大吉，却被张栻当面拦住。

"滚开！"龙满楼大叫一声，同时伸手去推搡张栻。他以为张栻是个文弱书生，这一推必能将其推到三五步之外，哪知张栻竟如大树般纹丝不动。

花满楼大喝一声，突然一拳打向张栻面门。张栻闪身躲过，左脚一抬，踢在龙满楼右臀之上。

龙满楼一个趔趄，差点摔倒，吃痛大骂："狗日的动手打人了，弟兄们一起上啊！"

剩下的五个流氓见状，朝着张栻一拥而上。冯康早有准备，伸脚勾倒一人，又一拳打在另一人小腹之上……张构也加入战团，主仆三人合力，很快将六个流氓打翻在地。六流氓疼得哭爹喊娘，丑态尽露。

十几个读书人和那些观望的邻居，见张栻三人三下五除二就解决了恶棍，忍不住大声喝彩。

有大胆的邻居，还离开自家房屋，围到了何有门前，大声指责道："这些人经常骚扰何家，说一些下流话，令整条街都不得安宁！"

还有人痛斥说："他们平素仗着有马县宰撑腰，在绵竹欺男霸女，不知做了多少坏事！"

张杙让冯康提起龙满楼，大声喝问："说，你们到底是受何人指使？"

龙满楼兀自嘴硬："没人指使！"

张杙说："那就带你去见官。"

龙满楼狞笑道："好啊，见了马县宰，有你们好受！"

十

一大早，绵竹县衙里，一名幕宾匆匆而来，禀告正在吃饭的马井："马县宰，有人告状。"

马井眉头紧皱，将筷子拍在桌上，一路骂着来到了公堂。

众衙役见状，齐声高喊："升堂！"

话音未落，两名年轻人走了进来："草民张杙、张构，拜见马县宰！"

"一大早见官，你们想状告何人？"

"我们要……状告马思。"

听了这话，几位僚属和一班衙役顿时面面相觑。马井也惊得从椅子上一弹而起，余光瞥见马思也来到了公堂，正躲在左侧门后向他招手。

昨晚马思有个宴会，多饮了几杯，回家倒头便睡。龙满楼等人不敢惊扰，直到早上马思醒来，龙满楼才将张杙设圈套害他们一事，一五一十地告诉了他。马思听了，情知事大，忙到公堂找父亲。见张杙兄弟已来告状，便没有直接上前，而是躲在门后向父亲招手示意。

马井知道儿子有要事，忙中断审案，来到门后。马思忙将龙满楼所说，告诉了父亲。

马井听了，先是一阵惊愕，很快恶狠狠地说："一介草民也想对付我马家？我让他偷鸡不成蚀把米！"

说完，快步回到了公堂，肃容坐下，问："马思犯了何罪，你们要状告他？"

"马思之罪，多不胜数：陷害良民何有并豪夺其宅，其罪一；暗派手下骚扰何有之女何钰，其罪二……"

"慢着！"马井再也不能忍耐，"你可知，马思是本官之子？"

"知道。"

"你可知，何有的住宅，是本官所购买？"

张栻看了一眼高高在上的马井，脸色依旧平静，声音仍然从容："那，我就连你马县宰一起告！"

"你……"马井又惊又怒，"好大的胆子！"

"王子犯法尚与庶民同罪，何况你马县宰！"

"好，好，好。"暴怒之后的马井反而平静下来，决定和张栻好好"论论理"，"你倒说说，本官犯了何罪？"

"你为了抢夺何有祖宅，不惜陷害他私藏禁书。"

"何有私藏禁书，证据确凿，本官念他年老，平素也算守法良民，才没有重罚，怎能说是陷害？他的祖宅，乃本官出资购买；所付之金额，出自双方之协商，乃公平买卖，何来抢夺之说？"

"那，马思骚扰何钰，你又有何解释？"

马井知道，龙满楼等人和马思的关系，绵竹尽人皆知，很难撇清。马井思量片刻，已有了主意："马思很喜欢何有之女何钰，可惜落花有意，流水无情。他有几个朋友，见他被何钰迷得神魂颠倒，茶饭不思，深恨何钰红颜祸水。他们跑去骚扰何家，并未得到马思准许。"

"龙满楼等流氓连续月余，于三更半夜之时，不仅重叩何家之门骚扰何有一家，还口出污言秽语亵渎何有之女何钰，这是周围街坊邻居耳闻目见且愿做证的事实；龙满楼等人，和马思平素斗鸡走狗、欺男霸女，绵竹街头，也是人所共知——不知马县宰为何视而不见，莫非，是想包庇儿子？！"

"混账，你休要信口雌黄！"

"马县宰息怒。"张栻微微一笑，继续说，"你方才说，购买何有祖宅，乃是基于协商的公平买卖。问题是，你付给何有的钱，只有市价的三分之一，这岂能叫'公平'？"

"也许何有觉得本官为官清廉，囊中羞涩，故意低价卖给本官；还可能是何有为人蠢笨，算不清账目……"

张构听了这话，忍不住嘀咕道："从没见过此等小人，简直白读了十多年圣贤书！"

马井没听清他说的什么，但猜到不是什么好话，喝道："公堂之上，非问勿答！"

张杙看了一眼弟弟，又问马井："何有说，他之所以贱卖祖宅，是因为你拿私藏禁书一事要挟他；而所谓的'私藏禁书'，也是被人陷害。不知可有此事？"

"何有私藏《南渡纪要》一书，是本官带着几位僚属，亲自在他家中搜出，怎能说是被陷害？"

"你怎知何家藏有禁书？"

"有人举报。"

"举报者为何人？"

"本官不需要告诉你！"

张杙淡淡一笑，说："我想传见一人，请马县宰准允。"

"好！"马井慨然应允，一副"我看你能翻出什么风浪"的表情。

张构听了，转身走出公堂，很快带进来一年轻人。这年轻人二十一二岁，面色苍白，神情疲惫，看来是多日未能好好休息。

马井看了来人，脸色微变。

这年轻人，便是何钰的表哥——沈全声。

张杙那天听何有讲了事情经过，认为解决问题的关键，在"私藏禁书"一事。而要潜入何有书房，将《南渡纪要》压在花盆之下，只可能是熟人所为。张杙将事发前一段时间，到过何家的人分析了一遍，认为这个沈全声最为可疑。

沈全声是个读书人，参加过两次省试，均名落孙山。这两年，他在家中一边务农、一边备考，同时教两个学生以贴补家用。一个月前，他突然被聘到县学任教。

张杙猜测，他与马井之间，定有利益往来。

张杙来到县学，找到了沈全声。沈全声一开始不愿承认，张杙知他喜欢表妹，便将马思找流氓骚扰何钰等事，一一相告。

因陷害姑父入狱，沈全声极为愧疚，加之担心所做之事暴露，不仅不敢去何家，连县学也很少出。听了张栻所言，顿时又惊又悔。

沈全声对于何钰，始终怀有深情。他求偶被拒，一直怀疑是何家嫌他家贫。获得县学的教职，每月可多拿几贯钱，且有更多余暇读书习文，以便再入科场，谋得一官半职，好早日迎娶何钰——哪知此举却将心爱之人，推入火坑之中！

沈全声由惊转怒，大骂马思无耻。

张栻趁热打铁说："男儿爱好利禄，应当取之有道。更何况，我已搜集诸多马井贪污受贿、徇私枉法的证据。一旦东窗事发，作为马井所聘之人，你不仅保不住教职，还会受他牵连。与其如此，何不出面指证马井，一来可救你表妹一家于水火，二来可一改前非，也不枉受了十多年圣贤教诲……"

一番劝说之下，沈全声终于同意出来指证马井。

马井说什么也想不到，张栻会如此聪明，数天之内就将事情的来龙去脉调查得一清二楚。此刻见了沈全声，马井心头喊了一声糟糕，加紧盘算应对之策。

等沈全声拜见过马井，张栻问："博元，指使你诬陷何有之人，可在这堂上？"

沈全声字博元。

沈全声看了一眼马井，说："在。"

"那，请你把他指出来。"

沈全声犹豫片刻，终于还是把右手食指，指向了马井。

马井恶狠狠地说："好大胆的刁民，竟敢诬陷本官……"

"我没有诬陷你！"

马井的凶狠，反倒激发了沈全声的胆气，当下便将马思如何找他，又如何将《南渡纪要》交到他手里，让他放在何有书房，并承诺事成之后，聘他担任县学教职等事，一五一十说了出来。

这番话一出，公堂上部分僚属和衙役，也忍不住窃窃私语起来。

马井猛拍惊堂木，喝道："肃静！"

张栻拱拱手，问："马县宰，你还有何解释？"

"我方才已经说了，这是沈全声故意诬陷本官。他两次省试落榜，所受刺激过大……"

沈全声又急又怒，说："你血口喷人！"

张栻问："如果沈全声真如你所说般不堪，你为何还要聘请他入县学教书？"

"本官那是可怜他！哪知他竟恩将仇报！"

张栻冷笑说："为什么早不聘请，晚不聘请，恰好在何有入狱之后就聘请？"

"只是巧合而已，有什么奇怪？"

张栻也是第一次见到如此厚颜无耻之人，怒道："一次是巧合，两次是巧合，三次、五次，难道也是巧合？！"

马井又拿起惊堂木一拍，吼道："本官说他诬陷，他就是诬陷！不仅他是诬陷，你方才对本官的种种指责，也是诬陷！"

"公堂乃说理之地，岂容你胡作非为……"

马井狞笑着打断张栻："在此处，本官说的就是理——最大那个理！你们三人诬告本官父子，罪不可赦，本官要将你们流放岭南！来人呀，将这三人拿下，收入监牢！"

衙役们知道这是马县宰故意制造冤案，又是一阵面面相觑。直到马井再一次大声催促，才一拥上前，将张栻三人押入了牢房。

马井回到后堂，和儿子并两个心腹僚属，字斟句酌，做好了将张栻三人流放岭南的案卷，令快马呈送知汉州事刘世伦。

刘世伦看了，虽觉得案件有些不清不楚，判罚更是过重，但他与马井素来交好，并没打算驳回，只随口说了一句："这个张栻一介微民，竟敢忤逆一县父母官，真是吃了熊心豹子胆。"

身旁一名僚属，因倾心理学，听过张栻之名，忙问道："刘使君方才说的，可是'张栻'？"

刘世伦点了点头，把案件简要和他说了一番。

僚属一听，赶紧阻止："刘使君，使不得啊！你可知道，这张栻是谁的儿子？"

"谁？"

"张浚！"

"什么？！"刘世伦一跃而起，问，"他们一家不是在永州吗？什么时候回了绵竹?"

"半月前。张浚之母秦国夫人，于三年前去世，他本次回乡，专为安葬老母。"

听了这番话，刘世伦只感到耳边轰隆作响，半天才重获安静，大叫道："备马，快点备马，我要去绵竹！"

<h1 style="text-align:center">十一</h1>

"马县宰，你马上将张栻三人给我放掉！"一入绵竹县衙，刘世伦就大声吩咐马井。

"刘使君，这三人诬告本官……"

刘世伦脸色铁青地打断他："住口！你可知道，你抓的是什么人——你抓了张浚的儿子！"

听了这话，马井只觉得天崩地裂，如同一摊泥般瘫在椅子上，半天不能说话。他很清楚，张浚这二十年虽不得志，但他曾任宰相多年，门生故吏遍天下，要对付他这个七品芝麻官，简直易如反掌。

"刘使君，如今，如今该怎么办？"

"还能怎么办？马上放了张栻，然后去给张浚负荆请罪！"

"刘使君，这次你一定要帮帮我……"

刘世伦嘴里说："见了张浚，我会尽量为你说好话。"心里却想：你我私交虽好，但要我为了你开罪张浚，那却万万不能！

何有站在祖宅门前，不时望向东面的街道。寒风瑟瑟，吹得他弯腰袖手，却也将脸上的欢喜，吹得愈加浓郁。

朦胧夜色中，三人朝着何宅快步而来。何有赶紧迎了上去，喊道："德远！"

"德明久等了。"张浚拱手和何有打招呼。

张栻兄弟，也赶紧上前拜见。

何有说："天气冷，进屋再说。"

张浚年轻时，经常来何家；几十年后再来，仍有熟门熟路之感。他边和何有回忆过往种种，边回头对儿子说："想当年，何世叔这房子，在绵竹可是数一数二的大宅！"

张栻觉得这宅子虽大，却略显老旧，想来已是多年未曾修缮；又想到祖父去世后，张家家道中落，父亲出入于何世叔的豪门大宅，心中不免有失落和自卑之感。好在父亲科场得意，后来又出将入相，名满天下，比起何世叔坐守祖业，不知要强多少倍。

何有说："德远这话，真令何有惭愧。这么多年，何有不但不能光大祖业，还差点让它落入奸徒之手。若不是两位贤侄仗义相助，替何有夺回祖产，何有死后，哪有面目去见先祖！"

张栻兄弟忙说言重。

张浚哈哈一笑，说："他们是你侄子，这都是他们该做的！"

说话间，何有引着张浚父子进入了筵堂。沈氏和何钰行过拜见礼，便带着小岚，去厨房端酒上菜。很快，热腾腾的酒菜，便摆满了食案。

张浚说："今天没有外人，弟妹和贤侄女也坐下同饮一杯吧。"

沈氏推辞不过，便带着何钰坐在了下首。何钰和张栻相处过几回，已不像以往那般羞涩。

何有端起酒坛，给张浚父子倒满了剑南烧春，说："德远飘游在外，怕是不能经常尝到家乡酒吧？"

张浚想起母亲去世前，曾因喝到亲戚带来的剑南烧春而分外高兴，忽有些感伤，说："家母生前，最喜欢此酒，最怀念故乡。可惜，如今人回来了，却再也品尝不到此酒的醇香。唉，若不是因为张浚，家母也不至于远离故土、半生漂泊，死后三年方才回归故里。为人子，我可谓不孝至极……"

张栻、张构听了，也一脸感慨。张构甚至红了眼眶。

老夫人葬礼后，张浚父子谋思建一小亭以纪念她。最后，他们买下老夫人墓旁的一块地，准备择良日动工。他们今日迟到，正是忙着和匠人商谈修建之事。

何有说："德远能建功立业、为国尽忠，乃是伯母最大的愿望；而德远，也不负所望。如今伯母魂归故乡，可谓诸事无憾，德远又何必过于伤感？"

张浚一听，顿时释怀，端起酒杯说："说得没错！既已归乡，就当开怀畅饮，来，干！"

何有、张栻兄弟，都端起酒杯，跟着张浚一饮而尽。

何钰酒量不好，只轻启樱唇尝了尝。张栻、张构兄弟坐在她斜对面，她抬头不免会看到张栻，却见他好像也正看着自己。何钰心头一急，放杯子时便有几滴酒洒到了滚烫的手上，却又不敢去擦拭；生怕被他看出她的慌乱。

如此一来，何钰哪还能静心饮食？夹了几块菜，喝了几口酒，便道了个万福，回后院找小岚去了。

何钰方才所为，全被何有看在眼里，他微笑着看着女儿离开，心中拿定了一个主意。

这顿酒直喝到三更，席散后，张浚父子便在何有家住下。张浚、何有抵足而眠，商定了一件大事。

第二天一早，张浚父子告辞回家。何有告诉夫人昨晚和张浚所谈之事，沈氏也高兴异常，忙让小岚将何钰叫来。

"女儿，你年纪也不小了……"

何钰见父母一脸笑容，猜到他们要谈什么，顿足说："父亲呀！"

何有呵呵一笑，说："你觉得张公子怎样？"

何钰羞出一脸红霞，不说话，只是低头绞弄衣襟。何有夫妇对望一眼，脸上笑意更浓。

何有对夫人说："明天我问问德远张构的生辰八字，看和咱们女儿合不合……"

听了这话，何钰如遭雷击，颤声说："父亲大人，你，你说谁？"

何有疑惑道："还有谁？张构啊，张世伯的二公子……"

何钰顿时大哭，说："谁说我喜欢他？我喜欢的是，我喜欢的是……"

终于还是没能说出张栻的名字，转身快步朝房间奔去。直到许久之后，委屈的哭声仍隐隐传来。

何有呆呆地看着夫人，半晌才说："原来女儿喜欢的是张栻。可是，张栻有妻室啊……"

半个多月后，纪念计老夫人的小亭建好了。张栻知道祖母喜欢桂花，又让人移植了六棵桂树，植于小亭周围，并将亭子起名为——桂香亭。

这天，突然下起了大雪，张栻独自一人踏雪来到了桂香亭。天地寂寂，飞雪飘飘，张栻看着满地苍茫，连日来缠绵心中的一缕愁思，竟被北风吹得更为凌乱。

恰在此时，隔壁的祥符寺，传来了几声钟响。钟声洪亮悠长，在雪地中随风而行，良久方绝。钟声刚尽，又有一似箫似埙的声音，从祥符寺背后隐隐传来，被北风吹得时断时续，缥缈若闻。

张栻忍不住寻声而去，慢慢听清这不是埙声，而是箫声。所奏不知是何曲，只感到乐声低回宛转，似藏有无尽心事、无尽愁思；恰如这漫天飞雪，既笼盖一切，更不知何时方止。

祥符寺背后是一树林，林中有一红亭。张栻见亭中有两位姑娘，一坐一立。吹箫者是那坐着的姑娘。

快要走近，忽见那姑娘放下玉箫，缓缓站起，伸手攀住一闯入亭中的树枝，叹息一声，吟道："山有木兮木有枝，心悦君兮君不知。"

张栻听其声音，已知是何钰。

"张公子来了。"小岚听见背后声响，回头看见张栻，既是招呼，又是提醒。

何钰回头看时，张栻已踏雪步入小亭。骤然见到这日思夜想而不得的心上人，何钰顾不得礼数和羞涩，直直看着他，仿佛想把过去的亏欠，全部弥补回来。

张栻也看着何钰，见她面容清减，不由得心中大痛。

小岚见状，缓缓退出了小亭，让两人独处。

"你……身上有好多雪。"

何钰本想问他为什么在这里，转念一想，自己在这里，岂不更加奇怪？这些天里，她不敢去张栻家找他，便时常来计老夫人的墓旁，期待能和他偶遇。

"不碍事。"张栻看了一眼肩头的落雪，说，"何小姐的心意，张栻岂有不知？只是，张栻已有妻室，只能辜负何小姐的美意。何小姐青春正少，温婉贤

126

淑，他日必能觅得佳偶。"

张栻话没说完，何钰已然滚下两行珠泪，赶紧背对张栻，以手擦拭。哪知那泪水却如两道悬泉，绵绵不绝，纵有千手万手，千杯万盏，也收纳不尽似的。

张栻从其不住耸动的双肩，知其正伤心欲绝，忙劝说："请何小姐保重身体……"

何钰不理，反问道："张公子，如果我甘愿做小，你可愿意……娶我？"

张栻知道，何钰虽性情温婉，却心气颇高，绵竹乃至汉州那么多青年才俊，都入不了她的眼，却愿意屈身做他的小妾——用情如此之深，纵是铁石心肠，也不免感动！

恰在这时，何钰转过了身子，痴痴地看着张栻，用目光等待他的回答。

张栻见她脸上珠痕犹在，双目则如一池幽潭，有如水般的深情，又有深不可测的幽怨。张栻心中又怜又痛，很想重重点两下头，收纳安抚这女子的深情——然而，天地之间似乎又有一股强大的力量，提醒、告诫，并且阻拦他，向心中的一脉柔情屈膝投降。

终于，张栻弯下了腰，低声说："何小姐务必保重身体，张栻告辞了！"

何钰知道，今天一别，别说鸳盟无望，能否再见，亦是未知。她追到亭口，望着张栻背影说："张公子，我还有最后一个问题想问你：你对我，可曾有一点点动心？"

张栻停下脚步，似乎在思索。过了一阵，他回转身体，对着何钰又是一揖……

何钰眼前顿时蒙眬，等她擦干双眼，只见茫茫雪地，空空如宇宙初开，却哪里还有张栻的影子？

何钰的心，也在这一瞬之间，全空了。

十二

已是三更，张栻仍无睡意，却也读不进去书，在卧房内来回踱步，忽听到一阵叩门声。张栻奇怪地拉开门，站在门口的竟是张浚。

"这么晚了，父亲大人怎么还不休息？"

"睡不着。有几句话，想和你说说。"

张栻扶着张浚坐下，又拿起自己的袍子要给他披上。张浚摆摆手，说："敬夫，何钰钟情于你，你应该知道吧？"

张栻缓缓点了两下头。

"那天晚上，你何世叔对我说，想让定叟和何钰结为秦晋之好，我想我们两家是世交，何钰这孩子又知书达理，和定叟确是良配，哪知何钰中意的却是你……"

"父亲大人，我已有妻室，怎能再娶？"

"男子汉大丈夫三妻四妾，也算平常。宇文绍娟虽性格刚烈，好好劝说一番，想来也不至于阻拦。"

张栻忙说："爱好美色，贪恋柔情，乃是人欲。孟子有云'天理人欲，不容并立'；伊川先生也说'灭私欲则天理明矣'。儿子既然倾心圣贤之学，就应该努力去人欲以存天理，否则，岂不是白读了圣贤书？白费了刘芮、王大宝等诸位先生的谆谆教导？"

"天理、人欲，关键看你如何区分。就好比吃饭，吃一碗可免饥，吃两碗能饱腹——一碗、两碗，都是天理。只要一个人吃了一碗、两碗，不继续吃那三碗、四碗，就不算暴饮暴食，也无害于身体。"

张栻微微一叹，说："儿子只怕吃了这第二碗，就忍不住想吃那第三碗、第四碗。古人云'防微杜渐'，不想犯大错，最好的办法，就是避免犯小错。更何况，金虏蠢蠢欲动，高居庙堂之人却浑然无觉。国家现在貌似治平无事，实则有不测之忧，儿子又怎能沉溺于儿女私情，不以天下苍生为念？"

三年前，完颜亮发动政变，杀死了金国皇帝完颜亶，自立为帝。登基后，完颜亮忙于屠杀金国内部的"反对派"，暂无暇南顾。

秦桧死后，赵构为了不让金国误会大宋对金政策会发生变化，多次公开表示，当年的对金和议乃是他所力主，秦桧不过是执行者而已。他任用主和的万俟卨为相，也有免除金人疑虑的考量。

然而，猎人放下刀箭，并不代表野兽就会停止攻击。张浚这样的有识之士，多次上表提醒赵构，一定要提防金虏的狼子野心，免得事发无备，令国家蒙难、百姓遭殃。赵构却全然不听，只知沉醉于眼前之欢。

见张栻心系苍生，张浚很是满意，说："没错，士大夫当以天下为念，进则辅君，退则化民。这些年你学有所进，只是尚未精纯。等回到湖南，你就去拜胡宏为师。一旦学成，不管是入庙堂还是处江湖，都要将一生所学，奉献于国家百姓……"

张栻说："拜胡先生为师，是儿子自幼夙愿。然而川蜀之地，也不乏才俊之士，儿子想趁着尚未离蜀，好好交游一番。"

想交游是其一，不想再见何钰，以免自己沉迷不拔，乃是其二。

张浚点点头，说："'独学而无友，则孤陋而寡闻'，你这想法很好，带你弟弟一起去吧。"

第二天，张栻、张构拜别张浚，开始了蜀中游学之旅。川蜀不仅才俊众多，而且风光奇秀、地大物博；兄弟二人一边交友论学，一边游历山水，张栻对于何钰的思念和愧疚之心，慢慢也就淡隐于雄山丽水之间。

这天，二人来到了成都府。到成都，杜工部草堂和诸葛亮的丞相祠堂，乃是必游之地。

兄弟俩先去游览了杜工部草堂。

唐肃宗乾元三年（760），杜甫在浣花溪旁修建草屋以安身；五年后，杜甫离开成都，草堂很快倾毁不存。五代时期，诗人韦庄寻得草堂旧址，重结茅屋，后又被战乱所毁。直到宋灭后蜀，草堂才依原貌重建，并绘杜甫像于壁间。

张栻很崇敬这位忧国忧民的大诗人，在其绘像前蠹立良久，并默诵其诗句。张构却颇有几分不耐，撇下哥哥，自去浣花溪边观鱼戏鸟。

等张栻出来，兄弟二人又前往武侯祠。

诸葛亮的故事，张栻兄弟自小就听祖母讲过多遍；等到长大，又寻来与诸葛亮有关的书和文章，反复阅读。张浚对于诸葛亮则更为钦佩，因为他不肯偏安川蜀，哪怕只剩最后一口气，也用来筹谋北伐。

兄弟二人给诸葛亮的塑像上完香，张构突然说："哥哥，你说父亲大人像不像诸葛亮，一辈子志在恢复却时运不济……"

"别胡说！"张栻皱眉喝道。

张构吐吐舌头，再也不敢说话。

夜间宿店时，张构才再度开口："哥哥，你可还记得青城道翁？"

张栻当然记得：他是河北义士的老师，据说文武双全；最近在各地游历时，也时常听到川蜀才俊提起他的名字。

"记得。"张栻下午对弟弟过于严厉，心中颇为愧疚，此刻的语气异常温和，"怎么，你想去爬青城山？"

"想啊，反正都到成都府了。要是运气好，遇到青城道翁，说不定还能讨教一下学问。"

张栻笑道："你是想向他讨教学问，还是想求他教你武艺？"

张构一点也不恼，说："两者都想！"

见哥哥已经同意，张构也就心安了，蒙头睡觉，很快便鼾声大起。张栻看了一会儿书，也吹灯休息。

第二天，兄弟俩雇了一辆马车，一路向西，直奔青城山。到达山下已是傍晚，两人便找了一家客栈投宿。

次晨，兄弟二人洗漱毕，草草吃了点早饭，便沿着羊肠小道，开始攀爬。

正是春深似海的时节，只见蝶戏花丛，鸟鸣新树，更兼和风如酒，春阳宜人，兄弟俩一路行去，丝毫不觉跋涉之苦。

走了约半个时辰，遇见一下山的道士，兄弟俩忙上前问他是否认识青城道翁？道士回答认识，并告诉他们，道翁今天正好在青城山，还给两人指出了道翁的清修之地。

兄弟俩大喜，忙沿着道士所指，疾步行去。

走了约一炷香时间，两人到达了目的地：这是一宽约三丈的平地，结了三间茅屋。茅屋背靠青山，门对一条宽约半丈的小溪。小溪水流叮咚，与山间鸟鸣相映成趣。

张构说："没想到道翁清苦如此。"

张栻说："未必！《论语》有云：'一箪食，一瓢饮，在陋巷，人不堪其忧，回也不改其乐。'濂溪先生将此归纳为'孔颜乐处'。我想道翁虽非儒者，却也能体会孔颜之乐。"

说话间，两人已来到了茅屋前，张栻朗声说："绵竹张栻、张构兄弟，拜见青城道翁。"

话音刚落，一名十五六岁的道童走了出来，对两人说："师父正在会客，两位张公子若不嫌寒酸，就请入内同饮一杯。"

张栻兄弟忙随道童入内，先看见一老道盘腿坐于竹床上。老道须发皆白却面色红润，看不出实际年龄。他面前是一张旧桌，桌对面坐着一名四十多岁的中年人，虽做文士打扮，却身材高大，目光炯炯，看起来颇为精悍。

道翁尚未开口，中年人先问道："阁下自称张栻，莫非是张浚张公的大公子？"

"正是。"

中年人目光更加明亮，抱拳说："久仰久仰，在下仁寿虞允文。"

这次来蜀地，张栻也听说了虞允文之名。他的先祖是唐初名臣虞世南，虞世南的七世孙虞殷，被朝廷委派到仁寿做官。虞氏一族，自此在仁寿开枝散叶。

虞允文几年前中了进士，因秦桧当政，不得重用。秦桧既逝，赵构准备起用被废弃的蜀中人士，中书舍人赵逵，推荐的第一个人就是虞允文。目前他正准备前往临安，接受召对。

张栻兄弟听说是虞允文，也拱手回了几句久仰。

道翁指了指桌旁的两个凳子，请张栻兄弟坐，道童给两人各端来一盏茶。

虞允文说："我方才正和道翁就恢复中原一事展开辩论。张浚张公是名满天下的主战之士，两位张公子耳濡目染，想必也认为我朝无论如何，都不能放弃中原大地吧？"

"那是当然！"张栻肯定答道。

道翁微微一笑，说："我并不是反对恢复，但恢复，也要看时机适宜否，代价划算否；另外，解决事情，也未必只有刀兵一途。"

听得这话，张栻不禁皱眉，心想：这番言语，像什么世外高人？和那些动辄言利的商贾，倒是有得一比！

道翁继续说："问三位公子一个问题：你们认为，谁是本朝最伟大的皇帝？"

虞允文说："那还用说，当然是艺祖了！"

艺祖，是宋人对宋太祖赵匡胤的尊称。

道翁说："艺祖开疆扩土，草创新朝，确实伟大。不过，还谈不上最伟大

......"

张构忍不住好奇："在道翁看来，谁是我朝最伟大的皇帝？"

道翁说："真宗。"

虞允文哼了一声，以示不认同。

张栻却觉得此论新颖，说："请道翁明示。"

道翁说："景德元年，宋辽开战。真宗御驾亲征，在双方拉锯之时，与辽订立'澶渊之盟'，从此刀兵息，杀戮止。后来仁宗诸帝，谨守盟约，与辽交好，宋辽享和平达百年之久。及至徽宗，却撕毁盟约，意图联金灭辽，不料反引得金人南下，以致山河破碎、生灵涂炭……"

听了这番话，张栻很是不满，说："徽宗擅毁盟约，确有不是之处。但金虏囚我君王，杀我百姓，占我河山，此仇又岂能不报?!"

虞允文以手击桌，说："岂止于此！中原大地已沦陷数十年之久，不少人不知君父，甘愿效力虏廷。而燕云十六州，更是沦没两百年，民众异化，已与虏人无异！"

道翁说："三位公子，可曾经历过战阵？"

张栻兄弟摇了摇头。虞允文不知其意，没有表示。

道翁叹息一声，说："刀兵一起，血流成河，尸积如山，父失其子，妻失其夫……人间至惨，莫过于此！三位公子都是当世大才，他日若执掌权柄，除非迫不得已，切莫轻言用兵……"

虞允文、张栻听罢，都不以为然。张栻注重涵养，又想到道翁是河北义士的师父，没有形诸颜色；虞允文却是大摇其头，一迭声说："谬论，谬论，纯粹是谬论！"

第四章　君臣之契

一

暮春四月，阳光正好，永州新田县"南北客"酒楼，走进来一位三十多岁的中年人。中年人选了二楼靠窗一个位置，无精打采对店家说："来几盘下酒菜，再来一坛酒——不，来两坛！"

很快，店家上好了酒菜。中年人连饮数杯，扭头看着窗外落红遍地的残春景象，不禁吟道："懊恼春光欲断肠，来时长缓去时忙。落红满路无人惜，蹈作花泥透脚香。"

吟完，突听得身后有人赞道："兄台好诗！只是略过伤感。"

中年人回头一看，说话的是一位二十七八岁的男子，气质颇为儒雅；仔细看时，又能发现眉宇间暗含着几分英武之气。

"兄台所言甚是。你我都是孤客，何不坐下同饮一杯？"中年人盛情邀请。

男子拱了拱手，在他对面坐下，说："听兄台所做之诗，似乎心有不豫？"

中年人给男子倒好酒，说："兄台好眼光。在下杨万里，素来钦慕紫岩先生人品与学问，多年前便想拜他为师。本次任职永州零陵，正想好好登门求教。哪知三次拜谒，都被紫岩先生婉拒。"

紫岩先生，是当时学者对张浚的尊称。

"原来是杨兄，怪不得诗才如此之好！"男子听中年人说完，又起身拜见。

杨万里也起身回礼，说："敢问兄台高姓大名？"

"在下张栻。"

杨万里兴奋大叫："原来是敬夫啊！三次去你家，你弟弟都说你有事外出，真是遗憾莫名！昨晚拜读你写的《希颜录》，敬夫高洁之志，不亚濂溪先生！"

从绵竹回来后，张浚又给赵构上了几道奏表，希望朝廷早做战备，以防金虏南下；并表示自己虽年老，却雄心犹在，只要国家需要，可随时跃马上阵。

这段时间，赵构有意起用一批此前被秦桧打压的大臣，张浚也名列其中。读了张浚的奏表，赵构勃然大怒，痛骂张浚狂妄自大，非议朝政，不仅不起用他，还让永州地方官，严密监视其居住。

受张浚牵连，张栻兄弟也入仕无望、抱负难展。张栻遂全心全意钻研学问，写了很多文章，一时在湖湘学界广为传颂。《希颜录》就是其中之一。

听杨万里夸赞自己文章，张栻谦虚了几句，说："杨兄不必忧急，张栻这就回去劝说家父，让他收下你这个贤才。"

杨万里大喜说："若能如此，夫复何求！敬夫，你我兄弟，就不必拘礼了，以后就以字相称吧。良春未归，又遇知己，来，咱们先痛饮三杯！"

张栻点头答应，举杯和他碰了一下。两人一见如故，谈至日暮方散。

张栻回家拜见完父亲，便说起杨万里求学之事。

张浚说："不是我不想收廷秀为徒，我是贬谪之身，廷秀又初入仕途，与我交往过多，恐于他不利。"

杨万里字廷秀。

"个中利害，廷秀怎会不知？但他仍执意拜您为师，说明在他心中，学问人品，比仕途爵位更为重要。父亲大人曾一再教导我们兄弟，要'遇贤即拜'，如今廷秀三次拜谒于您，都被您拒绝，他心中的失望，儿子颇能体会……更何况，得天下贤才而教之，乃是人生乐事与幸事，父亲大人何故反而不喜？"

"正因为廷秀是可造之材，我才不想耽误他。讲学授徒，颇耗精力，而我的身体已明显不如往年。更何况，金虏随时可能南下，我只望能再披戎衣，为国尽忠；一旦战事再起，就更没有精力和时间去传道授业。"

"这点父亲大人就更不用担忧了。圣贤教人，也不必非得正襟危坐、据书而授。廷秀聪慧，学问也早有根基，哪怕只学得父亲大人只言片语，甚至只是茶话闲谈，也能有所收获。"

张浚一时无话，张栻知道他已被说动，便不再言语。果然，没过多久，张浚就对张栻说："明天，你让廷秀到家来吧。"

张栻大喜，说："这样父亲大人得一好学生，我们兄弟也得一良友！"

第二天，杨万里便登门拜师。张浚以"正心诚意"四字勉励他，杨万里深受触动，回家便把书房改名为"诚斋"，并以"诚斋野客"自号。

此后，杨万里一有空，便前往张家，或求教于张浚，或与张栻兄弟谈学论道。

杨万里极善察人，他见张栻每日读书作文之时，虽貌似平静，眉宇间却时常显露失意之态，显是遇到了不如意之事。

这日，两人读书倦了，乘饮茶小憩之机，杨万里装作不经意地问："敬夫可是遇到了什么不顺心之事？"

张栻叹息一声，说："廷秀好眼力。"

"何妨讲讲，看我能否助你一臂之力。"

"廷秀想拜师，张栻也想拜师。不过，廷秀已然如愿，而张栻……"

从绵竹回永州后，张栻立即给胡宏写了一封信，恳请他收自己为徒。胡宏的回信只有寥寥数句，关于拜师一事，更是只字未提。此后，张栻又给胡宏写了好几封信讨教学问，胡宏却只回了一封，语言更是不冷不热。

张栻大惑不解，求教于张浚。

张浚说："胡宏这样的大儒，天下向他写信求教者不知凡几，如果人人都回信，哪怕日夜疾书，也应付不来。真要求学，还是应当登门拜师。"

张栻深以为然，先给胡宏写了一封信，然后便亲往衡山拜见。哪知道，胡宏竟然称疾不见！

张栻既疑惑，又大有挫败之感。此后只要一想到不能请教于这当世第一大儒，心头便会生起深深憾意。

听完张栻的讲述，杨万里说："敬夫可曾想过，胡先生不愿见你，也像当初张公不愿收我为徒一样，有不便明言之处？更何况，既然真心求学，岂能一挫即止？当初刘备为请孔明出山，还曾三顾茅庐呢。"

听了这番话，张栻悚然一惊：对啊，自己怎么会这样呢？

过去二十年，他拜会过不少硕学鸿儒，有的是拜其为师，有的只是讨教学问。这些鸿儒或念在他是张浚之子，或读过他所著之文，认为他是可造之材，无不欢欣接纳，倾囊相授。

也许，正因为过去求师问教太过容易，如今胡宏一次拒绝，便让他难于接受，以致不愿再登衡山。

想到这里，张栻沁出了一背冷汗，起身对着杨万里深深一揖，说："廷秀一番言语，对我真如醍醐灌顶。我明天便再赴衡山，求胡先生收我为徒。他若不许，我必三度、四度、五度……直到他答应为止！"

杨万里勉励说："若能诚意如此，胡先生纵为铁石，也必被敬夫打动。"

二

几日后，张栻再次前往衡山。其时刚过五更，年幼的张焯已经端坐在书房里，认认真真地练字。四年前，宇文绍娟生下一子，张栻给他起名张焯，字昭然。张焯三岁时开蒙，张家三父子轮流教其读书、写字。

张栻勉励他几句，又向父亲和弟弟辞行；宇文绍娟送他到门口，将装了干粮的包袱交到他手里，两人方才依依惜别。

永州离衡山有上百里路，张栻坐车兼步行，到达衡山脚下，日已西沉。

张栻正想寻一小店安歇，忽听一人在背后大喊："敬夫，终于追上你了！"

张栻回头一看，竟是朋友孙正孺。张栻见他气喘如牛，满脸热汗，奇道："蒙正怎么热成这样？"

孙正孺字蒙正。

"我从你家一路追你到此，能不热吗？"

张栻离家不久，孙正孺就来到了张家，说是有要事找张栻。张构告诉他，哥哥已经前往衡山，准备再拜胡宏为师。孙正孺听了二话不说，上路便追。

听了孙正孺的解释，张栻心脏一阵跳，忙问："蒙正急着找我，可是有什么要事？"

孙正孺休息一阵，已然气息匀和，笑道："不仅是要事，还是天大的好事！不过，我一路疾跑，口渴无比，现在只想要一壶好酒解渴……"

张栻听了这话，顿时一脸轻松，也笑道："蒙正若不嫌弃，就由我做东，陪你痛饮三杯。"

两人又步行了半里路，找到一旅店。这旅店位置颇佳，推窗即可眺望衡山。其时天色已晚，一轮皓月挂在衡山最高峰——祝融峰之上，照得满山如银。

很快，店家将两壶酒、几样下酒菜端到了房间。张、孙二人，开始对月而酌。

孙正孺见张栻一直没问他到底有什么"要事兼好事"，佩服他定力的同时，又暗暗发誓：你不问，我就不说。我倒要看看，你能忍到什么时候。

然而，连饮数杯，张栻只是同他谈学论道，丝毫不露急相，仿佛就没听过刚才那番话。

终于，孙正孺忍不住了，问："敬夫，难道你就不好奇，我所说的'要事兼好事'究竟是什么？"

张栻笑道："我已知道答案，当然不好奇。"

孙正孺一脸不信，说："不妨说说看。"

"蒙正知道，我前往衡山，是为拜胡先生为师；蒙正还知道，我上次拜师受挫，一直郁郁不乐——由此可见，所谓'要事'，必与拜师有关。既然叫'好事'，不是胡先生已经答应收我为徒，就是蒙正已经知道，怎么做可令胡先生收我为徒——我想多半是后者。否则，蒙正就不必不辞辛苦，一定要在上衡山之前追上我。我所担忧者，是胡先生仍如上次一般将我拒之门外，既已知此次不会再如上次，当然不必着急。"

孙正孺忍不住叹道："世人都说敬夫料事如神，我以前不信，现在却不得不信。敬夫所料不错，我已经知道，上次胡先生推病不见你的原因：前几天我上衡山，胡先生知道你我是好友，主动提起此事。我问先生'敬夫为人笃实，勤于学问，先生不仅不愿收他为徒，连见都不肯见，却是为何？'胡先生说'素闻敬夫好佛，我见他说什么？'"

原来如此！

张栻心中又是释然，又是不甘，说："家父平时有空，会读读佛经；与人聊天，偶尔也会引用几句佛家之言——想来这就是胡先生误会我'好佛'的原因！其实，我对释氏之学，向来没有兴趣……"

张浚近年迷上佛学，一是因为淮西兵变导致其去相，此后又遭遇秦桧的迫害追杀，心中苦闷，故而阅读佛经以求超脱。二是因为张浚的老师谯定，虽是程颐弟子，却也喜好佛学，学说中颇有禅学的影子。张浚受老师影响，对于佛学也就并不排斥。

孙正孺笑道："明日上衡山，敬夫只需向胡先生阐明个中原委，入胡氏之门，又有何难哉？另外，我明日也会陪你上山，如果胡先生还是不允，我也会帮你说好话。"

张栻忙起身一揖，感谢孙正孺。想到明天要上衡山，两人又饮了几杯，便早早上床休息。

第二天一早，两人洗漱毕，胡乱吃了点早饭，然后便出门上了路。

衡山古称南岳，逶迤八百里，群峰巍峨，气势磅礴；诸峰之中，又以祝融峰等五峰最为有名。胡宏隐居衡山二十多年，以五峰自名，世人由此尊称其为"五峰先生"。

张栻和孙正孺来到胡宏隐居之地，恰逢胡宏正在讲学。胡宏端坐于椅，十多名学人坐于他前面的草地上，恭听其教。

张栻便和孙正孺，轻手轻脚走到那十几名学人之后。孙正孺拉张栻坐，张栻不同意，搞得孙正孺也只好陪他站着。

胡宏继续讲学。他今天讲的是《礼记》之《大学》篇。《大学》的核心，在于"三纲八目"——三纲，指的是"明明德、亲民、止于至善"；八目，指的是"格物、致知、诚意、正心、修身、齐家、治国、平天下"。

张栻对于这些内容，不仅早已熟记，还仔细钻研过许多名家对于它们的阐发。但胡宏所讲，却另有独到之处，让他听得如痴如醉。

讲完学，胡宏又让弟子提问。

一学子起立问："胡先生很推崇孟子'君之视臣如犬马，则臣视君如寇仇'

一说。司马光先生却认为孟子此说'非忠厚之道'，先生认为司马光之论，有无可取之处？"

孙正孺向张栻介绍说："这个是彪居正，字德美。"

却听胡宏说："司马光之论，实乃大谬。天地之间物必有对，感则必应，出则必反，乃是不易之理。君礼遇臣，臣自然忠于君；君视臣如犬马，臣自然不免视君如寇仇。我当年给陛下上上万言书，劝他不要'据天下利势而有轻疑士大夫之心'，说的就是这个道理。"

胡宏拿起桌上的茶饮了一口，又说："另外，若君视臣如犬马，臣仍忠心不改，君必无视天理、为所欲为；时日一久，势必山河沦丧、生灵涂炭——这，才是真正的'非忠厚之道'！"

彪居正又问："那么，在先生看来，君王要成为有为之君，关键是什么？"

"关键在正心，而正心之本在于仁，所以孔子才会说：为人君、止于仁。"

彪居正刚坐下，又有一学子起立问："中庸有云：喜怒哀乐之未发，谓之中；发而皆中节，谓之和。到底什么是'未发'，什么是'已发'，学生实在是搞不明白……"

孙正孺又向张栻说："这个是张枝，才拜胡宏为师。"

张枝所问，是理学中非常重要的"已发未发"问题，张栻此前对此也有所思考，却未得其要旨，于是更加细心地聆听。

"未发者，性也；已发者，心也。"胡宏指了指面前的茶盏，说，"性，就好比这茶盏里的水，静置于杯，故曰'未发'。"端起茶盏，略做倾斜，茶水倾洒而出，说，"心，就像水的流动，故曰'已发'。"

张枝又问："如果说性是水，心是水之流动。那么情是什么？欲又是什么？"

"情是水之微澜，欲是水之波浪。"

这番解释通俗易懂，却又内藏精奥，张栻忍不住频频点头。

张枝也是若有所悟，继续问："胡先生，请再解释一下，什么是性？"

"形而上者谓之性，形而下者谓之物。性之大者，为天地宇宙之根本，主宰气之流行，万物由此而生，天地由此而立；性之小者，如人有人性，物有物性。"

张栻心想：胡先生所说的"性"，和二程所说的"天理"，相同之处甚多。

张枝又问："先生曾说'物有定性，性无定体'，此话又当如何理解？"

"宇宙之性，体现于某物，某物则独具其性，这叫物有定性。物之性，又各有不同，在金，即为从革；在木，即为曲直……故曰：性无定体。天地万物，虽各有其性；若察其本性，其源则一。"

张枝刚坐下，一体形壮实的学子紧跟着站了起来，说："两个月前，我下山娶了夫人。前几天，父亲让我返回衡山，继续求学。老实说，我心里很不乐意……"

此话一出，十多人顿时大笑，胡宏也忍不住莞尔。

孙正孺笑着对张栻说："这人叫刘大时，大家都说他是胡门的'子路'。"

刘大时继续说："我知道这样不对，因为它是人欲。伊川先生告诫我们，要灭私欲，存天理。不过我又想，如果人人都去消灭夫妇之道这个私欲，那，那这世界不就没人了吗？"

这话一出，一众人笑得更加厉害。

胡宏等大家笑得差不多了，方说："夫妇之道，有人视之为'淫欲'，认为是人之丑事，圣人却能安之若素，为何？无他，圣人对此能节制而不纵恣也。你娶妻不过两月，思念夫人，是天理而非人欲。如果你思念夫人到不能入睡，或是娶了一个，还想再娶三个、五个，那才是人欲。"

胡宏的一番话又逗乐了众人。张栻没跟着笑，而是重重点了两下头。

胡宏又说："天理人欲，同体而异用，同行而异情，很难截然分开。同一件事，行之有道是天理，溺之无节才是人欲……"

听了这话，张栻只觉得耳朵嗡嗡直响。回到永州已有数年，他却经常想起何钰。他知道这样不对，既对不起夫人，又对不起所受的圣贤教诲。他告诫自己，一定要把何钰忘掉，可她却像在他身体里扎了根，越是想忘记，就越是眼前心头，处处是佳人。

他时常想，自己对夫人之外的女人念念不忘，这到底是天理还是人欲？现在听了胡宏这番话，方才明白，天理人欲，恰如铜钱之两面，很难将其完全分开——这与他平常的感受，正好契合。

讲学结束，张栻在孙正孺陪同下，入室拜见胡宏。

一见胡宏，张栻屈膝便跪，说："刚才聆听先生高论，真有振聋发聩之感。

张栻仰慕先生，如大旱之望云霓，如小丘之仰高山，请先生收下不才弟子！"

接着，又将自己无心佛学详细禀告。

胡宏见刚才张栻一直站着听讲，对他生出了许多好感，说："我也不是反对佛道，天下学问，皆有可取之处；若能广泛涉猎，为我所用，未必便全然无益。不过，近世以来，佛道多谵妄玄虚之言，迷惑百姓，败坏世风，你若沉溺其间，便是有害无益。"

张栻忙点头称是。

胡宏又说："上次蒙正上衡山，给我看了你几篇文章，从中可见你用心之深、见识之高。既然做我的弟子，你又颇具天分，我便要给你提一个要求……"

见胡宏已同意收自己为徒，张栻喜不自胜，连磕了三个响头，说："请先生吩咐！"

胡宏说："如今道学衰微，风教大颓，做了我的弟子，就要扛起振兴道学的重任！"

"弟子遵命！"张栻大声回答。

三

前往采石矶的官道上，数骑正在飞奔。为首的虞允文面色凝重，不停甩着手中的马鞭，吼出的"驾、驾"之声，几近嘶哑却气势不减。

最近几年，宋金之间战云越积越厚。完颜亮一方面积极备战，命令金国二十岁以上，五十岁以下的男丁全部从军；一方面又派使臣到宋表示友好，以迷惑大宋君臣，让他们放松戒备。

派到大宋的使臣名叫施宜生，是徽宗朝进士，时任金国礼部侍郎。施宜生心怀故国，在和大宋官员张焘见面时，故意说了一句："今日北风甚劲。"张焘不解其意，施宜生又进一步暗示说，"笔来！笔来！"

张焘这才明白，施宜生是想告诉他：金兵必来。

其时万俟卨已死，代其为相的，是秦桧曾经的手下兼亲信汤思退。赵构和汤思退，并不重视施宜生的舍命提醒，认为有"绍兴和议"在，完颜亮就没有南侵的理由。

绍兴三十年（1160），虞允文以工部尚书身份出使金国，亲眼看见金人正大规模打造战船、运输军粮。回国后，虞允文立即将自己所见所思，写成奏表上呈赵构，建议加强边境守备，以防金人突袭。

奏表递上去，等来的只有三个字的朱批——朕已知。虞允文为此忧急不已。

年底，金兵欲南下的消息已是铺天盖地，仕民对赵构和汤思退的不满也达到了沸点。侍御史陈俊卿，上表谴责汤思退"所为多效秦桧"，要求罢其官职。赵构顶不住舆论压力，只得罢去汤思退，任命以主战著称的陈康伯为相。

陈康伯上位后，立即着手备战：委任老将吴璘为四川宣抚使，负责川陕防务；命令大将成闵负责长江中游防务；委任老将刘锜为淮南、江南、浙西制置使，节制长江下游诸路军马，负责江淮一带防务；命令原岳飞手下水军将领李宝，向临安附近海面集结，避免金人从海上偷袭临安。

当时刘锜已经病至不能骑马，只能坐轿离开临安。道路两旁，挤满了列队送行的临安百姓。他们焚香跪拜，祈求上苍能保佑这位老将的健康——何止临安百姓，所有大宋子民都很清楚：刘锜的健康，不仅关系到他本人的生死，也关系到大宋的存亡。

看着须发皆白的刘锜带病出征，虞允文感慨莫名：想当年，大宋将帅之才何其之多——岳飞、韩世忠、吴玠……

绍兴和议不到二十年，当初的中兴名将——凋残，曾经的精兵也老朽不堪。眼看金兵马上就要南下，全国竟然找不到几个可用之将，只能让行将就木的刘锜，担负起救国重任！

绍兴三十一年（1161）九月，完颜亮果然挥师南下，兵分三路，意欲一举灭掉大宋：东路是水师，由完颜郑家奴、苏保衡率领，由海上直入两浙海域，准备突袭临安；西路由徒单合喜率领，意图由陕入川；中路由完颜亮亲率主力，打算从寿春渡淮河，直逼长江。

结果，东路的金国水军，被李宝击败；西路的徒单合喜，则被吴璘所阻。唯一顺利的，是完颜亮亲率的中路。

其时负责淮西防务的守将叫王权，为人贪生怕死、胆小如鼠。他不听刘锜将令，先是停滞不前，后来干脆擅自率军后撤，导致宋军淮河一线防务彻底瓦解。

完颜亮顺利渡过淮河，抵达长江北岸，与宋军隔江相望。

军情传入临安，朝廷顿时一片混乱。朝中大臣纷纷送走家属，赵构也准备效仿建炎三年的自己，再来一次"浮海避敌"。为此，他专门下了一道诏书给陈康伯，公开表示：只要金人攻打临安，朕便会散百官而走。

陈康伯接到诏书又急又气，连夜入宫劝说赵构："百官岂可散得？百官一散，陛下一走，国家必休！陛下身为一国之君，岂可生此祸国之念？"

赵构无颜以对，只得表示暂不离开，陈康伯这才罢休。

为了稳定人心，陈康伯将妻儿接到了临安。赵构和百官见宰相如此镇定，这才略为心安。

鉴于刘锜已病重不能理事，陈康伯和赵构商量后，委派知枢密使叶义问，代替刘锜督帅江淮诸军；同时任命虞允文为中书舍人领参军，协助叶义问。

叶义问一到镇江，便令宋军全面出击。

虞允文忙劝说："如今我军新败，士气低落，加之不晓敌情，贸然出击恐难有胜算。"

叶义问不听，仍令宋军出战，果然大败而归。见情况不妙，叶义问赶紧上奏赵构，让朝廷多派援军；自己则以"督促援兵"为由，逃到了后方建康。

长江南岸的数万守军，一时群龙无首。

赵构和陈康伯知情后忧急不已，赶紧调拨各地军马协防长江南岸。

虞允文被派往芜湖，催促大将李显忠尽快率军赶赴前线；折返途中又接到命令，说完颜亮准备从采石矶渡过长江，让他即刻前往采石矶，了解守军备战情况。

虞允文赶到采石矶，只见江边的草地上，马鞍子、铠甲扔得遍地皆是；官兵则三三两两，或睡觉，或闲聊，有的甚至喝得满脸通红，醉得东倒西歪——就是从北边逃过来的难民，也不至于此！

虞允文又急又怒，翻身下马，喝道："敌人列兵对岸，随时可能进攻，尔等松懈如此，何以抗敌？"

在场官兵看了他一眼，接着便是一阵窃窃私语。统制官时俊，见虞允文身着官服，神貌凛然，起身问道："敢问阁下是……"

"在下中书舍人虞允文。"虞允文大声说，"朝廷养兵千日，为的就是诸位能在关键时刻，血战以报国家。古语有云：皮之不存，毛将焉附，如果国家败亡，诸位又焉能独存？"

有士兵嚷道："素闻金人骁勇善战，又十倍于我，这战怎么打？"

"金人也是人，也不过双手双脚，难道有三头六臂？此外，金人人数虽多，但远来疲乏，我们又占据了长江天险，拼死一搏，必能死中求生！"

听虞允文这么一说，很多官兵站起来，去拾捡地上的铠甲。仍有一些官兵赖在地上不动，吼道："我们为朝廷拼死拼活，朝廷又能回报我们什么？这个月的军饷都还没发呢！"

虞允文大声说："功名利禄，人所共爱。本官愿以项上官帽和头颅担保：只要大家奋勇杀敌，我一定奏明朝廷，按时发放军饷！若能杀死金人，还有厚赏！"

此话一出，众兵将欢呼一片，纷纷起立。

虞允文又说："目前李显忠将军尚未到位，采石矶指挥权，由本官暂代！"

听得这话，随从大惊失色，上前劝道："虞公，这可是越职违制之举，事后恐不利于您。"

虞允文断然说："国家危在旦夕，个人安危能值几何？！"

说完，一把推开随从，大声召集诸将，安排防务。

四

宋军对岸的金营内，完颜亮正手按剑柄，在皇帝大帐内烦躁地来回踱步。他此刻面对的困难，一点不比虞允文小——东、西两路军失利尚在其次，更可怕的是金国大后方还发生了叛乱。

完颜亮为人残暴，治下早已民怨累积。乘着他南下攻宋的机会，契丹人在咸平府起义，先后攻下辽阳、临潢二府。其中，辽阳府是金国的东京，临潢府则曾是大辽的都城。

消息传到前线，完颜亮立即安排军队平叛；平叛军队的统帅，是东京留守完颜褒。

然而，这个安排却是以油泼火。

完颜褒是完颜亮的堂弟，在完颜亮发动的皇族大清洗中，侥幸逃过一劫。不过，他的日子并不好过：完颜亮虽没杀他，却一直提防着他，不断调动其官职，以免其趁机坐大。

为了自保，完颜褒听从夫人乌林答氏的建议，经常向族兄进献奇珍异宝。可惜，这些宝物并不能让完颜亮满足，他看上了完颜褒家里最美的那件宝物：乌林答氏。

这一天终于到来——完颜亮向完颜褒下了一道命令，让他安排乌林答氏进京。将皇族或大将的家属留在京城做人质，这在金国是常事。不过，一般情况下都是留下子女，而不是妻妾。

完颜亮让乌林答氏进京，所图为何，完颜褒夫妻自然清楚。然而，如果不遵其令，那完颜褒一家的遭遇，就会和此前那些被杀的金国皇族一样……

乌林答氏为了不让全家被完颜亮所屠，只好跟随使者前往京城；途中，她趁看守不备，在丫鬟的协助下上吊自杀。

临死前，乌林答氏给完颜褒留下遗言，恳求相公不要为她的死悲伤，而是要效仿那些卧薪尝胆的豪杰，延揽英雄，争取民心；等时机一到，便夺取帝位，以安天下。

听了乌林答氏的遗言，完颜褒悲痛欲绝。伤心过后，他谨遵夫人嘱托，暗藏悲痛，不仅没去夫人自杀之地祭奠；就连夫人的遗骨，也只是让下人就地草草埋葬——他要忍辱负重，伺机而起，用完颜亮的人头，祭奠大贞大义的夫人！

契丹人的反叛，让完颜褒又有了领兵出征的机会。同时，因为东、西二线军事的失利，不少金兵从前线逃回。他们中有不少人是完颜褒原来的手下。完颜褒迅速集结旧部，设计杀死完颜亮留下监视他的东京副留守高存福，改名为完颜雍，自立为帝。

完颜雍称帝的消息，传到完颜亮耳朵里，让完颜亮深恨当年心软，没能斩草除根。

完颜亮下令严格封锁消息，不过，他很清楚，这只是权宜之计——就算他身边的人个个口紧，完颜雍也会想方设法把消息传到前线。

蹑了上百个来回，完颜亮终于冷静下来：他手里还有一张王牌——大金国最精锐的六十万大军！

只要能牢牢掌握他们，完颜雍就不过癣疥之疾。

问题是，怎样才能牢牢掌握住军队？

如果回军平叛，那是自己人打自己人，手下的将士未必下得了狠手；更可怕的是，完颜雍还控制了将士们的家属，那是任何军队都束手无策的杀手锏。

如果渡过长江，一举灭掉大宋，完成此前历代金国皇帝都未能完成的伟业……那就不用他完颜亮动手，自有人争先恐后去割完颜雍的脑袋，献于他的御驾前！

完颜亮终于不再犹豫：进军，渡江，决战采石矶！

次晨，完颜亮一声令下，金兵数百只战船朝着对岸的宋军冲去。此时正当冬月，北风大作，金军顺风顺水，很快便有七十多只战船抵达了南岸。金兵纷纷跳下战船，冲向虞允文布置的江防大阵。

虞允文早带领宋军，在岸边列好了阵势。

时隔二十年，宋军再一次在长江边遇到了金兵。看见他们如潮水一般涌来，听着他们震耳欲聋的喊杀声，宋兵刀未出鞘，腿先发抖，接着便是全线而溃——第一个带头逃跑的，竟然是时俊！

虞允文没想到自己一番激励，换来的竟是这样的结果！他立即掉转马头，追上时俊，怒道："时将军，本官在蜀时，就曾听过你的胆略勇武。如今大敌当前，为何却只知逃命，连个娘儿们也不如?!"

一番话说得时俊面如赤炭，他拔出佩刀，发出一声搏命般的怒吼，回马便向金兵冲去。在他的带动下，越来越多的宋军，梦醒一般收住了逃跑的脚，跟着他回身冲向金人。

真正交上手，宋军才发现金军并不像看起来和想象中那么强悍难敌。时俊左劈右砍，很快便将几名金兵砍倒在地。身后的士兵见将军如此勇武，顿时士气大振，如狼似虎般扑向金兵。

金兵抵挡不住，开始回退长江。然而，他们的战船，已经被虞允文安排的宋军战船击沉。至于其他的金兵战船，眼见前队的金兵战事不利，早已回转船头，猛划船桨，朝着大营的方向仓皇逃命。

留在南岸的万余金兵，顿时成了待宰的羔羊……

虞允文听着金兵发出的一声声凄厉的惨叫，看着漂浮满尸体和弃船的长江，忽然想起几百年前，诗仙李白曾在此饮酒赋诗，最后因酒醉入水捉月，不幸被淹死。

今天，采石矶的江水，又成了埋葬生灵的坟场。不过，虞允文坚信，这次埋葬于此的，不会是自己，而是对面那个夷人——完颜亮！

完颜亮愤怒了，但是并不绝望：他的主力还在，他还有赢的机会。他砍了几个临阵脱逃的将领，准备第二天发起更大的攻击——他要把失去的颜面和希望，全部找回来！

第二天天一亮，完颜亮亲率大军，浩浩荡荡冲向南岸。隔江望去，对面只有几艘战船零星排列，在宽阔的江面上，显得无比的孤单与赢弱。

完颜亮心想：莫非宋军知我今天要大举进攻，已经先行撤退？

正想着，随从忽然惊慌失措地禀告："陛下，您看，您快看……"

完颜亮顺着他手指的方向一看，只见上百只宋军战船，顺水顺风，就像上百支利箭，从上游朝着他的船队飞射而来。

"砰，砰，砰"，伴随着一声声巨响，金兵的船只，被宋军船队最前面的艨艟战舰撞得船倾桅倒、木屑横飞。金兵纷纷弃船逃生，因为不识水性，大半淹死在滚滚长江之中……

原来，虞允文知道金兵首战虽败，却并未损伤元气，次日定会再度出击。昨晚，趁着夜色的掩护，虞允文率领宋军主力在上游的杨林口一带埋伏，等金兵一出动，便从上游顺水而下，攻击金军。

这一战，金军损失了三百余只战船，烧死、淹死的金兵则不计其数。

逃回大营时，完颜亮已全身湿透。他不明白，他为什么会败得这么惨？曾经"立马吴山"的豪言壮语，和眼前的尸山血海，反差是那样巨大，以致让他怀疑，以前的他和现在的他，根本就不是同一个人。

一位大臣小心翼翼建议："陛下，既然采石矶不能突破，那就另选渡江之地吧。"

完颜亮准允了,但他已经没有必胜的信心:采石矶不能突破,其他地方就一定能突破吗?

更何况,后方"改朝换代"的消息也捂不住了:完颜雍派了大量心腹来到前线,越来越多的将士,知道了完颜雍称帝和重赏投靠者的消息。他们有的开始逃跑,有的虽然留下来,看向完颜亮的目光却变得异样。

打仗,讲究天时地利人和,他完颜亮已经什么都没有;但这个仗,还得打下去。

完颜亮率领金兵残部,沿长江而下,来到了瓜洲渡,准备在这里渡江。

与此同时,李显忠也率领大军赶到了采石矶。虞允文将采石矶防务交给李显忠,自己亲率两万名士兵,赶到与瓜洲渡隔江相望的京口,气定神闲地等着完颜亮。

北风肃杀,对岸的金军大营似乎也冻得瑟瑟发抖。虞允文不禁想起,前来京口途中,他去拜访病重的刘锜时,刘锜对他说的一番话:"朝廷养兵三十年,最后大功居然出自君辈书生之手,真让吾辈汗颜!"

看着浩荡的涌浪,听着猎猎的风声,虞允文在心里对那位曾经不可一世的君主说:"来吧完颜亮,来助我建此不世之功!"

然而,那个他要等的人,却没有来。

虞允文隔江而望的那天晚上,完颜亮像往常一样入睡。很奇怪,他居然睡得很好;直到将近拂晓,才被一阵喧闹声惊醒。

"不好,宋军来劫营!"

这个念头刚起,一只羽箭射到了床头。完颜亮起床亮烛,拔出羽箭一看,顿时身冷如冰:这不是宋兵劫营,而是自己人造反!

很快,慌慌张张冲进来的内侍,也证实了这个消息。

"陛下,您快逃吧!"内侍哭劝说。

完颜亮一脸苦笑,叹道:"身为皇帝,不是大权在握,号令天下莫敢不从;就是千夫所指,刀剑相加死无葬身之地。逃,从来不属于皇帝……"

话音未落,只听营帐外嗖嗖之声不绝,顿时箭如飞蝗。

五

绍兴三十二年（1162）六月十一日，皇宫紫宸殿的气氛显得格外庄重。

殿外，一百名乐工，五百名仪仗队垂手恭立，每个人都刻意收敛着自己的呼吸；似乎自己的呼吸一重，今天这件足以影响天下气运的大事，就可能功败垂成。

殿内，宰相陈康伯率领文武大臣，正静静地看着高坐于龙椅的赵构。

终于，赵构说话了："朕在位三十六年，一直兢兢业业，勤于政事，唯恐对不起列祖列宗。如今边境战事稍平，百姓安居，国威日振，而朕又年事已高，遂生卸去重任，颐养天年之念……"

听了赵构这番话，陈康伯心脏一颤，同时湿了眼眶。

陈康伯已年过六旬，自从去年虞允文取得采石矶大捷，边境初安之后，他便想辞官回乡。辞呈递上，却被赵构扣住。

赵构告诉他，还有一件大事，必须由他主持。

陈康伯小心翼翼地问："敢问陛下，是什么大事？"

赵构缓缓吐出了两字："禅位。"

听了这话，陈康伯并不吃惊：这几年皇帝的所作所为，已经大失民心；而身为建王的赵玮，为人仁孝、待下宽厚，抗金意志坚决，深得官民拥戴。臣民虽不敢明着要求皇帝退位，但这样的念头却是众人皆有。

皇帝一定也觉察到人心的微妙变化，这才起了"禅位"的念头。

不得不说，这是一个好决定：此时传位给皇子，一来可以平息天下人对皇帝的怨恨；二来能为他赢得"禅让"的美名；三来可以卸下社稷重担，好好享受余生。一举三得，何乐不为？

赵玮就是赵瑗。

两年前，经不住大臣和皇族的反复劝说，赵构终于同意立赵瑗为皇子，封其为建王，并赐名"赵玮"。此时距他被选入宫，已有二十八年之久。

见陈康伯没有劝阻之意，赵构不免有几分失望，但很快调整了情绪，问：

"左相认为，禅位大事，应如何进行？"

"子曰：名不正，则言不顺；言不顺，则事不成。陛下要禅位，首先应给建王以皇太子之名。否则，那些有疑虑之心的人，会怀疑是建王逼您退位，恐于国不利。"

"左相所言甚是，朕也早有此意。"

绍兴三十二年五月，赵构颁下一道诏令，立赵玮为皇太子，并赐名赵煜。陈康伯认为"煜"与南唐后主李煜同字，恐不吉利，奏请改"赵煜"为"赵眘"。赵构采纳了陈康伯的建议。

今天，禅位终于走到了最后、也是最关键的一步，陈康伯对于皇帝，突然多了几分留恋之心：没错，陛下贪图苟安、杀害忠良，算不得什么英主。但他在山河倾颓之时，聚集力量，重建国家，让大宋余脉得以保存；而今他肯为了国家，舍弃大权，则更为不易。

从龙椅上重新传来的声音，打断了陈康伯的思绪："皇太子赵眘贤圣仁孝，天下皆知。由赵眘承当社稷重任，乃是天意所归。朕已决定：皇太子赵眘即帝位，从今天起，所有军国大事，悉听嗣君处理。希望各位文武大臣，尽心辅佐嗣君，共谋天下大治，永保万世太平！"

陈康伯含泪说："陛下禅位之举，堪比尧舜，大宋臣民无不由衷赞叹。只是，只是从此之后，臣等不能时常觐见天颜，以孝犬马之劳；每念及此，便悲不能抑……"

陈康伯喉头哽咽，再也说不下去；周围的大臣，也哭成一片。

赵构很是感动，流泪说："朕在位三十六年，如今已年迈多病，只想退位闲居，享享清福。诸位辅佐我多年，劳苦功高，本该让你们回家养老。但新皇登基，缺不得股肱之臣——愿诸位能像辅佐朕一样辅佐新皇，让我大宋基业万世长青！"

说罢，赵构拭干眼泪，起身离座，在一片鼓乐声中回到了后殿。百官也退到了殿外，等候新皇帝入殿上座。

见赵构出现，等候在后殿的赵眘赶紧叩拜："儿臣拜见父皇。"

赵构见他满脸眼泪，失去权柄的失落减轻了几分，温言说："从今天开始，你就是大宋的皇帝。以后，你叫我'太上皇'，叫皇后'太上皇后'……"

赵昚哭道:"儿臣才德菲薄,恐不能担当社稷重任。父皇正当鼎盛之年,万民仰望……"

"我知道你孝顺。不过,体念君父,只是小孝;保我大宋基业万世长青,才是大孝。"赵构一面说,一面招呼左右,"还不扶陛下上殿!"

伺立一旁的曾觌、龙大渊见状,赶紧和两个太监一起揽起赵昚,半扶半拉,将赵昚送到了前殿。

陈康伯见新皇帝终于出来,遂带领百官重新回到紫宸殿。

内侍李珂引导赵昚来到御座旁,请他入座登位,赵昚侧立一旁,摇头不肯。直到太监再三传达太上皇让他继位的旨意,并扶掖了七八次,赵昚才勉强坐到了龙椅上。

李珂大声说:"新皇登基啦……"

一时之间,鼓乐大作。

听到雄壮、庄严的鼓乐之声,两个人大大地松了一口气:一个是陈康伯,另一个则是曾觌。

新皇顺利登基的消息,很快传到了建康。张浚父子喜悦之情未消,又传来一个更好的消息:皇帝要召见张栻。

召见张栻的原因,一是因为他近年著书讲学,在文人士大夫之间影响越来越大,二是因为刘珙等朝臣的极力举荐。

为此,张浚专门招来张栻,问:"圣上召见,敬夫准备如何应对?"

张栻毫不犹豫地说:"据实而答。"

"据实而答,是我辈所当为,但这远远不够。身为士大夫,应主动向圣上指摘朝政弊端,乃至圣上本人之得失,这才不浪费难得的召见之机。"

张栻躬身说:"张栻谨遵父亲教诲。"

"就当下而言,还有一事特别重要——让圣上坚定北伐之念!"

采石矶大捷后,完颜亮被手下叛军杀死,完颜雍则忙于平息国内叛乱;此时若能北伐,必能直捣黄龙,尽复失地。

朝中大臣纷纷上书,建议赵构起用张浚,重用本次对金作战中立下大功的虞允文、李显忠等人,趁此天赐良机,一举收复中原。赵构不仅不听,还严令各路宋军停止进攻，原地待命。

至于张浚，则用建康知府之职，将他晾在了一边。

赵眘和赵构则不一样，还在当建王之时，他就不顾可能激怒赵构的危险，积极主战。甫一继位，又下诏追复岳飞、岳云父子的官爵，花百万巨资为岳飞建"忠烈祠"；另外，他以"隆兴"为年号，也是想昭告天下，将以"务隆中兴之政"为己任——其雄心壮志，由此可见一斑。

令张栻满意的，还有一事：

绍兴三十一年（1161）十二月，其时宋金战争已接近尾声，宋军转守为攻，形势一片大好。赵构决定"御驾亲征"，将行在从临安移往建康，以鼓舞士气。

出征之日，天气骤变，彤云密布，朔风劲吹，很快便雨雪交加。随行的王公大臣一个个躲在轿内，由随从肩舆而行。赵眘（当时还叫赵玮）则身披雨篷，头戴斗笠，骑马紧随赵构御轿，无微不至地照顾赵构。

寒风刮脸，雨雪淋身，赵眘浑不在意，始终保持恭敬严肃之色。

张栻父子听得这事，大为振奋，认为赵眘不仅有雄主之志，还有仁君之相。

如今赵眘终于顺利继位，张栻又获得难得的召对机会，父子二人对于自己和国家的未来，又充满了信心。

张浚已过花甲之年，自知来日无多，而驱除金虏、收复中原的壮志，却至今难酬。

新皇召见张栻，让张浚又看到被重用的希望，心中喜悦莫名，故而今天专门找来张栻，反复叮嘱：接受召见之时，一定要反复进言，让皇帝重启北伐！

父亲的心意，张栻岂有不知？他连忙答应下来，然后便回屋收拾，准备第二天前往临安。

六

张栻从和宁门进入了皇宫。一路行去，但见宫殿林立，朱栏回绕，垂柳夹道，说不尽的繁华气派。

南渡之初，国穷民困，皇宫修得极为简易，赵构也多次口头上说："汴京之奢侈不足为取。"

绍兴和议，宋金息战，节省下大笔军费，骨子里本就贪图享乐的赵构，开始一步步对皇宫进行修葺和扩增，其气派奢侈，直追当年的汴京皇宫。仅说宫殿一项，就有大庆殿、垂拱殿、集英殿、勤政殿、紫宸殿等，全部雕梁画栋、极尽奢华。

其中，垂拱殿是皇帝处理政务、召见大臣的地方，也是张栻此行的目的地。他在内侍李珂的引领下进入宫殿，见皇帝已端坐于椅，赶紧上前行拜见礼。

"平身。"

张栻听命起身，垂手恭立。

"敬夫之文名，朕早有听闻。刚读了你几篇文章，确是正气充沛、鞭辟入里。"

张栻忙说："陛下盛赞，臣愧不敢当。"

"你不用谦虚。"赵昚顿了顿，说起了国事，"上次金虏南下，我朝能获大胜，虞允文、李显忠等固然功不可没，金虏内乱也是重要原因。如果没有完颜雍背后捣乱，我朝就算能赢，也不会赢得这般顺利。"

张栻赞道："陛下不沾沾自喜于胜利，反而深怀忧患之心，这是天下万民之福。"

赵昚叹息一声，说："中原未复，万千生灵仍呻吟于金虏铁蹄之下，朕岂能不忧？你对国事有何看法，不妨直言告诉朕；即便言有不当，朕也绝不怪罪。"

对于今日之国政，张栻早有一套看法，遂从容奏道："臣认为，今之国事，莫大于恢复，莫仇于金虏，莫难于攻守，莫审于用人。"

听了这番话，赵昚颇觉中意，说："你说得很对，上次抗金之战，文臣武将，个个贪生怕死。尤其那个叶义问，朝廷派他督师江淮，他竟然撇下数万兵将，一个人躲到建康，浑然不顾国家安危！自太祖建国，我朝便善待士大夫，为何仍不得伏节死义之臣？"

对于士大夫的缺乏骨气，张栻也深恶痛绝。但他认为这不能全怪士大夫——太上皇重用秦桧这样的奸邪之辈，大凡忠义之士，都被他迫害驱逐；溜须拍马之人，反而步步高升，位极人臣。如此行径，自然会败坏天下风气；一旦国家有事，也就没人愿意为国尽忠。

"臣倒是有一个方法，可为陛下遴选伏节死义之士。"

"快讲！"

"死义之士，应求于治平之时。臣以为，陛下应重用治平时敢于犯颜直谏之臣。一个臣子，若平时不敢犯颜直谏，那就是私心大于公义，人欲胜过天理，一旦国家有难，必定贪生怕死，遑论为国尽忠？"

听了这话，赵昚没有做声；他当然知道，张栻这是意有所指。

赵昚心中的第一明君是唐太宗李世民。李世民不仅武功盖世，而且虚怀若谷，对直言进谏的魏徵等人百般容忍。往大说，将国家推向了盛世；往小说，成就了一段君臣佳话。

赵昚登基后，开始效仿李世民，连下数道诏书，鼓励大臣直言进谏，并明确表示：言行可行，赏将汝劝；弗协于理，罪不汝加。

诏令一下，群臣纷纷上书直言。和皇帝论政时，很多大臣也能直抒己见，有时态度还十分激烈。不管臣下意见多么尖锐，赵昚都能虚心静听，择善而用。朝廷风气由此焕然一新。

然而，最近发生的一件事，却让不少大臣揣测，皇帝是不是要"改弦易辙"了。

事情是这样的：

工部尚书张阐在某次面奏时，提议增加言官人数，以更好地监督朝政。

赵昚脱口说："当下的士大夫，傲慢自大，目空一切，只怕一时找不到合适之人。"

张阐听了这话，忙奏道："直言上谏，乃是士大夫所尚；何况天下之大，人才济济，陛下只要虚心寻求，怎会求而不得？"

赵昚听了，未置可否。

张阐对皇帝的态度颇为不满，面圣一结束，就将这事一五一十告诉了正担任言官的老臣胡铨。胡铨听了，也很气愤，次日便请求入宫，劝说皇帝不能轻慢士大夫。

赵昚听出胡铨言辞中的不满，忙温言劝解："朕的本意并不是贬斥士大夫，更不是否定言官论事。朕只是认为，言官论事，应出于公心，明辨曲直；如果傲视一切，随意发论，那就很不可取。你先回吧，增加言官一事，咱们再从长计议。"

胡铨回家后，仍气愤难平，此后又联合张阐等人多次上书，批评皇帝言论失当。

　　几番来往之后，赵眘开始变得不快——过去二十年，这些人可不敢这般欺负太上皇！

　　听张栻又提起此事，赵眘敛色说："你可是想说增加言官一事？"

　　"正是。"

　　"对张阐说的那番话，事后朕也认为不妥。后来见胡铨时，朕也道歉了，可惜群臣仍揪住不放……"

　　接着，将对胡铨说的那番话，又对张栻说了一遍。

　　赵眘的语气和言辞，都让张栻感觉到他的委屈，却不为所动，说："群臣不满，是因为陛下没有意识到自己错在何处。身为人君，当有虚怀若谷、藏污纳垢之度，不管臣子所言是否合理，都应认真对待。如果视合理为尽职，不合理为'傲视一切'，甚至加以斥责，那同拒谏又有何区别？大臣们知道了陛下的态度，或者会噤声，或者会揣度陛下喜好，说一些陛下爱听的话。很快，围绕在陛下周围的，将全是阿谀奉承、厚颜无耻之辈。一旦国家有难，他们就会误国误君！"

　　听了张栻这番话，赵眘悚然心惊，说："敬夫所言，真如醍醐灌顶！朕既然想学唐太宗，怎能只学皮毛？朕待会儿就下诏，让群臣大胆进谏。'弗协于理，罪不汝加'，这句话朕绝不是随口一说！"

　　"吾皇圣明！"

　　"不仅忠义之臣难得，办事之臣也难得。朕听刘珙说，你在绵竹老家，略施小计便让奸官滑吏伏法认罪，实为难得的任事之人。"

　　提到绵竹，张栻不禁又想起何钰，忙收摄心神，朗声说："臣认为，与其求'办事之臣'，不如求'晓事之臣'。一味求办事之臣，则他日败陛下之事者，未必非此等人！"

　　对于这番话，赵眘倒不是很认可，于是抛开不谈，问起了张浚："你父亲近来身体可好？"

　　张栻想不到自己还没开口，皇帝反而先问起了父亲，不禁浑身一震，忙答道："父亲大人虽年过六旬，却毫不见老态。日常饮食、读书作文，乃至雄心壮

155

志，仍一如往昔！父亲经常对我们兄弟说：只要朝廷有需要，他随时可以跃马疆场，痛击金虏，收复失地，一雪靖康之耻！"

赵昚很是高兴，说："你父亲花甲之年，仍不忘收复故国，其志堪为天下表率！和议二十年来，能带兵出征者越来越少，你父亲是为数不多的几人之一。替朕转告你父亲：一定要好好保重身体，他日带领大宋健儿，饮马黄河，收复故都！"

张栻只觉得浑身热血沸腾，忙跪下替父亲谢恩，同时恳求说："他日父亲出征，请陛下准许臣随军。臣也想好好和金虏干一场，以报家国之仇！"

赵昚笑道："我看你是想成为第二个虞允文。对了，我朝若北伐，你认为胜算几何？"

张栻慨然说："陛下上念国家祖宗之仇耻，下怜中原百姓之惨绝——此心之萌发，便是天理之所在。顺承天理，天必佑之！若陛下能内省俯察，研习古事；亲近贤人，远离小人；挑选将帅，厉兵秣马——北伐大业，何愁不成！"

赵昚听了这话，大为振奋，说："此言甚合朕意！你可随时进宫，给朕讲讲学，也给北伐多提建议！"

此后一段时间，赵昚经常召张栻入宫，朝中一些官员嫉妒不已。某次早朝后，参知政事周葵甚至当着百官，指着张栻说："吾辈进退，全在此人之手。"

其他官员一片附和声。

有人却讥嘲说："我等科场厮杀，竟不如一个靠父辈恩荫之徒，何其可悲！"

张栻听了，先如芒刺在背，后又满心愤慨，转身大步而去。

七

张栻在临安，暂寓居在刘珙家。刘珙喜欢交际，经常拉着张栻去见京城中的名士官宦。

张栻去了几次，颇觉厌烦，无事之时，情愿待在家里读书。想起那日周葵等人的言语，张栻倍感屈辱，读书作文变得愈加勤奋。

这日天气晴好，刘珙兴冲冲对张栻说："敬夫，今天这人，你一定会乐意见。"

张栻问他是何人？刘珙只说到了便知，也不管张栻是否同意，拉着他便出了门。

马车将张、刘二人送到了西湖边。采石大胜，新皇登基，大宋这几年遇到的都是好事；又加上春风和暖，杨柳依依，正是出游的好时节，西子湖边到处都是面带喜色的游人，一幅欣欣向荣之相。

刘珙说："如此良辰美景，不出来喝酒赏景，岂不是暴殄天物？"

张栻微笑不答，随着刘珙走进一名为"醉客地"的酒楼。刘珙昨日已差人定下一个包厢。

两人入座后，小二问是否上菜。

刘珙说："人还没到齐，先端两盏茶来。"

小二很快沏来两盏西湖龙井，两人一边饮茶，一边透过窗户欣赏湖光山色。

约坐了半个时辰，小二引着两人进入了包厢。为首一人五十多岁，须发半白，看起来老成持重。他身后是一个三十多岁的中年人，见了张栻，大叫道："敬夫，好久不见！"

张栻一看，原来是张孝祥。

绍兴二十四年（1154），张孝祥参加廷试；同时参试的，还有秦桧之孙秦埙。秦桧很希望秦家能出个状元，哪知最后被赵构点为状元的，却是张孝祥。

张孝祥由此被秦桧祖孙三代嫉恨，虽贵为状元，仍仕途蹭蹬；直到秦桧病故，秦家失势，才略有改观。

和杨万里一样，张孝祥也极敬重张浚，去年甚至专程到建康拜谒。席间，三人谈起采石矶大胜，皇帝却不愿乘胜追击，反令军队原地待命，均悲愤莫名。

张孝祥痛饮一杯酒，猛一拍桌，慨然而歌：

> 长淮望断，关塞莽然平。征尘暗，霜风劲，悄边声。黯销凝。追想当年事，殆天数，非人力，洙泗上，弦歌地，亦膻腥。隔水毡乡，落日牛羊下，区脱纵横。看名王宵猎，骑火一川明。笳鼓悲鸣。遣人惊……

歌罢，三人都热泪满襟。

连续几日，张栻陪着张孝祥，畅谈国事，痛饮悲歌，很快成了莫逆之交。如今再见张孝祥，张栻自然欢喜，赶紧起立迎接。

刘珙也站了起来，向张栻介绍那年长男子："敬夫，这位是中书舍人陈俊卿陈公。"

听说是陈俊卿，张栻更为惊喜，赶紧行礼拜见；却见刘珙得意地给他递眼色，分明在说："怎么样，这人值得一见吧？"

张栻确实很钦佩陈俊卿。

赵眘还是普安郡王时，陈俊卿任其师，见赵眘沉迷于蹴鞠之戏，就给他讲韩愈写的《上张仆射谏击毬书》一文，此文是韩愈写给徐泗濠节度使张建封的。张建封当时酷爱打马球，韩愈便借此文，劝诫其莫要沉迷于游戏杂耍，而要将心思精力用在正事上。

赵眘一听，顿时明白陈俊卿是想劝告自己身为储君，不可玩物丧志，很快戒掉了蹴鞠之瘾。

四人中陈俊卿为长，就请他坐了首座，刘珙、张栻左右相陪，张孝祥坐在陈俊卿对面。等酒菜上来，四人便一边饮酒，一边闲谈，话题很快集中到北伐之上。

刘珙说："我听说，圣上准备再设都督府……"

张孝祥说："都督一职，张浚张公最为合适。当今之世，论威望之高，抗敌大志之坚，无人能出张公之右！"

陈俊卿向来寡言少语，听了这话，也不禁点头称善。

张栻正想替父亲谦虚几句，却听得窗外楼下传来一阵吆喝声。张栻透窗看去，只见一艘豪华大船，从湖心箭一般驶向岸边。船头立着两名大汉，大声吆喝前面的船只："快滚开，莫挡了曾公的道！"

船主们见大船来势汹汹，赶紧划桨躲闪。无奈大船来得实在太快，有一只小船躲闪不及，被撞到了船尾，船在水中快速打了一个圈儿。船主是一对打渔夫妇，吓得尖叫出声，赶紧蹲身抓住船沿，这才没被颠簸入水。

此时，一衣着华丽的中年人，在一群人的簇拥下走出了船舱；见了打渔夫妇的狼狈相，非但没有斥责手下人，反而带头哈哈大笑起来。

张栻不禁大怒："这个曾公是何许人，竟如此嚣张？！"

陈俊卿叹道："除了曾觌，还能是谁？"

曾觌和龙大渊，在赵昚继位之前便成了他门下的知客，很得他欢心。尤其是曾觌，善于逢迎又写得一手柔媚好词，赵昚继位前已经很喜欢他，继位后对他更是宠爱有加。

包厢门突然被推开，一喝得满脸通红的大汉闯了进来，见了张栻，叫道："敬夫，果然是你！"

四人一看，来者竟是虞允文。他和几个朋友在另一包厢饮酒，出门时听到这包厢的说话声很像张栻，于是过来见面。

张孝祥和虞允文是同科进士，两人早已熟识，上前想拉他入座。

虞允文摆手拒绝："今天不行，下午还有事，改日陪各位痛饮三百杯……"又对张孝祥说，"再听你高歌三千曲！"

见过陈俊卿、刘珙后，虞允文特意拉住张栻的手，说："敬夫，自青城山一别，匆匆已是数载，我时常想起你，只恨别无良机可以一见。今天好不容易见面，我又还有点俗务。这样吧，下次我做东，请敬夫和在座各位好好饮几杯，叙一叙旧情！"

张栻忙拱手答应。

虞允文又说："在下已得到消息：圣上很快会起用令尊再兴北伐！圣上乃有为之君，张公又是难得的将帅之才。君臣协力，剿灭虏人，恢复故土，中兴大宋，已指日可待！"

说罢一声大笑，出门而去。

虞允文带来的消息和他的豪迈，感染了在场四人。张栻心中尤为高兴。然而，当他看见下楼的虞允文和靠岸下船的曾觌，在酒楼前拉着手亲热地寒暄，眉头便厌恶地皱紧了。

八

虞允文带来的消息很快得到印证：赵昚封张浚为"魏公"，任命其为枢密使，都督江淮军马。张浚立即启程赶赴建康，选将练兵，调拨粮草，积极准备北伐。

然而，自此之后便没了下文。张栻尚能忍耐，刘珙却急如热锅上的蚂蚁，四处打听消息。

他们后来才知道，皇帝当时面临着多大阻力。

阻力主要来自两方面，一是朝中主和大臣的反对，其代表是史浩；二是来自太上皇赵构的阻挠。

史浩不仅是赵昚的老师，还是他能登大位的第一功臣。

赵昚继位之前，有两次考验最为严峻。

一次是赵构故意赐给赵昚和另一位继承人赵璩十名宫女。史浩看出赵构用意，嘱咐赵昚一定不要碰这十名宫女。果然，没过多久，赵构召回宫女并一一进行检查，发现赐给赵璩的宫女都已不是处女，赐给赵昚的宫女却完璧如初。赵构由此开始倾向于赵昚。

另一次则更为惊险：完颜亮发兵南下，赵昚遏制不住对金人的仇恨，上书表示甘为前锋，率军出征。

史浩当时正在家中养病，听到消息大惊失色：皇位继承人参与政事尚属大忌，更何况统兵在外！前朝不论，就说本朝：太祖赵匡胤是领兵在外时，在陈桥被手下拥立为帝；赵构自己，也是因为统兵在外躲过了靖康之祸，才有机会成为九五之尊！

史浩不顾病躯，立即前往建王府，向赵昚陈明利害。赵昚这才明白自己的举动何其冒失，惊出一身冷汗，赶紧询问史浩补救之策。

史浩说："为今之计，只有再上一书，痛陈悔过之意；同时建议圣上亲自出征，你随驾扈从，以尽忠臣孝子之道。"

赵昚听从建议，连夜上表，其时赵构正为赵昚的第一封奏表暴怒不已，直到看到第二封奏表，才怒意稍解。

出于对史浩的感激，赵昚登基不久，就升他为右相，大凡军国大事，都会征求其意见。

史浩在平反岳飞冤案等方面，与赵昚意见一致；在是否北伐上，两人就观点相左了。

某天，赵昚就北伐一事咨询史浩，史浩趁机表明了自己的态度："如今大宋藩篱不固，储备不丰，将多而非才，兵弱而未练，若贸然北伐，只有失败一途。"

见赵昚不听劝，史浩又联合汤思退等大臣，多次上表劝说赵昚打消北伐之念。为达目的，他甚至不惜游说太上皇赵构，让他出面制止赵昚北伐。

赵构名为退休，实则暗暗观察着赵昚的一言一行。他听了史浩之言，又见赵昚准备重用张浚，立即将他召到自己居住的德寿宫，说："张浚这人，我很清楚——他专门备有一本小册子，凡有士大夫拜见，便记录在册，并许诺日后予以举荐；带兵打仗，就分发国家的金银给手下将士，以笼络人心。不知官职是谁的？金银又是谁的？这等徒有虚名，以国家名器做人情的小人，怎能委以军国重任？"

太上皇的这番话，与赵昚对张浚的印象不一样，也和太上皇曾经对张浚的评价不一样。赵昚怀疑，这是太上皇为阻止他起用张浚北伐故行诋毁，于是默不作声。

赵昚不听劝告，仍委任张浚为枢密使兼都督，还在拜见时兴致勃勃谈论北伐计划。

赵构闻言更怒，说："等我百年之后，你再考虑什么北伐吧！"

赵昚心里清楚，他一来登基不久，百官中亲信并不多；二来和太上皇不是亲父子，太上皇对他的猜忌与防范在所难免。如果过于违逆太上皇，只怕会皇位不稳。

但是，他又没法忘记自己是太祖赵匡胤的子孙。

想当年，太祖靠着一根盘龙棍，灭后蜀、平江南、袭大辽……武功之卓越，足以比肩汉武帝、唐太宗这样的英主。身为太祖子孙，如果连祖宗打下的基业也不能收复，即便贵为九五之尊，也不过低贱地苟活！

一番思量后，赵昚终于下定决心，开始频繁召见陈康伯、张浚、虞允文等主战大臣，商讨北伐细节；同时下诏重用陈俊卿、刘珙、张栻、张孝祥、王大宝等主战人士。

史浩见劝说无效，上表请辞。赵昚虚意挽留一番，便同意其请，免去其右相职务，让他知绍兴。史浩一走，朝中主和势力大挫，再没人敢公然反对北伐。

张栻被赵昚委以直秘阁一职，往来于临安和建康，在朝廷和张浚之间传递消息。宇文绍娟和张焯，也被接到了临安。

家人都来了临安，再不便寓居在刘珙家；好在皇帝体恤，赐予张栻一处住宅作为官舍，虽不算宽大，一家人小住还是不成问题。

这天，张栻正在书房教儿子张焯和冯康之子冯志读书，太上皇忽派人前来通知，让他即刻前往德寿宫。

张栻不敢拖延，赶紧乘轿前往。

德寿宫是在原秦桧府邸的基础上扩建而成，包括德寿殿、灵芝殿、寝殿、食殿等十余座殿院。至于园林景观，更是花样繁多、数不胜数。张栻一路行去，暗暗吃惊于太上皇的奢靡。

召见地点是在德寿殿，行过拜见礼之后，赵构开门见山说："今天让你来，是想听听你对北伐的看法。我朝若与金人开战，你认为胜算几何？"

张栻路上已猜到太上皇召见他是为此事，当下断然说："臣认为金人必败，国家必兴。"

赵构哼了一声，说："你凭什么这么说？莫不是因为率军北伐的是你父亲？"

"战争胜败，主帅是谁并不重要，关键在人心向背。太上皇仁孝之德，上格于天，更在盛年之时传位于圣上，直追上古唐虞等圣君。圣上继位之后，孝顺太上皇，爱护万民，人心归附，可谓尽得太上皇真传——有如此圣君，老天岂会不护佑我大宋？"

听张栻夸奖自己，赵构脸色稍霁，吞下一颗宫女递来的樱桃慢慢咀嚼。

"反观金人，所行无道，皇族篡权夺位，斗争不断，可谓既无君臣之序，又无父子之情。这样的国家，上天岂会庇佑？人心岂会归附？一旦我朝吊民伐罪，焉有不败之理？"

赵构将樱桃核吐到宫女递来的玉盘里，说："你所讲，虽有几分道理，但仍不能据此断定，金国已衰落，我朝已立于不败之地。"

"自完颜亮南侵失败死于非命，金人表面兵强马壮，其实内部反叛不息，上下貌合神离，其颓败之势，已是显而易见……"

赵构仍不以为然，说："近两年宋金交战不断，不但金国国力大减，我朝也是元气大伤——尤其是西面战场，更是损折数万将士。若贸然北伐，胜负之算，实难预料!"

完颜亮南下时，四川宣抚使吴璘击败徒单合喜率领的西路军后趁势反攻，一举收复了秦凤、熙河、永兴等十六个州、军。

消息传回朝廷，史浩却认为，孤军深入乃兵家大忌，奏请赵昚令吴璘停止进攻。

其时赵昚还处于对恩师言听计从的阶段，遂令吴璘退军。吴璘虽知此举不妥，但岳飞被杀尚殷鉴不远，他怎敢违抗皇命?

结果，金军趁着宋军仓皇退兵时展开攻击，数万宋军伤亡过半，收复的十六州、军，又重新落入金虏之手。

消息传来，赵昚痛悔不迭，连说几句"史浩误我!"这也成为赵昚后来对史浩不满并同意其辞相的原因之一。

听了赵构这话，张栻心想:你提到川陕失利，我倒更有理由反驳你，遂奏道:"川陕之胜，胜在锐意进取;川陕之败，败在贪图苟安——这更说明，对于金人，宜战不宜和，宜进不宜退……"

赵构听到"贪图苟安"四字，不禁怫然不悦:他执政三十多年，这是对他最尖锐、最持久的批评!

张栻不理赵构的不满，继续说:"更何况，吴璘虽损兵折将，仍足以守紧川陕门户。我朝若北伐，主战场在江淮。前次虞允文、李显忠等在江淮大胜，全军士气大振;本次用兵，也一定能所向披靡，战而得胜!只要在江淮击退金兵主力，收复中原，驱尽金虏，也就指日可待!"

提到虞允文，张栻不免想起上次他和曾觌执手热聊的场景，心中又是一阵厌恶。

赵构被张栻"贪图苟安"四字刺痛，口吻变得异常严峻:"我已不是皇帝，照理说国家大事，不应再过问。但是，我毕竟是赵氏子孙，不能眼睁睁看着你们，拿祖宗辛苦打下的江山去冒险……"顿了一下，盯着张栻的脸继续说，"你转告你父亲:征战关乎国运，出兵之前必须好好权衡国力、民力，切不可贸然出击，以免殃及国家、百姓!"

赵构今天召见张栻，就是为了对他说这番话。

上次川陕用兵失利，赵昚意识到皇帝隔着千百里，对前线军事进行遥控，乃有弊无利之举；本次北伐，为了不重蹈覆辙，便授予张浚"便宜行事"之权。

赵构劝不动赵昚，又见张浚已成为北伐的主宰之人，就希望能借张栻之口，警告张浚不要贸然挑起战事。

"臣遵命。"虽不情愿，张栻仍只有答应。

辞别太上皇，张栻忧心忡忡走出德寿宫，正要上轿，突听背后有人亲热喊道："南轩先生！"

张栻回头一看，只见曾觌笑眯眯站在身后，正拱手和他打招呼。

南轩先生，是当时学者对张栻的尊称。曾觌不以官名，而是以南轩先生称呼张栻，显然是有意讨好；因为他知道，比起做官，张栻更在乎自己理学家的身份。

见张栻回头，曾觌左足提起，就要过来拜见攀谈。张栻见状，迅速钻入轿子，"啪"一声拉下轿帘，铁青着脸吩咐轿夫："快走！"

曾觌呆立在原地，脸一阵红一阵白，很久之后，那只抬起的左脚才落了下来——那脚却已然不是脚，而是一根烧红的铁棍，足以将脚下的每一块砖土，踏碎、烧焦。

九

尽管赵构百般阻扰，赵昚和张浚还是决定顶住压力，发动北伐。张浚奏请皇帝，派张栻到都督府参赞军务和书写机要文字。皇帝允准，立即下了诏书。

张栻接到任命，赶紧回家见妻儿，准备明日前往建康。宇文绍娟知道张栻将赴前线，什么也没说，起身给他收拾行李。

张栻见她给自己准备了很多衣服，笑道："夫人，我是去参赞军务，又不是游山玩水，哪需要带这么多衣物？"

宇文绍娟手上停顿了一下，叹息一声，又开始收拾。

张栻知她心意，说："放心吧，这次我朝准备充分，必能一战而胜。"

宇文绍娟没好气地说："老爷说得轻松，这是打仗，不是小孩子过家家！祖母和婆婆不在了，老爷和公公又去了前线，刀剑无眼，如果你们有什么闪失，我和焯儿……"

说到此处，再也不能忍耐，眼圈一红，哽咽出声。

宇文绍娟的婆婆，已于几年前去世。婆婆一走，整个家只剩她一个女人，每日忙于家务还没有一个谈心之人，宇文绍娟的性格也慢慢变了，由原来的烂漫天真、快人快语，变得常怀心事、沉默寡言。

张栻忙劝慰："夫人不必担心，我和父亲待在建康，并不会与金人直接交锋。"

宇文绍娟说："不与金人直接交锋，他们难道不会派人刺杀？"

张栻想起前往连州途中那次凶险，一时语塞；良久之后，方说："金虏与我朝有不共戴天之仇，我虽一介书生，上阵杀敌、手刃仇人，却是自幼夙愿。即便不幸死于金虏之手，那也是死于忠义，堪称死得其所——正如孟子所云：生，亦我所欲也，义，亦我所欲也。二者不可得兼，舍生而取义者也。"

宇文绍娟叹息一声，说："老爷读书万卷，我怎么辩得过你？"

说完，继续替张栻整理行囊。

夫妻二人一时无话，张焯恰于此时，进房给父母请安。

等儿子行过礼，张栻叮嘱说："我马上要去建康，你在家里，一要和冯志好好读书；二要听母亲的话，明不明白？"

张焯点头说："儿子明白。"

张栻想着还要带几本书，便出门去书房，却见冯康迎了上来，告诉他门外有一位姓朱的公子求见。

张栻想了个遍，想不出自己在临安有什么姓朱的朋友，便问冯康："来者可面熟？"

"小人也是第一次见。"

"你就说我马上要去建康，请他下回再来。"

张栻说完，匆匆朝书房走去。

过了一阵，冯康又来告诉张栻：来者自称是刘珙的朋友，希望张栻能拨冗一见。

既然是刘珙的朋友，那就不能不见了："请他进来吧，我在这里等他。"

很快，冯康引着一位三十多岁的中年男子进入了书房。男子个子颇高，脸长而丰满，右脸颊上有七颗黑痣，如北斗七星般排列。

两人互相打量，终于还是张栻先开了口："敢问兄台高姓大名？"

男子躬身说："在下婺源朱熹。"

张栻大叫道："原来是元晦啊！你什么时候进京的？"又吩咐冯康，"快将我从绵竹带回的赵坡茶沏两盏端来！"

朱熹字元晦。

赵眘继位后，下诏令地方官推荐当地贤才，进京由他亲自考察，量其德才，决定是否重用。朱熹就是被地方官推荐入京的，目前正寓居在刘珙家。

朱熹与刘珙关系非同一般：朱熹的父亲朱松和刘珙父亲刘子羽，乃是多年好友。朱松四十多岁就死了，临死前让尚未成年的朱熹拜刘子羽为义父，相当于将儿子托付给了他。

刘子羽也不负老友之托，悉心照顾和教育朱熹，令朱熹至今仍深记其大恩。

朱熹早就听刘珙讲过张栻的才学，又拜读过其《希颜录》等文章，对其道德学问异常佩服，早就有拜见之心。此次入京，等圣上召见毕，便想和刘珙一起登门造访。无奈刘珙突染风寒，卧床不起；又听说张栻马上将前往建康，生怕错过这难得的会面机会，于是只身一人前来拜见。

听说刘珙生病，张栻很是关切，问："半月前见他还好好的，怎么突然就病了？"

"已经请大夫看过了，吃了几服药，病情已有缓解；只是身体仍虚弱，不能下床行走——听说敬夫马上要去建康？"

"明天走，家父已在部署北伐，身边急需用人。"

"敬夫认为，本次北伐，胜算几何？"

张栻微微一叹，说："不瞒元晦，我原本信心很足的。但你知道兵革之事，向来仰赖天时地利人和，其中又以'人和'最为关键……"

朱熹略一沉思，已然明了，问："敬夫是担心有人掣肘？"

张栻点点头，将赵构召见时对自己说的话，详细说给朱熹听。

朱熹很是不满，说："太上皇既已退位，就该在德寿宫安享清福，怎能随便插手朝政？想当初尧舜诸君，岂有此等行径？"

张栻也对太上皇不满，却不愿这般直率道出；等朱熹平静下来，方说："金人虽是异族，又残暴无道，但占据中原毕竟达数十年之久，尽得中原膏腴之地，财赋充足；而中原宋民，年长月久，遗忘祖宗，多有依附金虏之徒。我朝北伐若想成功，必须做好长期作战的准备。若稍遇挫折，朝中便非议四起，让前方将士裹足不前，北伐势必功败垂成。"

"没错，此等教训，可谓一再上演！远的不说，就说最近——若能乘挟采石大胜之余威，乘着金人内乱未息之时一举出兵，收复中原又有何难？惜哉！惜哉！"

自从知道虞允文和曾觌交好，张栻对他的看法已不如以前，听朱熹提到采石之战，便没有接腔。

"敬夫也不必过于悲观，正所谓事在人为。朱熹和共父，也会联合朝中忠义之臣，规劝圣上坚定北伐之志，不受外力所扰。毕竟，当今天下之主，是圣上而不是太上皇！"

张栻忙点头答应，说："只要没有后顾之忧，张栻父子必定百折不挠，不饮马黄河收复旧京，誓不还师！"

朱熹忽一脸庄重，说："敬夫，我有两条有关北伐的建议，希望敬夫能转告张魏公。"

张栻见他说得郑重，又猜测这是他今天拜见的主要原因，忙说："元晦请讲。"

"如敬夫所说，北伐胜败之关键，在于'人和'。圣上目前很信任张魏公，他可请旨罢退汤思退等主和之臣，如此北伐方能事半功倍。"

张栻如何不知其中道理？然而，汤思退的背后是太上皇；若无充足理由，皇帝断不可能轻易将其罢免。

见朱熹一片赤诚，张栻只好答应下来，表示会将建议转告父亲。

朱熹又说："至于具体北伐之策，我认为可分兵击之——派军队分击关陕、淮北、海上，让虏人首尾不能顾。我则密捡几万精锐直取山东。山东一旦收入我手，中原甚至燕京将不难得也！"

分兵而击，张栻曾和父亲讨论过，但很快放弃。秦桧主政十多年，一味媚金，既不增兵，更不培养将帅之才，大宋如今已是兵少将乏；若全面进攻，一旦某个区域发生溃败，势必累及整个北伐大业。

不过，既然朱熹郑重地提出来，张栻还是决定再和父亲讨论一番。

天色已晚，张栻便让宇文绍娟准备晚饭。夜间，张、朱两人同床而眠，又谈了很多有关北伐的事，直至东方泛白，仍意犹未尽。

朱熹知道张栻急于赶赴前线，一早便向他告辞。张栻让冯康拿来一盒准备好的礼物，递到了朱熹手中。

这礼物是遂宁糖霜，上次张栻从蜀地带回，一家人一直舍不得吃。

糖霜起于遂宁，因其味甘美无比，制作过程又相当繁杂，因而极其珍贵。

遂宁有一名叫王灼的读书人，费尽心力写了一部记录糖霜制作过程的专著《糖霜谱》。后来，大才子洪迈读了此书，惊艳无比，遂以此书为基础，也写了一本《糖霜谱》。

朱熹虽不是蜀人，但他读过洪迈的《糖霜谱》，知道此物之珍贵难得。张栻和他不过初见，却赠送如此贵重之物，朱熹感动莫名，含泪一揖而别。出门走了很久，双眼才看清了道路。

第五章　符离师溃

一

"张都督你看!"

顺着亲兵所指方向,张栻和张浚发现,离自己不远处,一支军马正飞驰而来。粗粗一看,其队伍见首不见尾,人数显然极多。

为更好地部署作战,张浚父子今晨离开建康,渡过长江,深入宋金边界勘探地形。此时正欲返回,不料却遇到这彪尚不知是敌是友的军马。

随行的五百亲兵,见对方来势汹汹,顿时发出一阵骚动,有人甚至建议张浚赶紧下令撤离。

张浚看了看四周,说:"来人转瞬即至,想撤也来不及了。"又问张栻,"敬夫,若来者是敌,我们怎么办?"

张栻没有说话,脸上一片怔愣之色。初见这彪人马时,他知道若来者不善,今日难免毙命于此,脑子里闪过夫人、焯儿、弟弟诸人的面庞。令他意外的是,第一个出现于脑海的,竟然是何钰!

张浚以为儿子被吓住了,又喊了一声"敬夫"。张栻这才回过神来,朗声说:"若是敌人,唯有臣不负君,子不负父!"

张浚听了，叹息一声，没有言语。

"张都督，那是邵将军的人马！"

有眼尖的亲兵，已经看到来者高扬的旌旗上大大的"邵"字，赶紧提醒。众人死里逃生，大声欢呼。张浚父子悬吊吊的心，也放回了胸腔。

邵宏渊纵马到离张浚三步之地，方才飞身下马："末将拜见张都督！"

张浚微一颔首，尽量平静地问："邵将军怎会到这里？"

"末将来此，专为找张都督。"

张浚见邵宏渊脸色铁青，猜他有要事禀告，忙带着他和张栻走到一僻静处，问："邵将军有何事？"

邵宏渊原是韩世忠部下，作战颇为勇猛。完颜亮南侵之时，派大将萧琦率领十万大军，从花靥镇出发，经定远县、藕塘关、清流关、滁州、真州，直指目的地扬州。

萧琦一路攻城略地，势如破竹，直到来到真州城下。

真州是邵宏渊的驻军之地，面对数倍于己的金军，邵宏渊没有选择防守，而是亲率大军，在真州城外的胥浦桥旁布阵迎敌。

萧琦没想到宋军敢主动出击，怒令全军压上，想把邵宏渊的军队全歼。金军先是射出一阵铺天盖地的箭雨，压住了宋军攻势；然后将随身携带的木板、稻草等物扔进河中，阻断河流，以便金军铁骑顺利通过。

很快，潮水一般的金军冲到了邵宏渊面前。邵宏渊没有畏惧，领军和其对杀。这一战从清晨战到日暮，邵宏渊手下三员大将阵亡，他自己也多处受伤，这才下令撤军。

因为作战勇猛，张浚和赵眘商量后，决定让邵宏渊和李显忠作为本次北伐的主要将领——李显忠为主，邵宏渊为辅。

然而，邵宏渊却对这个安排很不满意。

"末将不想给李显忠打副手。他一个金国降将，末将不愿听命于他！"见张浚出言询问，邵宏渊毫不掩饰地将心中所想全盘托出。

李显忠父亲李永奇，是陕西一员军官。李显忠十七岁那年，宋金交恶，金军兵临陕西，很快占据陕西全境。李显忠父子做了俘虏，只好暂时屈从于金人扶持的伪齐政权，准备伺机回归。

后来，金人废掉伪齐皇帝刘豫，李显忠父子开始启动回归计划。其时李显忠主管同州，他抓住一个机会，生擒了金军大将完颜撒离喝；其父李永奇也按照约定，在延安府起事。

李永奇夺了延安府的粮库，准备先去同州和李显忠会合，再一起投奔川蜀的吴玠、吴璘兄弟。

结果，走到半路，李永奇被金军追上。李家全族二百多人，只逃出来二十六人，其余全部被杀，包括李永奇本人。

张栻听邵宏渊提及李显忠曾投降金国一事，颇为不满，说："邵将军，李将军当年屈从金人，乃是迫不得已。他们父子一直身在曹营心在汉，否则后来也不会起兵讨贼，以致全家几被尽屠！"

邵宏渊本就一腔怒气，听了这话，更觉五脏六腑都被烈火焚烤。他瞟了张栻一眼，暗想：你要不是张都督的儿子，就凭你一小小直秘阁，岂敢指责我？

"是真降还是假降，他李显忠自己知道。反正，末将不愿在他李显忠手下做事！"

一直沉默的张浚，终于开口了："行，本都督同意你和李显忠各领一军：李显忠自定远渡淮，攻取灵璧；你自盱眙渡淮攻击虹县——两军会合后，再取宿州。"

"父亲大人！"

"末将遵令！"

张栻和邵宏渊几乎同时出声。

见张浚摆手制止自己，张栻没再开腔，等邵宏渊离开后，方大声说："父亲大人，此举万万不可。军有二帅如同国有二君，势必酿成大祸！"

张浚也大声说："军中只有一个帅，那就是为父！"随即，又温言说，"敬夫，你难道忘了淮西兵祸？"

绍兴七年（1137），张浚指挥的北伐取得巨大胜利。因为大将刘光世在北伐中不听号令，临阵退缩，张浚奏请朝廷将他撤职，改由文官吕祉统领刘光世留在淮西的军队。刘光世旧部郦琼不服，张浚就派军赴淮西，准备将其擒拿。结果消息走漏，郦琼杀了吕祉，带领四万多宋军投了刘豫。

兵变之后，张浚被迫去相，二十年不得重用。

张栻知道，淮西兵变是父亲一生最大隐痛；此后多年，一直深悔当年不该强压武将，不仅让国家痛失四万精锐之师，还让自己不得不离开朝廷，虚掷二十年宝贵光阴！

问题是，带兵打仗，应因时因地制宜，怎能生搬硬套？

张栻又劝道："父亲大人，当年对武将强硬固然不妥，若反其道而行，过于纵容武将，同样会贻误战机，甚至导致大败……"

张浚断然说："你不用说了，吾意已决！"

张栻不敢再言，他突然想起祖母临终前对他说的那番话：我观你父亲近来行事，已不复当年的果决干脆，如果重担大事，只怕会为此所误……

想到此，心中一声长叹。

邵宏渊独领一军的消息传到李显忠耳朵里，他倒没怎么惊慌，更没有向张浚表示反对。一方面，作为一员身经百战的勇将，他对战场的临时变故已习以为常。另一方面，只要能让他亲率一军北伐，使他有机会为包括父亲在内的两百余口李家人报仇，他便能咽下所有不公与屈辱。

李显忠现在更担心的是另外一件事——萧琦会不会如约前来？

这个萧琦，正是那位和邵宏渊在真州城外大战的萧琦。他是契丹人，虽然金国君主待他不薄，但心怀故国乃人之常情。

契丹人趁着完颜亮南下攻宋，在后方发动起义，萧琦听到消息后动起了心思：何不与宋联手，和起义的契丹人里应外合，搞垮金国，恢复大辽？

虞允文离开采石矶后，李显忠成了采石矶的宋军统帅。他率军渡过长江，绞杀剩下的金军残部，收复了很多失地。朝廷念其战功，授其淮西制置使、宁国军节度使。

萧琦恰于此时写信给李显忠，表示愿意联手对付金人。李显忠高兴异常，当即写了一封回信，商量合作的具体细节。没想到，朝廷很快下达命令，让他原地待命，不准进攻金军。

两人的合作就此搁浅。

这次，朝廷终于再兴北伐，李显忠写信给萧琦，重提合作之事。萧琦很快给他回了信，表示前约依然有效，并定下具体计策：李显忠率军渡过淮河，萧琦率军和他假打一场，尔后佯装败退，引军退入金国军事重镇灵璧；两人里应外合，先拿下灵璧，再进攻宿州。

这和张浚给李显忠定的作战计划，正好一致。

不过，对于萧琦是否真的愿意合作，宋军将领却将信将疑。有谨慎的将领，多次建议李显忠，莫要相信萧琦之言，以免中了金人圈套。李显忠不听，仍如约率军渡过淮河，等候萧琦的大驾。

半个时辰后，萧琦终于率领大队骑兵，出现在了宋军视线之内。李显忠周围的将领，有的欢喜，有的担忧，目光都紧盯着逐渐靠近的金军。

对面的萧琦也发现了宋军。见李显忠只带了万余人，萧琦嘴角撕出一个狞笑：当年我想合作，你临时变卦；现在完颜雍已平定起义，我再和你合作，那不是找死吗？

"李显忠，我要用你的脑袋，让新皇帝相信我对他的忠诚！"

行到离宋军约两里地，萧琦挥舞长刀，吼道："杀掉李显忠，本帅重重有赏！冲啊！"

金军铁骑，顿时狂风般卷向宋军。

前军统制王琪见了金军攻势，说："李将军，看这架势，不像是来合作的啊！"

宋军目前只有万余人过河，其他人尚在渡河之中，李显忠却无丝毫畏惧之色，冷笑着对王琪说："合作，就假意地打；不合作，就痛痛快快地杀！"

说罢拔出腰刀，第一个冲了上去。

不到一个时辰，战场上已留下上万金军尸体。萧琦大恐，赶紧退军。李显忠跟在他屁股后面紧追不放，让他无法在野外扎营，只有朝灵璧城退去。

"萧琦，不管你是真合作，还是假合作，都要帮本将军拿下灵璧城！"

萧琦退到灵璧城下，城内的金兵见状，派了一半人马出城相助。有了帮手，萧琦又恢复了信心，摆开阵势和李显忠大战。

结果，又一次大败。

萧琦带着几百手下仓皇北逃，灵璧城内的金兵见守城无望，干脆出城投降了李显忠。

李显忠如愿进入灵璧城，并告喻全城军民：无论是金人、契丹人、汉人，只要归顺大宋，他保证既往不咎。

此令一下，全城顺服，灵璧城很快秩序井然。

和李显忠的顺利相比，邵宏渊的进军就显得曲折异常：他率领数万大军渡过淮河，按计划攻打虹县。虹县城墙很矮，城内只有区区数千金兵。但他啃了几天，硬是没能啃下这块没有骨头的肥肉。

邵宏渊无奈，只好向李显忠求援。

李显忠思量一番，没有派去援军，只是派去几十名金军降卒。在李显忠看来，邵宏渊并不缺兵；而虹县城内的金兵之所以能挺到现在，靠的不过是一口气。

等灵璧的金军降卒，到虹县城墙下吼儿嗓子，告诉他们宋军不仅拿下了灵璧，还对投降的金人很好，虹县守军就会不战而降——事实证明，他的判断无比正确：灵璧金军降卒一到，虹县守军很快放弃抵抗，出城投降。

这样的结果人人满意，唯一不满的是邵宏渊。

打不下虹县已经很丢脸，求助李显忠，他却不派兵，只派了几十个降卒——更关键的是，这几十个降卒什么也没做，只是吼了几嗓子，就拿下了他带着几万大军，啃了几天也没能啃下的虹县城！

"李显忠，你怎敢如此辱我?!"

二

李显忠在灵璧小作休整，然后便率军来到宿州城下。

宿州是江淮重镇，战略位置极为重要，只要拿下它，便可驱兵直取中原。金国在宿州经营多年，不仅将城墙修得又高又牢，城内还驻扎着数万金军。此时，他们已经在城下列好队伍，准备和李显忠决一死战。

这正中李显忠下怀。

别的将领怕金人骑兵，但李显忠不怕。他渴望能和金军在野外交战，这样才能速战速决，并且尽可能消耗金军的有生力量。

"传令下去，准备进攻！"李显忠下令。

王珙劝道："我军久战力疲，敌军以逸待劳，为稳妥起见，还是等邵将军来了再进攻吧。他既已拿下虹县，应该很快便会赶来宿州和我军会合。"

李显忠看了一眼虹县方向，断然说："不等了！"

说完大喝一声，挺枪跃马，就像一只饿了三天的猎豹，朝着对面的金兵直冲而去。王珙紧跟着吼了一声"进攻"，也跟着李显忠冲了上去。

见宋军汹涌而来，金军开始射箭。金军的箭制作较差，射程不远，在离李显忠几十步的地方纷纷坠地。李显忠命令宋军还射。宋军使用的是神臂弓，其射程远在金兵弓箭之上，顿时便有一批金人被射翻在地。

很快，宋、金两军开始短兵相接。

李显忠左冲右突，纵横战阵，遇兵杀兵，遇将斩将。很快，宿州金军开始溃退。李显忠正杀得眼红，突然听到一阵喊杀声，回头看时，只见右侧出现了一股宋军——为首之人，正是邵宏渊。

王珙骂道："血战的时候不见他，争功劳的时候他立马出现！"

李显忠微微冷笑，没有答话，回头朝溃退的金兵冲去。此时大部金军已退入宿州城，正准备关闭城门。冲在前面的宋军，被城头金军用弓箭和滚石、檑木击倒。

李显忠见状，又是一声大吼，用枪拨开金军射来的乱箭，冲向即将关闭的城门。王珙怕主帅有失，赶紧冲去护卫。

城头一名金军的万夫长，认出李显忠是宋军主将，搬起一块重逾百斤的石头，朝着李显忠的脑袋狠砸下来。王珙见状，立即用刀背朝着李显忠的马臀重重一击。李显忠连人带马飞跃入城，石头却砸在王珙的坐骑上。那马扑身便倒，李显忠回头看时，正好看见王珙被颠落马下，周围的金兵朝着地上一阵乱捅……

李显忠顾不得王珙是死是活，率领入城的宋军，将城门附近的金兵一一杀尽，然后大开城门。门外的宋兵齐声欢呼，潮水似地涌入城来。

李显忠正欲派人寻找王珙，却见一将浑身浴血，拍马而来——却不是王珙是谁？！

李显忠又喜又忧，关切地问："怎么样，伤得重不重？"

"不碍事，都是小伤。"

李显忠这才彻底放心，赞道："王将军真乃福将！"

邵宏渊恰于此时率军经过，见了李显忠，拱手说："李将军，不好意思，在下来迟了片刻。"

王琪圆睁双眼，正欲上前痛斥，李显忠挥手制止了他，对邵宏渊说："没关系，邵将军，下次记得莫要来迟。"

邵宏渊冷哼一声，心道：你真以为你是我上司，可以随便命令我？朝着李显忠又拱了拱手，一言不发，拍马离开。

按照惯例，一旦城破，敌人的意志便会瓦解；城内的汉人百姓，也会群起攻击金人，让金人如过街老鼠，只能逃跑或投降。

然而，这次却不一样：宿州城内的金人比汉人多，他们在刚才的战斗中，虽损失了一部分，但主力仍在。这些金人分布在宿州每一条街道、每一栋房屋，和入城的宋军展开战斗。

李显忠将宿州城一分为二，由自己和邵宏渊分别清缴。对于这样的安排，邵宏渊没说什么，带着人马走了。李显忠又将属于自己的城区分成了两部分，将较为容易的一部分交给了王琪。

激烈的巷战由此开始。李显忠带领军队，逐街进行清扫。狭路相逢，不是自己死，便是别人亡，宋军和金军都拼上了老命，每一条街道都堆满了宋金将士的尸体。

眼看日将西沉，李显忠着急起来：一旦入夜，金人比己方熟悉地形，到时候负隅而战或是展开偷袭，己方将极为不利。

李显忠立即命身边的裨将传令：加紧清缴，务必在天黑前结束战斗！

宋军得令，加快了攻势，金人以更快的速度被剿灭。等夜幕降下时，城内的杀喊声终于弱了下去，李显忠松了一口气，却于此时听到一个更不好的消息：王琪阵亡了。

李显忠把王琪安排到金军较少的城区，本以为这样可以保护他。然而，正因为金军较少，所以他们不敢明战，而是以偷袭为主。王琪就是被金人的暗箭射中了咽喉，当场便丢了性命。

听到王琪死讯，李显忠并未显露太多悲切：身为军人，死于疆场，马革裹尸，乃是宿命。李显忠只是在心里默默说道：兄弟，你的死，让我又失去一名亲人，我和金人的仇恨又增加一层——只有用更多金人的尸体，才能填补这仇恨的深海！

宿州大胜的消息，很快传到了都督府。张浚、张栻喜悦莫名——这可是二十年来，大宋主动出击所取得的最大胜利！

张浚命张栻立即写信给圣上报捷。

很快，赵昚的圣旨到了：升李显忠为淮南、京东、河北三路招讨使加开府仪同三司；升邵宏渊为检校少保，宁远军节度使兼招讨副使。所夺全部战利品，任凭二将处置。

对于张浚，虽无封赏，却有一封赵昚的亲笔信，夸奖他慧眼识人、调度有方；并详细询问其饮食作息，叮嘱他务必保重身体。

读着皇帝的信，想起过去二十年被赵构、秦桧打压排挤，有几次还差点性命不保，张浚不禁老泪纵横，感慨说："圣上虽年轻，却知尊重贤士，国家有此仁君，必能中兴！"见张栻面色不豫，若有所思，又问，"敬夫在担心什么？"

张栻答道："圣上升李显忠为招讨使，却让邵宏渊为招讨副使，我担心他不服。"

战争的胜利和皇帝的褒奖，让张浚又恢复了当年的豪气，他哼了一声，断然说："军法在上，他不服也得服！"

三

宿州被攻下，完颜雍大急，立即委任大将纥撒为元帅，纥石烈志宁为先锋，统率十一万大军，前往宿州，迎战李显忠。

纥石烈志宁率领一万大军率先来到宿州城下。他是兀术的女婿，以勇武著称，有时甚至显得莽撞。但这次，他没有发动攻击，而是深沟高垒，牢扎营盘，以防李显忠偷袭。

三天之后，纥撒的大军到了。纥石烈志宁和纥撒合军，这才全军出动，将宿州城围了个水泄不通。

敌人大军兵临城下，李显忠不敢怠慢，赶紧召集众将，商量迎敌之策。

裨将李福说："金虏铁骑威震天下，数量又两倍于我，宜据城坚守。"

其弟李宝等将，都赞同李福的建议。

李显忠将目光投向邵宏渊："邵将军怎么看？"

邵宏渊微微冷笑，语带讥讽："全听李招讨使安排。"

李显忠按捺着怒火，说："两军交兵，首战胜负往往能决定战争最终胜败——这也是我与金虏交战多年，所获之经验。首战要胜，士气至关重要。如果龟缩城内，金虏气涨，我军气泄，最终难免一败。更何况，出战若败，尚可退而守城；守城若败，却又退往何处？所以，本将军决定——出城与金虏决战！"

话音刚落，众将齐呼"得令"，只有邵宏渊慢吞吞地说："李将军率军出战，杀敌建功，然而城池也需人守护——这个任务，就交给……末将吧。"

李显忠不理邵宏渊的阴阳怪气，微微点了点头，说："本将军出战金虏，若胜，邵将军可自行决定出战与否；若败，本将军会自行退入宿州；若两军胶着，还请邵将军及时出兵，助我一臂之力……"

邵宏渊依旧用阴阳怪气的口吻回答道："末将谨遵招讨使将令。"

孛撒和纥石烈志宁没想到，李显忠竟敢出城作战。

几十年来，金人的精锐骑兵，除了岳飞、韩世忠等少数宋军将领敢正面迎战外，其他将领一般都是利用地形之便和武器之利进行偷袭。

宿州城下一马平川，最利于骑兵驰骋，李显忠竟敢出城迎战，足见未把金兵放在眼里。

孛撒看了纥石烈志宁一眼，说："先锋，你还在等什么？"不等纥石烈志宁回答，又说，"此战若败，你的岳父大人只怕会从坟墓里钻出来，给你两个耳刮子！"

纥石烈志宁满脸涨红，说："今天要是胜不了，不用岳父来找我，我去地下找他老人家！"

说着拔出佩刀，对着宋军的"李"字大旗一指，大吼道，"冲！"

上万金兵，打马出阵，怒吼着冲向宋军。马蹄激起的灰尘，汇成一片巨大的烟幕，如同狂沙漫卷，将日光也遮去了大半。

李显忠镇定地看着呼啸而来的金军，等他们距离己军约二百五十步左右时，右手一挥，大喝道："放箭！"

顿时弓弦齐响，如同群蜂乱鸣；万箭飞天，好似急雨骤下，成百上千的金军被射落马下当场毙命，侥幸没死的也被马蹄踏成了肉泥。

但是金军的骑兵来得实在太快，很快便冲到了宋军眼前。李显忠又是一声大吼："换长矛！"

弓箭手听令退后，一群手持长矛的宋军站到了最前排，屈膝蹲地，长矛斜刺，金军的骑兵一冲过来，长矛便刺进马脖子……金军的冲锋顿时减缓。

李显忠知道机不可失，吼道："杀光金虏，为死去的弟兄报仇！"

说罢挺枪跃马，又是第一个冲向金军；长枪猛扎猛刺，枪枪不离金兵要害。很快便有五六名金兵，成了他枪下亡魂。

李显忠杀得正兴起，忽听到背后一阵刀劈空气之声，赶紧举枪回挡。刀、枪一碰，震得他虎口发麻。

"你就是李显忠？"使刀的纥石烈志宁怒问道。

"没错！你是谁？"李显忠一边回答，却枪法不乱，抵挡住了纥石烈志宁的凶猛攻击。纥石烈志宁尚未回答，他又说："算了，你不用回答，反正你很快就会死在我枪下，成为又一条死在我手里的无名金狗！"

纥石烈志宁气得哇哇大叫，抡起大刀用力劈砍，却每一刀都被李显忠挡住。阻挡之余，李显忠还乘隙攻击，枪枪都指向纥石烈志宁的头颈胸腹等要害，纥石烈志宁渐感吃力。

远处的孛撒见两军成了胶着状态，又叫来两名万夫长，率领两万大军，驰援纥石烈志宁。这是金军常用的战术——利用骑兵展开一波又一波攻击，就算一时不能击败对方，时间一久也能将敌人耗垮。

宋军抵挡纥石烈志宁尚有余力，现在又多了两万金兵，渐渐便感到了吃力。

李福、李宝兄弟已多处挂彩，见金人的骑兵还在一波波涌来，心生惧意，回马想退入城内。周围的宋军见将领带头逃跑，战意顿失，也开始跟着李家兄弟逃命。

李显忠已经逼得纥石烈志宁只有招架之功，毫无还手之力，眼看便可取其性命，此时也顾不得了，回马朝李福、李宝冲去。纥石烈志宁趁此良机，举刀过头，用尽全力朝其后背砍去。李显忠回枪抵挡，长枪顿时被其砍落。纥石烈志宁也因用力过猛，身体往前倾倒，赶紧抱住了马头，这才不至坠落马下。

李显忠很快追上了李福、李宝，吼道："停止后退！"

李福、李宝嚷道："李将军，敌军势大，我们暂回城歇息，择日再战。"

李显忠大怒，拔出佩刀，冲上前去，一刀将李福砍于马下。李宝见状，赶紧举起手中长枪反抗，也被愤怒的李显忠连人带枪劈成两半。

李显忠指着两人尸体，说："再有后退者，这两人便是下场！"

宋军被其威慑，再也不敢后退，回头继续扑向金军。

这一战直杀到红日西沉，战场上尸横遍野，血流成河。金兵终于顶不住了，开始撤军。李显忠没有下令乘胜追击。正是暑热天气，宋军汗如雨下，又饥又渴，急需回城休整。

李显忠本以为，金军遭此重挫，至少要休整几天才会重新进攻。然而，第二天天一亮，金人又派出两个万人队，到城下搦战。李显忠率军出战，全力厮杀，身上挂了三处彩，方才将金人杀退。

李显忠明白，如此车轮战，单凭自己军队极难抵挡。他硬着头皮找到邵宏渊，言辞恳切地说："邵将军，我部鏖战两日，虽有小胜，将士们却已精疲力竭。明日若金虏再搦战，望邵将军能和我一同迎敌。"

邵宏渊淡淡说："我已得到情报，完颜雍近日还会派大军增援宿州，加上城下的十万金军，我军毫无取胜之望。"

李显忠辩道："既有大军来援，更应趁此良机，先击败宇撒之军，再设法迎战新来之军，不让北伐半途而废。"

邵宏渊摆手说："和招讨使不同，我认为现在应该撤退以保实力……"

李显忠勃然大怒，说："你要胆敢如此，我……"

邵宏渊反唇相讥："你待怎样？我有张都督军令，可自领一军，便宜行事，不受招讨使节制！"

李显忠顿时泄气，一声长叹后又决然道："无论如何，本将军只知有进，不知有退！"

邵宏渊看着甩袖而去的李显忠，心里阵阵冷笑：有金人十万大军在城下挡着，我倒要看看，你怎么进！

次晨，城头的宋军，又发现金人列好了阵势，准备发动进攻。李显忠带着手下尚能作战的宋军走出城门。太阳已然出来，毒辣的阳光照着他们的头脸，让本就没休息好的宋军，感到一阵阵眩晕。

看着将士们疲倦甚至满带血污的脸，李显忠心头突然涌起一股壮烈，大声说："对面金人，四倍于我。李某一生历经百战，今日之艰难，可排第一。但两军相交，决胜负不在人数之多寡，而在胆气之勇怯。更何况，人生自古，谁能不死？与其孤独地老死床上，不如和兄弟携手战死沙场！能和兄弟们一起马革裹尸，李某万般荣幸！"

"李将军，我们宁肯战死，绝不后退！"一位裨将叫道。

"宁肯战死，绝不后退！"数万将士大声附和。

李显忠热泪盈眶，又吼道："就算战死，也要多拉几个金虏垫背！杀！"

"杀！"

宋军齐声而吼，跟随李显忠冲向了金军……

接下来两个时辰，两军展开了拉锯战。金军发动一次又一次冲锋，都被宋军死死挡住；宋军也发动了几次反攻，却也奈何不了金军。

战至中午，双方都身疲力竭。李显忠命将士背靠城墙，暂作休整。突听"吱呀"一声，城门大开，邵宏渊和儿子邵世雍带着一彪人马，大摇大摆走了出来。

李显忠以为邵宏渊同意出兵相助，顿时大喜——如今宋军疲，金军也疲，多了邵宏渊这支生力军，己方定能一战而胜。到时候乘胜进攻，何愁北伐大业不成！

却见邵宏渊扫了一眼瘫坐满地的宋军，说："如此热天，就算摇着扇子吃西瓜也会觉得热，更何况是披甲而战！"

说罢将身一转，带着儿子和手下，又大摇大摆回了宿州城。

已是强弩之末的宋军，听了这番言语，心中难免不平：都是朝廷的兵，领着同样的军饷，凭什么我们顶着烈日流血送命，他们在城里乘凉吃西瓜？

更有甚者，看向李显忠的目光也变得异样：你鼓动大家出战，莫不是为了自己建功立业、加官进爵？

李显忠也觉察到这些目光所蕴藏的复杂内涵。恰在此时，金兵又发起新的冲锋。李显忠什么也没有说，绰枪上马，朝着金人冲去。

一部分兵将犹豫了片刻，也跟着冲了上去。

越来越多的人，跟了上去。

疲惫的宋军和金军，又混杀成了一团。

西天之上，太阳已经无力阻止自己的沉沦，挣扎出一片血色之光。战场上的宋、金士兵也一样，他们挥舞兵器的手已然无力，但这并不能阻止他们杀死对方，或是被对方杀死……

正胶着之际，宿州城方向突传来一阵马蹄声。宋军回头看去，只见一彪人马快速冲出城门。

宋军顿时大喜：邵将军总算出兵了，虽然此时出战，明显是为了抢功，但只要能帮助自己打败金人，只要能让自己停下来、活下来，其他都算不得什么。

然而，诡异的一幕出现了：这批宋兵出城后没有冲向战场，而是有的往左，有的往右，毫无队形，仓皇而走。

接着，他们又发出一阵嘈杂的叫嚷："金军援军到了，快逃啊！"

战场中的宋军，再也管不住自己双腿……

四

骄阳如火，烤得人像大地一般干裂。冯康擦了擦迷住眼睛的热汗，说："少主子，赶了半天路，休息一下吧。"

张栻也抹了一把汗，手中的马鞭却丝毫不停："赶到宿州再说。"

对于张浚让邵宏渊独领一军，张栻始终不放心，反复劝说张浚收回成命。昨天，张浚终于被他说动，决定派人前往宿州，让邵宏渊部归李显忠节制。其时张浚已将都督府前移到盱眙，宇文绍娟和张焯则搬到了建康。

张栻说："还是我亲自去吧，邵宏渊骄横跋扈，别人传令怕他不听。"

张浚不无担忧地看了张栻一眼，说："敬夫，那可是前线死生之地，刀剑无眼，随时都有伤亡之险……"

"请父亲大人放心，我会小心的。"

张浚见他如此执着，只得让冯康陪他前去；并让裨将王元率五百轻骑，贴身护送。

又行了约半个时辰，远远看见三五成群的百姓，正仓皇奔逃。张栻心头一惊，勒马问道："老乡，你们为什么要逃？"

一位百姓说："金兵打过来了，见人就杀。"

还有百姓抱怨："要是你们这些当兵的不逃，我们哪用得着逃……"

张栻耳朵一片嗡响，百姓的话再也听不清，心头发出的一句话却无比清晰：来迟了！

百姓不理张栻，继续逃路。

王元上前劝说："敬夫，金兵转瞬即到，我们还是先回都督府吧。"

张栻双眼冒火，说："不，继续去宿州！"

越往前行，逃难的百姓越多，沿路都是老人、女人和小孩的哭声。

行了约十里路，迎面而来一队丢盔弃甲的宋军。为首者是一十七八岁的小将，他只顾逃命，一名六十余岁的老妪被其坐骑惊倒于地，他不仅不顾，还喝骂道："哪里来的老东西，竟敢挡小爷的道！还不快滚！"

张栻大怒，令手下士兵排成一排将路拦断，中间只留一口供百姓通过。逃兵见了，只得停下脚步。

张栻怒道："前线还在打仗，你们不杀金人，反而和百姓争道，该当何罪?!"

站在小将旁的中军统制官周宏说："你是谁，竟敢挡邵将军的道？"

张栻盯着小将，问："你姓邵？邵宏渊和你是什么关系？"

小将得意说："邵宏渊是我父亲！"这员逃将，正是邵宏渊的儿子邵世雍。邵世雍将张栻上下打量了一番，问："你是何人，竟敢直呼我父亲的名字？"

张栻冷笑道："我是张都督之子，直秘阁张栻！"

此话一出，邵世雍和周宏吓了一跳，赶紧下马拜见。

张栻说："我奉张都督之令前往宿州督战，你们随我一起去宿州，路上先给我讲讲前线战况！"

邵世雍嗫嚅说：“不是末将不愿去，金军势大，前去，前去很危险……”

张栻听罢勃然大怒，厉声痛斥：“朝廷给你爵位厚禄，你不战而退，这是不忠；尔父尚在前线，你却不顾而走，这是不孝；金兵赶杀百姓如牛羊，你不出手相救，这是不仁；你的兄弟尚在拼命，你却背弃当初同生共死的誓言，这是不义——你这不忠不义、不仁不孝之徒，就算能侥幸活命，也形同猪狗！”

一番话骂得邵世雍面红耳赤，只得乖乖跟着张栻走。

宿州城内，李显忠怒冲冲进邵宏渊营帐，质问道：“邵将军，你不出战也就罢了，为何要纵容儿子散布谣言、临阵脱逃？!”

自从看见邵世雍逃跑，宋军就再无斗志。李显忠只得下令退回宿州。有数千宋军竟连宿州也没进，直接选择了逃跑。

儿子带头逃跑，邵宏渊虽然理亏，却兀自嘴硬：“金国援军确已在来的路上，怎能说是‘散布谣言’？”

“就算确有援军，也不该不听主将号令，私自脱逃！”

现在还在摆主帅架子，邵宏渊又恨又不屑，切齿说道：“招讨使，若你还不明白，我愿再强调一遍：张都督令本将自率一军便宜行事，不必听你招讨使号令！”

李显忠自知争吵无益，强忍怒气说：“我已派人飞报张都督，让他速派援军。望邵将军能和我共守宿州城，等援军一到，我们里应外合，定能杀败金虏；到时候乘胜追击，就有机会尽复中原失地！”

邵宏渊冷笑一声，悠然说道：“我认为此时应当后撤……”

“你……”李显忠气得一句话也说不出。半晌之后，他才绝望地走出邵宏渊营帐，仰天长叹，“老天爷，你是故意阻扰我收复中原吗？!”

夜间，宋军开始撤退。他们的目的地是符离，那里有大批粮草军械，可以进行补给；再不济，也要将其毁掉，不能留给金军。

张栻率领诸人继续北行，沿途溃逃的宋军越来越多，见了逆行的张栻等人，赶紧躲避，免得又被抓回战场。张栻好不容易拦住一小股宋军，从他们口中得知，李显忠、邵宏渊已经退驻到符离。

虽然早有所料，张栻听了还是大惊失色：宋军不能再败了，否则，不但北伐无望，金兵还可能趁势反扑！

张栻快鞭催马，赶到一小山旁，听到山后似有喊杀声。

周宏惊道："一定，一定是金人……"

张栻狠狠瞪了他一眼，说："朝廷养你们，不就是让你们杀金人？"

说罢继续前行。冯康紧随其后，想起死于金人之手的父亲，心中又是激动又是愤怒：二十多年，终于又见到仇人了！

翻过山头，果见有百余名金军，正在砍杀一群百姓。一名百夫长将一汉人老者踢翻在地，老者一边以手撑地而逃，一边哭喊求饶。

百夫长却狞笑说："饶了你们？你们和宋军一起杀我们的时候，怎不饶了我们？你们这些南蛮，统统该死！"

说罢赶上去一刀，老者立即身首异处。百夫长又转身去追杀一年轻女子，见她颇有几分颜色，动了色心，抓起她就往旁边树林走。忽然听见身后一阵马蹄声，回头一看，数百宋军从左侧山峰直冲而下；为首之人，竟是一文官打扮的中年男子。

其他金军也发现了宋军，停止了对百姓的砍杀，抽出弓箭开始射击。冯康见状，赶紧冲到张栻前面，用剑替他拨落乱箭。王元生怕张栻有失，回去不好向张浚交差，也手持盾牌在前方护住了张栻。

不一会儿，宋军冲入金军队伍中，两军开始混战。冯康这些年一直在学习河北义士留给他的剑谱，武功精进不少，只见他剑如流星，每名金人和他相交最多三五合，就会被刺翻在地。

张栻刚才亲眼看见百夫长杀死老翁，意图侮辱妇女，恨其残暴淫邪，拔剑向其砍去。百夫长举刀相迎，两人杀将起来。

张栻虽然向冯康学过剑术，但一来并不精专，二来又缺乏临敌经验，十余合后，应对起来便有些吃力。冯康担心他有失，赶紧上前相助。主仆二人合力，很快杀得百夫长毫无还手之力。

百夫长跳上一匹马，用刀背猛拍马臀，想要逃跑。张栻将手中剑向其掷去，百夫长听到背后声响，回头用刀挡落来剑。这么一耽搁，冯康已然冲到他身边，当胸一剑，将他刺落马下。其他金兵见头领已死，哪还敢恋战，顿时四散而逃。

张栻命令勿追，清点人马时，却不见了邵世雍和周宏。想是刚才冲锋时，他们故意落在了队伍之后，瞅准机会逃跑。

张栻悲凉无比，仰天长叹："有如此贪生怕死、不听号令的武将，北伐焉能成功?!"

五

百姓死里逃生，纷纷跪谢张栻。张栻安抚一番，下令继续北行。

王元赶紧阻止："敬夫，我们人少，若再遇金军恐不能抵挡，还是速回都督府，禀明张都督加派援军的好。"

张栻说："不可！如今金虏已兵临符离城下，远水难救近火。为今之计，只有先赶到符离，让李显忠和邵宏渊同舟共济，共抗金军。符离粮草辎重极多，李、邵又是我朝首屈一指的猛将，只要他们能守过五七天，到时候援军一到，就能里应外合，灭金虏于城下。"

"敬夫，符离城下现在只怕已全是金人，即便咱们到了那里，也进不去啊。"

这一点张栻也没想清楚，遂说："管不了那么多，先到符离再说!"

行了约两个时辰，天已全黑，士兵们奔走一天，均是又累又渴。张栻见前面有一密林，便于隐蔽，于是下令去树林中休整，等天明后继续前行。

到得林中，士兵们下马休息，张栻也喝了点水，吃了点干粮。冯康劝他休息一下，张栻虽然困乏却毫无睡意，只担心着符离的战事。

到了半夜，周围的将士已是鼾声四起，张栻也倦意袭来，正欲眯眼小睡一会儿。突听得符离方向马蹄声、喊杀声、哭叫声大起。张栻翻身而起，朝符离方向望去——只见前方不知多远处，有点点火光在移动。忽而火光又散开，分成了数股；其中一股，正朝着自己方向而来。

冯康和王元也被惊醒了，见了此情景，均知符离城已发生重大变故。

王元见火光越来越近，劝道："敬夫，此处林小不能藏身，我们抓紧后撤吧。"

张杙满腔悲愤，然知大势已去，如今只有先回盱眙，和父亲商议后再作打算。

王元见张杙同意，赶紧集合队伍，一行人刚出密林就碰到一队人马。冯康大急，拔剑就要厮杀。

张杙忙拉住他的手，说："老冯勿莽撞，是百姓！"

冯康借着月色一看，来的果然是一群仓皇逃命的百姓。他们有的乘马，有的推车，有的步行……彼此之间拥挤推搡，埋怨咒骂，为保命已全然不顾仁义。

一衣着华丽的年轻公子，骑马经过一壮汉身旁，那壮汉竟跳起一拳，将年轻公子打落马下，尔后翻身上马，加鞭而走。

张杙看了，怒不可遏，正欲令冯康将壮汉抓回，却听到一阵杂如乱鼓的马蹄声。张杙回头一看，只见一队宋军骑兵已插入百姓队伍，就像一股洪流，将百姓卷到两侧；来不及退避的百姓，全被乱马践踏，惨叫哀号之声，令人不忍听闻。

张杙又气又怒，大声问道："符离发生了何事，你们为何要逃？"

宋兵只顾逃命，竟无一人回答。

张杙看了冯康一眼，冯康会意，往前走了几步，瞅准机会，一跃而起，将一名逃兵拽到马下，扣住手腕将他拉到张杙面前。

张杙大声问道："说，前方发生了何事？"

逃兵想挣脱，却又挣脱不掉，只得老实回答："符离，符离被金兵攻破了……"

"李显忠和邵宏渊呢？"

"邵将军先跑了，李将军抵抗不住金军，后来也跑了……求求你们放了我，我家中还有七十岁老娘……"

张杙示意冯康松手，冯康于是放了逃兵。逃兵跑了几步，又回头大声对张杙说："你们也快逃吧，金虏骑兵极快，马上就会追来！"

张杙回头一看，果见火光越来越近，喊杀声也越来越响。张杙正欲挥手让大家回撤，突然一排羽箭射过来，众人赶紧低头躲闪。路上逃兵，当即被射倒一片。

接着，一阵凄厉的惨叫声破空而来。张杙定睛一看，原来是金兵在追杀汉人百姓。金兵的目的其实是宋军，但宋军跑在了百姓之前，唯有越过百姓方能剿杀宋军。金人索性一不做二不休，将百姓统统杀死，为进攻宋军扫清障碍。

借着金人手中的火把，张栻清楚地看见，一个个百姓还没来得及发出一声完整的呼喊，就像树桩一样被砍倒在地。母亲抱着儿子、夫人抱着相公的尸体痛哭，引来的不是怜悯，而是另一阵刀削斧砍……

张栻又痛又怒，呼喊手下和逃兵们说："先杀掉金虏，把百姓解救出来！"

然而，逃兵们没有一人停下脚步；他带来的那几百名将士，也只知龟缩于地，躲避越来越多的飞箭。

张栻不由泪下："他们是为了你们而死啊……"

冯康见张栻兀自站立，有几枝羽箭擦着他的身体飞过，赶紧抓起一个盾牌护住他身体，劝道："少主子，金虏成千上万，就凭我们这点人手，奈何不了他们。我们还是先撤退吧。留得青山在，不怕没柴烧，只要有命在，将来总有机会报仇！"

王元赶紧附和："没错，先保命，再报仇！"

张栻痛苦地点了点头，王元得到号令，一声呼喝，几百人立即飞身上马。冯康扶着张栻上了马背，朝他的坐骑甩了一鞭子，马儿顿时飞奔起来。

身后的百姓离他们越来越远，张栻却觉得他们发出的惨叫祷告之声，就像在耳旁一般清晰……

乘夜行了约一个时辰，张栻见路旁有一个八九岁的少年，正伏在两具尸体上哭泣。张栻翻身下马，见那尸体是一男一女，年纪约二十五六岁，明白那是孩子的父母。

张栻弯下腰，对少年说："孩子，你跟我走，以后再找机会报仇。"

少年擦干眼泪，说："好，我跟你走。等我长大后，我要杀光宋兵，替我父母报仇！"

张栻大吃一惊，问："你……为什么要杀宋兵？"

少年愤然说："他们只顾自己逃命，马踢倒我父母也不管；要不是他们，我父母也不会，也不会……"

说到这里，再也说不下去，悲悲切切地哭了起来。

张杖劝道："宋兵不顾百姓只顾逃命，当然不对。不过，若无金虏在后面追杀，宋兵也不会逃命。所以，罪魁祸首乃是金人。"

少年仍不服气，问："我们本在宿州过得好好的，宋兵为什么要来打仗？"

张杖怒道："你是宋人，怎能甘心屈从金虏？再说了，金虏视宋人为牲口，打骂由己，难道你愿意过这种猪狗不如的生活?!"

少年抽噎说："金人待我们不好，我当然知道，以前我和父母天天都盼着朝廷早点发兵，来解救我们……"

张杖温言说："这就对了！五峰先生认为，夷狄与华夏之间，是小人与君子之辩，是人欲与天理之争，是天下之私与天下之公之战。你身为华夏子孙，应立志与夷狄誓不两立！"

少年摇头说："你说的这些，我都听不懂。我们希望朝廷发兵解救我们，但不希望朝廷没准备好就贸然出兵，这样不仅不能打败金人，还会，还会害死……"

说罢，又哭了起来。

张杖一时语塞，竟不知如何自辩。

冯康担心金兵追来，劝道："少主子，我们先到安全的地方再说吧。"

张杖听劝，忙扶着哭泣的少年上了马。少年刚坐上马鞍，突然一箭飞来，正中其后背。少年一声惨叫，扑到张杖怀里。

张杖见鲜血从他口鼻不断流出，忙问："你……怎么样？"

少年凝聚全身力气，说："你，你又害了我……"

话音未落，已然呼吸停止。

张杖哭道："我是想救你，不是想害你……我，我这就去给你报仇……"

说罢将少年的尸体放在一边，拔出佩剑，不顾冯康的劝阻，反身扑向汹涌而来的金兵。

金兵也发现了他，弯弓搭箭，只听得嗖嗖之声，万千箭雨朝着张杖全身疾飞而来……

六

张栻一声大叫，睁眼一看，发现自己躺在床上，张浚和冯康则立于床旁。

见张栻醒转，张浚忙问："敬夫，你感觉怎样？"

张栻觉得左肩疼痛无比，记起逃亡盱眙途中，自己中了一箭，然后便晕厥了。想是冯康和王元救了自己。至于那个被射杀的孩子，只是一场噩梦。不过，虽知是梦，也令他极为难受，好比食物卡住了喉咙，却又偏偏不能倾吐。

张栻见父亲比之前消瘦不少，眼圈泛着幽幽青光，显是多日未得好睡；为免父亲担忧，遂忍痛说："好多了。父亲大人，现在……现在怎么样？"

张浚知道他问的是战况，说："我已派重兵驻守海、泗、濠等地，金虏南下已受阻，你不必担忧，好好养伤便是。"

张栻不理，继续问："李显忠和邵宏渊呢？"

张浚脸上掠过一丝惨淡之色，说："都还活着……"

张栻不忍再问，李、邵不和是本次北伐失利的主要原因；而这背后，则是父亲的措置失当。

张浚叮嘱张栻好好休息，转身出了门。张栻发现父亲的背影落寞而蹒跚，鼻子一酸，不忍再看。

冯康从厨房端来了一碗稀饭。张栻三天三夜粒米未进，此时正饥肠辘辘，一口将稀饭喝了个精光。冯康知他饥饿，却不敢一次让他吃得太多，怕他肠胃不能承受。张栻向来克己甚严，也没有强求。

几天后，张栻伤已大好。金人还未停止攻击。宋军将领则因符离大溃而人心不稳，各种传言纷至沓来。

张栻找到父亲，说："父亲大人，我准备派人将焯儿母子从建康接到盱眙……"

张浚担心地看了张栻一眼，说："盱眙离前线太近了，金兵随时可能兵临城下。上次你受伤，我已忧急无比，若焯儿再……"

"舐犊之情，人所共有。只是，若不这样做，儿子怕军心难稳。"

张浚叹息一声，说："敬夫，我这次又铸下大错！"

自从符离兵败，张浚一直憋着这句话，现在终于有机会对儿子说出；心中感到轻松的同时，两行眼泪也随之而下。

张栻忙劝道："北伐这等大事，岂会毫无曲折？我军虽暂时失利，却并非胜算尽失。父亲大人切莫悲观自责，以免贻误军机。"

"你说得虽在理，但如此大败，我必须上表圣上，请求处分。"

几天后，宇文绍娟和张焯被接到盱眙，军心由此渐稳。因为宋军的坚决抵抗，金兵的攻击开始减缓，两军进入相持阶段。

然而，前线虽稳，后方却又波澜四起：主和派大臣，纷纷弹劾张浚主导的北伐"无尺寸之功，反致败师辱国"。

开战之前，张浚听从朱熹的建议，上表请求罢免宰相汤思退，陈俊卿、刘珙、王大宝等大臣也群起附和。赵昚于是寻了个理由，将汤思退贬出了朝廷。

如今战事不顺，汤思退获赵构力挺，被重新起用为宰相。他多次建言赵昚，撤换张浚，与金议和。

迫不得已，张浚只好上表请辞。奏表上去后，赵昚没有回复，而是召张栻入临安。恰好张栻伤已痊愈，便启程入京。

行过叩拜礼后，张栻抬眼看了一眼皇帝——几月未见，皇帝清减不少，神情看起来更是疲惫不堪，足见其忧心之深。

赵昚说："张魏公虽乞去，朕却不会同意。你转告你父亲，今日边境之事，还有许多需要倚仗他处，让他莫要误听朝中流言而心怀犹豫，更不要萌生求去之心。再说了，一遇挫折便挂冠求去，也非臣子所当为！"

见皇帝不同意父亲辞官，张栻稍感放心；但听皇帝的口吻，知他对父亲已生不满之心，这就很令人忧惧。

张栻忙说："陛下，父亲想辞官，乃是出于战事不利的自责，并非想推卸责任。符离兵败之后，父亲筑城设寨，严加守备，让金人无法继续南下。另外，父亲还招募流民万余，加以训练，充实防守，以备再战。"

听了这话，赵昚心中的不满减少了许多，语气也和蔼下来："听说你受了伤，现在如何了？"

"谢陛下关心，臣已无大碍。陛下，臣听说金先锋纥石烈志宁，遣书三省和枢密院，索取海、泗、唐、邓四郡，不知可有此事？"

"有此事。"

"陛下可曾答应？"

赵眘不答反问："你认为此事可行否？"

"万万不可！金虏与我朝有刻骨之仇，怎能反送土地以媚之？更何况，祖宗之地……"

赵眘知道张栻又要讲道理，摆手制止他，问："割地不行，议和呢？"

张栻朗声说："仍然不可！金虏乃蛮夷之邦，无信可言，无义可讲。与其议和，试问国体何在？君威何在？更何况，金虏习性，乃强则来弱则止；即便同意议和，也不过是想以此迷惑陛下。我朝虽遭遇符离之败，但金人损失亦大，不能继续南下。一旦陛下萌生'议和'之心，放松警惕，等金人疲惫稍复，一定会再攻我朝——绍兴三十一年（1161），完颜亮撕毁合约，侵略我朝，就是最好的证明！"

"但朝中很多大臣，都倾向于议和……"

"那些都是独坏私心且不知天理之臣，陛下若听其所言，必然误国！"

赵眘顿了一下，又问："那么，你认为，我朝还能继续进攻否？"

此问一出，张栻犹豫了，他的眼前又浮现出符离兵败时，军民争相逃命，无数百姓死于刀剑马蹄之下的惨景。

思虑一番后，张栻方说："是否出战，陛下可聚集朝臣讨论后定，但切不可生议和之心——此举违背天理，势必难逃天惩！"

听了张栻这番话，赵眘既疲惫又失望，说："朕知道了，你先退下，回去好好休息。"

面圣结束，张栻依约来到刘珙家。陈俊卿、刘珙、王大宝等人，已等候多时。张栻先以弟子礼拜见王大宝，然后才落座。

刘珙急问道："敬夫，面圣怎么样？"

张栻将自己和皇帝的对话，向众人说了一遍。众人听了均是心头一沉。

王大宝说："是和是战，圣上看起来很犹疑。"

张栻说："汤思退今天也见了圣上，攻击我们是'皆以利害不切于己，大言误国，以邀美名'……"

刘珙怒而拍桌说："无耻，无耻！明日我再上一表，驳斥他这惑君之言！"

张栻叹息一声，说："汤思退并不可惧，可惧的，是他背后的德寿宫……"

听了这话，刘珙、王大宝均一时无言。过了一阵，王大宝方说："哪怕知其不可为，也要奋力一搏！"

次日，陈俊卿、刘珙、张栻、王大宝纷纷上表，与汤思退、王之望等主和派进行论战。

就在赵昚犹豫不决时，赵构派人将他召去了德寿宫。

回到皇宫不久，赵昚便选派使者，赴金议和。

第六章　张朱会讲

一

宋孝宗隆兴二年（1164）九月，江西豫章赣江一个名叫劢松的渡口，朱熹正临江而立。

太阳早已西沉，极目一片昏暗。秋风摇晃着岸边的秋树，枯枝残叶成群结队坠落于滔滔江水之中，几个翻卷之后便杳然无迹。

朱熹看着眼前萧索秋景，不禁一声长叹：花木春发秋枯，竟是如此短暂！

和张栻见面后不久，皇帝下了诏书，任命朱熹为国子监武学博士。朱熹本就对做官没多大兴趣——何况还是武职，遂以"母亲年老，无人照料"为由婉拒，回到了崇安家中。

回家之后，朱熹一边求学读书，一边关注着北伐战况。听到符离兵败的消息，他并无多少惊慌。要成大业，必然多经磨难；只要朝廷能上下齐心，领军之人能坚忍不拔，北伐必有功成之日。

朱熹依照对张栻的承诺，向皇帝上了一道奏表，规劝皇帝勿因北伐一时不顺，就动摇北伐之志。

奏表没有得到皇帝的批复，坏消息却一个接一个传来：汤思退复出，太上皇插手，圣上在战和之间摇摆不定。终于，朝廷还是派出使者赴金，张浚都督之职被罢，很快便郁郁而终……

一艘船慢慢驶向渡口，两个身穿孝服的人从船舱中出来，立于船头远眺河岸。朱熹已经认出，其中一人是张栻。朱熹见他身形瘦削，想来是忧于国家之败，伤于慈父之亡，以致形销骨立。

朱熹等船一靠岸，便提足上船，扶起跪迎自己的张栻兄弟。

"元晦，这是舍弟张构。"张栻介绍说。

朱熹、张构寒暄几句，然后三人一同进入船舱，来到张浚的棺椁前。朱熹屈膝下跪，恭恭敬敬磕了三个头，张栻兄弟也跟着祭奠。

朱熹哭道："张魏公一生矢志北伐，百折不回，南渡以来，一人而已。如今大业未成便驾鹤西去，纵观朝廷衮衮诸公，更有何人能雪靖康之耻？能复祖宗之地？"

朱熹这番祭词，让张栻想起父亲临死前，对他们兄弟说的那番话：我身登宰相高位，却不能恢复中原，为国雪耻，更有何颜面去见祖宗？我死后，不要把我葬于先人之侧，就把我葬在衡山脚下……

又想起几年前，在武侯祠，张构将父亲比作"出师未捷身先死"的诸葛武侯，哪知竟是一语成谶。

三人跪哭许久，方才起立。冯康已经备好热水，三人洗过手脸，便到船舱另一隔间饮茶坐聊。

朱熹说："让船家开船吧，我想送张魏公一段路。"

张栻让张构去通知船家，拱手对朱熹说："元晦厚意，家父在天之灵，必能感知。"

"朱熹少年之时，就听义父讲过张魏公种种义事，对于张魏公之高风亮节、蹈仁履义，向来十分敬佩。更何况，我与敬夫虽只见过一面，却是一见如故。朋友之父便如同我之父，相送一段，不过略尽朋友之义而已。"

张栻再表谢意，说："当年在潭州，刘世伯带着共父，曾在鄙宅小住过一段时间。没想到，回家没多久，刘世伯便与世长辞。现在，家父又能和刘世伯在九泉下把酒言欢了。"

朱熹叹息一声，说："两位长者若是谈到国事，只怕会愤然不平、郁郁不乐。"

其时，国内的形势异常严峻。

赵昚最初派出的使金之臣名叫卢仲贤，此人不学无术，懦弱怕死。进入金营，一见其雄壮的铁骑，锃亮的刀剑便吓得魂不附体；对于金人提出的要求，则全部答应，不敢有半点拒绝。

张浚获知消息，马上令张栻写了一道奏表，弹劾卢仲贤"辱国无状"。赵昚读后大怒，一面将卢仲贤夺官下狱，一面又开始备战。但是，一听到金人还有和谈的意愿，赵昚的"雄心壮志"又化为乌有。

在汤思退的建议下，赵昚重派使者赴金营谈判，同时命令驻守在江淮前线的各路军马，撤退回原驻地。一些将领，比如虞允文，不愿撤退，赵昚便将其罢官。

为了让金人相信宋廷和谈的诚意，汤思退下令各地停止修筑城寨，已经筑好的则悉数拆毁。

朝中尚余的忠义主战之臣，纷纷上书赵昚，认为此乃自毁武力之举，会让国家门户大开；一旦金虏南下，势必难以抵挡。

汤思退将为首几人或降职或外放，张栻恩师王大宝，也被赶出朝廷。雷霆之下，众人纷纷噤声不语。

张栻还告诉朱熹一事：汤思退密派其亲信孙造前往金营，祈求金人发兵南下，逼迫皇帝不得不议和。

朱熹听罢大怒，拍桌叫道："竟有如此卖国奸徒！汤贼所为，比之当年秦桧，简直有过之而无不及！"

经过这一年历练，张栻已沉稳许多，当下平静地说："元晦息怒。奸贼多行不义必遭天谴，我们静候佳音便是。"

朱熹这才怒气渐消，问："敬夫回家之后，有何打算？"

"如今朝廷污浊，我已无意做官。三年前，家父和我着手修筑城南书院，舍弟这几年在潭州继续督造，如今已初具规模。余生唯愿长居城南书院，治学授徒、教化人心。"

三年前，完颜亮蠢蠢欲动，随时可能挥师南下；朝廷内外，建议起用张浚抗金的建议不断，赵构却始终不为所动。

张浚年事已高，猜测已无复出可能，加上前来求学于他和张栻的人又极多，于是在潭州城南之妙高峰，着手修建城南书院，既作为居家之所，又作为父子二人讲学之地。

这次亲历战争，一方面让张栻体会到战争的残酷；另一方面也让张栻对百姓不顾仁义、只顾保命，武将不听号令、畏敌先逃，乃至残杀百姓等种种恶行深恶痛绝。

张栻明白，只有用圣贤之学，让这些骄兵悍将——乃至所有大宋子民，懂得什么是"忠孝仁义"，天下才能善治，北伐才能成功。

而要宣扬圣贤之学，最有效者，莫过于著述与讲学。

对于张栻所讲，朱熹颇为认可，说："濂溪先生认为，兴教育、立师道，乃治国平天下之根本。这和敬夫所想，可谓不谋而合。伊川先生则说'做官夺人志'，敬夫不愿为官而心向学问，人能不失其志，学问也必能大成。五峰先生已不在，其门下弟子，能将湖湘学发扬光大者，非敬夫莫属。"

张栻忙谦虚了几句。

朱熹又说："对了敬夫，有几个问题，一直想向你请教……"

"元晦请讲。"

"张魏公和王大宝先生，都曾深研《周易》，敬夫从其所学，必然也精于此道。我想请教：《易》为何六画而成卦，六位而成章？"

"'六'者非他，乃指三才之道：立天之道曰阴与阳，立地之道曰柔与刚，立人之道曰仁与义。"

朱熹若有所悟，点了点头，又问："濂溪先生《太极图说》之'无极而太极'一说，先生曾向我讲述，我却始终不得其解。对于此说，不知敬夫有何高见？"

朱熹所说的"先生"，指的是李侗，已于去年去世。李侗一死，朱熹缺少了求教之人，对很多问题更感迷惑。本次前来豫章，除了祭拜张浚，向张栻求教也是目的之一。

至于"太极"一词，则源自《周易·系辞》。周敦颐首次以"太极"，作为自己学说的基本范畴加以阐发，著成《太极图说》等作品，并由此成为理学的开山鼻祖。

张栻说："时间有今古，宇宙分天地，一以贯之者，太极也。太极立则通万古于一息，会中国于一人。然何为太极？无他，太极即性也。"

张栻老师胡宏，是"性本论"者，主张"天命即性"，把"性"作为宇宙之根本；同时，他也很看重"理"，认为"理"是"天下之大体"。最后，胡宏将两者结合，并盛赞说："大哉性乎，万理具焉，天地由此而立也"，并据此提出：学习圣人之道，最终的目的就是"穷理尽性"。

张栻将胡宏这番观点转述给朱熹，朱熹像是对张栻，又像是对自己说："如此说来，太极、性、理，实有许多相通之处。"

张栻点点头，又说："至于'无极而太极'，不是说另有一物名叫'无极'——'无极'便是'太极'。"

朱熹不解地问："那'无极'一词，岂非没有意义？"

张栻摇头说："非也，加'无极'一词，可说明'太极'之无形无象。"

见朱熹在凝思咂摸，张栻便起身从行李中取出一书递了过去。朱熹一看，竟是张栻校订并作序的胡宏遗作《知言》，顿时大喜道："久想一睹此书，今日终于得偿所愿！"

说完迫不及待翻开书，先读张栻的序言。

"先生此书，所造精微，立意深切，张栻驽钝，只能窥其一二。"

朱熹知道张栻这么说，一是谦虚，二是出于对恩师的敬重，于是没有接话，继续看书。

胡宏写作此书时，身体已然不好，仍不舍昼夜，专心著述。等初稿完成，胡宏已不能下床，于是将张栻叫到床前，郑重将此书托付于他。

说起来，张栻入胡氏之门不过一年；而胡氏门下，也不乏学问博雅之人。但在胡宏心中，最得他学问之真传、最能光大湖湘学者，却非张栻莫属。

受此重托，张栻一方面感激恩师对自己的信任，一方面也时刻提醒自己责任之大。毕竟，《知言》是先生一生学问菁华之汇聚，一旦付梓，不仅会震惊当世理学同人，更能传之后世，惠泽千秋万代。

正因如此，张栻这几年，尽管忙于政务、军务，仍不忘抽空逐字逐句校订此书；遇到疑惑之处，或广览群籍，或写信给师兄弟讨论，力求先生遗作，没有一字之错漏。

校订完后，又恭恭敬敬写了一篇千字序言，这才将其印刷出版。

朱熹虽比张栻年长三岁，系统地学习理学却要晚上许多。朱熹年轻时，喜好佛老之说，十九岁时参加进士考试，行囊中带的唯一一本书，是当时著名高僧大慧宗杲的《大慧语录》。

痴迷佛老一段时间后，朱熹渐觉其学之虚妄，于是断然弃之，并徒步数百里前往延平，求学于理学大家李侗。绍兴三十年（1160），朱熹正式拜李侗为师，其时他已年过三十。

李侗和胡宏，都曾师从杨时；而杨时，则是二程高足。

因为同出杨时之门，李侗和胡宏的学说相近处颇多。当然，不同之处也是有的，这正是朱熹最感苦恼，同时也最感兴趣的地方。尤其是如下两处：

其一是关于"中和"的。

"中和"一词，出自《礼记》之《中庸》章："喜怒哀乐之未发，谓之中；发而皆中节，谓之和。中也者，天下之大本也；和也者，天下之达道也。致中和，天地位焉，万物育焉。"

意思是说，人受到外界事物的激发，会自然而然地生发出喜怒哀乐等情绪。当事情尚未发生，人能做到不喜不怒不哀不乐，保持内心平静无所偏倚，这就是"中"；当事情发生，人则当喜则喜，当怒则怒，当哀则哀，当乐则乐，且都能契合合适的节度，没有过分，这便是"和"。

显然，"中和"专为指导君王和君子管理自己的情绪、情感，故又被理学家们称为"性情之德"。

同时，按照"天人合一"的观点，我之情稳，则天之情亦稳；我之气顺，则天之气亦顺；我之心正，则天之心亦正。由此天地万物，方能生生不绝，各得其位——所以《中庸》才会说：致中和，天地位焉，万物育焉。

从二程开始，理学家就非常重视对于"中和"的解释和阐发，并由此引申出"性与心""已发未发""察识涵养"等诸多理学上的大问题。

李侗和胡宏的中和之学，都来自二程，其后的发展却各有不同。胡宏认为，性为体，为未发；心为用，是已发。察识发端于喜怒哀乐已发之时，一旦有所察识，便需努力操存涵养，不断扩充，让自己在道德上日趋圣人之境。

为此，胡宏还以《孟子》所载的齐宣王不忍杀牛的故事，对自己的理论进行阐释：齐宣王看见将被杀的牛恐惧战栗的样子，心生不忍，随即下令不准杀此牛。

"不忍杀牛"之类的行为，就是人良心之苗裔。人们一旦发觉这样的苗裔显现，就应该"操而存之、存而养之、养而充之"，让它们长成苗壮大树，这样人的道德修养便会日趋完善。

显然，胡宏认为，察识在涵养之前，且是涵养的基础；并且，察识和涵养都只能发生于"已发之时"。

而李侗却认为，学者应在喜怒哀乐静默未发之时就"涵养大本"。

对于这种观点，朱熹一直心存疑惑：未发之时，人全然无知，该如何进行"涵养"？想进一步求教时，李侗却又病故身亡。

如今看了胡宏的著作，并听了张栻的解释后，朱熹更觉得恩师论述之非，而倾向于胡宏的中和之说。

其二是关于天理人欲的。

胡宏认为，天理人欲，乃是"同体而异用，同行而异情"。张栻作为胡宏高足，对于这个观点也是推崇备至，在和朱熹的谈话中多次论及。在张栻看来，这是恩师学问中最精纯博奥的地方之一，值得每个学子细细体会咂摸。

不过，朱熹却觉得此说颇有不通之处；但不通之处到底是什么，又一时想不明白。

二

朱熹和张栻论学三天三夜，船到丰城仍意犹未尽。因为挂念母亲，朱熹强压住和张栻继续交流的冲动，依依不舍与他告了别。

张栻回到湖南，按照父亲所嘱，将其葬于衡山脚下的龙塘。

次年清明，张栻带着张构、张焯、宇文绍娟，以及宇文绍娟的堂弟宇文绍节等人，去给张浚上坟。

宇文绍节既是张栻妻弟，又是他的学生。张栻扶父亲灵柩回湖南后，他也赶到了城南书院，一方面吊唁，一方面问学于张栻。宇文绍节为人敦厚聪敏，很得张栻喜欢。

龙塘离城南书院，尚有数十里。几人坐船出湘江，沿沩水逆流而上。张栻带着张焯立在船头，一言不发地看着尚未明亮起来的天空。

张焯忍不住问："父亲大人，祖父为什么要选择龙塘作为身后安居之地？选个近点的地方，我们去看他岂不更方便？"

张栻闻言，顿时不悦，说："'为人君，止于仁；为人臣，止于敬；为人子，止于孝。'祖父选择何地作为身后安居之地，作为子孙应当尊重其选择，更不该嫌其路远，否则便是不孝！"

张焯见父亲生了气，恭恭敬敬答了一声"是"，再也不敢多言。

张栻心情不好，一是因为父亲去世，二是担忧国事——皇帝不仅主张议和，还纵容汤思退等人，拆毁江淮前线的军事建筑并回撤守军，这种自毁长城的做法，令他忧心不已。

安葬好父亲后，张栻立即给皇帝上了一表：

> 吾与金人有不共戴天之仇，异时朝廷虽尝兴缟素之师，然旋遣玉帛之使，是以讲和之念未忘于胸中，而至忧恻怛之心无以感格于天人之际，此所以事屡败而功不成也。今虽重为群邪所误，以蘖国而召寇，然亦安知非天欲以是开圣心哉。谓宜深察此理，使吾胸中了然无纤芥之惑，然后明诏中外，公行赏罚，以快军民之愤，则人心悦，士气充，而敌不难却矣。继今以往，益坚此志，誓不言和，专务自强，虽折不挠，使此心纯一，贯彻上下，则迟以岁月，亦何功之不济哉？

奏表递上去，却久不见皇帝批复。

半月前，胡大时来城南书院，张栻忍不住向其抱怨说："朝廷不仅违逆天理、不顾民意和金虏议和，还拆毁战备，以庸碌怕死之将，代替忠义敢战之士，完全是自毁长城！金虏习性，乃强则来弱则止。如今国家门户大开，将士畏金虏如猛兽，一旦金人伺机南下，焉能抵挡？"

胡大时见张栻越说越激动，劝道："先生既已远离朝廷，何不潜心学问？这些糟糕事，就让朝中的宰执之臣去忧心吧。"

胡大时是胡宏第三个儿子。胡宏死前，让他拜张栻为师。

张栻知道，胡大时和恩师胡宏一样，都倾心学问，无意仕途。但两人又有不同：胡宏虽隐居不仕，却始终心怀天下；胡大时却对学问之外的事毫不关心，颇有点两耳不闻窗外事的意思。

张栻摇头说："你此言差矣！学者为学，应当传斯道而济斯民。所谓'传斯道'，是要继承孔孟等圣贤之学和他们为人之道；所谓'济斯民'，是要以一生所学、匡扶天下、救济万民。"

见胡大时正垂手恭听，张栻又说："金虏一旦南下，不仅锦绣河山会沦落敌手，还会出现杜工部所谓'边庭流血成海水'的惨状。我辈若置国家苦难、百姓生死于不顾，即使读书再多，又怎敢自称承续圣人之道？"

一番话说得胡大时心悦诚服。

然而，张栻可以说服胡大时，却不能说服朝廷拒绝和谈、加强守备、牢守国门。没过多久，便传来不好的消息：金人见大宋江淮前线守备空虚，赵眘虽遣使和谈，却迟迟不肯答应己方所提出的条件，悍然发兵南下。

偌大的江淮防线，只有知魏州事魏胜，率领军民力抗金军，并很快战死；其他军队尚未接触金人便仓皇南逃，衣甲头盔掉落一路。

很快，濠州、滁州、楚州等地先后落入敌手，金人兵锋直指重镇扬州。

赵眘赶紧罢免汤思退，任命虞允文为参知政事兼同知枢密院事，组织力量抗击金军；同时再派使者入金营，阐明和谈之意。而金国，也因连年战争国力空虚，见赵眘被吓住，遂见好就收，停止了进攻。

很快，宋金双方，达成了和议，史称"隆兴和议"。

和绍兴和议相比，这次和议主要有如下变化：名分上，大宋与金，由原来的"君臣关系"改为"叔侄关系"；双方疆界恢复到完颜亮南侵前的状态；改"岁贡"为"岁币"，数量由原来的每年银二十五万两、绢二十五万匹，减为银、绢各二十万。

虽然相比二十年前，本次和议在名分和赔款上都略有改善，但张栻对此并不满意——和仇人兼胡虏谈和，怎么说都是违背天理之举！

天已渐渐亮开，两岸的农舍屋顶，飘出缕缕炊烟，被清风一吹，变得更加缥缈轻柔。农舍和田园背后，山峰重叠绵延，直达白云天际。一群大雁排成"人"字，飞过一个个山头，骤然见到穿破云层的红日，喜得嘎嘎而叫，叫声回荡山谷，久久不绝。

张栻极目畅怀，心情渐渐好了起来。

很快到了龙塘脚下，一行人下了船，拾阶而上。风物如旧，张栻不由想起第一次和父亲游龙塘的情景。

那是三年前，完颜亮已经开始南侵。张浚屡次上表，希望朝廷能起用他沙场抗金，赵构却只让他以观文殿大学士之名判潭州。观文殿大学士，是宋廷专为曾经的宰执大臣设立的顾问之职，并无实权。这显然不符合"志在恢复"的张浚的要求。

张栻知道父亲心情不畅，选了一个秋高气爽的日子，劝他出游散心。张浚于是带了张栻兄弟，以及张栻的朋友陈泽之，一路游览到了龙塘。

张浚被龙塘的美景吸引，兴奋地对张栻兄弟说："此地背靠群山，前依沩水，实乃难得的风水宝地。他年我死后，你们兄弟就将我葬在这里吧。"

张栻、张枃听了，赶紧相劝。

张浚爽朗一笑，说："'神龟虽寿，犹有竟时'，每个人都不免那一天嘛。"

为免张栻兄弟担心，也就不再继续这个话题。

从龙塘回来后，张浚忙着修建城南书院；并时常在书院内向慕名求教的学子讲学。不过，张栻发现，父亲的精神和心情并未因此而有太大改观；直到新皇继位，任命他为都督，重启北伐，父亲的精神才为之一振。

可惜，因为用人不当，北伐遭遇了符离溃败——这事虽对父亲打击不小，却并未消磨掉他收复故土的雄心壮志。直到后来，皇帝迫于太上皇和汤思退等大臣的压力，决定与金议和，父亲才因希望彻底破灭，失去了最后一口生命之气……

北伐失利，父亲受到了很多朝中大臣的尖锐批评，尤其是在用人方面。

不过，张栻认为，父亲用人不当，并不是北伐失败的全部原因。秦桧为相多年，大宋国弱民穷，军队更是将庸兵老，战斗力低下。新皇继位后，虽进行了一些整顿，问题却没有得到根本解决，以致北伐之时，父亲多方征调，才勉强抽出十万余人出征——真正能用于作战的，不过六万余人。这六万余人里，还包括邵宏渊、邵世雍父子这种心中只有个人生死利禄、毫无家国仁义观念的无耻之徒！

另外，皇帝对于北伐的意志也不坚定。昨天还热血如潮，想要收复故土，重现太祖朝的辉煌；今天就以"顺太上皇之意，以尽孝道"和"不忍百姓再受兵戈之苦"为由，向金房派出议和使臣。

如此左右摇摆，朝令夕改，北伐大业，焉能功成？

在张浚墓前，张栻领着众人依照古礼焚香叩拜。想起父亲一生志在恢复，却被处处掣肘，以致最终功败垂成，张栻忍不住轻声吟起了罗隐的一句诗："时来天地皆同力，运去英雄不自由。"吟罢，已是泪流满面。

宇文绍节见了，赶紧劝他莫要过于悲伤。

张构、冯康等人，也前来相劝。张栻这才擦干眼泪，再行叩拜，然后在众人的搀扶下，乘船返回了城南书院。

自此之后，张栻就在城南书院一边著述，一边讲学。陈泽之将儿子陈齐和妻弟之子陆岭，送到了张栻门下。张栻见二人和张焯年龄相仿，便将他们三人和冯康的儿子冯志编在一起，悉心教导。

三

一大早，湖南郴州宜章县县吏黄谷，来到了弓手李金的住处，伸手敲了敲房门。

太阳才露出半张脸，黄谷已是一脸热汗，忍不住骂道："这狗日的天气，什么时候是个头！"

很快，门开了，李金一脸倦容出现在门口。

黄谷忍不住问："看样子没睡好？"

"昨晚半夜才回，睡了不足两个时辰。"李金说完，看了一眼黄谷的黑眼圈，心道：你难道就睡好了？

黄谷不再言语，随着李金进入了房子。弓手收入微薄，这房子是李金租的，屋内除了床和洗脸架外，几乎没什么家具。

黄谷说："刘县宰发了话，如果今天再不能完成乳香摊派任务，就要对我们用刑……"

李金愤然说："用刑就用刑吧，大不了赔上这条贱命！"

黄谷叹息一声，说："你不为自己着想，也要想想家中老娘吧？"

李金不再言语，胡乱洗了一把脸，和黄谷来到了县衙。府库门外，许多同僚正在领取分配给自己的乳香，一个个均苦着脸，唉声叹气不绝。

乳香是一种中药，焚烧时有异香，官府常囤积作祭祀之用。祭祀所需量少，用不完的乳香，官府就会摊派给百姓。百姓虽不愿，慑于官府权威，不得不花钱免灾。官府摊派时虽然偶尔也会遇到阻力，总的来看还算安然无事。

最近几年，情况发生了变化——因为宋金交战，官府财政入不敷出，不得不加税。

有大臣反对加税，赵昚无奈说："朕何尝不知百姓之苦？但支出如此浩繁，国库如此空虚，若减赋宽民，粮饷从何而出？"

为了能更快、更好的收税，赵昚还将上缴税赋的多少，作为考核地方官政绩的重要标准：上缴多的，加官进爵；上缴少的，降职受罚。

如此政策之下，州县官员谁不拼了命地收税？

对于宜章百姓来说，这几年赋税本就增加不少，官府还要依照旧例，平摊乳香让百姓购买，那不成了敲骨吸髓？

更要命的是，从今年年初开始，宜章数月大旱，百姓食不果腹，悬颈盼望朝廷派人赈灾——哪知盼来的，却是摊派乳香的小吏！

百姓的失望转成愤怒，不仅拒绝购买乳香，还将怨气发泄到前来公干的小吏、衙役等人身上。小吏、衙役等人完不成任务，回去又要挨刘县宰的责骂，真是耗子钻风箱，两头受气。

李金和黄谷装好乳香，架着马车前往四塘村——他们必须给四塘村村民摊派六百斤乳香。

太阳毒辣辣地晒着大地，马车一路行去，激起了漫天灰尘，弄得两人灰头土脸。

黄谷连"呸"了几声，唾出飞入口中的尘土，又骂了一句："这狗日的天气，什么时候是个头？"

　　李金看着晒得龟裂的田地，没有说话。

　　将近四塘村，远远便看见里正范瑶立在村口，有五六位老者站在他的身后。老者里面，有三人穿着瑶族服饰，其中一人手中提着一面锣，用于必要时召集百姓。

　　宜章县瑶族人不少，很多村庄都是汉瑶杂居。和纯汉民居住的村庄相比，这里的民风要彪悍许多。

　　看见马车，范瑶和老者迎了上来。黄谷吁一声，勒住了马。

　　黄谷一见范瑶等人神色，已知他们要说什么，先发制人道："范里正，乳香一事，还望你鼎力相助。否则，我和李弓手回去都要挨刘县宰的鞭子。"

　　听了这话，范瑶身后的汉人老者叫苦不迭；三位瑶族老者虽没有抱怨，却对着黄、李二人怒目而视。

　　范瑶拱手说："启禀二位，不是鄙村百姓不愿购买乳香。实在是今年大旱，村民果腹都成问题，再无余钱可买此物。"

　　范瑶曾读过几天书，说话颇为文雅。

　　一瑶族老者接话说："乳香这玩儿，又填不饱肚子，我们百姓买来做什么？"

　　又一瑶族老者说："不仅没用，你们的价格还是市面的两倍，我们怎么买得起？"

　　范瑶再次拱手说："因为旱灾，四塘村五百余户，能吃饱饭者十不足一二，很多村民为此不得不外出乞讨。二位一路行来，想必也见过不少乞讨之民吧？望二位体恤民情，暂缓今年的乳香摊派。等明年雨顺风调，我们再将两年的乳香一并购买，不知二位尊意如何？"

　　黄谷说："购买官府用不完的乳香，乃是历年惯例，你们发什么牢骚？更何况，刘县宰已经下令，每家每户必须足额购买乳香，否则就依律治他的罪！"

　　听了这话，范瑶也怒了，大声说："百姓如今卖儿鬻女，难求一饱。刘县宰不但不体恤百姓之苦，还要推百姓入火坑——身为父母官，应当爱民如子，他却待百姓如寇仇！当官的待百姓如寇仇，百姓自然也会待他如寇仇！"

　　范瑶的话刚说完，身后提锣的瑶族老者，突然举锣一阵猛敲。天气本就炎热至极，如今再听到这震耳欲聋的锣响，黄谷顿时感到一阵眩晕。等锣响停止，黄谷定睛一看，面前已聚集上百村民，他们指着他和李金大骂；因为群情激愤，骂的话反而一句也听不完整。

黄谷心中一阵恐惧，回头看着李金说："他们，他们是想造反吗……"

李金举手示意大家不要说话，然而众怒已起，如何平息得了？

李金唰的一声抽出佩刀，前面的村民顿时大骇，朝后退了两步；也有不怕事者，举着携带的棍棒刀剑，朝李金走来——却见李金将手中之刀"嗖"的一声，插入了干裂的地面。

村民不知他此举何意，怔怔地看着他，以为他会说些什么。李金却什么也没说，抢过黄谷手中的缰绳，调转马头往县城方向而去。

范瑶已知其意，快步上前，拦住了马车，问："你们空手而回，刘县宰问罪怎么办？"

黄谷也跌足大叫："是啊，是啊！"

李金怒道："就算被他打死，我也再不干这等伤天害理之事！"

范瑶拱手致谢，朗声说："李弓手稍等！"

边说边回头，拔出地上的刀，屈膝一跪，举刀过头，递给李金。李金赶紧跳下马车，一手拿刀，一手扶起范瑶。

范瑶说："有了刀，就不怕贪官的鞭子！"

两位瑶族大汉递过来两只大碗，一位大汉说："这是我们瑶民自酿的米酒，饮了它，咱们就是兄弟。贼官要是敢为难你们，就是和我们千千万万瑶民为敌！"

李金二话不说，抓过碗便一饮而尽。

黄谷叹息一声，也哆嗦着双手，接过了瑶民手中的碗。他早已口渴至极，瑶民的米酒又异常甘甜，可他饮入口中，却分明感到几丝苦涩之味。

四

一乘官轿停在了城南书院门口。刘珙撩帘下轿，看见一人正立于门口相迎

——却不是张栻是谁?!

刘珙又惊又喜,问:"敬夫怎知我会来?"

张栻笑而不答,引着刘珙入门。刘珙是第一次来城南书院,张栻便领着他,一步步走过丽泽堂、书楼、卷云亭等建筑。刘珙见书院内处处木茂水清、花香草幽,更有琅琅书声,萦绕其间,不禁感慨说:"敬夫过的,真是神仙日子啊。"

张栻半严肃半玩笑说:"共父,这里只有圣贤,没有神仙。"一路说着,已来到张栻书房;冯康端来两盏茶,退出并掩上门,供两人密谈。

张栻指着茶说:"这是古丈毛尖,味道最是甘醇,共父不妨一尝。"

刘珙端起饮了一口,却无暇品鉴其味,说:"敬夫,为兄本次前来,是有一事相求。以敬夫之聪慧,想来早已知道了吧?"

"可是为了李金?"

李金、黄谷因未能完成乳香摊派任务,返回县衙后,被刘县宰命人狠狠抽了五十鞭。范瑶听到消息,立即带人赶往县城探视。当晚,李金、范瑶带着几个身手矫健的村民,摸入县衙,将刘县宰一家悉数杀尽。

第二天,李金提着刘县宰人头来到闹市,向宜章百姓历数官府恶行,号召大家起而抗之。宜章百姓早已不堪忍受官府暴政,纷纷响应。李金很快聚集上万汉、瑶之民,接连攻下湘南的道州、桂阳等地;其时,刘花三、李无领导的义军,在湘北洞庭湖一带焚掠州县,与李金南北呼应。一时湖南全境,皆陷于动荡之中。

消息传入临安,赵眘大惊,立即委派刘珙为湖南安抚使兼知潭州,前往平乱。临行前,赵眘召见他,特别叮嘱了两点:一是平乱之策,可问询于张栻;二是告知张栻,一旦守孝期满,立即入京,为国出力。

刘珙一到潭州,便谨遵圣意,前来拜访张栻。

见皇帝挂念自己,张栻颇为感动;但做官一事,暂不在他考虑之列。在城南书院传道授徒,他已颇觉其乐——另外,他也想趁着难得的闲暇,多写几部著作,让那些取笑他"没有科名"的人看看,谁才是有真才实学之人!

听了张栻无意做官的话,刘珙也不多劝。他有更重要的事,需要张栻帮忙:"敬夫认为,如何才能剿灭李金之乱?"

对于李金起义,张栻早做过一番研究,于是不紧不慢说:"李金之乱,祸出官府强行摊派乳香。今年湖南大旱，庄稼无收，百姓温饱难求。某些贪官，不仅严格执行摊派之政，还以此为借口加倍敛财，搞得民无生路，只能铤而走险。所以，要平息李金之乱，首先要废摊派、治贪官，以平息民愤；同时开仓赈灾，免得更多流民，跟从李金起事……"

刘珙点头说："敬夫所言甚是，但李金已聚集数万之众，这些人既已走上造反之路，就不会轻易罢手，不得不除。"

张栻笑道："共父莫急，我还没有说完——只要民愤一息，要剿灭李金之乱就很容易了，只需做到以下两点即可：一、牢守关隘，防贼外窜；二、释放俘虏，瓦解军心。"

刘珙捋了捋修得颇为整齐的胡子，说："当年岳飞剿灭洞庭之乱，也曾使用'释放俘虏，瓦解军心'这招。"

"乱民多为贫苦农民，若能求个温饱，断不至于铤而走险。释放俘虏，一来可以瓦解乱军之心，便于朝廷清剿；二来也能显出，朝廷实施的是仁政而非霸政。"看了刘珙一眼，张栻又说，"另外，我还想劝共父一句：除了李金、黄谷等首恶，其他起事者，能不杀则不杀。"

刘珙知道张栻在符离兵溃时，见过太多人间惨景，对于兵戈之事，已经趋于保守；但他的计策确实很好，可助他快速平息李金之乱，心中颇为高兴，点头笑道："敬夫，我也不是好杀之辈呵！"

两人又谈了一些具体的用兵之计，不觉已到了傍晚。

张栻留刘珙吃晚饭，刘珙说："许久未见，我也很想陪你痛饮几杯。不过今日不行，我得回官廨部署用兵。"

两人交情深厚，张栻便不同他客气，说："下次来，我和你不醉不归！"

刘珙也幽默了一句："醉了，我不归；没醉，我也不归！"

张栻微微一笑，亲自送他出门。恰逢书院学子完成功课，正走出讲堂，准备前往筵堂就餐。宇文绍娟领着一个丫鬟、两个厨娘在端饭送菜，见了刘珙，赶紧带着张焯前来拜见。

张栻又伸手招来一个二十二三岁的青年，向刘珙介绍说："这是彭龟年，聪敏好学，耿介朴拙，颇具古君子之风。"

彭龟年是清江人，七岁时父亲去世，和母亲相依为命，家虽穷苦却不废读书。他少年时便读过张栻文章，很是钦佩其学问。听说张栻在城南书院讲学，于是从家乡赶到潭州，拜其为师。旬月之间，已是学问大进。

此前在通信中，张栻已经介绍过彭龟年，刘珙知其孝敬老母，贫不堕志；如今见本人又是一副儒雅守礼、正气满满的样子，心中很是喜欢，勉励道："朝廷如今人才匮乏，青黄不接；你跟从南轩先生好好读书，争取早日中第，为国效力。"

张栻向来反对读书只为科举，听了刘珙之言，忍不住皱眉说："读书是为明义利之辩，立传道济民之志；若只为扬名科场，那便是舍本逐末！"

刘珙急着回官廨，又知张栻自从上次被周葵等人当众羞辱，对科举的看法很有几分偏激，当下也不辩驳，和彭龟年、宇文绍娟寒暄两句后，便在张栻陪同下，快步出了门。

等候在门外的扈从见状，赶紧撩开了轿帘。刘珙正欲登轿，忽然想起了什么，回头大声对张栻说："敬夫，等平定李金之乱，我准备重修岳麓书院。"

张栻方才还因刘珙的"功利之言"而不满，听了这话顿时大喜，朝着刘珙作了一揖，说："我先替天下学子，感谢共父！"

刘珙笑着还了礼，说："你我兄弟，何须客气。"

宜章南部莽山一山洞内，李金已经两天两夜没合过眼。刘珙到任第三天，就下令释放了监狱里所有义军俘虏，一再重申"既往不咎"。同时，他还开放官仓，施粮救灾。

消息传到义军，很多人开始偷偷逃跑，留下的也左右摇摆，再无敢战之心。连续几场大败之后，李金、黄谷不得不率军退到了莽山。

莽山与广南东路接壤，李、黄本想由此入广东。派人探访后才得知，入广东的各条通道，都被官府设置了重兵严卡。

去路既断，逃跑、投降的义军更是大增。

黄谷匆匆进入义军设置的临时帅账，大叫道："我终于明白，想把我们置于死地的人是谁！"

李金尚未说话，范瑶先开了口："不是刘珙吗？还有谁？"

黄谷咬牙切齿说："是张栻！释放俘虏、切断去广南东路通道的计策，全是他想出来的。"

范瑶说："张栻？莫非是张德远的儿子？"

黄谷说："正是。不是张德远力主北伐，朝廷也不会一年又一年地加税，我们也不至于沦落到今日境地。可恨他还志大才疏，打了一个大大的败仗，将国库全部掏空——那可都是我们百姓，辛辛苦苦挣的血汗钱！"

范瑶心想：你可不是老百姓，而是吃皇粮的官差。知道这话会令黄谷不满，于是隐忍不言。

一直没说话的李金，终于开了口："张栻现在在哪里？"

黄谷说："在潭州城南书院。"

李金再不说话，抓过一旁石凳上的刀，迈步往外走去。

黄谷一把拦住了他，问："你干嘛去？"

"我去找张栻。"李金双瞳射出了凶狠之光，"就算要死，也要拉他垫背！"

黄谷叫道："你疯了，山下到处都是官兵，你人还没到潭州，就被官兵杀死了。"

李金一声长叹，说："坐困此山，就算不被官兵杀死，迟早也会被活活饿死。与其如此，不如杀掉仇人，快意恩仇一把！"

黄谷依旧不依不饶："你走了，我们怎么办？"

李金用带着三分不屑的口吻说："我知道你在想什么。放心，只要我还有一口气，爬也会爬回莽山，和大家死在一起。你若是想逃，我绝不阻拦。"

黄谷被他识破心思，不禁面红耳赤，说："你怎能这样想我？当初起事时，我们发过毒誓——抗争到底，宁死不降。我绝不违背誓言！我……我陪你去潭州！"

范瑶说："还是我去吧。如果不是因为我们四塘村拒绝购买摊派的乳香，二位也不至于沦落到今日田地。"

说罢也不理黄谷，和李金一同走出了山洞。

五

亥时已过，城南书院内，其他人均已就寝。张栻还在给几个年幼学生授课，讲的是《孟子·尽心》一章。张焯、冯志、陈齐、陆岭四人端坐于他下首，背挺得笔直，凝神听他讲授。

张栻先解释文意，然后说："读书之要，在于体悟并践行圣人之道。圣人之道，入乎耳，存乎心，蕴之为德行，行之为事业……"

话没说完，房门忽被人推开，一高一矮两名大汉立在门口，浑身上下均有多处伤口，有几处甚至仍在渗血。

四名小孩突然见此骇人之景，先是一愣，随即都尖叫起来。

张栻忙喝道："镇定！"

矮的那名大汉也于此时飞身上前，亮出带有残血的刀刃，威胁说："谁敢再出声，我先杀了他！"

四人被他一吓，顿时大气也不敢出。陈齐年龄最小，不仅屏住呼吸，还用手捂住了口鼻。

高的那名大汉，伸手关好了门，回头恶狠狠地瞪着张栻。张栻也把他打量了一番，问："阁下是李金吧？"

李金冷哼一声，没有说话。

张栻说："你们的仇人是我，不必滥杀无辜。"

范瑶怒道："他们无辜，我们这些被逼造反的百姓就'有辜'？"

说着作势要去砍杀面前的张焯。

张焯怕得正要尖叫，却听父亲诵读起刚才讲的《孟子·尽心》章："尽其心者，知其性也。知其性，则知天矣。存其心，养其性，所以事天也。夭寿不贰，修身以俟之，所以立命也……"

张焯还记得，父亲刚才是这样解释这段话的：尽自己的善心，就是觉悟到自己的本性。觉悟到自己的本性，就是懂得天命。保存自己的善心，养护自己的本性，以此来对待天命。不论寿命是长是短都不改变态度，只是修身养性等

212

待天命之降临，这就是最好的立命之道。

这么一想，张焯心里就没那么害怕，开始哆嗦着声音，跟着父亲背了起来。

被他带动，冯志、陆岭也开始了背诵。陈齐见三位师兄如此勇敢，也放下捂住口鼻的手，小声跟着他们背诵起来。背到后面，陈齐的声音，反而盖过了三位师兄。

这段文字，以前私塾的先生也对范瑶讲过，一时恍惚如回到了孩童之时。想到眼前几个小孩若不死，将来便有机会考取功名，光宗耀祖；若死，也可成为圣贤口中的"勇者"——而自己，却再也摆脱不了"反贼"的污名，无颜见祖宗于地下。

同是读书人，境遇为何差别如此之大？

一念及此，范瑶真的动了杀心，一刀朝张焯的头上砍去。

"住手！"李金突然一声大喝。

范瑶的刀停在半空，回头怔怔地看着李金，目光中全是不解：你不是要杀张栻报仇吗？事到临头，为何反而阻拦我？

李金看懂了范瑶的目光，解释说："我李金虽狠，但不杀妇孺。"

张栻悬着的心终于掉了下来，对着李金一揖，说："不杀之恩，没齿难忘。"

"我只说不杀妇孺，没说不杀你！"

"我明白。"

"你不怕死？"

"谁人能不怕死？"

李金突然拔刀，架在张栻脖颈，冷笑说："你要是跪下来求我，我心情一好，或许可以饶你一命……"

张栻微微一笑，说："张某自幼受圣贤之教，宁肯站而死，不肯跪而生。"

李金任职县衙，以及起兵造反之后，见过不少官吏。他们不是见钱眼开，一副贪婪之相；就是贪生怕死，毫无硬挺之躯。像张栻这般临危不乱、铁骨铮铮者，他还是第一次见，不禁大为惊异。

李金收回刀，说："没想到你这腐儒倒是条汉子，和那些贪官污吏明显不同——你要是做州县父母官，我们这些小民应该不至于活不下去，更不会铤而走险，起事反抗朝廷！"

张栻听了，颇为感慨，说："朝廷强行摊派乳香，实为陋政。更有知宜章县事刘天童这等恶官，借摊派乳香之名，私加数额，逼着县吏和里正搜刮勒索百姓；如若不能，就只好自己倾家荡产，以补足差额……"

张栻这番话，说到了李金和范瑶痛处。李金忍不住叹息说："即便倾家荡产，也填不满那窟窿……"

张栻继续说："我已写了一道奏表给圣上，历陈此政弊端。刘珙刘使君，也准备于近日上书……"

一提到刘珙，范瑶顿时大怒，说："这个姓刘的，杀了我们成千上万汉瑶弟兄，逼得我们走投无路，他会好心帮我们？"

"刘使君奉朝廷之命平乱，他也是迫不得已……"

范瑶闻言更怒："他是迫不得已，我们就不是迫不得已？你这个腐儒，刘珙那些对付我们的恶毒之计，全是你想出来的！我……现在就宰了你！"

说罢，一刀朝张栻头上劈去。范瑶此时特别痛恨张栻是个读书人，这一刀也就使足了力气。张焯等人见了，顿时齐声尖叫。张焯和陈齐甚至扑上前去，意图解救。

两人尚未挨近范瑶之身，只听得"当"一声脆响，范瑶的刀被李金格开了。

范瑶再也不能控制，对李金吼道："为了杀这腐儒，我跟随你下山，遭遇五次凶险，挂了七处彩；事到临头，你却一再阻拦我动手，你……到底是何意？"

李金尚未回答，却见门被推开，冯康带着几名会武艺的学子闯了进来。彭龟年虽不会武功，也和宇文绍节一起冲进来营救。

冯康飞剑直刺李金，其余几名学子则围住了范瑶。冯康剑术精湛，李金又多处带伤，如何是他敌手？

一刻钟不到，李、范二人都被制服。宇文绍节赶紧将几个孩子接到屋外安全之处，并劝守在屋外的姐姐离开。宇文绍娟死活不肯，将张焯四人交给冯康之妻李氏，冲入屋内，一迭声地询问张栻是否受伤。

张栻见她满脸眼泪，忙说自己很好，宇文绍娟仍不放心，把他身体前前后后看了个遍，见确实没有伤口，这才情绪渐稳，慢慢地退了出去。

范瑶怒目瞪着李金，说："这下好了，不仅报不了仇，还会命丧仇人之手！"

李金不说话，看着张栻，目光中浑然无惧。

张栻尚未答话，忽听得书院外一阵吆喝之声，猜是刘珙发现了李金行踪，带人前来捉拿。

张栻说："刚才你们不杀我，我若杀你们，那叫恩将仇报。这等不义之事，张栻宁死不为。"

宇文绍节和彭龟年忙劝他不要纵虎归山。

张栻不理，挥手命冯康放了二人。冯康只好放了李金和范瑶，但收缴了两人的兵器。

范瑶想不到张栻会放过自己，脱口说："若有来生，我当拜你为师。"

李金听来人的声响越来越近，拱了拱手，拉着范瑶就往外走。

"等一下！"张栻突然大叫。冯康和几位学子赶紧挥动兵刃，将两人围了起来。

范瑶转而大怒："我就知道你假仁假义！"

张栻挥了挥手，令冯康诸人退下，上前两步说："你误会了，张栻再不才，也不是言而无信之人。"见范瑶怒意渐消，脸露惭愧之色，又说，"现在你们龟缩莽山，前后无路，就算不被官兵抓捕，也难免被手下背叛——事已至此，何不干脆投降？"

李金说："投降？投降朝廷会免我一死吗？"

张栻听了这话，不禁踌躇了：造反乃大逆之罪，跟从者或可被赦免，为首之人必定死罪难逃。劝其投降，也就是送其就死。

张栻不禁叹道："起兵反抗君父，乃大逆不道之举，你们所为，张栻即便有心相救也无能为力。官员贪婪残暴，可依循正常渠道，让朝廷将其治罪，何必非要走到造反一途？"

李金冷笑一声，说："如果官官相护，直到皇帝，谁能为百姓做主？皇帝如果不年年征税，恶官即使多搜刮一点，百姓也不至于活不下去。百官贪婪，皇帝无道，我们若不造反，现在早已尸骨无存！"

听了这话，张栻竟无从辩驳。

听见官兵越来越近，李金和范瑶再不说话，转身便走。

李、范二人刚从后院墙翻出，刘珙就带着军马冲了进来。见屋内一片狼藉，惊道："贼人已来过？"

张栻不说话，只是木然地点了点头。刘珙以为张栻被惊吓过度，命手下四处搜查，自己则留下来陪他。

张栻叹息一声，说："共父，如果皇帝不能敬畏天理，体恤苍生，这个国家，就休想治理好。圣人所谓'一言偾事，一人定国'，说的便是这个道理啊！"

刘珙不知他为何突发此言，怔怔地看着他，一脸莫名其妙。

六

初秋的潭州，洗尽了炎夏的酷热，草木却尚未凋零，正是一年中的好时节。一个二十余岁的年轻书生，从城南书院出来，踏着绿树掩映的青石小路，一路赶到湘江，恰逢一条小船正在解缆。

书生忙问："是去岳麓书院吗？"

得到肯定答复后，书生跳上甲板，步入船舱，却见里面已坐了两人，正热烈谈论着什么；看其衣着，知其也是文士。

年轻人拱手致礼，那两人却只是微微颔首，然后便继续刚才的话题。年轻人仔细一听，原来两人在争论虞允文和张栻这两个川蜀俊杰，谁的功业更胜一筹。

一肤色较黑的人说："南轩先生的学问，在下是非常佩服的。不过，说到功业，他怎比得上在采石一战中临危不惧、力挽狂澜的虞公？"

另一人较为白瘦，听了这话摇头说："阁下论人功业，怎能局限于武功？若以武功分高低，汉武帝、唐太宗的功业，岂不是要超越孔圣人？"

黑肤者听了这话，暂时无言。

白瘦者继续说："就拿我朝来说，太祖是武将，为何得天下后却要重文抑武？往远了说，当初陆贾力劝汉高祖刘邦，马上得天下，不能马上治天下，刘邦为何要听而从之？岂不闻一时强弱在于力，万古胜负在于理？"

黑肤者冷笑说："没有那一时之力，怎保你这万古之理？再说了，虞公难道

216

不是文士？他以文入武，与南轩先生之父张魏公有得一比！我虽是读书人，却极看不惯那种只知口诵圣贤之言，却不务实事的书呆子！"

年轻书生听了这话，忍不住插言说："兄台此言差矣。南轩先生之学，尤重践履功夫，既不是埋首故纸堆的迂腐之学，又不是一心只为功名的功利之学——这正是吾辈不远千里，前来向他讨教的原因。"

闻听此言，白瘦者颇有知音之感，笑问道："听兄台口音，想是来自蜀地？"

书生欠身说："在下成都府范仲黼。"

范仲黼是从成都赶往城南书院，准备求学于张栻的。哪知到了城南书院，张家仆人却告诉他，最近一段时间，张栻主要在岳麓书院讲学。岳麓书院和城南书院只隔着一条湘江，范仲黼赶紧赶往渡口，寻船渡江，只愿早一点见到那闻名天下的南轩先生。

白瘦者说："原来是南轩先生老乡！你倒评价一下，南轩先生和虞公，谁的功业更高？"

范仲黼说："南轩先生和虞公，都是蜀地骄傲。两人功业，一在文治，一在武功，可谓各有胜场。不过，虞公身为士大夫，却与曾觌等近臣、张说等外戚过从甚密，有择友不严之嫌。反观南轩先生，疾恶如仇，洁身自好，绝不与宵小同流合污，其人品之高洁，堪比高山冰雪。"

肤黑者听了很是不快，说："大丈夫要成就功业，当有藏污纳垢之度。外戚也好，近臣也罢，只要能助我成功，为何不能结交？另外，我辈寒窗苦读，为何要拒绝科考？南轩先生劝学子不要醉心功名，只怕是因为自己是恩荫入仕，没机会科场扬名吧？"

这话说得实在太过分，范仲黼和白瘦者均勃然变色。

白瘦者说："兄台如此低看南轩先生，为何还要前往求教？"

肤黑者嗫嚅说："我，我不过是无聊而已。"见船已靠岸，又说，"我决定不去岳麓了。"

范仲黼忍不住说："这样最好。似阁下这般以小人之心，度君子之腹，根本没资格入南轩先生之门！"

说罢，与白瘦者携手下了船。

就在范仲黼等人进入岳麓书院后不久，刘珙的官轿也停在了岳麓书院的大门前。看着修葺一新的岳麓书院，刘珙的心情，说不出的愉悦。

已经等候多时的宇文绍节迎了上来，说："姐夫正在授课，命我前来迎接刘公。"

刘珙点了点头，跟着宇文绍节进入了书院。

本次入湘，刘珙有"一灭一建"两项奇功：

一灭，指的是灭李金起义。前任邵怀英头痛不已的民变，他几个月便将其平息。匪首李金、黄谷，因手下出卖被擒，并依律诛杀。赵眘闻奏大喜，一再夸刘珙"经纶实才盖未之见"。

一建，指的是重建岳麓书院。岳麓书院坐落于潭州岳麓山下，始建者为宋太祖年间的知潭州事朱洞。最初书院规模不大，仅有讲堂五间，斋舍五十余间。

经过五十余年历任潭州主官的扩建，至宋真宗年间，书院的规模达到顶峰。宋真宗亲自召见山长周式，了解书院情况，并御笔亲书"岳麓书院"四字赐给周式。岳麓书院从此声名大振，位列天下"四大书院"之一，引得万千学子不远千里前来问道。

靖康之变，金房铁蹄南下，各处民变四起，岳麓书院不幸毁于战火，琅琅书声已然不闻，只有蟋蟀野鸟啾唧于断壁残垣之间。

李金之乱一平，刘珙准备依照旧样，对岳麓书院进行修复。本以为自己贵为知潭州事，修建书院又是弘扬圣学、有利天下之举，重建事业自当顺水顺风，易如反掌；哪知真正着手实施，方知其艰难险阻，竟不亚于平息李金之乱。

艰难主要来自两点：

一是某些地方大族的阻挠。

岳麓书院前依湘江，背靠群山，被很多地方大族视为"风水绝佳之地"，意图据为己有，作为百年身后之宅。听说刘珙准备重修岳麓书院，他们便明里暗里，百般阻挠。还好刘珙意志坚定，这些人见对他蛊惑与威胁俱无用，这才渐渐消停。

二是经费。

近年湖南大旱，税赋不足；后又剿灭李金之乱，府库几被耗尽。刘珙将重修岳麓作为首要大事，府库稍有余钱，便拨为修建之用，却仍是杯水车薪。

幸得张栻带头捐献一千贯，此举一出，湘中官员、士子、富商，乃至普通百姓，纷纷慷慨解囊。近年张栻在城南书院讲学，又接连写了《二程粹言》《经世纪年》等多部著作，盛名播于天下。全国各地仰慕他人品学问之人，给岳麓书院捐款者，亦如车载斗量。

阻力既除，经费又足，岳麓书院的重建大业，方得圆满而成。

重建后的书院，不仅恢复了原来的讲堂、斋舍等建筑，还在书院之北，新建了一座藏书阁，收藏周敦颐、张载、二程等理学大儒之书。

收到书院竣工的消息，刘珙立即拜见张栻，请他出任岳麓书院的山长。在他看来，张栻是山长的不二之选，原因有二：第一，张栻在书院的重建过程中出力甚多。第二，张栻是湘中第一理学大儒，学问人品，播于天下。他若为岳麓山长，将和书院如同星月相映，互增其辉。

令他很意外的是，张栻却拒绝了。

刘珙以为他是谦虚，笑道："敬夫啊，你难道要我效仿刘备，三顾茅庐？"

张栻正色说："共父误会了。我尚在守丧期间，不宜担任职务。"

张栻为剿灭李金出言献策，贡献不小，刘珙在给皇帝的奏表中，也如实奏明。赵眘本就欣赏张栻之能，于是下诏让其入京，欲委以重任。张栻却以尚在守孝期为由拒绝——对于张栻这个做法，刘珙尚能理解。

但是，岳麓书院虽有官府拨以官田，以作日常办学之用，但它是私学，和州府学这样的公办学院性质有别；其山长之职，也非朝廷官员。张栻仍以守孝为由拒绝此职，在刘珙看来，就有恪守教条的迂腐之嫌了。

张栻察其脸色，已知其意，遂不慌不忙说："除了守孝，还有两个原因：第一，我已在城南书院讲学，若再为岳麓山长，杂务繁多，恐不能应付，有负共父之托。第二，岳麓山长一职，是恩师五峰先生求之而不得者。身为弟子，不宜僭越。"

听了张栻这番言语，刘珙也很感慨，说："以五峰先生的学问人品，任岳麓山长乃不二之选。无奈过去数十年，国家不是兵火不断，就是奸臣当道，任由书院倾颓。待有力重建书院时，五峰先生又天不假年，何其可叹！"

张栻说："恩师生前，素有重修岳麓，并在此讲学著书之志。可惜当时朝政被秦桧把持，恩师多番上书仍不得准许。共父重修岳麓，完成恩师遗愿，张栻真是感激莫名。"

说完起身，朝着刘珙郑重一揖。

刘珙赶紧还礼，笑道："敬夫不愿做山长，前往书院主教，应该不难吧？"

张栻也笑道："当仁不让。对了，我还准备写一篇《潭州重修岳麓书院记》，让天下学子，永记共父之功！"

张栻不愿做山长，刘珙就退而求其次，拜访胡宏的另一个学生彪居正，希望他能前来主持岳麓。哪知彪居正一听，也是连连摆手，给出的理由与张栻类似：恩师当年未能做山长，身为学生，不敢僭越。

刘珙知道，还有一个理由他不便明言：张栻虽然入胡宏之门甚晚，却是最得胡宏之学的门人，如今已是当之无愧的湖湘学领军人。如果彪居正做山长，僭越的就不仅是胡宏，还有张栻。

无奈之下，刘珙只好让山长一职空缺；而张栻，虽不是山长，却成了岳麓书院的实际主持人。

七

刘珙远远便看见，讲堂之外的草地上，张栻正端坐于椅，对着一百多名学子讲学。初秋的阳光打在他身上，他的脸庞、衣袂，竟如透明一般。

刘珙知道天气好的时候，张栻嫌屋内太沉闷，喜欢在草地上浴日授课；而其讲学的方式，又深恶老师讲、学生听的古板方式，转而选择老师讲授和师生问辩相结合——这种方式孔圣人曾经用过，胡宏等近贤也喜欢用，张栻更是深谙其道。

宇文绍节请刘珙入室坐等张栻，刘珙摆了摆手，走到一棵桂花树下，和学子们一起听张栻讲课。刘珙知道，张栻受祖母影响，也很喜欢桂花。当初重建岳麓书院时，专门叮嘱施工之人：务必在院内，多植几株桂花树。

宇文绍节见状，也坐到他身旁相陪。

张栻今天讲的是《论语》。他早已发现刘珙，却如同未见，继续讲道："学者，学乎孔子者也。《论语》一书，备载孔子言行，值得学子终身尽心于此。

学《论语》，当谨记'致知力行'四字。近世之人，汲汲于所谓的'求知'，忽视躬行践履，殊不知知、行二者，实可互相生发也。只知求知，不知践履，其所得者，就不免沦为臆度之见……"

秋阳暖暖地照在身上，张栻的精妙解读不住飞入耳中，再加上萦绕周身的桂花香，官场杂务缠身的刘珙，霍然而生飘逸脱俗之感。

张栻将学习《论语》的方法，以及此书的精要做完介绍，接着便进入了问辩环节。

一学子起身问："请问先生，如何才能求得孔子说的'仁'？"

"子曰：巧言令色，鲜矣仁，何也？君子之修身，谨乎言辞容色之间也。欲达仁者之境，无需远求，而当从身边扫洒应对等实事做起——这就是求仁之要。"

又一学子起立问："孔子说'学而时习之，不亦说乎'。老实说，我觉得温习功课有时候挺苦的，为什么圣人会觉得这很快乐呢？"

"《说文解字》如此解释'习'字：鸟数飞也。故'学而时习之'之'习'，指的不是温习，而是练习。"张栻侃侃而谈，"学得一知识，懂得一道理，若能照着它去做，当然是一件快乐的事——我方才强调躬行践履，也是这个意思。"

学子满意地坐下，紧挨着他的一名学子，又站了起来，问："孔子说'有朋自远方来，不亦乐乎？'，不知此话，当作何解？"

问这话的人，正是才到岳麓的范仲黼。

张栻听出了他的蜀地口音，眼前突飞来何钰的影子。时间如水，与她相别已有十年，不知她过得可好？有否嫁得如意郎君？近些年，他和绵竹亲友时有通信，本想借此问问她的近况，却又觉得于理不合，每次都无奈作罢。

见范仲黼在期待自己的回答，张栻忙收回遐思，说："朋友自远方来，他可以学习我的长处，我也可以学习他的长处，当然是一件很快乐的事。"微微一笑，又说，"我猜，孔圣人是在周游列国之时，遇到了这位朋友；并且，这多半还是来自他家乡的朋友。朋友自家乡来，既可互相学习，又能聆听乡音，以解乡愁——此事不乐，更有何事可乐？"

一众学子听了，不禁也跟着张栻笑了。

张栻看着范仲黼，温言说："我现在见到你，听到你说话的声音，和当年孔圣人在他乡遇到朋友的感觉，并无二致。"

范仲黼没想到这位名闻天下的大儒，竟如此和蔼可亲，言语谆谆，只感到周身一暖，忍不住朝着他深深一揖。

讲学毕，张栻方迎向刘珙，拱手致歉："共父久等了。"

刘珙笑道："听了敬夫这堂课，才知道自家的《论语》竟是白读了！想当初，家父左手一本书，右手一戒尺，逼我熟背《论语》全文。如今看来，背是背住了，却是囫囵吞枣，浑然不知其味。"

张栻谦虚了几句，问："元晦行到何处了？"

上次和张栻在舟中论学三天三夜，朱熹直言收获颇多。回家之后，又仔细研读张栻所赠的《知言》一书，遇有不懂，便写信向张栻求教。

这几年，两人书信讨论了无极与太极、天理与人欲、知行关系等几乎所有理学问题。两人在理学上的造诣都有明显提升；朱熹的进步，尤为神速。

不过，随着探讨的深入，加之两人师承不同，对不少理学问题的看法渐渐出现了差异；书信往来，异常费时，两人均感不过瘾，遂生见面论学的冲动。

终于有一天，朱熹写信告诉张栻，他准备前来潭州，与张栻一晤。张栻接信大喜，马上找到刘珙，告诉他这一好消息；又写信给他和朱熹共同的朋友，同时也是著名理学家的吕祖谦，让他也抽空来潭州一会。

刘珙比张栻还要兴奋，说："敬夫和元晦，都是当世大儒，如今同聚潭州讲学，就像参、商二星，同时出现于夜空之中，真是旷古少见之盛事！敬夫放心，元晦路途中食宿行止，我会知会驿站妥为照顾，敬夫只需安排接待一事便可。"

令刘珙和张栻没想到的是，迎接与接待朱熹不过小事，如何安顿全国慕名而来的学子，才是真正令人头疼的地方。

这些年，张栻在学界的名气越来越大，前来求学的各地学人，已是络绎不绝。如今，又传出朱熹将来潭州和张栻进行会讲；而张、朱两人的学问，相似处不少，抵牾处却也颇多，到时候势必有一场激烈论辩。这种讲学方式，自有书院以来，还是第一次——天下好学之士，谁愿意错过？

所以，自从张、朱要在岳麓会讲的消息一传出，全国各地前往潭州的马车便川流不息；先来者尚可安排在城南与岳麓书院住宿，后来者就只好在潭州城中自觅旅馆了。

刘珙告诉张栻，朱熹已经从福建崇安出发，估计一个多月后，便能到达潭州。

"敬夫，我今日来，是和你辞行的。"说完朱熹，刘珙接着说到了自己。

张栻知道，刘珙因安抚湖南有功，皇帝很是满意，多次催他入京，准备委以重用——甚至有消息说，皇帝准备任他为参知政事。

身为老友，张栻当然替他高兴；更何况，以刘珙的忠耿正直和擅于任事，入主中枢，定能洗涤朝廷不正之风，还天下以太平富足。

虽然替刘珙高兴，张栻还是觉得他走得太急了些："元晦转眼即到，共父何不见了元晦再走？"

刘珙摇头说："朝廷已是一催再催，只因政务尚未处理完，所以延宕至今。敬夫，你可知接替我的人是谁？"

张栻最近忙于来往城南、岳麓书院讲学，无暇关注朝廷人事变化；见刘珙面露喜色，笑道："应是你我熟人吧？"

"是张孝祥！"

听说是张孝祥，张栻也异常高兴。但他近年潜研理学修养日深，心中虽有微澜，脸上表情却颇为平静。

"敬夫，我有一句话，想作为临别之言……"刘珙换上一副郑重表情，"三年守孝期将满，我准备向圣上再次举荐你和元晦。若朝廷召你做官，敬夫可万万不要推辞！我知道，你眼里容不得沙子，不愿和曾觌、龙大渊等辈同朝为官。如今曾、龙二人已经外放，你和元晦都到京城，咱们三兄弟联手，好好做一番为国为民的大事业！"

刘珙的拳拳之心、殷殷之情，让张栻很是感动，遂拱手说："共父之言，张栻铭感于心。一旦朝廷有召，张栻绝不推辞！"

八

朱熹终于要到了。

一大早，张栻便带着宇文绍节、彭龟年、范仲黼等弟子，来到岳麓山下的古渡口；从外地赶来的诸多学子，也随他一同来到了湘江边上，想一睹两位大儒携手同登岳麓的风采。

等了约半个时辰，一艘小船缓缓驶近岸边。船头立着三人，居左是张孝祥——刘珙走前，委托他代为迎接朱熹。

居右略靠后一点的，是一个面生的年轻人。张栻猜测，这是朱熹在信中提过的弟子林用中。林用中曾师从林光朝等理学名家，最近问学于朱熹，兼做朱熹二子朱塾、朱埜的训蒙先生，很得朱熹喜爱。故而这次，朱熹专门选择他陪同自己入湘。

居中者，自然就是许久未见的老友朱熹。船渐靠近，朱熹的面容也逐渐清晰。张栻发现，三年过去，朱熹不仅未见丝毫老态，还因对理学的认识越来越高，在天下士子中的名气越来越大，而显得神态雍容、意气风发。

朱熹也看到了张栻，眸子就像洒到湘江中的阳光一般闪闪发亮。船一靠岸，朱熹便提足下船，张栻赶紧迎了上去。张栻发现，虽然一路风尘，朱熹却衣袍如新，收拾得相当整洁。

在周围上百学子近乎膜拜的目光中，朱张二人携手寒暄，并互相介绍自己的弟子、朋友。

张栻见朱熹精神虽好，眼圈却微微发黑，想是旅途辛苦，没有休息好之故，说："元晦一路劳顿，先到书院休息一下。"

朱熹笑道："共父和安国安排得很好，处处有人关照；虽走了一个多月，却并未感到旅途之苦。不瞒敬夫——这两天没有睡好，不是因为劳累，而是因为激动！"

张孝祥字安国。

张栻又何尝不激动？近三年来，他们一直书信不断，除了探讨学问，还介绍自己的生活状况，以慰老友之关怀。两人均觉得，他们虽相距千里，隔着迢迢关山，却比日日相见的朋友还要亲密无间。

不过，因为学问上的见解不同，两人亦有冲突之时——最激烈的一次，当属刻印程颢、程颐文集一事。

去年，张栻和刘珙准备以胡宏父亲胡安国所藏并批注的二程作品为基础，刻印一部《二程文集》。张栻将文稿寄给朱熹，请他提意见。朱熹仔细阅读后，认为胡安国所藏的二程著作，有许多错误之处，遂一一校正后寄还张栻，希望他在自己校正的基础上进行刻印。

张栻看了朱熹的校正，认为大部分内容都有"但凭己意、任意删改"之嫌，最终没有采纳，仍以原稿为基础进行刻印。

这么一来，朱熹大为不满，写信给张栻，话说得很重："本想文集刻印后，向你要几十本送给周围朋友。现在不必寄来了，我不想用这样的谬误之本，耽误我的朋友！"

读了朱熹的信，张栻颇为不快；冷静下来后，他认真分析这场冲突的成因，认为主要有三点：第一，朱熹喜欢以自己所见，删改他人作品。第二，自己没能仔细阅读朱熹的校订，做到有理则纳。第三，他和朱熹在一些理学问题上之所以存在巨大差异，是因为二人的先生胡宏和李侗，在学问上本就存在分歧。

想通了此节，张栻便拿出朱熹的校订稿仔细阅读，并选择其言之成理的部分，添加到《二程文集》的重印本中。书印好后，张栻选了几本书，连同一封言辞恳切的信，一并寄给了朱熹。

在信中，张栻规劝朱熹应有兼容并包之心，对于不合己意的观点，应留而存之；甚至可以将他人的见解，一并列于所刻书之上，让读此书之人有机会博采众长。至于两人因为师承不同，导致对一些理学问题的看法有所差异，那便继续探讨，直到辩明为止。

接到张栻的来信，朱熹颇为惭愧。他原以为张栻不愿采纳他的意见，是以湖湘学为理学正宗，进而小觑其他理学分支。现在看来，能海纳百川的是张栻，小气偏见的却是自己。

朱熹赶紧给张栻回了一封信——就是在这封信里，朱熹表示，他会亲往潭州，与张栻进行会讲。

九

朱熹在张栻陪同下，进入岳麓书院。只见主讲堂内外，黑压压挤满了学生，目测起码有上千人。

本次从福建崇安到潭州，路程两千余里，沿途但见佛教道观遍地开花，书院却寥若晨星，朱熹忍不住对林用中大发牢骚："对国家而言，三纲五常之教和无君无父之说，不知哪个有利？哪个有害？"

同时立下誓言：一有合适机会，当上表皇帝，建议对全国著名书院进行修葺。

如今见刘珙和张栻不依赖朝廷，只靠自己之力，就将岳麓书院经营得如此兴旺，朱熹心中又是高兴，又是羡慕，同时更佩服二人之能。

张栻本想让朱熹先去书房休息一会儿，再出来讲学。如今见他精神颇好，众学子又祈盼殷殷，于是引着他进入了讲堂。

讲堂内早已备好了两张椅子，等张、朱二人一坐下，偌大的岳麓书院，顿时落针可闻。数千道目光全部看向两人，其殷殷之情，切切之意，全在目光之中。

"朱先生是客，请朱先生先讲。"

朱熹也不推辞，声音缓慢却高亢："二程有云：万物皆有理。院中有花木，便有花木之理；身下有木椅，便有木椅之理。船只能行于水，车只能行于陆，也是各有其理。合万物之理者，曰'天理'……"

见前排的学子多有皱眉者，朱熹知其不懂，又解释说："反言之，天理又可分而贯之于万事万物之中——如天上有一轮明月，然后江中有月，院中有月，衣裳上有月，碗碟中有月……物事不同，其间的月便不同，却都来自天空那轮明月。

"天理的载体，乃气。气聚则成万物，气散则为太虚。有这理，方有这气；有这气，方有这物。理、气、物，理为本、为体。"

乘着朱熹停顿的机会，一学子忍不住起身问："学生有个疑惑，想请教紫阳

226

先生：宇宙万物，纷纭芜杂，不知哪些是天理？如何才能获得天理？"

紫阳先生，是当时学人对朱熹的尊称。

"仁义礼智信五常，是天理；君臣、父子、兄弟、夫妇、朋友五伦，是天理；君为臣纲、父为子纲、夫为妻纲三纲，同样是天理！"朱熹毫无犹豫地回答，"而要获得天理，无他，格物致知也！"

另一学子起身说："我常教导我夫人，务必谨守'三纲五常'。我夫人却说'男女皆为父母所生，凭什么是夫为妻纲，而不是妻为夫纲'？先生既然说三纲五常是天理，而求得天理的方式是格物，能不能详细说明一下，如何通过格物，获得'夫为妻纲'这个天理？"

朱熹见秋阳正透过门窗，洒入室内，于是伸出一手到阳光下，问学子："你仔细看我的手，有何发现？"

"手之上阳光灿烂，手之下乃一阴影。"

朱熹点头说："没错，手上光明，乃阳；手下阴冷，乃阴。阳在上，为尊；阴在下，为卑。若为君臣，则君为阳，臣为阴，故君为臣纲；若为父子，则父为阳，子为阴，故父为子纲；若为夫妻，则夫为阳，妻为阴，故夫为妻纲。"

学子听罢大喜，说："我回家便告诉夫人这番话，让她心服口服！谢谢先生！"

众学子听了他这番话，忍不住哄堂大笑，看见张、朱二人仍正襟危坐，一派庄肃，于是很快安静下来。

张栻插话说："夫妻之间，妻不贤，夫可休之；夫不正，妻亦可改嫁——这番道理，你们也要明白才好。"

学子恭恭敬敬说："学生定谨记于心。"

朱熹继续讲课："天理之敌，是人欲。天理是善，人欲是恶，善恶不能两立；天理如君子，人欲如小人，君子小人不可并存。世间万物，不出于理便出于欲，不出于欲便出于理，辨明理欲，至关重要。"

又一学子起身问："先生方才说，万物皆有理。照此说来，人欲岂非也有理？先生又说，合万物之理者曰天理。如此说来，'人欲之理'，岂非也是天理的一部分？若此说成立，世人满足人欲，岂不是在行天理？"

张栻一看，问问题的是宇文绍节。

朱熹顿时被问住了。这个问题，是他曾经反复思考，却始终不得其解的一个疑难点。朱熹也认出问问题之人是宇文绍节，知他是张栻的妻弟兼高足，深得张栻之传，不免把这看成是湖湘学派对自己的挑战，一时心中更急。

张栻见朱熹久未回答，忍不住看了他一眼。被张栻目光一刺激，朱熹脑中闪过一道白光，眼前顿时一派清明，大声说："人欲怎会是天理？人欲是不会行天理！比如不该恻隐而恻隐，就成了姑息；不该仗义而仗义，就成了多管闲事——换句话说，人欲是天理的过犹不及！"

朱熹没想到岳麓学子如此多思善问；对于自己灵机一动，解决了一个苦思多时而不得的大问题，更是大为得意。

不过，这也需要感谢张栻。有很多理学难题，他都是在和张栻的探讨中豁然开朗的；而这次就更为奇妙了，只是被张栻看了一眼，他的思路便如拥堵的河流得到了疏浚，顿时清水横溢，一派通畅。

朱熹不由想起，上次和张栻舟中分别，回到老家后，他一边写信向张栻讨教学问，一边埋头苦读儒家典籍，曾经百思不得其解的诸多难题，在一两年之间，一一明朗。

某天，朱熹读书之余，出门散步，看见一小方塘，水清如镜，让投影其中的草木花树，更加的明净清爽。

朱熹忽有所感，赶紧奔回家中，挥笔而就一诗：

半亩方塘一鉴开，天光云影共徘徊。

问渠那得清如许，为有源头活水来。

对朱熹来说，这"活水"，既指先贤经典，也指张栻这部"活经典"。

对于朱熹的回答，宇文绍节犹有不满，继续追问："先生能否举例说明，到底该如何区别天理与人欲？"

"这个容易。拿吃饭来说，但求饱腹，天理；奢求美味，人欲。拿穿衣来说，遮体御寒，天理；锦衣华服，人欲。拿夫妻来说，生儿育女，天理；男欢女爱，人欲。再给你讲个故事：伊川先生给哲宗上课毕，宦官请先生饮茶看画休息一下。先生顿时不悦，斥道：'本人平生不饮茶，也不会看什么画！'伊川先生何以不悦？无他，饮茶看画乃人欲耳！圣人千言万语，其实就是想让我们记住一句话——存天理，灭人欲！"

朱熹将天理人欲断然划分、截然对立，这和湖湘学派认为天理、人欲是"同体而异用，同行而异情"的观点差别很大。

张栻于是说："关于这点，我和元晦的看法有所不同。在我看来，天理、人欲，很难截然分开；如果强行区分，还容易走向极端——拿穿衣来说，如果'只求遮体御寒'是天理，树叶也可遮体，兽皮也能御寒，何必非要衣服？拿饮食来说，舌乃天造，如果视好滋味为人欲，那人又何必要舌头？孔圣人又怎会说食色乃人之本性？"

此论一出，场下颇有认同者，有人甚至低声喝起彩来。

朱熹却讥讽说："敢问敬夫，如果天理人欲不能截然分开，又如何'存天理、灭人欲'？好比水和乳已混为一体，你如何把乳取出来，把水倒掉？"

上次在舟中论学时，朱熹隐隐约约意识到，胡宏天理人欲"同体异情，同行异用"的说法存在问题。回家之后，朱熹连日苦思，终于明白问题之所在：如果说天理、人欲都无法分开，你如何用天理去灭掉人欲？

"事实上，对于元晦'存天理，灭人欲'一说，我也不敢苟同。原因有二：第一，天理、人欲既然不能截然分开，如果灭掉人欲，就可能灭掉一部分天理。譬如男女之情，若被视为'人欲'加以灭之，就可能影响到家族的传宗接代、开枝散叶。第二，如果非要以天理灭掉人欲，还可能导致一个人苛己或苛人过严，显然，这无益于和谐之道。"

朱熹微微冷笑，继续追问："那敬夫认为，应当如何措置这二者？莫非让天理人欲混而为一，以达到敬夫所谓的'和谐之道'？"

"非也！只需将'灭'字，改为'遏'字便可。"

"存天理，遏——人欲？"

"没错！只要天理能遏制住人欲，天理便能得以彰显，人便有机会达到圣贤之境。"

张栻这番理论，虽不被朱熹认可，但它能自圆其说，朱熹一时也无法辩驳。

见两位大儒暂时无话，宇文绍节又问朱熹："刚才张先生提到圣贤，不知道朱先生认为，今人要成为圣贤，有无可能？"

朱熹忍不住大摇其头，说："做圣贤？千难万难！今人努力读书做事，能做个君子，已殊为不易！"

朱熹说了许久，有些口渴，端起桌上的茶饮了一口。张栻不禁想起朱熹方才说"饮茶看画，都是人欲"，本想调侃一句，但知道朱熹为人较真，性情激烈，怕惹他不快，就忍住了。

✚

对于朱熹"圣贤难做"的观点，张栻同样不认同。

等他饮完茶，张栻说："关于做圣贤的问题，我和紫阳先生的看法也有出入。人皆有本然之性，此'本然之性'，人与圣贤差别并不大……"

范仲黼正站在宇文绍节旁边，插话说："这就是先生经常说的'己之性即尧舜之性'。"

这话被朱熹听见，说："敢问敬夫，如果'己之性便是尧舜之性'，为什么尧舜成了圣贤，而普通人却还是普通人？"

"那是因为尧舜能持续地修身养性，抵御诱惑——也就是用天理遏制人欲，让这本然之性不受污染。所以，一个人只要能像尧舜孔孟一样修身养性，保持本性不失，成为圣贤就不是什么难事。"

张栻提出这观点，背后还有现实考量：

靖康之变，大宋失去半壁江山。众多贤才拥戴赵构，费尽九牛二虎之力，方在江南站稳脚跟。可惜赵构却是贪生怕死之辈，加之亲小人远君子的习性，让父亲张浚这样志在恢复的能臣，在生命的盛年不得不去国。等到重新复出，已是花甲之年，精力不济，掣肘又多，即便拥有北伐的机会，也难免功败垂成。

而现在的皇帝赵昚，虽有恢复之志，却并不坚定；一遇外力干扰，便会改弦易辙。

另外，在亲近小人方面，他和太上皇也是半斤八两。

最近几年，朝廷闹出了震惊天下的"龙曾事件"。

龙大渊和曾觌，是赵昚任建王时的低级僚属，因善于察言观色，深得赵昚欢心。赵眘继位不久,立即升龙大渊为枢密院副都承旨,曾觌为干办皇城司。

诏令一下,举朝大哗,朝中大臣纷纷上表,规劝皇帝不能"待小人无节"。赵眘却置之不理。龙、曾二人由此更加有恃无恐,到处夸耀皇帝如何宠幸自己。

曾觌甚至干出不少欺男霸女的恶事,以致群情激奋,引发大臣一波又一波弹劾。见反对声实在太大,赵眘不得不有所让步,下诏让龙、曾二人出任知阁门事。

阁门司是宋廷专掌朝会、游幸、宴饮的礼仪机构,文武百官、宗室亲王、外国使者入朝拜见或是离朝陛辞,都要听从知阁门事的安排。这个职位职权虽不大,地位却极高,故有大臣认为皇帝此举是"名为抑制,实为升迁"。

还有大臣指出,阁门事是掌管礼仪之职,以往都由熟读儒家典籍的博学之士担任。龙、曾二人虽能写几笔应景的诗词,于儒家典籍却不甚了了,如何能当任这样的职务?

见朝中又是一片反对之声,赵眘颇为恼怒,却又不敢逆众意而为。借早朝的机会,赵眘表示,他决定暂时收回对龙、曾的任命。

然而,待风波稍平,赵眘便以"再兴朋党之风"为借口,将几位激烈反对他任命龙、曾的大臣支出朝廷,有的大臣甚至被削职回乡。

重罚之下,大臣们再不敢上书议论龙、曾的任职,两个小人顺利地到阁门司当差,以龙为正,曾为副——曾觌虽为副,却兼着干办皇城司这个肥差,可谓名利尽占,既富又贵。

今年年初,陈俊卿被拜为参知政事。陈俊卿极为厌恶龙、曾之为人,但他为人老成持重、颇有城府,认为对付龙、曾这样的宠臣,不应该仅凭一腔正义热血,而应该找准其死穴,一击而中。于是,陈俊卿表面不动声色,私下却开始搜集龙、曾二人不轨的证据。

一天,大臣洪迈登门问陈俊卿两个人的任命消息。

陈俊卿心想:这两个任命消息,只是皇帝和宰执大臣商量后的初步意见,外人如何得知?

洪迈见陈俊卿眉头紧皱,忙说:"陈公不必忧急,我今日前来,并不是想套消息——我与这两人非亲非故,并不关心他们到哪里做官。我真正关心的是……"

陈俊卿知道洪迈不仅才名满天下，还人品高洁，微微一笑，说："景庐为人，我如何不知？这里不是说话处，请随我来。"

洪迈字景庐。

陈俊卿将洪迈请入书房，屏退左右，问："这两个任命消息，景庐是听何人所说？"

"我从何人处听得这消息，并不重要；关键是这消息的来源——它们来自龙大渊和曾觌。"

陈俊卿这才知道，洪迈专程登门，就是为了告诉他这个重大消息，忙起身一揖，说："如能除此二害，景庐当居首功。"

送走洪迈后，陈俊卿立即给皇帝上了一道奏表，倍述此事，弹劾龙、曾。等了几日不见回音，陈俊卿又在某天早朝后要求单独面圣。

等赵昚屏退无关人等，陈俊卿又谈及龙、曾泄露朝廷人事任免一事，并添油加醋地说："这等官员任免之事，龙、曾非宰执之臣，如何得知？莫非陛下私下还和龙、曾商议过此事？"

赵昚顿时大窘，说："这等重要政事，朕怎么会和他们商量？一定……一定是他们偷听去的。"

"偷听圣言，已是大罪；将圣言播之于外，让任职者感激涕零以达到收买的目的，更是罪无可恕！"

"你说得是，我迟早要逐去这两个小人！"

"这等事，宜早不宜迟。"

赵昚无奈，只好立即下旨，将龙大渊贬到建康，将曾觌贬到和州。令下之日即刻离京，不得耽误。

消息一出，士大夫们奔走相告、喜悦异常。刘珙离潭入京，也是信心满满，认为圣上经此一变，一定会注意亲君子、远小人，天下事也就大有可为，故而劝张栻守孝期满，务必再登仕途。

不过，张栻却没那么乐观。道理很简单：龙、曾虽被处罚，那些当初依附他们的无耻士大夫，却无一人受到追究。

另外，皇帝若真厌恶龙、曾两个小人，就应该将他们削职，而不仅仅是外放。由此可以看出，他对两人仍然心怀旧情，等风浪一过，只怕又会将两人召回身边。

皇帝宠幸小人，士大夫们为了荣华富贵，也对小人趋之若鹜，如此世风，怎不令天下有识之士失望？又怎能让他们，对国家的未来充满信心？

要想收复中原，必须强大国力；要强大国力，必须强大人心；要强大人心，必须让天下人——尤其是读书人，对自己的人品和能力充满自信！

所以，张栻才会说，普通人也和尧舜一样，拥有"本然之性"；只要保护好这"本然之性"，便人人可成尧舜，人人能做圣贤！

看着眼前的万千学子——他们绝大多数都是年轻人，是大宋未来的希望，张栻忍不住勉励说："不管凡人、圣人，其性也近；不管凡人、圣人，其心亦同。若能修炼此心，保护此性，则人人能做君子，乃至圣贤！诸位都要立成圣成贤之志，勤于学问，修炼身心，教化万民，涤荡世风，好使我大宋，能早日得以中兴！"

十一

会讲结束，张栻命人奉上笔墨纸砚，请朱熹为岳麓书院题词。朱熹略一沉思，提起毛笔，饱蘸浓墨，在宣纸上写下"忠孝节廉"四个大字。众人见这四字写得端庄大气，忍不住大声喝彩。

朱熹说："我辈行于世，当存忠孝心，行仁义事，立修齐志，读圣贤书。"

张栻听了这话，很觉得心，回头对众弟子说："紫阳先生这十六字，你们当终身谨记并践行之！"

众弟子齐声称是。

见时候已不早，张栻便命开席。张栻和朱熹自然同桌，相陪的还有张孝祥和湖湘学者胡广仲、胡伯逢、彪居正、刘大时等人。林用中虽是晚辈，因为是客人，也被请到了主桌上。

张栻端起酒杯，对朱熹说："自从三年前舟中一别，真是无日无夜不在思念之中。今日能再见元晦，实在快慰平生！来，先干了此杯！"

朱熹与张栻此前两次见面，第一次他忙着赶赴前线，第二次则处于国败父亡的哀痛之中，加之相处时间甚短，不足以全方位了解他。

后来两人虽时常通信，却多为讨论学问；字字句句呈现的，是一个理性而冷峻的张栻。

现在听了他这番话，朱熹才知道，张栻还有至情至性的一面，胸中一热，也端起酒杯，说："敬夫所言，亦是朱熹心中所想，干！"

两人同举酒杯，向同桌其他人示意，然后便一饮而尽。众人也跟着他们饮光了杯中酒。

"来，吃吃拙荆专门为你炒的湖南菜。"张栻热情地招呼。

然而，朱熹因对湖湘学太过仰慕，见今日湖湘学者齐聚一堂，忍不住便和众人交流起来。宇文绍娟亲手为他烹制的湖湘名菜，反而入口不知其味。

随着交流的深入，朱熹发现，其他湖湘学者都有些夸夸其谈，不落实地；真正言必有中的，只有张栻。

朱熹又是失望，又是欣慰。失望是觉得湖湘诸子不过如此，过去对于他们，似乎期望过高、仰望过甚；欣喜是因为最得胡宏真传的张栻，和自己早已成为知己，要了解湖湘学真谛，只需向他请教便可。

接下来的时间里，朱熹便将其他湖湘学者晾在一旁，只和张栻独谈。两人先就方才讲学中的不同之处进行了交流，接下来，朱熹将一个心中留存已久的大困惑抛给张栻，请他指点迷津。

这个大困惑，是有关中和的。

"中和"出自《礼记》之《中庸》章：喜怒哀乐之未发，谓之中；发而皆中节，谓之和。中也者，天下之大本也；和也者，天下之达道也。致中和，天地位焉，万物育焉。

宋代的理学大家，非常重视对于"中和"的解释，并由此引申出"性与心""已发未发""察识涵养"等诸多理学上的大问题。

朱熹的先生李侗和张栻的先生胡宏，对这些问题的看法差别很大。

李侗认为，学者应在喜怒哀乐静默未发之时，就"涵养大本"。显然，李侗重视的是体验和涵养"未发"，认为涵养应该在察识之前，并由此提出"静时涵养"的著名观点。

对于这种观点，朱熹一直心存疑惑：喜怒哀乐未发之时，人全然无知，该如何进行"涵养"？想进一步请教时，李侗却又病故身亡。

三年前张浚去世，张栻护送父亲灵枢回湘，朱熹登舟哭祭，有幸得到由张栻校订并作序的胡宏遗作《知言》。在《知言》中，胡宏也对"中和"问题进行了阐释。

胡宏认为，性为体，为未发；心为用，是已发。察识发端于喜怒哀乐已发之时，一旦有所察识，便需努力操存涵养，不断扩充，让自己在道德上日趋圣人之境——换句话说，胡宏重视的是察识已发，并且察识在涵养之前。

这就和李侗"静时涵养"的观点明显不同。

朱熹知道，《知言》是胡宏一生学问菁华之汇聚，顿时如获至宝，回家后日夜捧读。经过一段时间异常艰难的思索后，朱熹认同了胡宏性为未发，为体；心为已发，为用；察识在涵养之前，且只能察识于已发等观点。

然而，随着时间的推移，朱熹对于胡宏的学说，又渐渐有所不满：如果总是在喜怒哀乐已发之时进行察识，然后再进行涵养，人就异常被动。换句话说，胡宏的学说，少了一段喜怒哀乐未发时的涵养功夫，很不利于修养；一旦万事纷起，恐不易应对，也就无法达到圣人追求的"中和"之境。

朱熹滔滔不绝地将自己这些年的思索，全部倾吐给张栻。张栻尚未说话，在一旁倾听的胡广仲等湖湘学者，已经心生不满：这摆明是对胡宏学说的冒犯嘛。

刘大时性格最急最直，忍不住讥嘲说："于未发时涵养？这不就是你老师的'静时涵养'嘛。看来你还是认为，你老师的学问最正最醇！"

这显然是对朱熹的误解。他怀疑胡宏之说，既不是要否定胡宏，也不是要回到师说，而是想找到一个方法，集合李侗、胡宏之长，弥补二人之短，提出新的"中和"论，从而彻底解决这个问题。

朱熹也是眼中不揉沙子之人，听出刘大时讥讽自己，是为了维护师说，当即很不客气地回道："为学之人，若只知株守师说，确实难有出息。不过，那株守师说之人，并不是在下！"

湖湘诸子听了这话，更加不满，都把目光投向了张栻。在他们看来，张栻既是胡宏生前最中意的弟子，又是如今湖湘学派的领军人物，理当为了维持师门尊严，对朱熹予以还击。

张栻却始终没有说话。他不说话，并不是担心出言会伤害到远来的客人——他和朱熹乃君子之交，平时信件往来中，不客气的话并没有少说，却并不影响两人的交情。他不说话，是觉得朱熹所论并非毫无道理：如果只能在已发时进行察识，再随之进行涵养，人在未发时便毫无作为，这应该不是圣人本意。

问题是，如果认同朱熹的说法，就等于否定了恩师胡宏的理论；这既是对恩师的不敬，也不免让在座的湖湘同人不满。

张栻端起酒杯送到唇边，却又没有饮用，就让它贴住嘴唇。

他的耳边，像是有百十人在吵架，每个人都在竭力表达自己，都期望得到他人的认同。终于，他们慢慢有了共识，这共识变成一句话，在张栻耳边清晰地响起：身为学者，若明知自己的学说存在漏洞，却不予纠正，这万不是为学之道。

一念及此，张栻终于开口了："以性为体，为未发；以心为用，为已发，看来确有不当之处。这个基础有了问题，察识涵养之序，也就难免有误。"

湖湘诸子见张栻不仅不维护师说，还和朱熹一起批评胡宏学说之谬，一时都勃然变色。

张栻察言观色，说："如果恩师在世，知道自己的学问尚有不足之处，一定会极尽其能，进行弥补。"

听了这话，其他湖湘学子觉得颇为有理，脸色有了缓和；刘大时心中虽仍是不服，碍于张栻是湖湘学之首，也没有出言反驳。

朱熹既是开心，又是敬佩，一脸郑重地问："那么敬夫认为，这个问题当如何解决？"

张栻不答反问："元晦对这个问题思考已久，想来已有答案？"

朱熹也不客气，说："加一个'情'字如何？性为未发，情为已发，二者再由心统而摄之……"

"性为未发，情为已发，心统性情……这'统'字，当作何解？"

"统，兼也。"

"统如果只是'兼'，怕是配不上'心'的地位和价值。夫心，主性情、贯万事、统万理——我觉得，应当改'统'为'主'。"

朱熹一方面承认张栻说得有理，一方面又认为他如此提高"心"的地位，与陆九渊将心抬到和宇宙对等的做法相类，于是没有言语，只是微微点了点头。

一旁的张孝祥见张朱停止讨论，众人一时也都无话，提议说："我看诸位都吃得差不多了，何不到我的敬简堂坐坐？"

张孝祥也倾心理学，到潭州上任后，专门选了一屋，起名"敬简堂"，并请张栻作文记之。张栻于是写了一篇《敬简堂记》相赠，阐释湖湘学派的主敬之说。

十二

众人听了张孝祥的话，都觉中意。张栻是主人，于是率先起座，携了朱熹之手，喊上湖湘诸子，和张孝祥一起下岳麓，渡湘江，来到了敬简堂。

朱熹见敬简堂修得甚为古雅，心中颇为喜欢。看过照壁上张孝祥亲自书写的《颜渊问仁章》后，朱熹开始仔细阅读张栻所作的《敬简堂记》，并诵读起来："心宰事物，而敬者，心之道所以生也……非敬，则是心不存，而万事乖析矣……遏止其欲，而顺保其理，则敬在其中。"

"好，好，敬夫此文，深得我心！"朱熹忍不住拍手赞叹，又转向张孝祥说，"我想将敬夫此文书写一遍，献给安国，薄谢亲往迎接之恩。"

听了这话，湖湘诸子觉得很开心——肯定《敬简堂记》，就是肯定张栻；肯定张栻，就是肯定湖湘学。

张栻也觉得开心。本次相会，张栻发现朱熹因为学问进展迅速，性格上也多了几分睥睨天下的气势，很多人、物都已难入他眼。自己的文章能被他击节而叹，由衷赞赏，当然值得一乐。

当然，最开心的还是主人张孝祥——当世两位大儒，一个著文，一个书写，他这敬简堂必将青史留名！

其实，朱熹对于张栻《敬简堂记》所论，并非完全赞同——对"遏止其欲，而顺保其理"一句，他是有意见的。刚才会讲之时，两人提出了各自的"理欲观"，对于张栻"存天理，遏人欲"的说法，朱熹认为其虽可自圆其说，却并不符合圣人本意，因而不愿接纳。

不过，《敬简堂记》的大部分观点，和朱熹是一致的；加之他意识到刚才饭桌上对湖湘学者多有冒犯，于是提出手书《敬简堂记》，一来可感谢张孝祥，二来可消除湖湘诸子的不快，可谓一举两得。

张孝祥命人取笔墨纸砚。笔墨未到，另一仆人却来禀告：来客了。

来者是一名青城老道，名叫皇甫坦。

高宗年间，被金国遣返的显仁皇太后——赵构生母韦氏，患了眼疾，几经医治仍不见效。赵构为此焦急无比。

某日早上探视，韦氏对赵构说，她昨晚做了一个梦，梦见一黄衣道士，长须长髯，自称能治好她的病。

赵构听了，立即下令寻找。最后，临安府某官员查访得此道士，禀明赵构后，将他送入了宫中。道士果然很快治好了韦氏眼疾，顺便还治好了赵构一位妃子的足疾。

赵构很是高兴，厚赏此道士。后来，赵构又发现他擅长长生之道，经常请他入宫讲授"长生之术"。道士由此大红，不仅成为天下道士之领袖，更受到许多达官贵人的追捧。

这名道士，就是皇甫坦。

赵昚继位后，皇甫坦继续受宠，多次受皇帝之命，前往庐山、青城山等地祈福。皇甫坦本次入湘，就是受赵昚之命，上衡山替皇帝拜神祈福的。

张孝祥听说来者是皇甫坦，赶紧出去迎接。不一会儿，便将一位须发半白，看不出年纪的老道引进了敬简堂。

一一引见过后，张孝祥说："久闻先生精于长生妙法，可不可以和我们讲讲？"

皇甫坦也不推辞，盘腿于椅，滔滔不绝讲了起来。皇甫坦确是道家高士，一番玄谈，让在座诸人不觉都听入了迷。

朱熹发现张孝祥和湖湘诸子，乃至于张栻，都被皇甫坦迷住，心中不禁冷笑：如此沉迷道家之说，可还像是读圣贤书之人？

朱熹这样想，其实是错怪了张栻——皇甫坦所谈，张栻压根没听进去多少。

皇甫坦来自青城山，张栻一见他，便想起了青城道翁。

当年和弟弟张构拜访道翁时，他们偶遇了虞允文。临别之时，道翁告诫他们三人：他日若执掌权柄，除非迫不得已，切勿轻言用兵。因为"刀兵一起，便会血流成河，尸积如山，父失其子，妻失其夫"……

对道翁所描摹的惨景，当时张栻并无体验，心中自然也就不认可。后来亲历符离之败，眼见战争所导致的种种惨景，这才明白道翁所言不虚。

近来有传言，皇帝准备选将扩军，再与金人开战。张栻是北伐复国的坚定拥护者，但他反对在无必胜把握下贸然出兵，因为这样的结果，只会是祸国殃民、生灵涂炭。

另外，张栻还想到了何钰——当初前往青城山拜访道翁，不忍、不敢再见何钰，实为主因。何钰深爱他，他也对何钰有情，但他不能娶她，否则就没有资格面向千百学子，再讲什么天理和人欲。

然而，能不能娶是一回事，会不会想又是另外一回事。离蜀已十年，午夜梦回之时，手倦抛书之际，何钰清秀幽怨的脸庞，总会不期然飘至眼前，令他忽而心碎、忽而痛惜。

此前和朱熹的通信，两人就天理人欲问题展开过激烈的争论；方才会讲之时，他们更是针尖对麦芒，谁也不能说服谁。

在朱熹看来，天理、人欲不仅是截然不同的两件事物，还是一对天然的矛盾体——不是天理压倒人欲，就是人欲压倒天理，两者势同水火，不能共存。所以，他才会坚决地提出"存天理，灭人欲"的观点。

对于"存天理"，张栻并无异议；但是"人欲"，张栻却认为并不可能，也没有必要将它完全灭掉。

譬如他对何钰：他已有妻室，虽然何钰温婉贤淑、美若仙子，且对他一片深情，但他恪守圣贤之教，拒绝纳何钰为妾——这是遵从天理。世上有很多男人，禁不住情、色之诱惑，娶了一个又一个。显然，这就不是遵从天理，而是败于人欲。

不过，他虽然没娶何钰，却时常想到她，也关心她是否嫁人，过得是否幸福。这到底是天理，还是人欲？准确的说，这应该是天理、人欲兼而有之。那么问题来了，这天理与人欲的混合体，有没有必要灭掉？又能不能灭掉？

张栻认为，这是不必，也不能灭掉的。自始至终，他都信奉胡宏"天理、人欲同行异情、同体异用"的说法，认为在很多时候，人欲与天理不仅不能分开，还不能灭掉；因为灭掉了人欲，同时也就灭掉了天理。

所以，张栻最后形成了自己的"理欲观"：存天理，遏人欲。人，应该多多发掘、固存天理，用它去遏制——而不是灭掉人欲。

一番神游之后，张栻渐渐回到了眼前之境。皇甫坦此时已讲完"长生妙法"，正在吹嘘自己的"相人之术"。

皇甫坦以道术、医术、相术驰名天下，找他相面的人着实不少。

某次，庆远军节度使李道请他给几个女儿看相。皇甫坦看了前面几个，觉得面相一般，直到看到李道的二女儿李凤娘时，才忍不住大叫："你这女儿面相极佳，他日必为天下之母！"

李道听了，万分高兴；又知皇甫坦深得皇帝和太上皇宠爱，便央他说媒。皇甫坦也不推辞，进京后便面见赵眘和赵构，把李凤娘吹得天上有、地下无。赵构、赵眘被其说动，将李凤娘许配给赵眘第三个儿子——恭王赵惇。

赵惇和大哥赵愭、二哥赵恺，都是郭皇后所生。赵眘继位后不久，便立长子赵愭为太子。赵愭为人谦虚有礼，颇有仁君之相。可惜，今年秋天赵愭患病，太医用药不当，赵愭很快撒手人寰。

按理说，赵愭死了，就应该立赵恺为太子。但赵眘认为赵恺生性懦弱，难当大任；欲立赵惇为太子，又不合礼法，怕引起朝臣反对，于是干脆暂不立太子。

张栻听皇甫坦又在吹嘘李凤娘面相如何好，将来必为天下之母，言下之意是：赵眘肯定会立赵惇为太子，让他继承大统，顿时不悦说："谁为太子，应当由圣上定夺，即便身为大臣，也只能建议。你不过一修道之士，怎敢妄议？更何况，我听说李凤娘为人悍妒，这等妇人若做了天下之母，也非天下之福！"

此话一出，在场诸人或惊或醒或喜——惊的是皇甫坦，因为被赵构、赵眘宠爱，他到哪里都被奉为座上宾，被人费尽心力巴结讨好。这般被人当面指责，还是头一遭。但他毕竟是修道之人，涵养甚好，又知张栻是闻名天下的理学大家，所说又极为在理，因而不敢与之争辩。

醒的是张孝祥和湖湘诸子。他们霍然意识到，自己作为儒家门生，不仅不对皇甫坦的修道之说和对朝政的妄议予以批评，还听得津津有味，实在是有辱圣贤之教。

喜的则是朱熹，张栻的一番话让他明白：虽然张栻和他在学问上有诸多分歧，但对儒家理想的追求与爱护之心，两人却完全一样。

朱熹高兴，因为敬夫还是那个敬夫！

经此一番变故，皇甫坦也不好意思再待，托口有事便告辞而去。

皇甫坦一走，朱熹便依诺给张孝祥书写《敬简堂记》。写完了文章，又忍不住在其后题了一首诗，暗讽张孝祥虽住在"敬简堂"，刚才的所作所为，对圣贤之学却大大不敬。

张孝祥工于诗词，如何读不出朱熹话中之意？

"在下虽将讲学之地命名为'敬简堂'；距离圣贤所提倡的敬简功夫，实还有万里之遥。望诸位士友，一定要多多指点提携我！"

说这番话时，张孝祥的目光，始终不离张栻、朱熹二人。

十三

清晨，张栻被窗外的雨打树叶声吵醒。伸手一摸，另一半床又空又冷，朱熹显已起床多时。

这一个多月来，张栻和朱熹往来于岳麓、城南两书院之间，或向慕名而来的各地学子讲学解惑，或与湖湘及其他学派的学者坐而论道，过得既忙碌又充实。

或许是因为劳累，张栻昨晚睡得太沉，早上也比平时迟起了很多。想到朱熹虽比自己大三岁，精力却比自己要好，不免有几分唏嘘。

张栻穿好衣服，拉开房门，一阵冷风夹着冷雨扑面而来，忍不住便打了个哆嗦。

张焯和冯志正吃过早饭，准备去讲堂学习，见了张栻，赶紧过来请安。

冯志小时候很听张栻的话，随着年岁渐长，慢慢便生出了反叛之心，偶尔还会不把张栻的话当一回事儿。冯康为人恭顺，又感激张家的救命之恩，对于儿子"忤逆"张栻很不满，狠狠打过他几次。

张栻信奉"子不教，不成器"，并不阻挡冯康教训儿子，冯志由此迁怒于张栻。对于张栻的教导，冯志表面恭听，心中却往往不以为然。这几年，冯志读书很用功，只盼有一天能取得功名，离家做官，这样就不必每天被张栻和父亲教训。

向张栻请过安后，冯志便立在一侧，既不言语，表情也是淡淡的。

张栻问张焯："有没有见到紫阳先生？"

张焯禀道："刚才路过您书房，看见紫阳先生正在写文章。"

张栻点了点头，说："今天很冷，去找你母亲，将我去年做的袍子拿来，我送去给紫阳先生穿。"

张焯答了声"是"，转身去找宇文绍娟。冯志也向张栻告了别，自去讲堂读书。

不一会儿，张焯拿着两件袍子来到张栻面前，说："天气冷，父亲大人也穿厚点。"

边说，边将袍子小心展开，披到了张栻身上。

张栻心头一暖，说："好了，你去读书吧。"

张栻拿着袍子进入书房，朱熹刚好完成写作，正用桌上的布擦拭手上的残墨。张栻见他红光满面、双眼放光，知道他完成了一篇满意的佳作。

将袍子递给朱熹后，张栻迫不及待拿起桌上那厚厚一摞稿纸，一看文章题目，先便感到一阵眩晕——《张浚行状》！

安葬完父亲，张栻开始写作一篇长文——《武侯传》。历经几年，方才定稿。朱熹一到潭州，张栻便将写好的文稿呈给他，请他提意见。

《武侯传》明看是写诸葛亮，实则是写张浚。张栻毫不避讳地将只剩半壁江山的宋廷，比作偏安一隅的蜀汉；将一生不忘复国大业，最终却功业未成人先亡的父亲张浚，比作为了复兴汉室鞠躬尽瘁、死而后已的诸葛孔明。

读完《武侯传》，朱熹闻弦歌而知雅意，加之感动于张栻的拳拳爱父之情，决定写一篇《张浚行状》，让世人铭记张浚之功业，继承张浚未遂之大志。这段时间里，他一有空闲，便向张栻详细了解张浚的生平。

张栻察觉其意，心中高兴莫名，介绍得愈加详细。

张栻本以为，朱熹忙于讲学论道，起码要好几个月才能完成《行状》的撰写。哪知不过一个多月的时间，朱熹便完成全文，且是洋洋洒洒数万言！

张栻平稳一下呼吸，端坐于椅，开始认真阅读。朱熹的文字异常简练精准，每一行字，都能勾起张栻对于父亲的一段回忆……不及看完，张栻已然热泪盈眶。

张栻这辈子，对他影响最深的是两人：父亲和恩师；其中，又以父亲为最。

在他还年幼的时候，父亲便指引他步入圣学之门，让他懂得人生在世，最切实紧要者，莫过于行忠孝仁义之实。年岁稍长，父亲又教他看清金虏之残暴无道，国事之颓靡堪忧，鼓励他立大志、成大业，虽百折而不挠……

父亲去世已经三年，张栻对于父亲的思念，却没有一日止歇；对于父亲的尊敬，更是与日俱增。

读着朱熹的文章，见这位自己最好且最尊敬的朋友，对父亲给予了"大勋劳、大论议、大忠大节"的佳评，不仅深合自己之心，还能有力还击宵小对于父亲的污蔑攻击，张栻心中既欣慰又感激，于是肃容起身，对着朱熹深深一揖，说："元晦美意，张栻没齿难忘。"

朱熹赶紧还礼，说："朱熹所写，绝非有意谀美。南渡以来，圣上贪图苟安、忠奸不辨；秦桧、汤思退等奸相，媚敌求和、欺君误国；庙堂江湖，则纲纪不振、道学不明……终身以恢复故土、振兴道学、忠君安民为己任，百折而不挠，至死亦不悔者，唯张魏公一人而已！"

朱熹如此说，张栻就不便再说什么感激之词，否则便显得朱熹是有意赞美。

接下来的时间，两人又就文章的一些细节之处，进行了探讨修正。等改毕全文，已是日近午天，窗外的大雨却丝毫没有停歇之意。

朱熹看着满庭雨幕，忽说："敬夫，我离家已一月多，委实挂念老母，老母只怕也是望眼欲穿。我想明日便启程回乡。"

张栻听了，自然万般不舍，说："一些学问上的分歧，我们尚未达成共识，元晦何不再住几日？"

"探讨学问，写信即可，我们以前不都是这样？"

张栻灵机一动，说："你要回家，我也不拦。不过，得等完成一件事之后……"

朱熹被勾起了好奇心，问："什么事？"

"游览衡山。"

朱熹听了，果然心动——入湘岂能不登衡山？衡山不仅风光壮美，更是胡宏的隐居之所，湖湘学的发源之地！

本次入湘，和湖湘诸子的会谈，让朱熹对湖湘学的敬仰已不如以往，但湖湘学毕竟有其独到之处。更重要的是，湖湘学——主要是张栻继承并发扬的湖湘学，对他的学问有莫大的启发，让他的学问能够日入精深之境。

基于以上种种理由，朱熹怎能临衡山而不登？而这一切，似乎都已被张栻窥破。

朱熹不由叹道："敬夫洞悉人心之能，朱熹真是自愧不如。"

这么说，也就是答应留下了，张栻异常高兴："我让弟子准备一下，我们明日便往衡山。"

"不！"朱熹断然打断张栻，"今日便去！"

张栻看了看屋外的大雨，也豪兴大发，说："好，今日便去！"

十四

风雨之中的湘江，朔风呼号，浊浪排空。朱熹透过雨幕，发现湘江沿途的民居多为草房。屋顶茅草被大风吹飞，百姓们正冒雨捡拾稻草，修补屋顶。他们没料到初冬时节，还有这般大风雨，一个个手忙脚乱、呼儿唤女、悲天号地。

张栻叹息说："潭州这几年经过共父的治理，百姓的生活虽略有改善，也不过是维持温饱而已。一旦遇到天灾，便又会回到食不能果腹、屋不足遮身的困境。"

朱熹没有接话，看着不知何时才会停歇的大雨，不禁想起今年七月，福建崇安也遭遇了暴雨。

崇安多山，暴雨引发了山洪，山洪又携卷乱石而下，吞没了无数房屋田畴，百姓无粮可食、无屋可居，陷入惨绝之境。

州官见状，一边将灾情上报朝廷，一边知会朱熹，请他协助崇安官员，参与赈恤事宜。

说起来，朱熹并无官职在身，完全可以不理此事。然而，一想到在洪水和泥石流中挣扎求存的百姓，朱熹又良心难安，简单收拾了一下，便和县里的官员一道，奔走于穷山荒谷，访查灾情，救助灾民。

一路行去，只见处处都是被洪水淹没的房屋，被沙石覆盖的庄稼；淹死、饿死的百姓无法掩埋，亲人无奈的悲号回荡山谷，碎裂人心。

朱熹伤痛难抑，发而为歌：

> 纤陌纵横不可寻，死伤狼藉正悲吟。
>
> 若知赤子元无罪，合有人间父母心。

与百姓的惨况形成鲜明对比的，是官员的冷漠。身为父母官，他们对于百姓的凄惨生活，不仅毫无同情之心，就连应尽的责任也是敷衍了事。

本来，官府张贴的榜文宣称，将在灾区施米十日，以确保每个灾民都能获得五日的口粮。事实上，赈米的车辆在每个地方只是略作停留，官吏们又没有用心维持秩序，导致获得赈粮的都是一地的无赖之徒，老实的良民和住得远的百姓，则颗粒无得。

朱熹对此很不满，建议同行的官员延长施米时间。官员却以"受灾之地过多，只能速行"为由拒绝。朱熹又建议将赈灾之车分作若干队，分赴多地施米，官员又以"车不足，人亦不足"为由搪塞。

朱熹失望至极，发出了"今日肉食者，漠然无意于民，直是难与图事"的感慨。

看着湘江两岸被暴雨惊扰的百姓，朱熹忍不住便把今年七月在崇安的经历，一一讲给张栻听。

张栻听罢一阵沉默，良久方说："官吏利欲熏心，不顾百姓死活；刁民寡廉鲜耻，只图一己之私——这不是崇安一地才有的现象，只怕天下处处皆是如此。究其根底，可归结为'圣学不明'四字。"

朱熹点头说："敬夫所言甚是。传播圣学，教化世人，你我还当努力。"

张栻指了指身后的几位弟子，笑道："光靠你我只怕不够，还得让他们和我们一起努力才行！"

这次陪同朱、张二人往衡山的，还有林用中、宇文绍节和范仲黼。范仲黼虽入张栻之门甚晚，但他为人质朴，学习用功，很得张栻喜欢，所以这次也叫上了他。

范仲黼三人听了张栻的话，忍不住都笑了，沉重的气氛顿时减轻不少。

见张、朱一直立于船头，三位弟子担心他们被风雨伤了身体，便劝说二人回到了船舱。宇文绍节又让船家烫了一壶酒，几人喝了热酒，身体一暖和，心情也好了几分。

来到衡山脚下，雨已小了很多。宇文绍节担心路滑，便叫了两乘轿子供张栻和朱熹乘坐，他们三人则步行随之。张栻和朱熹一边观赏衡山美景，一边说些闲话，不觉便到了半山腰。

张栻抬头一看，只见山峰峻峭，白雪皑皑；往下一看，又见群山连绵，湘江环绕，不禁诗兴大发，回头对朱熹说："元晦，如此美景，岂能无诗？"

朱熹心想：挑战完理学，你又想和我挑战写诗吗？捻了一下胡须，笑道："你先写，我来和。"

张栻略微沉思，已得佳句：

上头壁立起千寻，下列群峰次第深。

兀兀篮舆自吟咏，白云流水此时心。

"好诗！"范仲黼等三人先喝起了彩。

朱熹也赞道："好一句'白云流水此时心'，道出了我等此时心境！"

这一两个月，两人不是在探讨艰奥的理学，就是在议论堪忧的国事，精神高度集中，心情有时还不免沉重。直到登上衡山，看到壮美山河，方才心中一宽，达到自由自在的本真状态。一句"白云流水此时心"，精准无比地概括了两人此时心境，可谓神来之笔。

赞叹完毕，朱熹又陷入了困扰：张栻的诗写得这么好，自己怎么去和？

以朱熹的才情，脱口成诗并不难。不过，如果吟出来的是平庸之作，那就是拿鱼眼去配珍珠，一来亵渎了张栻的佳作，二来他也丢不起这个脸。

范仲黼等三人都沉默着，朱熹知道，他们都在等他的和诗，这样一来心中更急，灵感更是迟迟不至。

张栻察言观色，已然知情，为避免朱熹难堪，便向他和林用中介绍起衡山的景色来：衡山美景众多，却以祝融峰之高，方广寺之深，藏经阁之秀，水帘洞之奇最为知名。以上四者，并称"南岳四绝"。

另外，衡山还以寺庙众多享誉于世，除了刚才提到的方广寺，还有福岩寺、祝圣寺、南台寺等诸多寺庙，是善男信女的南天佛国……

朱熹一边听着张栻的介绍，一边构思诗句。等天色向晚，明月升起，朱熹的和诗终于成了：

> 晚峰云散碧千寻，落日冲飙霜气深。
>
> 霁色登临寒夜月，行藏只此验天心。

朱熹刚吟诵完，便赢得张栻、范仲黼等人的一片赞叹声。

范仲黼心想：先生的诗展现的，是衡山之雄壮、心胸之舒展；紫阳先生却另辟蹊径，选择了群山之上的一轮寒月，写尽其清幽高洁。两位大儒学问上难分伯仲，写诗也是各有千秋。

接下来的几天，张、朱也是这般一边游览，一边和诗。宇文绍节和林用中都带有笔墨，便将各自老师的诗作录了下来；短短几天，已达几十首之多。

范仲黼提议说："两位先生何不将游览衡山的诗歌结集刊印？"

张栻点了点头，说："这个提议倒不错。元晦，你认为给诗集起什么名字好？"

"就叫《南岳酬唱集》吧。"

张栻看着朱熹，笑道："名字有了，诗歌的数量却还不够——我们还得多多努力才行！"

这日，一行人来到了福岩寺。

福岩寺是天台二祖慧思所造，颇为雄伟壮丽。在寺庙的石柱上，还刻有一副闻名天下的对联：

福岩为南山第一古刹，

般若是老祖不二法门。

游览完寺庙，张栻又来了诗兴：

回首尘寰去渺然，山中别是一风烟。

好乘晴色上高顶，要看清霜明月天。

这一次，朱熹的和诗来得极快：

昨夜相携看霜月，今朝谁料起寒烟。

安知明日千峰顶，不见人间万里天。

范仲黼、宇文绍节、林用中听了朱熹的和诗，都吃了一惊：张栻的诗有出尘之意，朱熹的和诗却字字都是入世，颇有点儿针锋相对的意思。三人不由得都把目光投向张栻，看他会说些什么。

张栻却陷入了沉思。

经过这段时间的探讨，张、朱两人在"中和"等理学问题上，已取得一致。譬如，张栻接受了朱熹"性为未发，情为已发"的说法，只是建议将"心统性情"改为"心主性情"。朱熹虽然仍坚持"心统性情"，却将"统"字的意思，解释为"兼有"和"主宰"，事实上认同了张栻的观点。

至于察识、涵养的关系，朱熹提出"无时不涵养，无时不省察"，主张察识、涵养相交助。这就突破了胡宏和李侗对察识、涵养强分先后的局限，可谓一大进步。

与此同时，张栻也根据和朱熹的讨论，提出了"涵养、省察相兼并进"的观点，两人可谓是殊途同归。

不过，仍有一些问题，两人经过一个多月的探讨，仍得不到一致：比如，察识的具体对象。

朱熹认为，察识主要应当向外精察物理；张栻则继承了胡宏的学说，认为察识是向内的精察吾心，目的是达到"明心识性"。

朱熹认为胡宏、张栻的这种学说，不仅与佛学相近，还和陆九渊、吕祖谦的心性说相似，因而多次讥讽。

此刻，见朱熹又以和诗讥讽自己，张栻虽不介怀，却也决定小小地还击一下他，于是笑道："元晦，这里毕竟是寺庙，你这诗虽好，却不应景哦！"

还有一番话，张栻没有说出——朱熹那"存天理，灭人欲"之说，与佛道之论相似之处似乎更多。试想，如果将人欲——哪怕是朱熹所认定的那些人欲全部灭掉，不就接近于佛家的"无欲"之说了吗？

第七章　治道之争

一

"张公，您可以进去面圣了。"内侍李珂笑眯眯地说。

张栻看不得他的殷勤样，板着脸微一颔首，随他进入了垂拱殿。

张栻本次入京，是为"陛辞"而来——他已被任命为知严州事。按宋制，地方官员上任之前，要面见皇帝接受训示，称为"陛辞"。

刘珙入京之后，和陈俊卿一再向赵眘荐举张栻。按陈、刘之意，以张栻之才德，完全可以招入京城委以重任。但赵眘听说这些年张栻在潭州讲学论道，影响越来越大，担心他喜空谈而不擅实务，如果贸然委以重任，只怕会误事。几经考量之后，最终决定派他知严州。

对于这样的安排，张栻其实挺满意。

因是恩荫入仕，几年前在京城，张栻明里暗里受到很多人的讥讽与轻视，这被他视为奇耻大辱。这些年来，他潜心理学，开坛授徒，渴望救国救民固然是主因；想做出一点成绩给瞧不起他的人看看，却也是原因之一。

如今朝廷派他任职地方，若能就此做出一番实绩，当更能让朝中大臣不敢小瞧他这个"恩荫"之人。

行过拜见礼后，张栻看了一眼龙椅上的赵昚：皇帝比几年前要胖些，精神似乎也要好些。

宋金熄战，李金等民变被一一剿灭，太上皇对朝政的干预也越来越少，少了这些忧心事，赵昚的身体、精神都随之转好。同时，因为坐稳了皇位，又是青春鼎盛之年，赵昚越来越喜欢乾纲独断——对此，张栻也时有耳闻。

"你能为朝廷出力，朕很感欣慰。"赵昚看了张栻一眼，继续说，"近年士大夫风气不正，有人朝廷召其做官，他以种种理由推辞；有人则只愿意任所谓的'清职'，不屑于任所谓的'浊职'。"

张栻知道，皇帝口中"不愿做官者"指的是朱熹。

陈俊卿和刘珙举荐张栻的同时，也举荐了朱熹。朱熹却以"老母无人照料"为由，拒绝出山为官。

来临安之前，张栻和朱熹曾在书信中就是否应诏做官有过一番争论；争论的背后，是二人对于"知行关系"的不同看法。

朱熹认为，一个学者只有学问达到相当程度，才够条件去做官；否则，不仅自己不能成就一番事业，还可能祸害一地百姓。

显然，朱熹认可的是"知先行后"。

为了说明"知"在"行"之前，朱熹还打了一个比方：你准备去一个陌生的地方，先得查阅书籍或是请教他人，搞明白去这地方的路该怎么走。如果没得到这些知识便赶路，很可能会迷路。

张栻的看法却不一样：去一个陌生的地方，只问清楚路该怎么走是不够的。因为你不知道书上记载或别人说的对不对，也不知道路况是不是有了新变化。

最好的办法，是在了解怎么走之后，亲自去走一遭。这样你能到达想到的地方，能验证书本或是别人的说法是否有误，甚至还能获得新的路况知识。

很显然，张栻认可的是"知行互发"：做学问与做事——当然也包括做官，可以互相生发、互相促进。

在张栻看来，学问好固然有益于做官；反过来，做官也可增益学问。大凡学问，都是有用则盛，无用则衰。做事是学问之运用，可使一个人的学问百尺竿头，更进一步。再说了，如果非要等到学问达到一定高度后才去做官，只怕那时自己已垂垂老矣，再不能为朝廷分忧，为百姓请命了。

因此，张栻和朱熹对于朝廷的诏命，便有了完全相反的做法。

至于"只愿任'清职'，不愿任'浊职'"，则是当时相当一部分士大夫的通病。

"清职""浊职"，是当时士大夫对官职的分类。大体来说，"清职"指的是政务不繁杂的职务，"浊职"指的则是职事烦琐的职务。

因为所谓的"清职""浊职"，赵昚还发过一次火。

事情是这样的：

官员莫子济，本是御史台的一名普通官员。赵昚见他做事尽职尽责，决定重用他。恰好司农少卿一职有缺，赵昚就提拔他任了此职。

令赵昚没想到的是，对于这个任命，莫子济本人没说什么；朝中一些士大夫，却替他叫起了屈。

这些士大夫认为，司农少卿是司龙寺的副长官，是掌管仓廪、籍田、苑囿等的一个官职，乃是典型的"浊职"。将进士出身的莫子济，从御史台的"清职"转为司龙寺的"浊职"，名义上是对他的升迁，实则是对他的侮辱。

经过几年的历练，尤其是因为龙大渊和曾觌的任职问题，和百官拉锯了几个回合后，赵昚已深谙帝王之术，遇事不轻易表态，喜怒亦不形于色。

然而这次，赵昚还是忍不住发了火，在朝堂上痛斥群臣："农事乃国之根本，司农少卿一职，事关重大；你们士人出任此职，于名声有何妨碍？你们熟读圣贤典籍，岂不知《周礼》一书也大谈理财之道？周公、孔子若能复生，一定也不会看不起司农少卿这样的职务。你们这些孔门子弟，将司农、理财之事，视为不屑为的'浊职'，孔圣人若是泉下有知，一定也会像朕一般暴怒不已！"

张栻对于士大夫擅长夸夸其谈，却不屑于实务的做法，也很看不惯，于是奏道："微臣也曾听某些士大夫说什么'儒者不知兵，儒者不言财'，其实都是腐儒之论。圣贤之学，贵在经世致用；若只知空谈，不喜实务，那便是泥古不化——若身在高位，必为误国之臣！"

赵昚听了这番话，很是满意，用目光鼓励他继续说下去。

张栻于是又说："某次，微臣和一位大臣论及汉高祖。该大臣说，汉高祖功勋不小，却有一病：不喜欢儒学。我反驳说，汉高祖不是不喜欢儒学，只是不喜欢腐儒而已。高祖聪明大度，仗义履正，如果能遇到博学而又能任事的真儒，岂有不喜欢之理？若有真儒相助，高祖之功业，只怕还要高上数倍！"

张栻这番话本是就事论事，却不免被赵昚认为，这是把他和汉高祖相比，心中颇有几分得意；同时，也生出了和汉高祖一样"不遇真儒"的遗憾。

赵昚暗想：他这番言论，倒颇有"真儒"之相。这么一想，就有些后悔将张栻放到地方任职了。

然而，君无戏言，赵昚只能安慰自己：放他到地方历练一番，若他真有经世致用之才，便将他召回身边，委以重任；若他连小小的严州也治理不好，说明他也是一个"腐儒"——不过比其他腐儒，更能说道与掩饰而已。

张栻却还有一番话想说："陛下，微臣认为，如今最值忧虑的，还不在崇尚虚文，而在于投机奔竞之风日益炽烈。没有职位的，谋求补缺；已有职位的，希冀升迁；已经升迁的，则觊觎肥缺美差。为了权位利禄，府州官员取悦于监司，各路监司取悦于宰执大臣。宰执大臣一方面网罗投靠者，另一方面则投陛下之所好，顺陛下之所愿，只求能永得恩宠……"

宋朝的转运使、转运副使、转运判官等职，具有监察州县官员之权责，故统称为"监司"。

听了这番话，赵昚忍不住打了一个激灵：隆兴和议达成后，宋金暂获和平，他将目光转向了内政，希望通过完善内政以富国强兵，等时机一到再挥师北伐。

然而，他很快发现，搞好内政并不比派军队收复中原简单：官吏腐败和朋党纷争两个恶疾，就像横在他面前的两块巨石；不管他怎么用智使力，都不能撼动其分毫！

张栻这番言语，正是指向这两个恶疾的。赵昚感觉就像自己背心痛痒最烈，偏又挠不到之处，给人伸手好好地挠了几下，心中说不出的痛快，一句"你所说，真乃警世之言"就要脱口而出，一个疑惑突然闪现：张栻方才说的"宰执大臣投陛下之所好，顺陛下之所愿，只求能永得恩宠"，说的是哪位宰执？

赵昚继位后，因朝中老臣凋亡，青黄不接，一直没能找到合适的宰执人选。刚继位那几年，赵昚不断更换宰臣。光宰相一职，就换了六个，任职时间长的不超过一年，最短的只有三个月；有时甚至干脆空缺，由参知政事代摄。

直到今年，赵昚才以陈俊卿为左相，虞允文为右相，组成了相对完整的宰相班底。

那么，张栻针对的是陈俊卿还是虞允文？

张栻做官，陈俊卿是主要的举荐之人；照此来看，他针对的应该是虞允文。

针对虞允文并没有什么，但如果张栻联合陈俊卿与虞允文为敌，那就是嘴里说着反朋党，私下却拼命地搞朋党了。

这么一想，赵昚便冷淡了许多，问："依你看来，应当如何才能遏制官吏腐败和朋党之风？"

"微臣认为，还是应当弘扬圣学。靖康之变，亘古未有。士大夫不记仇耻，或结党宴安江左，或逐利贻害百姓，圣学不明，实乃主因……"

赵昚早料到他会说这些——和那个总是拒绝做官，却总喜欢上奏表给他提意见的朱熹如出一辙。

为了不损自己的仁君形象，赵昚耐着性子，听着张栻关于弘扬理学便能挽救世道人心的种种论述，不时还要肯定几句，以免被张栻看出他的心不在焉。

二

面圣结束，张栻回到家，冯康禀告说，有一位客人已等候多时，现正在客堂饮茶。

张栻一边迈步去客堂，一边问冯康："来者是谁？"

"他说自己是虞丞相府的……"

张栻已知其来意，停下脚步说："你告诉他，我忙着去严州赴任，今日不见客！"

说罢把身一转，去了内堂。

宇文绍娟正在打点行礼，见张栻回家，猜他还没吃饭，吩咐冯康之妻李氏："去厨房给老爷炒两个菜，烫一壶酒。"

"夫人，我不饿。"

宇文绍娟嗔道："忙了一上午还说不饿，也不知道将息自己身体。"

张栻微微一笑，转开了话题："挺臣来信了，他说家里一切安好，要你放心。"

挺臣，是宇文绍节的字。

张栻一家准备启程去临安时，宇文绍节也动身回四川。和他一起回川的，还有范仲黼。

范仲黼在张栻门下学习了一年多，学问大增，以致有脱胎换骨之感。他无意仕途，只想回到成都，开坛讲学，让蜀地学子无须如他一般远赴潭州，也能领略张栻学问之精妙。

临行之前，范仲黼郑重邀请张栻回乡游览与讲学——如能和朱熹及吕祖谦一同入川，那就更好了。

张栻、朱熹在岳麓和城南书院联袂讲学，开有宋一代会讲之先河。自此之后，各地书院邀请外地大儒到书院讲学论道，便蔚然成风。

张栻叹息说："我何尝不想回乡？此前，忙于讲学；而今，朝廷又让我知严州，实在是不得空闲！放心吧，我若有空，一定会再回蜀地。家乡，还有我很多故人呢……"

张栻心中突然生起一股冲动——何不让范仲黼去看看何钰？哪怕，只是问问她的消息也好？

说起来，他和宇文绍节相处更久，关系更密；但宇文绍节毕竟是宇文绍娟的堂弟，不便让他去做这件事。

可是，即便是对范仲黼，张栻也不无顾虑：让范仲黼知道他还关心另一个女子，会如何看他？倘若消息泄露，普天下的士子，又将如何看他？

直到范仲黼和宇文绍节向他辞行，张栻仍犹豫不决，于是不顾二人劝阻，一路将他们送到了渡口。当初他迎接朱熹的古渡，被潭州人起了一个新名字：朱张渡。

宇文绍节提前雇好的船夫，已经在此等候。

"先生，江边风大，您早点回去吧。"范仲黼劝道。

"没事，我等你们上船再走。"张栻心中突然无比痛苦，因为他发现在天地之间，甚至在他身体之内，似有万千种力量，阻挡他去关心一个他爱同时更爱他的女人。

这力量是那样强大，那样正当，让他无力抵抗；甚至，不敢去抵抗。

范仲黼发觉了张栻的异样，问："先生，您没事吧？"

"哦，没事。"张栻掩饰说，"只是有点舍不得你和挺臣……时候不早了，你们快上船吧。"

张栻将范仲黼和宇文绍节赶上船，船夫解缆划桨，小船逐渐远去。两人立于船头，向张栻挥手作别。

张栻也举起右手，临空挥动。

时近傍晚，江上水雾突起，很快将小船吞没。偌大天地，倏忽间只剩张栻一人。江风猎猎，犹如呜咽；流水潺潺，似在低泣，张栻突然悲从中来，直想放开胸怀，痛痛快快哭上一场！

李氏已经端来酒菜，陷入往事、愁绪突起的张栻，满满倒上一杯酒，仰头一饮而尽；然后一杯接着一杯，直饮到酩酊大醉。

次晨起来，张栻心中已不似昨日那般难受，便带着宇文绍娟母子和冯康一家，以及弟子陆岭和沈齐，前往严州赴任。

张栻急着去严州，有一个重要原因——吕祖谦在严州州学任教授。张栻在潭州那几年，吕祖谦曾数次到城南书院拜访。在理学和教育理念上，两人颇多相合之处。譬如，二人都认为，"明人伦"乃是教育之要。

任严州州学教授后，吕祖谦开始编写讲义。他从《春秋》《孟子》等典籍中，辑录有关君臣、父子、夫妇等人伦的内容，加以注解点评，编成了《阃范》一书。

吕祖谦知道张栻这些年在岳麓和城南书院讲学，积累了不少编写讲义的经验，便将书稿寄给张栻，请他提意见。好友所托，又是有关教育的大事，张栻自然义不容辞，认认真真阅读了书稿，并提出了修改意见。

张栻将书稿连同一封信一同寄给吕祖谦，同时告诉吕祖谦，一到严州，他会马上到州学拜会。

天气一天比一天冷，这日更是下起一场大雪，很快便给天地万物裹上了一件宽厚的白衣。那雪却仍不知足，兀自纷扬而下，不知何时能停。

吕祖谦早上醒来，随手抓了一件衣服穿上，刚走出房间，学生曾止良迎了上来，问："先生，今天还去州衙吗？"

吕祖谦看了一眼积满厚雪的院子，说："去，当然要去。"

曾止良犹豫了片刻，喏嚅着说："先生，学生有一句话，不知当讲不当讲？"

吕祖谦瞪了他一眼，说："有话直说便是，你什么时候变得这般扭捏？"

"我觉得南轩先生，是在故意躲您呢。他说一到严州，就立即来拜访您；结果，您等了足足半月，却不见他登门。您亲自到州衙找了两次，僚属又说他公干未回——哪能都这么巧呢？"

听了这番话，吕祖谦哈哈一笑，说："敬夫不是这样的人！"

说罢，迈步下阶，朝着大门走去。飞雪见了他，就像见了亮光的飞蛾，纷纷扑将过来，很快便盖了他一头一脸。吕祖谦也不拂拭，只顾走路。

新娶的夫人韩氏，听到脚踩积雪的"咔嚓"声，从厨房小跑出来，见吕祖谦已经走到了门口，忙叫道："老爷，你还没吃早饭呢。"

吕祖谦的原配夫人，是著名诗人韩元吉的大女儿，已于七年前去世。今年，他又续娶了原配夫人之妹。

"不吃了！"吕祖谦头也不回，昂首和曾止良走出了大门。

"你不吃饭，好歹也要洗一把脸吧。"韩氏看着他的背影，小声嘟哝。

冒雪赶到州衙，僚属告诉吕祖谦，张栻仍未回来。

曾止良问："你可知道，张府君何时能回？"

"不知道。"

"那就回去吧！"吕祖谦衣袖一甩，转身便走。

曾止良跟在他屁股后面，嘀咕道："又白跑了一趟，若是留在学堂，可以背好几篇文章呢。"

和张栻不一样，吕祖谦鼓励学生参加科考。一些学生为了高中，不惜死记硬背。

吕祖谦没有说话，快步直走，任凭飞雪扑面，寒风割衣，也不管不顾。

曾止良见先生拐进了右侧一条街巷，忙说："先生，州学在前面呢。"

"时候尚早，饮几杯再回去。"吕祖谦头也不回地答道。

曾止良这才明白，几次不见张栻，先生虽然嘴里不说什么，心里还是有了不痛快。

二人来到一家酒楼。因是除夕，酒楼门上贴了两幅"丰年图"的年画，店内却没什么客人，丝毫不见"丰年"之相。

严州虽离都城临安不远，却甚为贫穷，普通百姓一年所得，除去赋税，仅够饱腹，上馆子实属奢侈之举，因而酒楼饭馆大都生意不好。

店家见好不容易来了两个客人，殷勤相迎，一迭声地介绍着店里的招牌菜。吕祖谦要了一坛酒，菜品则由曾止良去点。

不一会儿，店家便将烫好的酒和炒好的菜端了上来，吕祖谦端起酒坛，正欲倒酒痛饮，忽听得背后有人说："元日将至，独饮岂不无趣?"

吕祖谦回头一看，来人却不是张栻是谁?!

三

和张栻一同而来的，还有四个十多二十岁的青年。吕祖谦认出其中一人，是张栻儿子张焯，其他三人在城南书院见过，却已忘记其名字。

"敬夫，要见你一面，可真是不易啊。"

张栻听出吕祖谦话中的埋怨之意，赶紧道歉："伯恭理该生气，确实是我做得不对……"

吕祖谦字伯恭。

张栻一到严州，发现此地贫穷远超自己想象。当下便想查明原委，于是带着冯康和几个熟悉本地情况的僚属走访州内各地。这么一来，就把拜访吕祖谦一事搁在了一边。

经过一番考察，张栻得出严州民生艰难的原因主要有二：一是土地贫瘠，收成不丰；二是赋税繁重，民不堪扰。

巡查结束，张栻星夜赶回州衙。

将近州衙大门之时，张栻发现吕祖谦正好离开，连叫了几声"伯恭"，都因风声过大，吕祖谦又走得疾如奔马，曾止良则忙于追赶，因而没被他们听见。

张栻心想明天便是元日，便让冯康回府叫出了张焯等四人，一路追赶到了酒楼，想顺便和吕祖谦团个年。

知道了原委，吕祖谦不仅心中不满烟消云散，对张栻的做法还极为认可："敬夫一片爱民之心，那些贪官墨吏见了，只怕会汗颜无地。"

"朝廷既然派我主政严州，我就不能在其位不谋其政。《尚书》有云：民为邦本，本固邦宁。为政之首，莫过于'养民'。使民能饥有所食，渴有所饮，上能事父母，下能养妻儿，而后再教以礼仪，一地之政，自能达善治之境。"

"这就是孟子所谓'有恒产者有恒心，无恒产者无恒心'。"

"没错，百姓一旦饥寒交迫，必然利欲动而恒心亡。恒心一亡，什么事做不出来？一国之君，一地之长，不能养民，让民为盗为寇，而后又以严刑峻法待之——这分明是让万千无辜百姓，去承当君王、百官所造下的罪孽！"

吕祖谦见张栻一说到理政之道便滔滔不绝，笑道："再这么说下去，酒都冷了。来，坐下边饮边说！"

张栻微笑着挨着吕祖谦坐下，张焯几人也各自依年龄坐好。

吕祖谦亲自端起酒坛，要给张栻倒酒。

张栻伸手拦住，说："今天是除夕，咱们喝点儿别的。"

伸手召来店家，让他速烫两坛屠苏酒来，同时又加点了五六个菜。

屠苏酒又名岁酒，以大黄、白术、桂枝等中药入酒，相传为华佗所创，再经孙思邈之手而广为人知。宋人辞旧迎新，屠苏酒乃必饮之品。

看着店家高兴地离开，张栻拱手说："今天应当由我请客，好给伯恭赔罪。"

吕祖谦笑道："你是一州长官，你说了算。"

店家先将烫好的屠苏酒端上桌。张焯等四人之中，陆岭头脑最活，手脚亦快。他一把拎起酒坛，给吕祖谦、张栻各满满斟上一杯，接下来是曾止良、张焯、冯志、陈齐，最后是自己。

宋人惯例，饮其他酒是由长到幼地饮，喝屠苏酒却是自幼到长地喝。吕祖谦还不熟悉张栻三个弟子，提议说："不如你们依年龄大小，每人饮酒一杯，再做个自我介绍？"

张栻笑道："这提议好，免得我和伯恭一一介绍你们。"

还有一层意思，张栻和吕祖谦没有、也不能明说——让他们自我介绍，还可以通过他们的言行，观察他们的学问人品，并以此比较：两人的学生，谁更胜一筹？

五人之中，陈齐最小，便由他开始，依次是陆岭、张焯、冯志、曾止良。总体来看，张焯等几人谦恭有礼，沉稳有度，不卑不亢；曾止良则随心所欲，别有几分潇洒之态。

吕祖谦看了张栻一眼，那眼神分明在说：你的学生好，我的学生可也不赖。

张栻微微一笑，算是回应。

吕祖谦指着陆岭说："观这孩子说话做事，倒颇有几分像我的弟子。"

听了这话，陆岭很是高兴：张栻教学生，注重义利之辨，对于学生参加科举，虽不反对，却也不甚热衷。对那种读书只为科举的人，还极为厌恶。

陆岭出生于寻常人家，祖父、父亲都希望他能取得功名，光耀门楣。他知道吕祖谦素来鼓励学生参加科举，并有一套应试之法，早就想得其指教，好早日科场扬名。

听了吕祖谦的话，陆岭赶紧站起，朝着吕祖谦作了一揖，说："能入张先生之门，已属万幸；若能再得吕先生指点，那将是锦上添花，于圣学一途，将更为精进。"

陈齐不屑地想：你说的不是圣学，是如何中进士吧！然而，陆岭是他师兄，又是他表哥，加之还有两位长辈在场，他不宜出言讥嘲。

陆岭的一番话，倒提醒了张栻，于是举杯向吕祖谦说："伯恭，今日将他们四位叫来，除了想欢聚一堂，热热闹闹除旧迎新，其实还有一事想拜托——我官事缠身，实在无暇教导他们，恳请伯恭将他们收入州学，让他们能继续学习圣人之道。"

说罢，端起酒杯欲饮；忽又停住，笑道："不对，你比我小，应当你先饮……"

吕祖谦比张栻小四岁。

张栻作为一代大儒，却将包括儿子在内的弟子送到自己座下，吕祖谦大为高兴，端起酒杯一饮而尽。张栻紧随其后，也饮光了杯中酒。

比他俩还要高兴的是陆岭，他给两位先生斟好酒，又依照原序，给自己师兄弟和曾止良斟酒。放下酒坛，陆岭看了一眼张焯、冯志和陈齐，三人会意，都起身端起酒杯，恭恭敬敬地向吕祖谦敬酒，算是行了拜师之礼。

了却一件大事，张栻又从宽袖中取出一份文稿，递给了吕祖谦。

吕祖谦一看，不禁大喜若狂——这是张栻为他编写的《阃范》一书所作的序。在序中，张栻对此书极为推崇，认为不但州学学子当倒背如流，但凡严州能识字之人，也当人手一册，时时诵读。

"伯恭此书，搜罗典籍，评注精当，可谓尽得圣人之道。圣人之道，其要在明五伦、辨义利，其难在知行互发、经世致用。"张栻进一步恭维《阃范》一书，同时委婉提醒吕祖谦：不要过于鼓励学生热衷功名。

吕祖谦也是一代大儒，如何听不懂张栻的话外之音？不过，在他看来，读书为功名、甚至为了做官，没什么不好——孔子当年周游列国，也是想得到各国君主的重用嘛！

吕祖谦含糊地点了点头，转移开话题："敬夫想访民疾苦，何必急于一时，甫一到任便匆匆而行？"

"到任之后，已近年关，我想早点查明缘由，一来可抚恤孤寡，让他们能过个好年；二来也想早点上奏，让朝廷能减免严州的赋税。"

吕祖谦不由得更为佩服，拱手说："敬夫为民之心，任事之能，别说是我，就是元晦也望尘莫及！"

吕祖谦这话，说自己是自谦，说朱熹却是实指。

张栻知道，对于朱熹的不喜为官，吕祖谦颇多微词。在吕祖谦看来，士大夫有机会入仕，就应该好好把握，并借此造福一方。另外，吕祖谦还认为，朱熹三番五次推辞做官，并非真正无意仕途，而是想捞取更大的名声。

"伯恭过谦了。"张栻说，"其实想做事，不一定非得做官——就拿元晦来说，他首创社仓，博施济众，便是难得的利民之举。"

今年夏秋之际，闽北建阳、崇安、浦城一带闹灾荒，饥民遍地，以致蜂聚为盗。朱熹受邀与乡耆刘如愚一起，劝乡里豪民降价卖粮，并请求官府发放常平仓存粮六百石，大量饥民才不致饿死。

然而，朱熹知道，劝赈、放粮只是权宜之举，为长远计，还是应该建立社仓。社者乡社，仓者粮仓，简单说，社仓就是设于乡社，在饥荒时用于救济的粮仓。不过，具体做法朱熹尚未想清楚，但有一点是确定的——社仓只能民办，不能官办。

上次张栻、朱熹在潭州相会，吕祖谦正在为母守孝，否则也将到潭州一会。对于没能参加这一盛会，吕祖谦倍感遗憾。他也是好胜之人，心中早立下大愿：总有一天，我也要组织一场盛会，盖过张、朱的潭州之会！

虽然吕祖谦没能前往潭州，但张栻和朱熹有关理学的争论，都由张、朱二人在写给他的信中提及；张、朱唱和而成的《南岳酬唱集》，张栻更是全稿寄给了他，请他批评指正。

吕祖谦喝了一口酒，缓缓吟道："'昔我抱冰炭，从君识乾坤。始知太极蕴，要眇难名论。'能入元晦法眼的人不多，唯独对敬夫，他是敬重有加啊。"

吕祖谦所吟诵的这首诗，是朱熹上次和张栻分别之时写来赠给张栻的。

虽然在潭州、衡山之时，张、朱二人发生了很多争论，甚至有一些不愉快，但朱熹对张栻的敬重，并未减少；对张栻给他学问上的帮助，更是无比感激。分别之际，朱熹动了真情，写下两首长诗相赠张栻。吕祖谦所吟那四句，就是其中一首长诗的一部分。

张栻谦虚两句，目光正好落到吕祖谦有些脏的脸颊上；而他的衣袖，更是因为多日未洗而油光发亮。

张栻颇觉有趣：朱熹和吕祖谦都是他的好友，这两人不仅学问针锋相对，就连生活习性也大相径庭。朱熹注重自身形象到"洁癖"的程度；吕祖谦却不拘小节，经常五日不洗脸、一月不更衣。朱熹不喜为官，朝廷屡召不就；吕祖谦则不仅自己喜欢做官，还积极鼓动学生参加科举。

在张栻看来，两人都有点走极端，于圣贤所提倡的中庸之道不合。

"伯恭，有一件事，我一直想劝劝你。"张栻的表情突然变得异常郑重，"作为名满天下的大儒，你应该多注意一下自己的衣冠容止。"

"衣冠容止，不过小事。"吕祖谦不以为然。

张栻脸上的表情变得更加庄重，说："伯恭此言差矣。圣人之学，尤重一'敬'字。敬虽由心而生，衣冠容止却是敬之外化。若衣冠不肃，焉能说其心有敬？"

一番话说得吕祖谦哑口无言。

两人又饮谈一阵，忽听得楼下一阵喧闹。不一会儿，店家爬上楼来，恭敬问道："请问哪位是张使君？"

张栻说："我便是。"

"小人有眼不识泰山，还请张使君恕罪。"店家的态度除了恭敬，更多了几分敬畏。

张栻笑道："是我没有说，你何罪之有？说吧，找我有什么事？"

"下面有十多个百姓，想见张使君。"

张栻心想：除夕之夜，不在家守岁，反而来见官，定然有极大的冤情。

"伯恭，你先坐坐，我去看看。"

四

张栻来到楼下，果见有十多个百姓，有老有幼，所穿之衣均打满了补丁。见了张栻，一行人顿时长跪于地，有几人甚至痛哭起来。

张栻伸手扶起居中那位哭得最为凄恻的老翁，说："大家都起来，有什么冤情，尽管直言。"

老翁却说："张使君，我们没有冤情，而是特来相谢。"

张栻仔细一看，发现他们中有几人是他几天前亲自看望过的鳏寡，心中已然明了。

"使君一到严州，便带领僚属探贫访困，救济弱小，与此前那些只知搜刮的恶官大为不同。我等受使君之惠，永世不忘使君之恩德！"

老翁说完，又带领众人跪下。

张栻忙伸手将老翁扶起，说："张栻身为一地父母官，理当如此。不如此做的官员，才真正对不起朝廷之俸禄，圣贤之教诲，百姓之悬望。对了老伯，我看你言语不俗，应当也是读书人吧？"

老翁年轻时确实读过几天书，家境也还过得去。无奈婚后一直没有子女，前年老妻又去世，成了鳏夫，日子才逐渐变得艰难。最近一两年，已到家无余粮之境。若无官府救济，只怕今年这个年关就难以挺过。

知道老翁是读书人，张栻很是高兴，说："你年长，又读过书，我想劳驾你一件事。"

"张使君有令，草民一定不惜贱躯，尽力而为。"

"我想请你，探访乡里之间友睦邻里、扶助亲友之人……"

本次下乡，张栻遇到不少拦轿告状的百姓。他们有的泣诉，邻居霸占了他们的良田；有的怒斥，亲友谋夺了他们的财产……张栻一一审理，发现其中有的是实情，有的却是诬告。不过，有一点是可以确定的：本地民风不淳，圣化不足，以致纠纷诉讼不绝。

张栻明白，要让严州得到善治，纯粹靠官府救济是不行的，一来财赋有限，二来有些事情，靠钱也解决不了。因此，他想树立几个"扶助亲友，友睦邻里"的典型，让他们荣耀乡里，进而改变严州亲人反目、邻里恶斗的不良风气。

早朝过后，赵昚单独留下陈俊卿和虞允文。

"左相，你来读读张栻这篇奏折，他是你举荐的人。"赵昚一边说，一边将奏折递给了旁边的李珂。

李珂弯下腰，高举双手接过，走下台阶，将奏折交到陈俊卿手里。

皇帝脸上不怒不笑，陈俊卿不知他葫芦里卖的什么药，只能先遵旨读奏折："惟是此方，素称瘠土，而其赋税，独重他州。编居半杂于山林，稔岁犹艰于衣食……"

等陈俊卿读完，赵昚问："张栻认为严州赋税过重，请求明年的赋税减少一半，二位认为如何？"

"不可！"虞允文马上表示反对，"此例一开，以后各州县纷纷要求减少赋税，国家哪有银钱收复中原？"

对于虞允文"只管收复，不论其他"的做法，陈俊卿早已看不惯。但他素来老成持重，此时仍不疾不徐说："收复固然重要，民生亦不容忽视。张栻奏折中提到，严州因地瘠民穷，赋税过重，已经逼得一些百姓啸聚山林。如果再酿成李金那样的大乱，于国于民都是莫大损害。再说了，减免严州的赋税，并不意味着其他州县就会效仿。"

赵昚说："左相所言，也有几分道理，那就依张栻所奏，今年严州赋税减少一半。张栻到严州不过数月，却做了不少实事，严州官民对他赞誉有加。目前朝廷缺人，我想将他召回京城，你们认为可授予何职？"

听了这话，陈俊卿知道皇帝对张栻并无不满，暗舒了一口气，说："臣始终认为，以张栻之才德，完全可以位列宰执，再不济也能做一部之首。他所欠缺者，唯有资历。然他是张魏公之子，自幼深受熏陶，明晓为臣做官之道；如今短短数月，又让严州一片治平，足以堵塞悠悠众口——陛下大可放心重用他。"

虞允文嗤道："张栻缺的岂止资历？他还缺少一个进士头衔！"

"用人但看才德，何须管他是不是进士？赵普辅佐太祖打下偌大江山，不知他头上可有进士桂冠？"

"此一时，彼一时。赵普身处乱世，当然没机会考取科名。张栻身处治平之世，为何不入科场？"

"张栻不入科场，是因为他认为理学才是救世之道，不愿意浪费太多时间于举业之上……"

虞允文忍不住打断陈俊卿说："狡辩，狡辩！"

说起来，虞允文对张栻并无恶感，还一直想拉拢他。张栻是张浚之子，又力主抗金，如能与他结盟，对于自己的恢复大业将大有助益。然而，去年他派门客邀请张栻到府赴宴，张栻却避而不见，这就太伤虞允文面子了。

另外，这一年多来，虞允文和陈俊卿在很多政事上看法相悖，处得极不愉快。虞允文又知道张栻乃陈俊卿死党，就更不愿意让他做太大的官。

见陈俊卿不再说话，虞允文气得吹胡子瞪眼睛，赵昚知道自己该发话了："那就先让张栻任吏部员外郎吧。"

知永州事是五品，吏部员外郎是从五品，这样做，其实是降了张栻的职——陈俊卿这才明白，对于张栻奏请减免严州赋税，皇帝只是表面赞同。

陈俊卿、虞允文一时无话，赵昚却动起了心思：两位宰执如此不和，是该外放一人了。

五

虽然已是亥时，临安著名酒楼惜春楼里，依然烛照辉煌，酒香飘荡，莺歌燕语与猜拳行令之声，透窗飞来，引人遐思。

临安的酒楼有官办民办之分，官办酒楼大多仿效汴京，重视门楼的宏丽装潢、室内的精致摆设。民办酒楼则风格多样，或高堂华屋，或曲径通幽，或以酒菜名世，或以歌妓揽客……

惜春楼是临安著名的民办酒楼，共有六层，每层被隔成十余包厢，包厢内装潢大多富丽奢靡，又有色艺俱佳的歌妓献歌陪酒，遂成京城权贵名流，时常宴饮寻欢之地。

曾觌是惜春楼的常客，双脚刚跨过门槛，香风燕语便扑面而来：

"曾公来了？想听什么曲儿，我给你弹。"

"还是先喝一杯吧，我专门叫人购了一坛和乐楼的雪泡梅花酒，正好拿来给曾公消暑。"

"上次曾公答应给我填词，如今过了一个多月，却连影儿也没有——今天要是再得不到曾公的词，我就别想睡觉了。"

……

曾觌如蜂蝶穿过花丛，上了楼梯后，方才回头笑问："玉娘呢？"

"哎呀呀，曾公只知道问玉娘，这也太伤咱们姐妹心了！"

玉娘是惜春楼头牌，即便贵为王侯，想听她一曲见她一面，也极为不易。曾觌从回京到现在，也只会过她一次。

乾道三年（1167），曾觌和龙大渊因被陈俊卿弹劾"泄露机密政事"，被赵昚赶出临安。龙大渊恐、辱交加，于次年便一命呜呼。曾觌身体比龙大渊好，扛住了这"无妄之灾"，只是一想到，不知何时才能回到临安这富贵温柔地，便整日长吁短叹。

曾觌不知道，自从他们离开京城，赵昚便开始思念他和龙大渊。龙大渊一死，赵昚更感愧疚，一直在寻找机会，想将他从和州召回京城。

曾觌通过内侍得到了这个消息，顿时满心欢喜。

可惜，世上没有不透风的墙——皇帝想召回曾觌的消息，不知怎么就传到了陈俊卿耳里。陈俊卿马上入宫面圣，极力反对此事。其时虞允文刚被陈俊卿举荐，由四川宣抚使升为右相，一方面对陈俊卿心怀感激，一方面不想开罪整个士大夫群体，也上书反对曾觌回京。

左右二相齐声反对，朝臣也是群起附和；赵昚无奈，只得打消了这个念头。

消息传到曾觌耳中，已是十日之后；失望、惋惜、痛恨等诸般情绪，在曾觌心中交织，令他恍恍惚惚，仿佛不在人间。等清醒过来，才体会到那种无以言说的痛楚。

一连半月，曾觌混迹酒楼，酒入愁肠，又化成一阕阕哀婉凄伤的词，多情地诉说对皇帝和临安的相思。

曾觌留恋临安，主要还不在热衷权位，而是舍不得临安绮丽风雅的生活：三秋桂子，十里荷花；绿水逶迤，芳草长堤；暖风熏人，笙歌不绝……普天之下，只有临安能集齐这么多胜景佳人、风流雅致，其他地方与它相比，无不别若霄壤。

曾觌等了整整三年，终于等到陈俊卿被罢相。他逮住机会，写了一道读了令人血泪齐下的奏表，连同几首此前所写的婉转缠绵的词，一同送往临安，向皇帝陈情。

恰好赵昚也对他极为思念，便一道诏书，将他召回了临安。

曾觌推开那个名叫"彩云居"的包厢，里面三人赶紧起身迎接。三人是一男二女，男的名叫张说，是今天请客之人。张说旁边，是一长相平平，芳名叫作李蓉的歌妓。

张、李二人对面的那位歌妓，玉容似月，纤腰如柳，笑容款款，声音甜软——却不是玉娘是谁？！

"曾公请上座。"张说满脸堆欢地招呼。

曾觌挨着玉娘坐下，笑眯眯地看着玉娘从长袖中伸出纤手，给他面前的银杯注酒。一缕冷冷的梅香飘来，满屋燥浊暑气顿时一扫而空——正是和乐楼知名的"雪泡梅花酒"。

"曾公，先喝一杯酒消暑。"玉娘笑吟吟地捧着酒杯，递到曾觌面前。

曾觌趁势握住了玉娘洁白如象牙的十指。玉娘满脸晕红，一笑挣脱，嗔道："酒还没饮呢，就开始胡来了。"

曾觌已是半痴，说："这就叫'酒不醉人人自醉'。"

张说和李蓉闻言，顿时一阵大笑。

玉娘不理他，拿过一旁的琵琶，清音一起，玉歌随之而来：

数尽万般花，不比梅花韵。雪压风欺凭地寒，铲地清香喷。　半醉折归来，插向乌云鬓。不是愁人闷带花，花带愁人闷……

听玉娘唱起自己所作的《卜算子》，曾觌早已神魂颠倒。玉娘受人所托，更是频送秋波，让曾觌几达不能自已之境。

"张说敬曾公一杯。"

看见张说伸过来的酒杯，曾觌这才如梦初醒，和他碰了一杯，两人仰头同饮，默契地亮了亮杯底。

张说本是禁军中一名低级武官，后因娶了赵构皇后吴氏的妹妹为妻，这才名位遂显，步步升迁。如今，他已是枢密院都承旨兼明州观察史。

张说任明州观察史，在朝中还闹出了一场轩然大波，并最终导致了陈俊卿的去相。

虞允文虽是文人，却以武功名震天下，对武将也是青睐有加。张说看中了这点，多次拜访虞允文，以谋求升官。虞允文果不负他所望，爽快地应承下来；并偷偷奏秉明皇帝，拟好了任命张说为枢密院都承旨兼明州观察史的委任书。

然而，这事却传到了陈俊卿耳里。

在此之前，虞允文和陈俊卿，已经发生过一次大冲突：三月前一次朝会，虞允文突然建议皇帝遣使赴金，要求金人归还太祖、太宗诸帝陵寝所在之地。

陈俊卿则认为此举不仅徒劳，还很有害——金国皇帝不但不会同意归还领土，还会怀疑大宋将用兵，从而早作防备。这显然不利于恢复大计的从容进行。

两人各执一词，当着皇帝的面争了个面红耳赤；本就不好的关系，由此更是急转直下。

如果说是否遣使赴金，还只是政见不同；虞允文背着他升张说的官，就是纯粹的龌龊之举，是可忍孰不可忍了。

在陈俊卿看来，张说不过是一个外戚，才干人品均低，这样的人如果步步高升，怎么让满朝正直贤能的士大夫服气？长此以往，还有谁愿意为国尽力、为君尽忠？

另外，虞允文偷偷操作一切，不把自己这个左相放在眼里尚在其次，破坏规矩、败坏朝风，才是深值忧惧之处！

基于以上种种，陈俊卿找到了虞允文，一贯涵养甚好的他大发雷霆，与虞允文大吵了一架。

虞允文向来脾气火爆，其胆如虎。陈俊卿的反对和指责，不仅没能让他改弦易辙，反而激发了他血液中天不怕地不怕的因子。等陈俊卿一离开，他便强行将张说的委任书发了下去。

陈俊卿听到消息，更加愤怒，连夜入宫叩见皇帝，痛斥虞允文专横霸道、任用小人。

两相不和，贻害政事，赵昚早有心去掉一人。现在看来，这个人应该是陈俊卿。一来他虽支持北伐，却过于保守；二来他对于自己任用曾觌等近臣，张说等外戚，始终激烈反对，实在是有些讨厌。

于是，赵昚开始对陈俊卿虚与委蛇。

陈俊卿看明白了皇帝的心思，知趣地住嘴，回家后便写了一封奏表，提出辞相；赵昚顺水推舟，派他知福州。

虞允文由此成为独相。

陈俊卿一去，张说谋求升职之心，又开始蠢蠢欲动。但他毕竟才升为明州观察使不久，再谋升官，能否成功，实在是没有把握。他知道曾觌既受皇帝之盛宠，又和虞允文过从甚密，于是不惜血本请动了玉娘，邀曾觌到惜春楼一聚。

听完张说所说，曾觌摇了摇头，说："此事只怕不易。"

张说心中一凉，问："陈俊卿不是走了吗？"

曾觌一阵冷笑，说："陈俊卿走了，那个人却回来了……"

见张说满脸疑惑，曾觌便以手蘸酒，开始在桌上写字。

张说凑近一看，他写的是：张栻。

曾觌最大的敌人，本是陈俊卿。如今陈俊卿被贬出朝，他也顺利地被皇帝召回。他对陈俊卿的恨，也就随之消减了几分。

不过，虽已回到临安，曾觌却待得并不安心：只要张栻还在京城，就随时可能抓住他什么把柄，再把他赶出京城——跟当年陈俊卿所做的一样。

另外，曾觌始终不能忘记，当年在德寿宫门口，张栻避他如同避瘟疫——这样的奇耻大辱，若不能报而雪之，实在是枉为丈夫！

然而，如今张栻圣宠正隆，目前已是翰林院侍讲兼左司员外郎，经常入宫给皇帝讲课；他又为人方正，难以寻其污点。

曾觌知道，为今之计只有多结盟友，等待良机，看能否将张栻赶出京城。

见张说满脸失意相，曾觌端起酒杯，笑道："也不是毫无成功之可能，虞公那里，我可以代为致意；不过有一个人，需要你亲自拜访——只要他愿意帮忙，这事便不难成功。"

张说大喜，问："不知此人是谁？"

曾觌一脸高深，又用手蘸酒，在桌面写了起来。张说凑近一看——上木下子，乃是一个"李"字。

六

皇宫内，张栻正在给赵眘讲《诗经》之《葛覃》篇。《葛覃》写的是一位女子，虽贵为妃子却不忘织纴之事。

赵眘已经料到，张栻讲完文章，一定会指摘一番现实，故意静默不言。

果然，张栻很快进言道："自古以来，治生于敬畏，乱起于骄淫。陛下应牢记稼穑之苦，后妃也应不忘织纴之事，如此国家方能长治久安。若身为君主，却不重农事，反而加重税赋，兴利扰民，天下便会大乱。"

陈俊卿去相之后，赵眘加快了北伐复国的步伐。他听信虞允文及其党羽之言，广增赋税以扩充军费，很多州县已是民不聊生。

前不久，虞允文死党史运志，以"均输"之名掠夺州县财赋，张栻率先上奏弹劾，刘珙等官员群起响应。最终，史运志以"广立虚名，徒扰州郡"之罪，被贬为团练副使，永州居住。

但是，张栻很清楚，只要皇帝急于用兵，增税扰民便会成为一件禁止不绝的顽疾，所以一有机会便会规劝皇帝爱惜民力，以免逼出一个又一个李金。

赵眘听了张栻的话，点点头以示同意，同时转移开话题："金国最近发生了不少事，敬夫可知道？"

"臣不知。"

赵眘兴奋地说："密探回报，金国连续数年饥荒歉收，盗贼四起，已是天下大乱之象。"

张栻略作沉思，已知皇帝想就是否即刻对金用兵，探他的口风。

一念及此，几年前符离溃败的种种惨状，全部飞至眼前；当年青城道翁的那番话，又在耳边响起：刀兵一起，血流成河，尸积如山，父失其子，妻失其夫……人间至惨，莫过于此！

张栻心头一颤，说："金人之事，臣并不清楚；但本朝的事，臣却看得明明白白——近年以来，各路都有州府，或遭水灾，或遇旱荒，民众贫穷日甚。州府官员利欲熏心，巧取豪夺，让百姓雪上加霜。我朝与金国，谁内政更堪忧，实难比较。"

赵眘听了这话，脸色一沉：这不是说我的治国水平，还不如金国皇帝吗?!

李珂察言观色，赶紧给赵眘奉上一盏西湖龙井，说："陛下，天气热，您饮盏茶，免得中暑。"

赵眘接过猛饮了一口，将茶盏重重掼在李珂捧着的托盘里。

张栻察觉到皇帝的不快，但他还是决定继续说下去——乾道元年（1165）的李金之乱，以及这些年他观察到的朝廷内外的种种乱象，让他深切明白：多几个刘珙、张栻，不过是多几个善治的潭州、严州。要想天下大治，唯有皇帝正心诚意，遵循天理；而只有国内得到善治，北伐复国才成为可能，才有机会避免又一次符离惨败！

"眼下的大宋，财匮兵弱，即便金国确可图谋，只怕大宋也没有吞并它的实力。更何况，上次朝廷遣使赴金，要求归还祖宗陵寝，金虏不仅不许，还已心怀戒心，暗自加强守备——此时出兵，只怕正中其意！"

陈俊卿辞相后，虞允文再次提议派使臣到金国，要求金人归还大宋历代皇帝的陵寝之地。赵眘很快同意，先后派资政殿大学士范成大、中书舍人赵雄使金，却都无功而返。

因为此举，赵眘和虞允文受到了许多士大夫的批评。如今张栻再度提及此事，赵眘不禁勃然变色，说："朕渴望要回祖宗陵寝，纯属一片孝心。你是当世理学宗师，口口声声说什么'为人子，止于孝'，却又指责朕不该遣使赴金，岂不自相矛盾？"

张栻不慌不忙说："祖宗陵寝隔绝，不管是对陛下，还是对张栻这样的臣子，都是不忍言及的切肤之痛。但是，眼下大宋不能正名以绝金人，奉辞以讨金人，反倒想以卑辞厚礼要回陵寝，徒劳不说，其实也不合于大义。"

赵昚听了这番话，怒意稍减，问："照你看来，朕应当如何做，才能收复中原？"

张栻朗声奏道："欲复中原之地，先得中原之心；欲得中原之心，先得吾民之心。"

"得人心者得天下，这个朕明白——问题是，如何得吾民之心？"

张栻见皇帝逐渐被劝服，心中暗暗高兴，说："只需做到八个字就可以了：不尽其力，不竭其财。"

见赵昚若有所思，张栻又进一步说："今天的第一要务，是晓明大义，匡正人心；兴农爱民，以壮国力。陛下治理天下，千头万绪，事或急或缓，什么先做、什么后做，需要详细规划。这是作为明主，一定要深察的。

"至于收复故土，陛下当先下哀痛之诏，明复仇之义，显绝金人，不与通使——此乃正名之举，不可不为。接下来，陛下可内修道德，外立仁政；任用贤能，休养百姓；挑选将帅，训练甲兵，将修内政和攘外敌合二为一⋯⋯

"当然，最关键的还是务实，杜绝一切虚文装饰。如果能做到以上种种，必胜之形就会显现；就连原来浅陋畏怯的人，也会奋勇争先，为收复失地而努力。到时候天下大治，失地尽复，陛下便是又一个汉光武帝！"

听罢张栻滔滔不绝一番言辞，赵昚不免冷笑：说来说去，你就是不同意现在对金用兵！但他很清楚，不管张栻说的有无道理，这都是当下士大夫群体最主流的意见，即便他贵为君主，也不能等闲视之。

比起即位之初发动的"隆兴北伐"，赵昚本次北伐才起了个念头，就遭遇极大阻力。除了虞允文等少数人外，其他王公大臣，均不同意即刻用兵。张栻本是坚定的主战派，如今也主张"先修内政，再动甲兵"，其中况味，很值得把玩。

"朕有些乏了，今天的经筵，就先到这儿吧。"

"是，臣告退。"

"等一会儿。"张栻转身之际，赵昚又喊住了他，问，"如果张魏公今日尚在世，不知会怎样看待用兵一事？"

张栻不由怔住，良久方说："父亲的看法，身为儿子，不敢妄测——但我知道，父亲恨金虏，却也爱大宋子民！"

七

张栻回到家，见宇文绍娟双眼红肿，脸颊如洗，显然是才哭过。张栻吃了一惊，问："夫人，出了什么事？"

宇文绍娟不满地看了相公一眼，问："你可还记得今天是什么日子？"见张栻仍一脸懵懂，宇文绍娟叹息一声，又说，"今天是二祖父一家，被金虏杀死的日子……"

说罢不能自抑，两行清泪又顺颊而下。

张栻恍然大悟，同时大为自责：怎么会忘记这个日子？

宇文绍娟的二祖父，名叫宇文虚中。建炎二年（1128），宇文虚中奉赵构之命出使金国，想迎回徽、钦二帝，结果一入金营便被软禁。后来，金国贵族发现宇文虚中品行高洁、工于文辞，且有治国之才，又还他自由，并决定重用他。

宇文虚中知道南归无望，只得同意。他一直心怀故国，虽然做着金人的官，做的却是有益大宋的事。

其中最著名的一件，是挑动并帮助金熙宗完颜亶，以相位削掉金国"战神"完颜宗翰的军权。完颜宗翰很快愤懑而死（有传是被毒杀）。虚中此举，既为徽、钦二帝报了掳掠之仇，又为在江南立足未稳的赵构去一劲敌，可谓功莫大焉。

秦桧为相后力主议和，宋金战事稍停。

金廷为了让宇文虚中一心仕金，移文大宋，索要宇文虚中家属赴金。宇文虚中之弟，同时也是宇文绍娟祖父的宇文时中听到消息，立即上奏赵构，极力反对此事。

宇文时中泣陈赵构：金人可能已发现虚中为大宋谋算，索要家属，也许是想更好地掌控他，甚至是为了报复他。同时，他还提醒赵构：一旦家属被送到金国，虚中将有所忌惮，再不能像以往一样，做"身在曹营心在汉"的事。

其时张浚已经去相，且被秦桧忌恨，也不顾自身安危，接连上表，力陈此事之弊。

然而，赵构和秦桧担心不送虚中家属赴金，可能惹怒金人，破坏好不容易得来的"宋金和平"，遂不理宇文时中和张浚所请，选派一千士兵，强行将虚中家眷数十口，押送至宋金边境。虚中家属自知此番入狼窝，再无全身归故里之日，一路扶老携幼，号哭不绝；路人听了，无不心碎落泪。

家属北行，虚中虽有所忌惮，却仍默默做着反金之事。绍兴十五年（1145），他联络金国国内的反金义士，密谋营救宋钦宗。

计划实施之前，忽听到一噩耗：他的一名手下，担心事不成殃及自身，已前往金国皇宫告密。虚中情知难逃，决定孤注一掷，率领手下义士围攻金国皇宫，意图杀死金熙宗。无奈势单力孤，手下义士大多被杀，虚中本人则被活捉。

金人将虚中及其家属、仆人共百余口锁于家中，在门外、墙下堆满柴薪，然后举火焚烧。其时乃是白天，烟雾腾起，遮天蔽日，使得晃晃白日，顿时漆黑如夜。虚中一家被烈火焚烧的哀号之声，更是远传数里，惨不忍闻。

消息传回大宋，已是几年之后。其时宇文绍娟已经和张栻成婚，听到噩耗，当即昏厥，一个时辰后方才醒转。张栻怜惜爱妻，更敬佩虚中的忠义爱国，每年他的忌日，都会和夫人一同祭奠。

"对不起，夫人，我……"张栻一紧张，反而不知该怎样向宇文绍娟解释。

宇文绍娟擦掉脸上泪痕，淡淡一笑，说："没办法，谁让你是大忙人呢！每天要忙政事，要给陛下讲经，还要著书、授徒……"

宇文绍娟已经很久没用这种揶揄的口吻，对张栻说过话。张栻不觉心中一动，似乎时光又退回到二十年前，宇文绍娟还是那个天真无邪、嘴不饶人的少女，自己则是那个一心向学、精力无限的少年。然而，等他看到大人额角堆满的细密皱纹，才恍然明白，这一切不过是幻觉而已。

这些年里，宇文绍娟陪着张栻，忽而潭州、忽而严州、忽而京城，家中诸事，悉由她管；张栻讲学著述，交友从政，她亦要费心。因为操劳过度，宇文绍娟华发早生，看起来竟比实际年龄要大上五六岁。

张栻不禁鼻子一酸，伸手握住了宇文绍娟的手，柔声说："走，陪我再去祭奠一次二祖父。"

相公平时难得如此温存，宇文绍娟甜出一脸羞涩笑容，任由他拉着朝后堂走去。

祭奠完毕，宇文绍娟亲自端来一盆水，张栻正要洗手，冯康忽进来禀告：刘珙前来拜访。

张栻草草洗了手，来到客堂，只见刘珙正来回踱步，显得颇为焦躁。刘珙一见张栻，便大嚷道："敬夫，虞允文竟然说动陛下，任命张说为签枢密院事！"

听了这消息，张栻也不免大惊，但他注重修养，脸上的表情仍是波澜不兴。

刘珙犹在大叫大嚷："让我和张说这样的人共事，还不如辞职！"

刘珙现任同知枢密院事。

张栻劝道："共父莫急，先饮一盏茶。"

刘珙也确实渴了，端起桌上的茶一饮而尽。喝罢将茶盏重重一放，又将吞入口内的茶叶，连续数口唾了出来。

一通宣泄，刘珙渐渐平静下来，盯着张栻问："敬夫，你素来多智，你认为此事应当如何办？"

张栻能有什么好办法？

张说升职，明看是虞允文的举荐，背后却是皇帝的意思——他对于皇亲国戚和原太子府的旧人，素来照顾有加。

从严州入京，尤其是被皇帝选为侍讲之后，张栻很是振奋了一阵子。

张栻当然也想像父亲一样，位列公卿，出将入相，好好干一番大事业。如果不能，那就退而求其次，做个帝师，劝皇帝正心诚意，任用贤能，使天下得以善治。毕竟，耗尽他大半生的理学，若是不能用来"格君王之非"，其意义便会大打折扣。

然而，几次讲经，皇帝表面上听得认真，对他"亲君子、远小人"等诸多劝告，却只是嘴上喏喏。不管是之前的召回曾觌，还是现在的重用张说，都证明了一件事：皇帝在任用小人方面，仍然我行我素。

"我也没什么好办法。"张栻颇为无奈，"为今之计，只有据理力争，让圣上收回成命。不过，在见圣上之前，我得先去见一个人。"

"见谁？"

"虞允文。"

八

听说张栻前来拜访，虞允文很是吃惊：最近几年，他多次派人邀请张栻赴府一聚，都被他婉言拒绝。如今突然登门，想必不是什么好事。

来到客堂，寒暄过后，虞允文笑道："同在京城，要见敬夫一面却也不易。"

张栻知道他指的是什么，却装作不懂其意，说："朝堂之上，张栻和虞公不是经常见面吗?"

这是明明白白告诉虞允文：咱们之间，只有公，没有私。

听了这话，虞允文笑容顿敛，也换上了公事公办的口吻："敬夫今日登门，不知所为何事?"

见虞允文如此爽快，张栻也不转弯抹角了："听说虞公已举荐张说任签枢密院事?"

虞允文已经猜到张栻是为此事登门，不急不忙地说："张说是皇亲国戚中，少有的德才兼具之人；另外，他出生行伍，熟知军事，由他任签枢密院事，我觉得很合适啊。"

张栻冷笑一声，说："不知虞公哪只眼睛，看出张说'德才兼备'?"

虞允文当然知道张说无甚才德，可他有苦衷：皇帝以他为独相，想再次出兵北伐。然而，支持他的人，寥若晨星；尤其是那些文臣，不但不支持，还对他的北伐计划极尽讽刺之能事。

就拿眼前的张栻来说，因他是张浚之子，虞允文一直认为，他会和自己一样力主北伐。凭借其父的声望，以及理学宗师的身份，张栻拥趸众多，若能得他相助，北伐大业便可无往而不利。

为此，虞允文不惜自降身份，一再派手下殷勤致意，却每次均被张栻拒绝。不愿结交也就罢了，他还在接受皇帝问询时，断然反对自己的用兵计划。

张栻的态度，就是满朝士大夫的态度，这令虞允文异常恼火，却又无计可施。

对于虞允文来说，北伐大业是无论如何不能放弃的——大丈夫生而在世，理当建功立业，名垂青史！同时，他也相信自己有能力收复中原。想当年，他以一介书生，尚能在采石矶挽狂澜于既倒，让野心勃勃的完颜亮不但不能"立马吴山第一峰"，还命丧叛军之手。

如今大权在握，只要皇帝支持他出兵，饮马黄河，收复二京，又有何难？

问题是，一个篱笆三个桩，一个好汉三个帮；要成就大业，必须有人襄助。

虞允文现在的处境，颇类似当年的王安石：因为正直之人不支持变法，王安石只好起用吕惠卿、蔡卞这等人品不佳之人；因为刘珙、张栻等大臣不支持现在对金用兵，虞允文也只能重用张说这样的皇亲国戚，并和曾觌这样的近臣套近乎。

虞允文说："敬夫没仔细听虞某的话，虞某刚才说，张说是皇亲国戚中，颇有才德的一位……"

张栻冷哼一声，打断他说："原来虞公用人，是两套标准：皇亲国戚一套，士大夫则是另一套！"

虞允文被他讥刺得满脸通红，说："一个人是否有才德，那是仁者见仁，智者见智之事。敬夫或许觉得张说无才无德，但本人和圣上却觉得张说才堪大用！"

张栻想不到，虞允文身为宰相，竟然如此巧舌狡辩；而他摆出皇帝想压服自己，更是为人不齿！

一念及此，张栻忍不住冷笑数声，说："如果虞公执意要升张说的官，张栻倒有一言相送：宦官执政，自蔡京开始；皇戚、宵小执政，自虞公开始！"

听了这话，虞允文不禁勃然变色，说："虞某所为，全是为了北伐大业，并无一丝一毫之私心。你将虞某和蔡京这等奸臣相类，岂不过分?!"

这话张栻相信：虞允文纵有种种不是，却有清廉之官声；而张栻今日入虞府，见他身为宰相，居家却如此简朴，更知传言不虚。

张栻自知言重，但他确实担心，一旦重用皇亲国戚的先例一开，本已不甚清明的朝廷风气，将更加污浊不堪。虞允文则把张栻将他比作蔡京，视为生平未有之奇耻大辱。两人一时都没有说话，只听得粗重的喘息声，满室回荡，犹如虎啸狼吟，令人不安。

良久之后，还是张栻打破了僵局："虞公锐意北伐，张栻向来十分佩服。只是如今朝廷内外，德政不修，贤能未用，赋税日重，民不聊生；将帅以北伐之名剥削士卒，士卒饥寒穷苦而生怨谤——内政如此堪忧，北伐焉能顺利？"

这类"先修内政，再言刀兵"的论调，虞允文已经听刘珙等大臣说了多遍，实在懒得辩驳，当下冷哼一声，问："敬夫对于金人，是否已无恨意？"

"不！"张栻又想起宇文虚中之惨死——何止宇文虚中，还有冯康的父亲，以及千千万万的大宋百姓，均是死于金人的刀剑马蹄，"我对金虏的仇恨，未曾一日消解！"

"那为何一再阻止虞某用兵？"

"张栻刚才已经说了：现在还不是用兵的时候。不知虞公可还记得，十多年前，青城道翁对我们说的那番话？"见虞允文不理，张栻又说，"道翁劝我们切莫轻言用兵，因为刀兵一起，便会'血流成河，尸积如山，父失其子，妻失其夫'……"

虞允文不禁讥嘲道："敬夫身为一代理学大师，却将一老道的话牢记于心，不知可对得起孔孟二程诸位圣贤？"

张栻脸上微红，顿了一顿，方说："道也罢，佛也好，只要言之成理，便可为我所用。初听道翁此言，我也不以为然。后来经历符离溃败，目睹了'边庭流血成海水'的惨状，才知道翁所言不虚……"

虞允文忍不住说："那是因为你在符离惨败，而我却在采石矶取得大胜！"

此话一出，虞允文终于报了刚才那一箭之仇，心中只觉快意无比。偷眼一看，张栻果然被他气得满脸涨红。

虞允文觉得自己身为宰相，不能显得太没有肚量，于是收敛了语言的锋芒，说："成大事岂能没有牺牲？只要最终能收复故国，让万千百姓免于金虏蹂躏之苦，这些牺牲便是值得的。"

经过一番调整，张栻已然平静下来，缓缓说："虞公对于北伐，看来已是成竹在胸。张栻有一句话，想问虞公：今日北伐和当年我父亲主导的北伐相比，不知境况孰优孰劣？"

显然，今天虞允文所面临的境况，比不上当年的张浚。

从外来说，当时金国刚遭遇皇族政变，又忙于剿灭契丹人造反，可谓首尾难顾。

从内来说，当年大宋刚取得采石矶大捷，赵构因为贪图苟安，为全国士民所不满，不得不让位于赵昚。赵昚顺应天下士民之心，起用张浚准备北伐，虽有反对之声，却终压不过滔滔民意。

如果不是邵宏渊和李显忠不合，北伐大业只怕早已功成。

然而，虞允文却是个不服输之人，虽然知道今日的自己形单影只，无人力挺，仍豪气满胸地说："很多人都称张魏公为当世之诸葛，韬略冠绝天下，虞某不才，不能和他相比；张魏公声望卓著，登高一呼，应者云集，虞某更不敢奢望！不过，只要有圣上支持，虞某誓要收复河山，驱尽胡虏！"

张栻叹息一声，说："家父北伐之初，圣上不也'大力支持'他？后来一遇挫折，还不是很快改弦易辙？"

听了这话，虞允文如同五雷轰顶——张栻所言，正是他日日夜夜担心的！

这样的话，他不曾对外人说过，只是把它放在心中千百遍地斟酌、衡量；同时千百次地祈求、祷告：望皇帝言行如一，和自己一样矢志抗金，不管遭遇多大困难，也能做到初心不改！

说到底，虞允文最怕的不是北伐无人襄助，而是皇帝意志不坚——这才是北伐大业，最可怕的绊脚石。

这件他担心到几乎不敢去面对的事，却被张栻大剌剌地说了出来，等于将他心里最隐秘、最不愿示人的东西，暴露于光天化日之下！

虞允文再次口不择言："敬夫一再阻扰北伐，莫非是在嫉妒我？你我同为士大夫，我能取得采石大捷，出将入相；你却只能埋首故纸堆，干一些大丈夫不屑为之的事！"

这哪还像一个宰相说的话？张栻气得浑身发抖，努力压制内心的愤怒，起身一揖算是告辞，继而转身便走。

虞允文追着问："敬夫意欲何往？"

"面见圣上，请他收回对张说的任命！"

"敬夫不怕惹怒圣上，殃及自己？"

"与其退而保身，不如进而合道！"张栻朗声回答。

说罢袍袖一甩，再也不理虞允文，昂然走出了虞府。

九

御花园内，几十个宫女、太监凝神屏气，紧张地看着赵昚拉满了弓。因为前面几箭射得不好，赵昚已是满心烦躁，额头上布满了密密麻麻的汗珠。宫女前去给他擦拭，也被他粗暴地喝开。

"嗖……"，利箭破空而出。赵昚和太监、宫女的目光，紧随飞箭的痕迹，就像一只只饥饿的狗，盯着一根扔出来的肉骨头，看它到底归于何处。

还好，这一箭正中靶心。

"陛下英武！"太监、宫女如释重负，齐声诵圣。

为了弘扬尚武之气，让天下人，尤其是皇族、大臣，不忘恢复大业，赵昚自登基以来，一有空闲便会练习骑术、箭术。

乾道五年（1169），赵昚在练习射箭时，因用力过猛，弓弦突然断裂，反弹面部重伤双眼，以致一个月不能上朝理事。

满朝士大夫纷纷上书，劝诫赵昚爱惜龙体。

左相陈俊卿的奏表，说得最为苦口婆心：陛下以智谋之士为腹心，武猛之才为爪牙，明赏罚以鼓士气，行仁义以怀归附，金虏势必望风而靡——何待于区区驰射于百步之间！

最后，陈俊卿还以宋太祖"以坠马之故而罢猎""以乘醉之误而戒饮"的旧事，劝诫皇帝"迁善改过"，停止骑射活动。

陈俊卿等人的谆谆告诫，赵昚并没有听。等眼伤一好，他又开始练武，只是比以往更为小心，并严令太监、宫女保守秘密，以免被士大夫知道后又来嚼舌。

终于射出一记好箭，赵昚脸上露出了难得的笑容，接过宫女递来的锦帕，擦拭满脸的汗水。

这锦帕，乃是闻名天下的蜀锦。蜀锦源自先秦，历汉唐到宋，其工艺之精湛，锦纹之精美更胜往昔，深受宋朝皇帝及后宫妃嫔喜爱。

看着这方蜀锦，赵昚不由想起朝中的两位蜀人：虞允文和张栻。虞允文慷慨英武、胸怀壮志，张栻学高品洁，所见不凡——两人都是当世难得的人才。

可惜，这两人却关系不洽；某些时候，甚至还会互相拆台。

身为帝皇，赵昚最担心的是朋党。不过，如果臣下虽不结党，却彼此不和，乃至互相攻讦、贻害政事，那也不是国家之福。

李珂笑眯眯迎了上来，接了赵昚用过的锦帕，说："陛下，张栻求见。"

赵昚玩兴正浓，本不欲接见，又怕身为理学家的张栻批评他荒废政事、不尊重士大夫，于是颇不情愿地说："让他在垂拱殿等我。"

赵昚又射了几箭，这才脱掉甲衣，换上龙袍，前去垂拱殿。

见赵昚出现，等候已久的张栻，赶紧下跪行礼。

"平身。敬夫着急见朕，有何要事？"赵昚匆匆而来，心脏兀自狂跳；于是尽力将话说得和缓一些，免得被张栻发现他气喘，怀疑他又在习武。

张栻朗声奏道："臣想请陛下收回对张说的任命。"

赵昚一听，顿时皱紧了眉头——士大夫动不动就反对他的用人之策，早已令他不满。

"张说才疏德薄，根本不能胜任签枢密院事这样的要职！"

不能尽兴射箭已经令赵昚不快，听了张栻这番言论，赵昚更是恼怒异常："朕知道你们这些士大夫，历来看不起出身行伍之人。然而朕要收复中原，少不了倚仗武将！"

其实赵昚想说的是：朕收复中原，不倚仗武将，难道倚仗你们这些士大夫？虽是盛怒之中，这样的话也不敢随便说，担心说后又是一场大风波。

"陛下此举，不仅会让士大夫不满，只怕还会激怒武将！"张栻不理赵昚的恼怒，慨然奏道，"张说不仅才识浅薄，而且人品低下，这样的人担任军政要职，哪位武将会服气？如果因为他是皇亲国戚，又善于钻营公辅、迎合陛下，就能步步高升，乃至位极人臣。满朝武将，还有谁愿意一刀一枪，血战立功？"

赵昚更为不满："你是在指责朕用人唯亲，败坏朝风吗？"

"臣不敢！臣只是希望陛下能明白，今日君子小人之消长，治世乱世之更替，均在陛下一念之间。若陛下之心，能严恭寅畏，则君子小人终可分，治道终可成，强敌终可灭；若陛下不能亲君子、远小人……"

"好了，好了！"赵昚极不耐烦地打断张栻，"朕今天有点困乏，张说任职一事，下来再议吧。"

等张栻走出大殿，赵昚再也忍耐不住，狠狠一拍御案，说："朕当初就不该把他从严州召回朝廷！"

李珂赶紧奉上一盏茶，劝道："陛下饮盏茶，消消火。"

等赵昚饮完茶，李珂又小声说："陛下，小人听到一则有关张栻的消息，不知当讲不当讲？"

"讲！"

"张栻常对人说，他父亲是当世的诸葛孔明——这不是摆明将陛下您，当成了扶不起的阿斗吗？"

"竟有这等事?!"赵昚怒目圆睁，"宣虞允文即刻来见朕！"

第八章　知行互发

一

宋孝宗乾道七年（1171）的冬天似乎异常寒冷，入冬以来，每天都是阴云密布，朔风劲吹。城南书院里的花木，早已木叶尽脱，就像风烛残年的老翁老妪，在时间的风雨中苟延残喘。

已是三更，张栻犹在书房用功，忽听到一阵敲门声。

张栻惊得毛笔一抖，墨汁洒在纸上，被飘忽的灯光一映，竟殷红如血。

"谁？"

"父亲大人，是我。"

张栻心中更是惊怕，一边放下毛笔一边说："进来吧。"

张焯推门而入，见父亲一脸惊惶，知道他是误解了："父亲大人，是叔父，叔父回来了！"

话音刚落，张构已步入书房。

这几年，张构辗转多地任地方官，兄弟二人已经多时未见。张栻见弟弟身体壮实，双目炯炯，颇感欣慰。

张构心中，则是另一番感慨：不过几年未见，兄长怎么衰老成这样？又想

283

起嫂嫂病重，鼻子一酸，一声"哥哥"便喊得走了音。

"你还没吃饭吧？昭然，去通知厨房，赶紧给叔父弄几个菜。"乍然见到弟弟，张栻又惊又喜，一贯持重的人，竟有些手足无措。

张焯字昭然。

"不用。"张构拦住了侄儿，"我没有胃口，给我沏一杯茶就行了。"

张栻说："空腹饮茶对身体不好。"又吩咐儿子，"你让李妈给叔父熬一碗粥。李妈这几年熬粥的技术越来越好，你嫂嫂……平时也喜欢喝。"

李妈，指的是冯康之妻李氏。

张焯应声而去。

提到宇文绍娟，张构问："嫂嫂这几日病情怎样？"

这个问题，他已经问过张焯，可他还想问问张栻。如果能够听到好一点的消息，哪怕再问千遍万遍，他也愿意。

宇文绍娟既是张构的嫂嫂，又是他的表姐——说是亲姐姐，也不为过。和自小聪慧的张栻不同，张构要鲁直一些，读书、做事都要慢半拍。张浚又是个严父，张构免不了常受父亲责骂。

母亲和祖母虽也心疼张构，但天下长辈都一样，对于聪明懂事的孩子，总免不了另看一眼。张构在家中所受的关爱，总不及哥哥。好在他胸怀豁达，又向来敬重哥哥，也就没往心里去。

不过，虽不记恨，委屈却是难免；再加上遇事懵懂，挨了骂也不知道错在哪里。这时候，宇文绍娟的好处，就体现出来了。

宇文绍娟只比张构大一岁，性格活泼，脑瓜子也灵活，常能将张构惹父亲发怒的原因，分析得头头是道。女性又善于关怀，三言两语，送个小玩意儿，就能让张构块垒尽消，周身温暖。

后来，祖母、母亲接连去世，家中只剩宇文绍娟一个女眷。张构成婚、生子，都有赖嫂嫂操劳协助。这个时候的宇文绍娟，不仅是嫂嫂和姐姐，俨然已是半个母亲……

因为以上种种，张构对宇文绍娟的感情极深。

张构本次回京公干，一到临安便收到哥哥寄来的信。知道嫂嫂病重，信没读完，信纸就被眼泪浸透。公事一办完，他便立即乘船，日夜兼程赶回潭州。

"咳了大半夜，刚刚睡下。等她醒来，你就去看看她，她也一直在念叨你呢。"提到宇文绍娟的病情，张栻也是眼眶一红，端起书桌上一个杯子送到嘴边，一饮而尽。

看到旁边的酒壶，张构才明白张栻喝的是酒不是茶，遂劝道："哥哥，你可一定要保重身体。"

张栻摆手以示无碍，指着书桌上的两本书稿，说："我的《论语解》和《孟子说》，就快要完稿了！"

说到这里，张栻困倦萎顿的脸颊，终于散发出几分光彩。

张构知道，《论语解》和《孟子说》，是兄长构思、撰写了十多年的两本巨著，可谓集兄长学问之大成。

大作将成，张构一方面替兄长高兴，另一方面却又有几分可怜他：他没日没夜地著述，实在是因为仕途失意，不能用一生所学，启迪君王，教化万民，拯救日益衰败的国家！

去年夏天，张栻因张说升官一事，同时得罪了皇帝和宰相。赵眘和虞允文一合计，决定派他知袁州。张栻对朝廷失望至极，加上宇文绍娟身体不好，遂提出辞呈，回到潭州，在城南和岳麓书院讲学、著述。

因为心中不畅快，张栻不免借酒浇愁。

一个月前，宇文绍娟染了风寒，换了几个大夫，喝了几十服药，仍不见好转。有大夫已向张栻明言：夫人只怕熬不过这个冬天。

张栻和宇文绍娟青梅竹马，伉俪情深，闻言伤心不已，以致无法入眠。这几天来，张栻不是在病榻旁陪伴宇文绍娟，就是在书房著述——至于酒，就不免饮得更勤、更多。

宇文绍娟睡了不到两个时辰就醒了，听说张构回家，马上派张焯来叫。

虽然心中早有准备，一见到面色惨白、枯瘦如柴的宇文绍娟，张构还是没能忍住眼泪。

"都多大了，还哭？"宇文绍娟艰难地挤出一点笑容，却又很快被一阵剧烈的咳嗽彻底地摧折。

"春天就要到了，嫂嫂的病马上就会好起来。"张构极力劝慰。

宇文绍娟摆了摆手，说："人各有命数，强求不得。我说话费力，你给我讲讲你、弟妹，还有侄儿吧……"

张构强忍悲痛，将自己一家的事，详细讲给宇文绍娟听。张栻坐在弟弟旁边，也一言不发地听；等夫人咳嗽的时候，便起身去给她捶背、顺气。

讲了约半个时辰，张构见宇文绍娟有点困乏，便停下不讲，让她休息。

宇文绍娟点点头，说："知道你们一家很好，我就放心了。你好不容易回趟家，劝劝你哥哥，让他少饮点酒……还有，让他对昭然和复之，别那么严厉……"说完，又把目光投向张栻，"我劝你不听，你弟弟劝你，总该要听吧？"

张构、张栻一边说好，一边点头。

看了兄弟俩的模样，宇文绍娟开心地笑了："你们两个这么听我的话，还是小时候的事了……"

此话一出，张栻、张构再也不能克制，眼泪夺眶而出。宇文绍娟也很伤感。伤感不是因为自己命将不久，而是放心不下这一家子人，尤其是张栻。

时候已不早，张栻便让张构回房休息，自己则握了宇文绍娟的手，坐在床侧陪她。宇文绍娟的手已是皮包骨头，握着硬硬的；他便轻轻地抚摸，似乎这样便能令她的手，恢复往昔的丰润和柔软。

宇文绍娟又小睡了一阵，醒来见张栻仍坐在床边相陪，心中颇为感动。相公平时很忙，似这般一个时辰接一个时辰地陪她，是从未有过的事。

宇文绍娟觉得精神要好些，便想趁机了却一件心中盘桓已久的大事："老爷，我这次怕是不行了……"

"不要胡说，你很快就能好起来！等你好起来，我陪你到处逛逛。我们，我们先回一趟蜀地，然而顺长江而下，慢慢游览……"

"天天陪我，你的学生谁来教？你的文章什么时候写？"

"不管了，那些都不管了，我只想好好陪你！"没能多花时间陪伴夫人，是此刻张栻心中最大的遗憾。说话的同时，两行悔恨之泪也从脸颊滑落。然而，时间也像这流出的两行眼泪，再也收不回来了。

听了张栻的话，宇文绍娟凄楚一笑，说："我也想好起来。只要能继续照顾你和昭然，哪怕你还像以前一样没时间陪我，我也很开心。但是，父亲、母亲、公公、婆婆，都想我了……"

张栻心中更为酸楚，不知道说什么，又知道必须说点什么，心中着急不已。

"有一件事，你得答应我；否则，我会走得不安心。"宇文绍娟一边说，一边紧盯着张栻的眼睛，不容他回避。

张栻不知她要说什么，为了安慰她，只好先点头同意。

"我走后，你要再娶，这个家不能没有女主人。"

"夫人！"

宇文绍娟不理张栻，继续说："绵竹那个何小姐，温婉贤淑，是个好伴侣……"

听了这话，张栻张口结舌，全身僵硬，像是定住了一般；半晌之后，才缓过神来，骂道："这个张构，一把年纪了还是这么不晓事！"

宇文绍娟不禁一笑，说："他给我说这事的时候，还不是'一把年纪'。"

那年从绵竹一回家，张构就把张栻和何钰的事情，一五一十全告诉了宇文绍娟。

相公和别的女人有情，作为夫人，宇文绍娟当然不高兴；但张栻能克己不纳妾，又让她感慨没有嫁错人。

"夫人，无论如何，我是不会再娶的。"

既然宇文绍娟已经知道何钰，张栻就必须表明心迹，以证明从最初到现在，他和何钰都是清白的——更何况，他们也确是如此。

"你这么说，非但不能安慰我，还会令我放心不下……"宇文绍娟一急，又是一阵剧烈的咳嗽。

张栻赶紧起身，给她捶背，劝她莫要激动。

"你这人，眼里只有你的家国天下、大道天理，既不会照顾自己，也不会照顾孩子。我让你再娶，既是为了你，也是为了这大家子人。"

张栻仍是不肯点头。

"我知道，你以前不愿纳何小姐为妾，一是顾念我，二是顾忌你理学大家的身份，怕人家骂你口口声声说着'存天理，遏人欲'，却娶了一个又一个。不过，我要是不在了，这些就不再是问题……另外老爷，我也想劝你一句：不要太在意别人怎么看你，这样会活得很辛苦。"

说罢，又凝视着张栻，用目光央求他同意。

"夫人，事情已经过去快二十年，何小姐肯定早已嫁作他人妇，此事已经不成可能。更何况，我……"

宇文绍娟摆手制止住张栻，叹息说："何小姐对你一片痴情，不会嫁给别人——女人的心思只有女人懂，你们男人是不会明白的。"

说罢，痴痴地看着张栻，柔光中尽是不舍。

张栻从夫人眼中，看出了一片浓情。这样的目光，他当年在何钰眼睛里也看到过。这两个女人，都无比爱他。可惜，一个他未曾拥有；一个拥有了，却离失去她，已在咫尺之间。

张栻心中伤痛无比，忍不住便把夫人的手捏得更紧；怕弄疼了她，又赶紧松了松，目光中全是歉意与无能为力。

"老爷，你真想让我走得不安心吗？"宇文绍娟已是满脸泪痕，"以前都是我听你的，你就听我这一次，好不好？"

夫人哀恳的语言和目光，柔如流水却又重若泰山，张栻只觉得五内俱焚，再也不忍违逆她，轻轻地点了点头。

宇文绍娟终于又露出了笑容，说："我已写信给挺臣，让他探听何小姐的消息……其实，我此前也想过，要不要劝你早点把何小姐娶了？转念一想，这样何小姐只能做妾，太委屈她了。当然啦，也可能是我舍不得你被别的女人夺走……老爷，你说我是不是也是个'妒妇'？"

宇文绍娟的话越来越多，精神似乎也越来越好，这令张栻更加恐慌，连连劝她早点休息。宇文绍娟不愿，拉着他的手，仍不断和他说话。张栻忍着眼泪，认真听她每一句絮叨，直到她说不下去，睡着为止……

二

办完宇文绍娟的丧事，张栻兄弟决定去祭拜一下父亲，便带了宇文绍节、张焯、陈齐、陆岭等人，一同前往龙塘。

张栻被贬出京城时，陆岭以回家探母为由，没有跟随恩师回潭州。其实，他并没有回乡，而是待在临安，偷偷寻访那些擅于指导学生应试之人，以求来年州试能一举中第。

后来听说师母病重，陆岭才匆忙雇船赶往潭州。数月不见，先生须发半白，就像苍老了十岁，陆岭不免心生内疚；又怕先生发现他撒谎，于是加倍殷勤，一路和张焯搀扶张栻左右，陈齐几度想插手都被他阻止，搞得陈齐很是不快。

来到张浚坟前，众人长跪于地，献酒焚香。

张栻想起父亲一生志在恢复，却壮志未酬。如今朝廷诸公，有的彻底泯灭了恢复之念，只求苟安江左；有的口口声声喊着恢复，却不过是以此为由头，试图永操权柄。真正稳步推行恢复大计的正直之臣，则被一一赶出朝廷，以致满朝宵小当道，乌烟瘴气，不知何日方得清明！

见父亲坟头长出了几株荒草，张栻伸手想将它们拔去。一阵大风恰好吹来，张栻站立不稳，一个踉跄摔在了坟上。众人见了，大喊一声，纷纷前去搀扶；手忙脚乱拉起张栻，却见他已是泪流满面。

众人只道他刚刚丧妻，如今在父亲坟前又想起亡父，以致伤心落泪。只有张构知道哥哥的伤心别有出处：父亲对于哥哥而言，既是动力之源，又是压力之源。

过去的四十年，哥哥一直以父亲为榜样，渴望能出将入相，恢复故土，解民倒悬。然而，皇帝不仅不愿重用他，还将他赶出朝廷，让他一番追赶父亲的雄心壮志顿成镜花水月。

如今，他将满腔心血，全部用在理学之上，既是抱负难展后的排遣之法，也是想借此宣告世人：他张栻虽不能像父亲张浚一样建立赫赫战功，却能于学问一途，让青史永远记住他的名字！

然而，似他这般不顾身体钻研学问，虽有助于学问之道，却不是长寿福禄之相。

当年，苏辙曾用"抚我则兄，诲我则师"，形容他和兄长苏轼的关系。张构觉得，这八个字也是他和哥哥关系的绝佳写照。

不过，东坡居士虽然命运多舛，却个性豁达；哥哥是个理学家，不自觉地背负了太多的家国大事和道德重担，让他为人行事始终如履薄冰，生怕稍有不慎，便让自己名节有亏。

抱负难展，对自己要求又高，这让哥哥比许多人过得都要辛苦。

看着哥哥突然伤心感怀，张构心中也是一片悲怆，忙伸手从张焯和陈齐手中接过张栻，扶他到墓旁一块大石上坐下。狂乱的山风吹乱了张栻的满头华发，张构伸手想要将其抚平，那头发却如同大海中的涌浪，一波接着一波，像是再也不能平复。

张构鼻子一酸，终于还是落下泪来，赶紧用衣袖擦去，免得被哥哥发现。

良久之久，张栻终于控制住情绪，指着龙塘对张构说："父亲眼光真好，这里确是难得的百年安居之地。我死之后，你也将我葬在这里，让我天天陪着父亲……"

听了这话，张构想起刚才的一番想法，心里既惊又悔，忙说："哥哥你春秋正盛，怎么说这等话？"

张焯、宇文绍节也过来相劝，张栻这才住口不言。众人怕他再伤心感怀，一番劝说后，扶着他下了山。

亲友纷纷离开城南书院，最后一个离开的是宇文绍节。

这几年，宇文绍节和范仲黼在四川讲授张栻之学，慕名而来者众多，四川俨然已成湖南之外又一湖湘学重地。

张栻亲自将宇文绍节送到渡口。

宇文绍节一边劝张栻回去，一边犹豫着是否将心中思量多遍的那件事告诉他？姐姐写信托他探听何钰的消息，他已经照做。只是，结果很糟糕：何钰的表哥沈全声告诉他，何钰已于三年前去世。

思来想去，宇文绍节还是决定先瞒过去："姐夫，几个月前，姐姐托我打听绵竹何小姐的消息……"

张栻脸上微微一红，说："那是你姐的意思，我其实……并无此意。"

话虽这么说，宇文绍节却分明看到，张栻一听到"何钰"二字，眸子就像寒夜中突然点燃了一盏灯，瞬间照亮、温暖了周遭。

看懂了张栻的心意，宇文绍节就更加只能隐瞒了："因为担忧姐姐的病情，我还来不及去办这事。不过你放心，我一回蜀地，就会亲自去一趟绵竹……"

张栻摆手阻止宇文绍节说下去："挺臣，我和你姐感情深厚，她去世，我如失魂魄，已经断绝续弦之念。"

宇文绍节自然也知道，姐夫不愿续弦，还有一层担忧：作为闻名天下的理学宗师，他不希望别人骂他"说一套做一套"。

宇文绍节想，这样也好，免得他知道何钰去世的消息，反而心碎。姐姐的死已令他倍遭打击，如果让他知道，他爱着的另一个女人也同样香魂归黄土，只怕当下便会垮掉。

三

日上三竿，荆湖北路安抚副使陆文从方从宿醉中醒来，接过小妾安儿奉上的香茶喝了两口，顿觉神清气爽。

"老爷今天不用上衙门，可有何消遣？"

陆文从看了一眼窗外的万里晴空，说："打猎去！"

安儿笑着奉承说："老爷箭法如神，定能大有斩获。"

陆文从盯着安儿出水芙蓉般的脸颊，笑道："我'如神'的，岂止是箭法？"

安儿当然知道他意有所指，俏脸低垂，不敢去看他。

陆文从感到身体一阵冲动：如果现在不是白日，一定要和她云雨一番！忍不住伸手捏了捏安儿的小脸蛋，低声说："等我打猎回来，再好好收拾你！"

然而，陆文从打猎的计划，却被一个来客打断。来客名叫周秀密，时任江陵通判，是陆文从的拜把子兄弟。

一大早便来造访，想必是有要事。陆文从不敢怠慢，忙将周秀密请入书房密谈。

"大哥可知，新任的知江陵府事是谁？"周秀密刚一落座，便问陆文从。

"谁。"

"张栻。"

陆文从吃了一惊："不是有消息说，皇帝要把他留在朝廷吗？"

宋孝宗淳熙二年（1175）春，朝廷下诏任命张栻知静江府，经略安抚广南西路。

自从乾道七年（1171）被虞允文、曾觌、李珂联手贬出朝廷，张栻已断绝仕途之念，只想潜心理学。如今又被朝廷起用，对于是否赴任颇为犹豫。

周围人的意见，也不一致。

陈齐认为，先生应将精力放在著述和讲学上。更何况，吕祖谦已经向先生发出邀请，让他前往江西参加六月的"鹅湖之会"。

最近几年，朱熹学问大进，名声日隆，和心学大家陆九渊、陆九龄兄弟之间的分歧也越来越大。朱熹和二陆兄弟互相著文讥嘲，颇有水火不容之势。

吕祖谦和朱熹、二陆都是好友，有心约三人见面，消弭他们之间的学问分歧，如能让他们的学问"会而归一"，那就更好了。于是，他分别写信给朱熹和二陆，约他们今年六月，在江西鹅湖寺会而论学。

除了朱熹和二陆，吕祖谦还邀请了张栻，理由有二：一则张栻已完成《论语解》《孟子说》两本理学巨著，在学界影响力之大，不亚于朱熹和二陆。二来张栻学问上的很多观点，介于朱熹和二陆之间，可作为桥梁调和他们，让朱、陆学问"会而归一"的可能性更大。

接到吕祖谦的来信，张栻不禁一笑：当年他和朱熹在潭州会友讲学，吕祖谦因为母亲去世未能参加，从此耿耿于怀，寻思着怎么组织一场更大的盛会，以弥补当年之憾——如今，总算是如愿以偿了。

张栻很快给吕祖谦回信，说他会赶赴鹅湖，与新朋老友论学。信刚寄出，朝廷任命他知静江的诏书便到了。

如果张栻赴任静江，便不能去鹅湖。

三十年来，他潜心理学，研究和著述几乎涵盖无极与太极、理与欲、心与性、知与行、已发与未发等几乎所有理学问题。

同时，他还试图寻找一个支点，融合二程、胡宏以及当世的朱熹、吕祖谦、陆九渊等大儒的观点。此举若成，不仅可化解理学内部矛盾，还能汇百川而成海，融千说为一炉，让理学更加精深博奥，惠泽千秋万代——对于这点，作为张栻最看重的弟子之一，陈齐自然无比清楚。

然而，如果张栻选择做官，必然俗务缠身，这样的伟业，便很难成就。在陈齐看来，这不管是对理学还是对恩师本人，都是莫大的损失。

基于以上理由，陈齐反对恩师接受朝廷诏命，出山做官。

与陈齐相反，陆岭却积极劝说张栻赴任静江。

陆岭认为，恩师善于治理，为官一任便能造福一方。更何况，如果政绩佳好，就有机会被召回朝廷，甚至被委以重任，到时候便能一改时弊，惠泽国家。

弟子的意见不一，张栻自己也很犹豫；苦思了三日，他终于下了决定：不去鹅湖，去静江。

陈齐对老师的做法颇为不解，却又不敢询问。然而这一切，都被张栻看在了眼里。某天，他专门喊住陈齐，问："你是不是觉得为师贪恋做官？"

陈齐不愿说谎，沉默不言。

"我决定赴任，一来我的几本理学著作都已定稿出版，可谓心愿已了。二来我始终认为，为学之道贵在致用，知而不行犹如无知……"

陈齐忍不住打断说："这样一来，您便不能前往鹅湖，岂不是少了一次和当世几位大儒坐而论道的机会？"

"为师知道，你很想跟我前往鹅湖，向朱、陆、吕几位大儒讨教。你如此好学，我很高兴。不过，你应该记得，我曾和你讲过，我和紫阳先生在知行关系上的区别：紫阳先生认为，知在先，行在后；我却认为，应当知行互发……"

"行之力则知愈进，知之深则行愈达。"陈齐不禁背诵起，张栻在《论语解·序》中写下的这句已传遍学界的名言。

"没错，这正是我选择去静江做官的根本原因。"张栻今天谈兴甚高，"其实，我并不反对科举和做官，只是反对读书只为做官，做官只为发财的功利之举。你师兄彭龟年，一心向学，无意仕途，我还力劝他参加科举。因为我知道，以他的明辨善恶，耿介敢言，一旦做官，就是朝廷和百姓之福。"

彭龟年已于三年前中进士，目前正在袁州任职。

说到科举，张栻不免想起冯志。去年，他和陆岭一同参加州试，可惜双双落榜。令人意外的是，揭榜后不久，冯志竟突然消失了。张栻、冯康四处探寻却毫无所获，冯志的母亲李氏更是思念儿子成疾。

听了张栻的一番讲解，陈齐疑虑渐消，也开始支持老师到静江赴任。

张栻在静江一待便是三年。三年里，他整顿州兵，裁汰冗员，改革弊政，融合汉夷；尤其是针对静江人喜欢诱人妻室，遇到灾祸便听信巫师所言，开掘祖先棺材等不良习俗，亲自撰写了通俗易懂的《谕俗文》，张贴各地，以改良世风。

经过一番整顿，素称难治的静江，很快民风大改，焕然一新，几达夜不闭户、路不拾遗之境。

张栻的政绩，再一次令赵昚惊喜，于是召他入朝，有心再次委以重任。

张栻想到面圣机会难得，便将这些年所著之书，一同携带入宫，准备献给皇帝。

李珂见那书怕是有百余册，忍不住问："张公带的什么书，竟如此之多？"

张栻正色对皇帝说："陛下，这些都是为臣所著之书。陛下如用心研读，当能明治国平天下之道。"

赵昚每日批阅奏折已感精力不济，一看到这么多书更觉头大，于是皱眉不语。

昨晚，曾觌、张说宴请李珂，送了他一柄赵高用过的价值连城的玉如意，目的只有一个：请他阻止皇帝留张栻在朝廷。

见皇帝皱眉，李珂知道时机已到，遂讥笑说："《论语》有言：一言而可兴邦，张公何必千万言？"

赵昚一听，也忍不住笑了。

张栻却感到极度的绝望和羞辱：一个太监，竟当着皇帝的面，调笑一个士大夫，这成何体统？而皇帝，不仅不对太监施予惩戒，还和他一同发笑，又岂是贤君所为？

赵昚见张栻面露愠色，赶紧敛去笑容，开始夸赞张栻治理静江有方；一边夸奖，一边想：要是把这老学究留在朝廷，他一定会要求我读那些艰奥晦涩的书，还会经常板着脸教训我……以往那些轻松愉快的日子，可就一去不返啰。

这么一想，也就拿定了主意。

奏对结束后，赵昚很快下诏，任命张栻为荆湖北路转运副使、安抚使，兼知江陵府。

四

知江陵府事，那是周秀密的顶头上司；安抚使，则是陆文从的顶头上司。两人知道张栻即将到任的消息虽有先后，心情的沉重却如出一辙。

"张栻在静江三年，同僚们的日子，可不怎么好过。对付他，大哥可有什么好办法？"

"我能有什么办法？"陆文从冷哼一声，"我自幼从军，是个粗人，只晓得兵来将挡，水来土掩！"

周秀密摇头说："张栻学问广博为人精明，又善于写文章，和他硬碰硬怕不是好办法……"

"听你这么说，是有对策了？"

周秀密神秘一笑，说："当务之急，是和张栻搞好关系；要搞好关系，先要给他留个好印象……"

"怎么搞？我可听说，这人既不好财，又不贪美色。"

"大哥说得对，是人，便有所好。"周秀密微微一笑，说，"不好财，不好色，那就一定——好名！"

张栻一行尚未入江陵城，先遇到一群前来迎接的百姓；为首者，是几十名府学学子。

张栻素来重教育，一看到众学子，便想考较一下他们的学问并勉励几句，于是不顾疲累，撩衣下轿。

为首的学子赶紧趋步走近，说："获知南轩先生入主江陵，江陵百姓，莫不欢喜。学生受百姓所托，特著一文，恭迎先生。"

说着，将手中的文书举过头顶，恭恭敬敬呈给张栻。

张栻接过一看，满心喜悦顿时转成愤怒——文章洋洋洒洒上千言，全是赞美他功绩的话。对他过去三年主政静江，更是描述详尽：说他"简阅州兵，汰冗补阙"；"弭怨睦邻，严禁杀掠"；"奉法循理，合众安民"……极尽歌颂之能事。

张栻不由得怒火中烧，将文书一掷于地，说："诸位身为圣贤门生，著文以迎，原以为是和本官讨论义理之是非，启告为政之利病，结果却用洋洋千言，奉承本官！"冷冷地扫了一眼人群后两个身穿官服的人，又对跟前的学子说，"料想这不是你们本意，但你们为了几个冷馒头出卖气节，简直不配做读书人！"

那两个身穿官服的人，一个是陆文从，一个是周秀密。这群学子，确是他们安排来迎接张栻的。他们原本打算，等张栻读完赞美他的文章喜笑颜开之时，便走出人群拜见他，这样就能博得他的好印象；有了好印象，以后共事便会容易许多。

哪知张栻根本不吃这一套！

陆文从满脸涨红，埋怨周秀密说："都是你出的好主意，让我也跟着受辱！"

"没想到普天之下，竟还有什么也不好的人！"周秀密冷哼一声，又说，"我们也不必再做什么——看他的面相，不像长寿之人。不过，场面还是要维持的……"

说着拉了拉陆文从的衣袖，两人喝开人群，准备前去拜见张栻。离张栻约有十余步时，却见张栻一撩衣摆，钻入了轿子，并立即吩咐轿夫起轿入城。

陆文从再也控制不住，捏拳怒骂："张栻匹夫，竟敢如此辱我！"

五

一大早，张焯匆匆来到张栻卧房，叩门求见。

昨晚，荆湖北路转运使刘大千，设宴给张栻洗尘。赴宴的除了荆湖北路和江陵府的官员，还有当地的巨贾名流。

张栻想到昨天在江陵城外，已经得罪一部分前来迎接的同僚，若再不赴宴，那就是得罪了整个荆湖北路官场，以后做事势必千难万难。

想通了此节，张栻便准时赴宴。一众官僚巨贾高兴异常，纷纷前来劝酒，张栻推辞不过，不免多喝了几杯。

张焯连扣了好几下门，张栻才从宿醉中醒来，隔窗问："是昭然吗？什么事？"

张焯在门口立了颇久，被晨风一吹，忍不住连连咳嗽。因为读书用功过度，张焯这些年患上了咳嗽症；母亲病故，他大受打击，病情由此更重。

张栻听到咳嗽声，赶紧披衣下床，开门看见儿子瘦弱单薄的身体，忍不住一阵心酸，温言说："外面冷，进房再说吧。"

张焯摆手拒绝，边咳边说："父亲大人，您的书房被偷了……"

"竟有此事?!"张栻一边说，一边快步朝书房走去。张焯忍住咳嗽，紧紧跟随。

"丢了什么东西？"

"丢了三本书——一本是《左传》，一本是紫阳先生和东莱先生合著的《近思录》，还有一本是您的《孟子说》……"

东莱先生，是当时学子对吕祖谦的尊称。

张栻心想：《左传》和《孟子说》都是公开出版之书，被偷了重新购买便是。麻烦的是《近思录》。

《近思录》是朱熹和吕祖谦最近编撰的，一部包含周敦颐、张载和二程四位理学大家学问精髓的著作，尚未公开出版。朱熹将他寄给张栻，是想请他帮助校阅。

令张栻不解的是：这三本书都不是什么孤本善本，值不了几个钱，贼偷去做什么？

"还掉了什么东西？"

"还有您正在写的一篇文章。"

正在写的文章是一篇祭文，祭奠的对象是虞允文。

虞允文为了北伐，不惜和曾觌、张说等小人交好。不过，时日一久，他也越来越不能容忍曾、张二人的胡作非为，私下和当面都和曾、张发生过冲突。

三年前，赵昚下诏让朝臣推荐谏官。虞允文推荐了刚直敢言、文采斐然的李彦颖，奏表上去，皇帝却久未批复。与此同时，曾觌也推荐了自己一名亲信，却立即获得皇帝同意，并下达了任命诏书。

虞允文听到消息，大怒不已，立即联合右相梁克家入宫面圣，严词反对皇帝对曾觌亲信的任命。赵昚却不为所动。

虞允文发现皇帝不仅任用小人，还越来越乾纲独断，不禁大为失望，由此而生去意。

半月后，虞允文上了一道奏表，乞求离朝。

赵昚本就不喜欢大臣掌握相权过久，认为这是对自己权力的莫大威胁；假意劝说一番后，便准允虞允文所请，撤掉了他的左相之职。

不过，赵昚始终没有放弃北伐的打算；而要北伐，就得倚仗虞允文。

经过一番考量，赵昚任命虞允文为武安军节度使，四川宣抚使，封雍国公，让他统率西军。

陛辞之时，赵昚和虞允文再一次就北伐方略进行讨论，并相约次年从江淮和川陕同时出兵北伐。

这几年，因同僚反对、自家老衰等原因，虞允文北伐复国的雄心壮志，已日渐消磨。见皇帝侃侃而谈，虞允文忍不住说出了自己的担忧："北伐若想功成，必须防止朝廷内外反战之人彼此联合。更重要的是，陛下一定要坚定北伐之志，切勿因阻挠过多，或是战事略有曲折，便改弦易辙……"

赵昚先是一愣，很快明白了他的意思，语气变得异常严肃："如果西军出兵而朕犹豫，那是朕辜负你；如果朕已经出兵江淮，你还在犹豫，那就是你——辜负朕！"

见皇帝怀疑自己，虞允文赶紧跪地磕了一个头，说："微臣绝不敢有负陛下！"

然而，回到四川后，赵昚多次催促虞允文出兵，都被他以"军需尚未完备"为由拒绝。

没过多久，虞允文便去世了。

张栻听到虞允文去世的消息，正在给张焯、陈齐等人讲学。当下便放下书本独坐一旁，伤心溢于言表。

陈齐对此很不解：虞允文可算是先生的政敌。当年先生被逐出朝廷，虽然主要是因为曾觌、张说买通李珂，向陛下进谗言；可宰相虞允文的排挤，亦是不容忽视的原因之一。

先生经常对他们说，国家要获得大治，皇帝正心诚意，遵循天道，乃是根本。在朝廷任职，先生有很多机会面见皇帝，规劝皇帝做一个贤君，以使大宋恢复真宗仁宗朝国泰民安的盛世。

被贬出朝廷，这样的机会便不复再有，先生为此大受打击——酗酒的习惯，也是那段时间养成的。

以此推测，先生应该对虞允文很不满，可他为什么听到虞允文去世的消息，反而如此伤心呢？

张栻像是看穿了陈齐的内心，解释说："没错，我对于虞允文的很多做法，颇为不满：譬如他为了恢复，不惜结交张说、曾觌这样的小人，以及纵容手下武将，借恢复之名大肆弄权敛财，等等。但是，虞允文不是小人，更不是贪官。他贵为宰相，府内的装潢陈设，还不及一州县官员奢华。至于我与他的不和，乃是政见之争，并非私仇。虞允文之错，在于对北伐操之过急，因而有些不择手段。他锐意北伐，却不得天时地利人和之便，以致功败垂成，这也让我想起了父亲张魏公……"

对政敌也能做到公私分明，这让陈齐对恩师又多了几分敬佩。

此后，张栻一直准备为虞允文写一篇祭文，无奈公务缠身，始终不得空闲。这次来江陵途中，他一路构思打好腹稿，到江陵后又熬了两晚夜，终于写完了这篇《祭虞雍公》。

在文章里，张栻盛赞虞允文以一介书生，带领数万宋军，在采石矶大败完颜亮的百万雄师，从此成为皇帝倚重、大宋官民拥戴、金国汉人悬望的抗金首领——与父亲张浚当年，足可一比。

问题是，盗贼偷去这篇文章，又有什么用呢？

张栻进入书房仔细检查，发现笔墨纸砚均维持原状，除了少了三本书和那篇文章，果然没其他损失。正自思索，冯康领着一官员匆匆赶来。来者名叫司马展，现任江陵团练使。

"下官见过张府君。"见了张栻，司马展赶紧行礼。

昨晚的酒席上，张栻得知，司马展一年前到江陵任职，在同僚中口碑不是很好。江陵多强盗，官府多次追捕均无功而返。有人推测强盗在官府中有后台。作为团练使的司马展，嫌疑最大。

"张府君，昨晚江陵城发生窃案，具体数目尚在统计之中。初步估计，至少有数十家……"

听了这话，张栻更加吃惊：发生了这么多窃案，怎么没人来报官？

司马展见张栻双眉紧锁，猜中了他的心思，说："张府君，江陵府盗案频发，被盗之人一般都不会报官。"

张栻正要问他原因，一名僚属快步而来，禀告说："张府君，一名叫韩念平的百姓前来报案，说是家中被抢，其妻还被强盗奸污……"

张栻瞪了司马展一眼，那目光分明在说：到底是没人报官，还是你司马展不愿有人来报官？

张栻快步走向公堂，司马展紧随其后，本想再说点什么，一想到刚才张栻投来的怀疑目光，也就打消了念头。

"张府君，你要给草民申冤啊！"一见张栻，韩念平便声泪俱下，磕头不止。

"你有何冤屈？"

"昨晚，三名强盗闯入我家，拿了家中仅存的几贯钱。我和娘子不敢反抗，只盼能舍财免灾。哪知临走之前，他们见我娘子颇有几分姿色，竟然，竟然想奸污她……我要阻拦，他们便将刀架在我的脖颈上……我亲眼看见娘子，被他们，被他们……张府君，你一定要给我们申冤啊！"

张栻气得青筋饱胀，问："你娘子如今何在？"

"我娘子因为失节，三个强盗一走，她就……悬梁自尽了！"韩念平又开始不住磕头，"请府君抓捕强盗，为我娘子报仇！"

张栻大为感叹："如此烈女，堪为天下表率。你放心，本官一定会缉拿凶徒，明正典刑，告慰你娘子在天之灵！"

韩念平谢恩而去。

司马展看着他的背影，眼中忽露出一片忧虑。

六

张栻带着司马展、冯康、陈齐，以及上百名僚属、府兵，逐条街调查被盗情况。令他很感意外的是，百姓们明明失了窃，一见到他却都说家中完好，未曾被盗。

张栻略一思索，已明其故，转身对司马展说："司马团练，你我各率一队，分开调查。"

司马展无奈一笑，抱拳而去。

张栻等他走远，找来一名老者说："老伯，我是新上任的知江陵府事张栻。这些跟随我的人都是我的亲信，你家中有无被抢，大可放心直言。"

老者仍一脸木然，说："张府君，小人方才说得很清楚，我们家没有遇到强盗，您去问问别家吧。"

张栻无奈，挥手让他离开。

陈齐说："先生，看老者一脸悲苦之色，分明是家中失窃，为什么就不敢说呢？"

张栻尚未回答，一名府兵飞马而来，马未停稳便翻身而下："禀告张府君，南市发生了命案！"

上任才三天，就接连发生抢劫案、奸污案、人命案，这是在严州、静江都未遭遇过的莫大怪事！

因为没日没夜的著述、丧妻打击、饮酒过度等原因，张栻这几年身体已大不如前。听完府兵的话，只感到眼前一片白光，同时双腿虚软，身体不由自主向后方倾倒。

立于其后的冯康，赶紧扶住他，着急地问："主子你没事吧？需不需要回府休息一下？"

"我没事！"张栻已经调整过来，"去南市！马上去南市！"

南市是江陵最大的集市，店铺林立，商贾如云，前来游逛购物的人，更是比肩叠踵。奇怪的是，虽然发生了凶残可怕的命案，人们却既不围观又不回避，仿佛被杀的不是人，而是市场里的一只羊、一头牛。

司马展已经带着手下先行到达，正围在死者周围，不知在做什么。见张栻到来，众人都闪到了一边。

等张栻看清死者面容，更是如遭雷劈——被杀之人，竟然是方才来报案的韩念平！他胸腹被人捅了几刀，身上衣服全被血染，眼睛则愤怒地瞪大，显然是死犹不甘。

张栻再也不能忍耐，瞪着司马展说："这是怎么回事？"

司马展以为张栻是问他案情，遂说："南市是韩念平回家必经之路，凶徒在此等候……"

张栻愤怒地打断他："我是问你刚才围着他做什么？"

"下官赶到时，他尚有气息，故而替他止血，看能否救他一命。可惜他受伤实在太重，张府君赶到之前，他刚刚断气……"

张栻连声冷笑："我来之前，他尚有余气，我一到，他立马便死——如此巧合，岂不奇怪？他半个时辰前到府衙报案，离开府衙回家，便被贼人杀死——如此巧合，岂不奇怪？"

司马展脸色大变，说："府君此番言语，是想说下官派人通知匪徒，杀人灭口？下官到江陵不过一年，而江陵强盗猖獗已达数年之久，不知又与我何干？"

司马展几名手下，也纷纷为他辩护。

张栻发泄一通，已然冷静；又想起刚才司马展走后，老者仍不愿承认家中被强盗洗劫，显然忌惮之人并不是司马展。这么一想，心中便有些愧疚，歉然说："是张栻冒失了，还请海涵。"

司马展忙说："这也怪不得府君，老实说，下官对府君一开始也心存怀疑。方才在府衙，我就想提醒您，强盗知道韩念平报官，一定会伺机报复……"

"因为担心我已被强盗收买，所以你不敢说？"

司马展忙拱手赔罪："下官妄自揣测府君，还请恕罪。"

张栻叹息说："你何罪之有，我不也一直在怀疑你吗？我只是没想到，江陵的强盗竟如此胆大猖獗！"

"岂止江陵，整个荆湖北路可谓强盗遍地，无法无天。每换一任安抚使，百姓都希望他能剿灭强盗，可惜却一次又一次失望。强盗由此更加肆无忌惮，只要有人报官，必定尽快除之。"看了一眼韩念平的尸体，又说，"南市是江陵最大的集市，每日清晨又是南市最繁忙的时段——他们于此时刺杀韩念平，分明就是……"

"分明就是不把本官放在眼里！"张栻恨恨说，"几任安抚使，莫非都被强盗收买？"

"那倒不一定——有的是被收买，有的则是被强盗的下马威给吓住了，从此睁一只眼闭一只眼。反正一任安抚使不过数年，忍耐一下也就过去了，何必为此惹上麻烦，甚至搭上性命？"

"和强盗狼狈为奸，固然可恨；尸位素餐，眼见百姓被恶人蹂躏却无所作为，同样罪不可赦！我张杖既已任荆湖北路安抚使，誓要剿尽强盗，还全路以太平！"

见张杖说得如此坚决，司马展也抱拳说："下官也一直有心肃清江陵匪患，无奈前面几任知江陵府事对此并不上心，下官是有心无力。张府君素有善治之名，若立志剿匪，下官一定全力襄助——即便舍出微躯，亦不后悔！"又指着身后几十人说，"这几十位兄弟，他们或者为人正直，不愿和贪官贼人同流合污；或者是家中曾被强盗洗劫，甚至有亲人死于强盗之手，与下官同心同志，张府君可以放心驱使。"

张杖从他们脸上扫过，说："剿灭强盗，就要仰仗各位了。"

众人纷纷说："听凭张府君差遣！"

司马展说："张府君，此处人多口杂，咱们还是先回府吧。"

张杖会意，留下几人善后，和司马展一同回到了府衙。司马展叫上两名亲信，张杖则带着冯康和陈齐，到客堂密商剿匪之计。

本次陆岭也来到了江陵，但他说自己不善于任事，只想钻研学问，每日只是用功读书。张杖却知道，他是想继续参加科考。

张杖不喜欢他功名之心过重，但人各有志，也不便强求；何况张焯身体不好，只能留府读书，有陆岭陪伴他也放心一些。

一行人来到客堂，下人奉上茶。张杖忙了一个上午，很有些口渴，一边招呼司马展用茶，一边端起茶盏饮了一口，然后将自己书房被偷一事，一五一十告诉了他。

"强盗只偷去我三本书和一篇文章，司马团练觉得他们有何目的？"

"看样子，是想给府君一个下马威。老实说，这倒不像强盗的做法——他们一般是先行收买，若收买不成再进行恐吓。"

张杖略微一想，已知其中缘故，笑道："也许是他们早就看出，我不是一个可以收买的人，所以干脆省略此节；又或者我虽然才到江陵三天，已经得罪了他们，让他们视我为仇敌，再也不愿与我结交。"

张栻在江陵城外，怒斥前来拍马屁的府学学生，令组织此事的陆文从和周秀密大失面子，已经传遍整个江陵官场。司马展听了张栻的话，知道他是故意揶揄，不禁微微一笑。

"强盗经常入城抢劫，你们可曾抓住过人？"

"我在此任职一年，只抓住过两人。可惜，这两人在牢中只待了一晚，就莫名其妙地死掉。"

"难道强盗个个身怀绝艺，以致次次都能逃脱追捕？"

"那倒不是，我和他们交过手，发现他们武艺虽高，却也远没到超越常人之地步，否则我也不可能抓住那两名强盗。他们能逃避追捕，想是捕盗之人中有人给他们通风报信。另外，有一个问题我也百思不得其解：每次在城中，追强盗追不了多远，他们就会全部突然消失……"

"全部突然消失?!"张栻踱步沉思一阵，断然说，"这只有一个可能：城中百姓有强盗的同党！这些强盗发现自己被追捕，立即潜入百姓家中躲藏，让你们无从寻觅！"

听了这话，司马展豁然开朗，说："怪不得！怪不得！"随即又一脸愁云，"如此说来，城中里通强盗的百姓定然不少。"

"这也是为什么一有百姓告状，就会马上被杀掉的原因——他们的街坊邻居里就有强盗的眼线。"张栻忙了一个上午，已经有些疲累；闭眼略作休息后，又说，"当下有两件事，必须尽快去做：一是把府衙内可能被强盗收买的人找出来，或辞退或闲置……"

司马展指着两名手下说："他们在江陵任职多年，对府内外情况了如指掌，可交由他们去做。"

张栻点了点头，又说："第二件事，是派人盯紧那些里通强盗的百姓，来他个瓮中捉鳖……"

司马展皱眉说："张府君，这事颇为不易：第一，我们并不知道哪些百姓里通强盗。第二，就算知道了，这样的百姓成千上万，我们哪有那么多人力去盯防？"

张栻捻须一笑，说："何必户户都盯？只要盯着那几家，这几年突然暴富的大户就行了嘛。"

司马展顿知其意，喜笑颜开说："张府君神算，本次强盗必定难逃法网！"

七

已是三更，位于江陵城南的武府大院内，兀自灯火辉煌，管弦不绝。主人武觉和儿子武凌度，不断劝陆文从和周秀密饮酒。

周秀密尚好，陆文从却明显心不在焉，目光全在餐桌前身段婀娜、舞姿蹁跹的歌姬身上。那歌姬似乎已感知其意，目光柔情款款，歌声情意绵绵，如同幽幽春潮，一股脑儿涌向陆文从：

　　绿杨芳草长亭路，年少抛人容易去。

　　楼头残梦五更钟，花底离愁三月雨。

　　无情不似多情苦，一寸还成千万缕。

　　天涯地角有穷时，只有相思无尽处。

武觉见了陆文从的色相，微微一笑，说："她叫秀儿，十岁时父母双亡，是我收留了她。大哥若有意于她，宴席散后，我让她陪你一同回府……"

陆文从、武觉、周秀密，是结义兄弟。

陆文从虽好色，但武觉这般将美貌少女当作货物公然相送，还是令他觉得有些不堪，于是摆手拒绝："不行，不行……"

他行伍出身，不像文官那般能言善道；嘴里说不行，却又说不出不行的理由——又或许是不愿说出。

武觉见他的目光就没离开过秀儿，知他口非心是，便向周秀密递了个眼色。

周秀密会意，笑道："自古英雄美人乃是绝配。大哥勇可比项籍，秀儿美不输虞姬，正是天作之合——大哥若是拒绝，不仅对不起美人，还是对老天的违逆！"

秀儿恰于此时，飞来一阵秋波，陆文从顿觉筋酥骨软，点着周秀密说："三弟满口锦绣，为兄说不过你！"又拱手对武觉说，"三个月前，二弟才相赠安儿，如今又送我秀儿。如此厚意，为兄真不知如何报答。"

武觉忙说："大哥何必客气？秀儿到你府，正好和安儿做伴——她们本就是好姐妹，如今正好团圆。何况，就像三弟所言，你和秀儿乃是英雄美人，天作之合，我要是不成人之美，老天爷也不答应呢！哈哈哈！"

"哈哈哈！"陆文从也开怀大笑，再去看秀儿时，却哪里还有伊人踪影？想是她知道即将被送，不胜羞涩，故而选择了躲避。陆文从最受不了美人的娇羞含蓄，早已春心荡漾，满席美酒佳肴，顿时味同嚼蜡。

周秀密察色知意，笑道："二哥，感谢款待，我们下次再来拜访。"

武觉忙挽留："时候还早嘛，再饮几杯。"

周秀密笑道："我倒是不急，只是怕有人会急——苏东坡有云，春宵一刻值千金啦！"

说罢，和武觉父子同时大笑。陆文从急着回家和秀儿缠绵，也不顾周秀密的揶揄，尴尬地陪着笑了几声。

陆文从和周秀密起身正欲出门，一名家丁闯了进来，结结巴巴地禀告："主子不好了，门口来了几名官差，说是，说是……"

"到底说什么？"

家丁吓得双腿一抖，反而不结巴了："他们说武府窝藏强盗，要进来搜查……"

听了这话，陆、周和武觉父子均脸色大变。

"他们怎么会找到这里？"武觉和陆文从几乎同时出口，目光更是一致地射向周秀密。

周秀密足智多谋，武觉和陆文从每有疑惑，都会求教于他。

周秀密被两人的目光射得颇不自在，半天才说："看来这个张栻，真是不简单……有多少人？"

武觉愣了半晌，方明白周秀密的意思，问家丁："进来了多少兄弟？"

"进来了两个，还有一个在门口被官军活捉。其他人见府外有埋伏，逃向别处去了。"

陆文从说："活捉的不怕，大不了……"

说着，做了个"砍掉"的手势。

"张栻已有防备，要想在牢中灭口，只怕不易。"周秀密说，"不过也不是什么大患，张栻要审他，总需要一点时间，我们可以从容善后。麻烦的是已在府中那两人……"

"要不，我先将他们藏在密室？"武觉建议说。

"不行！"周秀密断然否定，"他们是有备而来，如果找不到这两人，必定会仔细搜查。若是发现你密室内的……反而无法脱罪。"

武觉想到密室内藏有大量赃物，顿时不再言语。

陆文从说："那就干脆杀掉！"

周秀密对陆文从的只知蛮干颇为鄙夷，说："一旦官军发现尸体，只怕会栽赃二哥杀人灭口。"

"那怎么办？"武氏父子和陆文从，又一次同声问道。

周秀密看着武凌度，微微一笑，说："他有张良计，我有过墙梯——只是要委屈武公子，受稍许皮肉之苦……"

"快来人啦，武公子被强盗劫持了！"

被家丁拦在武府门外的司马展、陈齐等人，忽听到武府内传来一阵慌乱的吆喝声。

趁着家丁惊慌失措之际，司马展率先跳过门槛，陈齐等人也跟着他冲入武府，直奔发声之地。家丁见状，一边呼喊阻止，一边也跟着他们冲了进去。

转过几个回廊，来到一个大院子，只见一群人举着灯笼围成一圈，中间两个魁梧的汉子，举刀架在一个十八九岁的年轻人脖子上。司马展认出，这年轻人是武觉的儿子武凌度。

陈齐是个读书人，不仅比司马展迟到，还累得气喘吁吁。武觉见对方人到得差不多了，装出一副着急样，说："不要伤害我儿子……你们，你们闯入我家，无非是图财。你们要多少银两，我都给……只求你们，别伤害我儿子！"

一强盗说："我们现在不想要钱，只想保命——让官军快点滚开！"

武觉转身对司马展说："司马团练，请你高抬贵手，救救犬子。"

司马展猜到这是武觉父子演的苦肉计，冷哼一声，没有接话。

307

一旁的周秀密见状，赶紧说："司马团练，武公子去年已中进士，很快便要进京面圣，授予官职。他要是出了什么事，只怕不好向圣上交代。"

司马展当然知道这点——这也是他们不直接冲进来的原因；但若听周秀密的话放强盗走，又实在心有不甘。

陈齐休息一阵，已经呼吸匀停，忽灵机一动，指着一名强盗说："别人能放，这个强盗不能放——他曾夜入江陵府衙，盗走了不少财物，还打伤了张府君！"

张栻正生病卧床，以致不能理事，这点陆文从和周秀密都很清楚，陈齐干脆栽赃给眼前的强盗，说是他打伤了张栻。

周秀密猜到陈齐在撒谎，陆文从却不明就里，疑惑地看向武觉；武觉则狠狠地盯着儿子左侧的那名强盗。这名强盗姓吴，在家中排行第二，大家都叫他吴老二。

说来也凑巧，这吴老二，正是武觉派到江陵府衙，偷了张栻书和文章，好给他一个"下马威"的人。

吴老二被武觉盯得毛骨悚然，手忙脚乱说："没有，我没有打伤他……"

武凌度"啊"的一声惊呼。武觉一看，只见吴老二因为慌乱握刀不稳，已在武凌度脖子上，划出一条淡淡血痕。

武觉怒道："告诉你不要伤我儿子！"

话音刚落，只见他双手一扬，两道寒光一闪，接着便是两声惨叫。众人再看时，两名强盗已仰倒于地，脖子上各插着一枚飞镖，鲜血兀自汩汩而出。

吴老二尚有余气，抖动着手指对武觉说："你，你好……"

武觉正欲补上一刀，让他住口，却见他手指已停止抖动，只有鹰眼一般的双目依旧圆睁着，似乎是想用他含恨毒辣的目光杀死武觉。

武觉松了一口气，赶紧去查看儿子的伤势。

司马展见两名强盗被武觉灭口，心中莫名遗憾，忍不住讥嘲说："武老爷好功夫啊！"

武觉脸上一红，不知如何作答。

周秀密忙说："武老爷家产万贯，若是没几手，早给人抢光了。"

武觉回过神来，接话说："哼，你们这些官差，要是能早点抓住强盗，犬子

308

焉会被贼人劫持？如果刚才不是我出手快，犬子只怕已经命丧于此！"

司马展和陈齐，没料到抓贼不成，反被武觉倒打一耙，心中都很愤怒。陈齐讥嘲说："武老爷武功这么高，公子怎么会被人劫持？"

见武觉语塞，周秀密又来助阵："武公子是个文人，出事的时候又没和武老爷一起，被劫持有何奇怪？我们江陵府一向太平，最近也不知怎么回事，频繁出命案！今天强盗居然闯入武老爷家，还弄伤了武公子……"

这分明是将江陵的乱象，栽赃到张栻身上。司马展和陈齐听了，都怒不可遏，一时却又找不到话去批驳他。

武觉趁机说："犬子受了惊吓，需要休息，二位要是没别的事，恕武某不能相陪。"

司马展和陈齐无奈，只得拱手告辞。

武觉忽又喊住了他们，指着地上两具尸体说："这两人还请司马团练带走，武某是守法良民，莫要让这两人，玷污了我武家的清白！"

八

听完陈齐和司马展的汇报，张栻半晌没能说话：陆、周、武三人如此胆大和狡黠，实在出乎他的预料。

司马展见张栻也被难住，不禁有些气馁；陈齐却知道，恩师不说话，多半是在思考应对之策，赶紧递给司马展一个眼色，让他莫要打扰。两人于是敛声不语。

果然，一刻钟后，张栻抬起了头，问："除了武觉，有没有发现其他人窝藏强盗？"

司马展禀道："还发现了两家。下官对其进行了审讯，无奈他们和那几个被抓的强盗一样嘴硬，不肯供出谁是首领。"

张栻点点头，说："你好好看管这几人，明天本官会亲自审理他们。一旦案情属实，就将这些窝藏强盗之人，斩首示众，以儆效尤。"

"遵命！"

张杙又对陈齐说："你马上拟一则告示，表扬武觉诛杀强盗，为民除害，赏金五百……"

听了这话，陈齐和司马展都大吃一惊。

陈齐忙问："恩师，武觉很可能是强盗渠魁，不能抓捕也就罢了，为何还要表彰他？"

张杙微微一笑，说："等明天我们杀了那两家窝藏强盗之徒，城中里通强盗的百姓，势必有所收敛。强盗来，难逃官军之抓捕；不来，这些以盗为业的人，有钱便吃喝嫖赌，大肆挥霍，手中哪有余钱？今晚武觉亲手杀死两名手下，虽是迫不得已，其实已开罪了所有强盗。若在平时，或许能挟余威以令之；可现在，强盗个个无从过活，不去找武老爷要饭吃，还能找谁？等他们闹起内讧，不必我们出手，江陵匪患便能轻易肃清。"

话没说完，陈齐和司马展早已喜笑颜开。

陈齐兴奋地说："我一定要写一篇花团锦簇的文章，好好表扬武老爷'诛杀强盗'之功！"

司马展对张杙更是佩服得五体投地。他原本以为，张杙会像其他儒臣一样，说起治国安民头头是道，一遇到具体问题便束手无策。没想到张杙不仅学问高，还精于各种具体事务。只是，看他脸色晦暗，神情疲倦，似乎身体状况不佳，不知道能不能和贪官恶匪决战到底。

"张府君，时候已然不早，您早点休息。您保重身体，便是江陵万千百姓之福。"

这话发自司马展肺腑，张杙听了，不免也有几分动情。

一切俱如张杙所料，强盗断了财路，又得知武觉杀了同党"领赏"，纷纷潜入武府，找武氏父子算账要钱。司马展听从张杙的建议，任其窝里斗；陆文从和周秀密担心惹火烧身，也纷纷和武觉撇清关系。

张杙又命人在江陵到处张贴告示，鼓励曾经窝藏强盗的居民互相举报。早举报者，可减罪或免罪；不举报，甚至继续窝藏强盗者，一经发现将视同强盗，立即处死。

此令一出，加之此前张杙确实痛下狠手，杀了几户窝藏强盗之人，江陵居民再不敢窝藏贼人，强盗只得全部潜入武家讨生活。武觉无奈，只好散尽钱财安抚手下，然后带着儿子和群盗一同逃出江陵。

武觉深恨陆文从和周秀密只能同享福，不能共患难，令安儿、秀儿毒杀了陆文从，周秀密因为心思缜密，藏身家中地窖，侥幸逃过一劫。

这天一早，张栻派人通知周秀密，请他到官廨议事。

周秀密本有些怕张栻，但如今陆文从已死，武觉已逃，自觉没什么可担心，于是换上官服，坦坦然然来见他。

寒暄几句后，张栻却沉默下来，搞得周秀密很不自在，终于还是忍不住问："张府君召唤下官，不知有何要事？"

张栻仍然不说话，目光就像两颗钉子，钉在周秀密脸上。

周秀密初还敢与他对视，渐渐便觉得他的目光之中，有一股凛然不可犯的气势，不知不觉便移开了双目。等意识到这点，又有些后悔。

这些天里，他已藏匿、销毁了和武觉往来的一切，又派人到朝廷打点妥当，何必怕这个病恹恹的狗屁张府君？

正凝思之际，张栻忽递给他一份文书，说："这份名单，需要周通判过目。"

周秀密接过一看：这是一份弹劾的奏表，上列十四名官员之名，多为他的亲信。若皇帝同意张栻之请罢免他们，就等于毁掉了他在江陵的根基。

"张府君想奏请圣上罢免这些人，不知有何凭据？"

张栻不说话，又递给周秀密一份文书。周秀密一看，只见上面详细罗列着这十四人贪赃枉法的证据。

周秀密又惊又怒，讥嘲道："原来张府君前段时间生病是假，查案是真啊。"

周秀密说得没错：张栻安排司马展和陈齐设伏以待强盗，自己则根据司马展等人提供的线索，带着冯康、张焯、陆岭，暗中对江陵官场进行调查，以期能将江陵的贪官墨吏一网打尽。

张栻说："这些官员暗通贼人，鱼肉百姓，种种恶行，不亚强盗！若不早除，危害将更为巨大！"

周秀密冷笑一声，说："倏忽之间，断掉这么多人前程，不知张府君于心何忍？这些人多是十年寒窗，科场扬名，方才获得一官半职。张府君大笔一挥，便将他们从人上人变成阶下囚。你如此仇恨他们，莫非是因为自己乃恩荫出身？"

张栻最恨人说自己是"恩荫"任官，忍不住一声怒喝："住口！国家开科取士，给予你们官位俸禄，是让你们为民请命、为国效力。结果，你们却贪赃枉法，荼毒百姓！我大宋偏居江南，不能收复中原，只因国穷民弱、大道不振。你们身为读书人，却不询孔孟之道；身为朝廷命官，却只知包庇贼人，搜刮百姓——你们这些人，便是违逆天理，败坏天下，使我大宋不得中兴的罪魁祸首！"

周秀密冷笑一声，说："张府君是名闻天下的理学大家，存理遏欲，心忧天下，志存高远，周某向来十分佩服。只是天下衮衮诸公，又有几人能如你这般清心寡欲？周某是个俗人，没那么高的操守和志向——张府君若看不惯在下，就奏请圣上，把我也一起罢免吧！"

"你……"张栻想不到，世间竟然有这等扬扬自得的小人，气得话也说不成句，"我这就，这就给圣上写奏表，弹劾你……"

周秀密做了个悉听尊便的表情，袍袖一甩，转身而去。

张栻瘫坐于椅，半天缓不过气来。张焯恰于此时来找父亲，见状赶紧上前替他抚胸顺气。

张栻呼吸渐稳，问："找我有什么事？"

张焯说："陈齐师兄送来一封急信。"说着，从宽袖中取出信件，递给张栻。

张栻一看信，惊得从座位上弹射起来。

张焯急问："父亲大人，出了什么事？"

或许是被张栻方才的动作吓到，话没说完，已是一阵急咳。

张栻等他咳完，方说："陈齐信中说，他们围了强盗的老巢，包括武觉父子在内的大多数强盗都被生擒……"

"这是好事啊，父亲大人为何反而慌张？"

张栻叹息一声，说："因为陈齐说，这些强盗里，发现了金国之民！"

"啊？！"

九

写完奏表,张栻搁下毛笔,推开书房的窗户,想呼吸几口新鲜空气。

秋月高悬,庭院静静地沐浴在月华之中。张栻不由想起了城南书院:它一定也如眼前的庭院一般静谧,一般的月华如水。只是,因为主人远离,疏于打理,庭院一定已萧索许多。

张栻回头又看了一眼书桌——城南书院离江陵不过数百里,只要桌上那封辞官的奏表得到皇帝准允,两三天的时间,他便能回家,从此远离官场的肮脏恶浊。

一缕清风,携着最后一丝桂花的清香飘然而来,一入张栻胸肺,便让他沉重的身体,有飘然若飞的轻盈。他伸手抓住一粒飞到眼前的桂花花瓣,嗅了几嗅;又摊开手心,任它由清风吹走。

祖母生前最爱桂花,受她的影响,母亲和夫人也深爱桂花;无论居家何处,都会在院子里种上几株桂树。每年秋天,桂香满园之时,他们一家都会设宴于院中花庭,观花赏月,以度良宵。母亲和夫人,还会收集落下的桂花花瓣,酿造桂花酒,供他们父子三人享用。

如今,他生命里最重要的三个女人——不,是四个女人,都已离他远去……

张栻又抬头看了一眼天空,月亮不知何时,已移驻到西天之上。这个位置,离家乡绵竹很近,离她自然也就很近。

张栻不知道,她是否也喜欢桂花。但他们最后一次见面,却是在他为祖母修建的桂香亭附近。

好多次她入他梦中,也是在桂香亭。她秀丽的脸庞依旧年轻,却也依然忧伤;柔音所及,全是对他恋恋不舍的情意。让他每次醒来,都会有一种同她相别于昨日的错觉。

三年前,张栻又一次梦见她。他到桂花亭看望祖母,她如同嫦娥一般,无声无息,飘然而至。

"张公子，我最后一次来看你。"

借着月光，他见她一改忧愁，满脸浅笑，美丽轻柔得如同地面的一片月华。

"我已经想通，将不再为情所累。"

他想说"这样挺好"，可这几个字却像是一块巨物，卡在他的喉咙，硬是不能倾吐。

"张公子，你好好保重。"

说完这话，她衣袖一闪，翩然而去，如同来时那般轻盈无声。

"你去哪里?!"

他在心里大叫，双手失礼却不由自主地伸向了她，却只抓住了她衣服的丝带。那丝带柔滑如水，在他手上绕了几匝，便如水流走，如烟云散，和她的人一样杳然无踪……

而他，也于此时惊醒。

他知道，这梦不是什么吉兆。

果然，几天之后，他便接到了宇文绍节的信。绍节告诉他，她已于几年前病逝；之所以上次在潭州没把这消息告诉他，是担心他才经历丧妻之痛，受不了打击。

那一天，他失魂落魄，将自己关在屋内，不饮不食，不言不动，就像一个入定的老僧。家人和弟子不知何故，都不敢相劝，而他自然也不能向他们倾吐。

她死了，却更加频繁地出现在他的梦中。

只是，他想见却又有些惭愧再见到她。虽然他知道，那不过是一场又一场，虚幻不实的梦……

夜越来越深，张栻经受不住秋露之冷，秋风之寒，伸手关上窗户。刚一回头，便听到门"吱呀"一声被推开。张栻以为是张焯或是弟子前来探视，定睛一看时，才发现闯入的是一黑衣人；另有两人把在门口，将他牢牢堵在了屋内。

"阁下是张府君?"黑衣人盯着张栻的脸，冷冷地问。

"正是张某。"

"你这么镇定，似乎倒是不怕死。"黑衣人不等张栻回答，又说，"听说你学问很好，官声也不错。只不过，咱们拿人钱财，替人消灾，今天就对不住你了……"

说着，将手中的刀抽了出来。

"且慢！"

黑衣人嘿嘿冷笑，说："我还以为你真不怕死呢。"

"不管是否怕死，今天都难逃此劫，我只想知道是谁派你来杀我？"见黑衣人犹豫，张栻又说，"我马上就会死于你刀下，又不能对付你，你何必惧怕？"

"谁说我怕了？告诉你也无妨——曾觌和周公，深恨你断了他们财路，雇咱们送你一程……"

曾公，指的是曾觌；周公，指的是周秀密。

周秀密早就与曾觌有勾连，他从武觉等人处得到的不义之财，一大半都拿去孝敬了曾觌。

张栻奏请皇帝，将包括周秀密在内的十五名贪官撤职查办。

曾觌受周秀密所托，数度面见赵眘，并发动党羽轮番为周秀密说好话。结果，其他官员被罢免，周秀密却只是被派往襄阳任职；其犯下的累累罪行，更是一概不究。

张栻听到消息愤怒不已，接连上了数表，弹劾周秀密和曾觌，皇帝却再无一字回复。

张栻大失所望，认为上至朝廷，下至地方，均已糜烂不堪；加上他、张焯、冯康的身体一日不如一日，遂于今晚写好奏表，准备明日快马送京，向皇帝请辞。

"现在，你没什么遗憾了吧？"黑衣人狞笑着，举刀朝张栻头上劈去。

十

"莫伤我父亲！"门外突传来一声大叫。

黑衣人被喊叫声所惊，下手慢了半拍，张栻趁机一闪，躲开了他的刀锋。随着张焯而来的冯康，用当年河北义士所教的剑法，举剑连击，缠住了门口的两名刺客。张焯趁机闯入屋内，他没带兵器，便捡起墙角的一根木凳，攻击黑衣人。

原来，张栻知道张焯或是陈、陆两名弟子，每晚都会前来探看深夜用功的自己，于是故意和黑衣人闲扯，以拖延时间。

今晚月色甚好，张焯离书房尚远时，看见两个黑衣人守在门口，猜到有人行刺父亲；又透过窗户，看见父亲正和一名刺客交谈，明白刺客尚未动手，心中略安。

张焯担心大声呼救会惊动刺客，于是缓缓退出，找到了冯康。冯康也怕呼人救援，会陷张栻于绝境，同时也怕叫人会耽误时间，于是提了剑，和张焯悄悄从一条不易觉察的小径绕到书房之外，突然发动袭击。

黑衣人终于明白张栻方才和自己交谈，是为了等待援手，心中悔怒不已。他大叫一声，挥刀格开张焯手中的凳子，反手一刀，朝张栻狠狠劈去。

张焯救父心切，带着半截凳子扑向黑衣人。黑衣人脑袋被凳子击中，后背被张焯的头给顶住，饶是张焯久病无力，也疼得他龇牙咧嘴。

黑衣人暴怒，反身一脚踢向张焯，正中其胸口。张焯惨叫一声，身体飞出，重重地摔到墙壁上，"哇"一声喷出一大口鲜血。

"昭然！"张栻扑上前去，护住了张焯的身体。

"这样正好，父子两人一起除掉！"黑衣人狞笑着，一刀朝着张栻的后背捅去。

刀尖离张栻后背只有数寸，忽然停住不动。黑衣人一脸痛苦回转头，看见自己背后正插着一柄长剑，握剑之人虽然满头白发，且累得气喘吁吁，表情却神威凛凛，大有不可侵犯之势。

黑衣人大声惨叫，侧倒于地。

书房的打斗，惊动了陈齐、陆岭，以及官邸的值夜衙役，众人一拥而至，有的忙着救护张焯，有的则留下收拾刺客的尸体，并搜寻府内每一个角落，看是否还有刺客潜藏……

张焯身体本就不好，加之被刺客重创胸部，虽经名医诊治，仍于十日后去世。

张栻悲痛欲绝，一病卧床，再不能理事。

一个多月后，张栻接到了皇帝的朱批：不准他辞官。

这几年，夫人、何钰、刘珙先后去世，如今又失去了唯一的儿子，张栻惨遭打击，恰如残灯又遇疾风，灯熄火灭已近在眼前。

张栻自知大限不远，对于能否辞官归乡，已经不在乎。

他唯一放不下的，是天下和苍生。

四十多年来，他倾心理学，注重践履，在朝劝皇帝正心诚意、遵循天道；在地方则以儒道治民，只盼能让国家强盛、百姓安乐。然而，不管他怎样大声呐喊，都唤不醒已然迷途的君王；而他的救民之举，更是战胜不了只好利禄的小人们联手一击！

问题是，一个儒者，怎能惧怕挫折？怎能知其不可为就退却？

一念至此，张栻挣扎着起床，凝聚最后一丝热血，向皇帝上了最后一道奏表，劝诫皇帝亲贤臣、远小人；心系天下百姓，矢志振兴大宋。

然而，奏表却被曾觌联合李珂，挡在了宫门之外。

消息传来，张栻彻底绝望。

十一

转眼到了次年春天，外面春意融融，张栻却感到满屋皆冰。

这天，冯康兴冲冲进了张栻卧房，说："主子，府外来了一个老翁，说是你的蜀地故人……"

这些年，张栻一直和绵竹亲友有书信往来；但这些亲友，冯康上次随他回乡都曾见过。

冯康不认识的"蜀地故人"，会是谁呢？

不过，既然来自故乡，说什么也要见一见，以慰越来越浓烈的思乡之苦。

张栻打起精神，让冯康将老者带来见他。

不一会儿，冯康将来人带了进来，张栻一看——竟然是青城道翁！

二十多年不见，道翁仍满面红光，仿佛岁月未曾在他脸上停留。张栻要下床拜见，道翁忙伸手扶住了他，说："府君何须拘礼？"

听说眼前老者便是青城道翁，冯康翻身便拜："徒孙叩见师公！"

见道翁一脸诧异相，张栻便将当年河北义士如何相救自己一家，又赠送冯康剑谱等事，简略说了一遍。

道翁没想到彼此之间还有这样一段渊源，忙伸手扶起冯康，说："他救张府君，确是做了一件莫大的善事。不过，我与他相处时间并不长，虽教了他些许武艺，却不敢以师父自居。"

"义士救了张栻一家，我们却不知他名姓，不知道翁能否告知？"

"他不愿告诉你们他的名字，定有其缘故，老道也当尊重。"道翁叹息一声，又说，"宋金多年交战，万千生灵死于非命——这万千生灵，又有谁能记下其名姓？"

见道翁不愿，张栻便不再勉强。

再见故人，张栻又犯了酒瘾，就连病似乎也好了几分，遂对冯康说："老冯，去烫一壶酒来，我要和道翁小酌几杯。"

冯康赶紧阻止："主子，你身体不好，不能再饮酒了。"

道翁也来相劝，张栻最终妥协，决定以茶代酒，和故人畅聊。冯康很快将茶送来，并扶着张栻下床坐到椅子上，道翁则坐在他的对面。弄好一切，冯康退出并掩好门，让两人好好谈话。

"道翁怎么会到江陵？"

"老道云游四方，尤好大河名山。一个月前，老道游玩武当山，听说你在江陵任职，所以特来拜访。其实，老道此来还有一个目的：感谢张府君以一己之力，化解了一场兵戈之争……"

司马展和陈齐在宋金边境追捕武觉等强盗时，发现其中有数十名是金国的汉民；另有几人虽汉语纯熟，但观其形体相貌，却颇似女真人。

司马展和陈齐知道事关重大，立即飞书报与张栻。

张栻敏锐地意识到，这很可能是金国的一个阴谋，必须谨慎处理。

父亲主导的北伐失败后，皇帝一直念念不忘复仇；不仅自己在皇宫内练习武艺，还重用虞允文等人筹划北伐——金国皇帝、贵族获知此事，岂能不心生戒备，甚至想"以其人之道，还治其人之身"？

318

这几十名金国之民，极有可能是金廷派到大宋刺探情报，甚至是收买、网罗强盗，等金国大军南下时好做内应的。

如何处置他们，张栻颇为踌躇：杀掉他们，金廷很可能以此为借口，挥师南下，到时候便是一片生灵涂炭；放他们走，又可能被金人视为懦弱怕事，因而小觑大宋。

最后，张栻亲笔写了一封详尽描述这几十名强盗恶行的文书，派人将它连同强盗一同送到宋金边界。金国当地官员收到文书不敢怠慢，立即将此事奏报金国皇帝完颜雍。

完颜雍召集大臣，议论此事。群臣争辩半日，仍拿不出一个即无损国体，又不至于激怒大宋的建议。

完颜雍变得很不耐烦，说："那就只好将这几十人杀掉！"

此话一出，数名大臣立即表示反对。

完颜雍冷笑一声，说："张栻的文书，详尽罗列他们的罪行，几乎无可辩驳。如若不杀，不仅于理不合，还可能激怒宋廷。而今漠北诸部，不服天威，屡屡起事，若宋廷再出兵犯境，大金两面受敌，如何抵挡？"

一席话说得诸大臣哑口无言。

完颜雍见手下如此无用，一声长叹，说："张栻此举，等于牵住了朕的鼻子，让朕不得不顺着他的心意办事——南朝有如此能人，真令朕羡慕！"

完颜雍"南朝有人"的感叹，很快传遍金国上下，并传到大宋境内。

听道翁大力赞赏此事，张栻心中却是另一番想法：如果面对此事的是父亲，一定会干干脆脆杀掉那几个胡虏，甚至直接向金国出兵。

比起抗金的一往无前、矢志不渝，他确实不如父亲。

问题是，父亲的做法，就是最好的选择吗？

道翁又说："张府君，老道今日前来，还想告诉你一个故人的消息……"

"哦，是谁？"

"你可还记得绵竹的何小姐？"

听了这话，张栻忍不住连连咳嗽，想去端茶来喝，却双手哆嗦怎么也端不起来。道翁见状，伸手拿起茶盏放到他手里。

张栻却又将茶放回桌上，说："我知道她……已经病故。"

道翁摇了摇头，说："何小姐父母死后，她遣散丫头闭门不出，唯一和她有来往的是她表哥沈全声。后来，沈全声对人说，他表妹索居无味，已经去世，并由他掩埋。其实，何钰是去青城山做了女道……"

知道何钰还活着，张栻颇为欣慰；一想到她为了自己终身不嫁，以致出家为道，青灯古观葬送如花一生，又忍不住惭愧、心酸。

张栻无限感慨，说："道翁，我和朱熹曾就'天理人欲'有过一番争论。朱熹认为，为学之人应当'存天理、灭人欲'；而我认为，'灭人欲'很难也无必要，主张'存天理、遏人欲'。然而，这些年我发现，别说是'灭人欲'，就是'遏人欲'，也是千难万难……"

道翁没有接着张栻的话展开，反而问："老道有一个问题想问张府君：你为什么不肯纳何钰为妾？"看了张栻一眼，又说，"据老道所知，你们是彼此有情。"

"何钰喜欢我，乃常人之心，是天理。我已有妻室，若仍想娶何钰，这是非分之心，是人欲，必须加以遏制。"

道翁点了点头，说："和老道所料不差。二十多年来，你不仅不肯娶何钰，还努力用你所谓的'天理'，去遏制思念何小姐这个'人欲'——可惜，如你刚才所说，你发现这越来越难。其实，世上之人，何止万千。甲的天理，未必是乙的天理；乙的天理，未必是丙的天理……若天理互相冲突，乃至互相杀伐，不知该如何取舍？譬如你和何钰：你不愿纳妾，是天理；女大当婚，也是天理。你为了维护自己不纳妾的天理，却灭掉了何小姐嫁给如意郎君的天理——如此天理相杀，不知是对是错？是福是祸？"

听了这番话，张栻如遭雷轰，喃喃说："那，那该怎样去区分天理和人欲……"

道翁叹息一声，说："何必硬要区分？"

这等于是否定了张栻的学问，甚至是对整个理学的否认。如果是以前，张栻一定会大声反驳。但现在他觉得，道翁所言并非全无道理——他从自身的体悟得知，理学确实存在问题。

张栻不禁想起，年轻之时，自己认为理学是挽救大宋、拯救人心的良药，为此不惜放弃了科考。经过三十多年的努力，他对理学的认识越来越深；同时，经过他和朱熹等人不懈地推广，理学在官民士子之间的影响力也越来越大。

可惜，理学的大行其道，既未能逆转大宋之贫弱，又未能改变世风之污浊、人心之堕落……

如果当初自己依托举业获得功名，成为掌政宰执，又是否能辅佐君王，匡扶社稷，依靠手中权力，拯救人心之堕落，避免国家大厦之将倾？

道翁见张栻脸上表情忽喜忽悲，担心对他刺激过甚，反而加重他的病情，于是住口不言。

分别之际，道翁送给张栻几颗丸药，说有治病延年之效。张栻虽知自己命将不久，却不忍拒绝道翁好意，伸出一双枯手，哆哆嗦嗦地接了过来并当着他的面吃下一颗。

目送道翁出门，张栻疲累至极，摸回床上准备休息一下。忽听到一阵空灵的脚步声，张栻睁眼一看，竟是道翁去而复回！

"老道今日准备返川，张府君可想和老道一起重登青城山，顺便看望一下故人？"

"我……自然想。只是我这身体，怕是走不了那么远的路。"

道翁微微一笑，说："府君何不起床，看看是否有力？"

张栻依言下床，但觉步履轻盈，浑身有劲，又是惊喜又是疑惑："这是怎么回事？"

道翁捻着胡须，得意地说："老道的药，可不是吹的！"

说罢，携了张栻之手，出府衙，过街市，上渡船……虽是逆水而行，那船却快如飞箭，很快便到了青城山脚下。

道翁领着张栻弃船上岸，沿着石阶攀登，来到一道观前。

道翁说："这便是何小姐的清修之地——对了，她现在叫'绝尘散人'。"

"绝尘，绝尘……"张栻自言自语，"她该是何等绝望，才会取这样一个名字！"

道翁看了张栻一眼，叹息一声，拱手而去。

张栻独自立于观前，天色已黑，观内燃着灯火，将主人的倩影描摹到了窗户上。那影子，是那样的清瘦，那样的孤寂，就像幽谷中独自盛开、独自零落的一株幽兰。

忽而，一阵诵经声如同一缕轻烟，飘到了张栻跟前。张栻听不出她念的是什么经，只觉得她的声音，还是那般清丽、那般柔婉，却又满含着愁苦和幽怨。

张栻再也克制不住自己，迈步走到了道观门前，却听见她的经声已经变成了一句诗："山有木兮木有枝，心悦君兮君不知。"

这句诗，当年在故乡的红亭，他曾听她吟诵过。

这是她的情，她的意；也是她的愁，她的怨——却统统被他，残忍的漠视！

"山有木兮木有枝，心悦君兮君不知……山有木兮木有枝，心悦君兮君不知……"

这诗在张栻耳边不断回响，使他胸内如沸，两行热泪更是随之而下。

"我知，我知……"张栻在心中大喊着，举手正欲叩门，一阵清冷的山风突然吹来，就像一盆冰水兜头浇下，让他瞬间清醒——"可惜，我不能！"

张栻的手无力地垂下，很快掉转身子朝山下走去。山风越来越大，她的声音越来越微弱。他的眼泪越来越多，越来越冷，最终汇成一条长河。冰冷的河水塞满他的身体，也让他的身体漂浮起来。

张栻从未感到如此沉重，沉重的尽头，却又是无与伦比的虚空与轻盈……

"主子！主子！"

张栻听到老冯的呼喊，才知道方才种种不过是一场梦。他想再睁开眼看看，万般努力，却终未能抬起沉重如闸门的眼皮。

他绝望了，同时也解脱了，心中只有一个念想：就让我永远沉入那虚幻的梦吧……

收到张构寄来的信，朱熹正在参加宴会。展信获知张栻已然去世，朱熹立即起身辞席，不要任何人陪同，一个人迷迷糊糊、踉踉跄跄，摸回了自家书房。

自从夫人刘清四死后，朱熹一直没有续弦。虽无女眷料理家务，朱熹的书房，仍然打扫得干干净净，整理得井井有条。

朱熹打开一个红漆书柜，小心取出厚厚几摞信件——十多年来，他和张栻往来论学的每一封信件，都被他小心地收藏着。

读着这些熟悉的文字，和张栻的几番交往，也在脑海中升起；桩桩件件，点点滴滴，如同卷轴在眼前徐徐展开。

然而，往事如新，故人却已仙去，令人怎不唏嘘？

对于朱熹来说，张栻既是朋友，又是老师。如果没有张栻的指点，如果没有和张栻的交流和论辩，他绝不可能在知天命之年，就成为世人眼中足可比拟二程的理学宗师。

可惜今天，他却失去了这个师友——这堪称唯一的师友。

双雁南飞，途失其伴，岂不孤独？岂不悲怆？

朱熹再也抑制不住，流泪而吟：

昔我抱冰炭，从君识乾坤。

始知太极蕴，要眇难名论。

……